四川师范大学学术著作出版基金资助

光明社科文库

迻为试验 译为移植
新月派诗人汉译诗歌考

陈 丹◎著

光明日报出版社

图书在版编目（CIP）数据

迻为试验　译为移植：新月派诗人汉译诗歌考 / 陈丹著． -- 北京：光明日报出版社，2025.1. -- ISBN 978-7-5194-8399-9

Ⅰ.I207.227

中国国家版本馆 CIP 数据核字第 2025QF1721 号

迻为试验　译为移植：新月派诗人汉译诗歌考
YIWEI SHIYAN　YIWEI YIZHI：XINYUEPAI SHIREN HANYI SHIGE KAO

著　者：陈　丹

责任编辑：杨　茹　　　　　　　　　责任校对：杨　娜　李学敏
封面设计：中联华文　　　　　　　　责任印制：曹　净

出版发行：光明日报出版社

地　　址：北京市西城区永安路 106 号，100050

电　　话：010-63169890（咨询），010-63131930（邮购）

传　　真：010-63131930

网　　址：http://book.gmw.cn

E - mail：gmrbcbs@gmw.cn

法律顾问：北京市兰台律师事务所龚柳方律师

印　　刷：三河市华东印刷有限公司

装　　订：三河市华东印刷有限公司

本书如有破损、缺页、装订错误，请与本社联系调换，电话：010-63131930

开　　本：170mm×240mm

字　　数：313 千字　　　　　　　　印　　张：18

版　　次：2025 年 1 月第 1 版　　　　印　　次：2025 年 1 月第 1 次印刷

书　　号：ISBN 978-7-5194-8399-9

定　　价：98.00 元

版权所有　　翻印必究

序　言

多年来，我一直强调，翻译家的使命有二：一是为本民族读者奉献读之有益的读物，二是为本民族作家诗人提供可资借鉴的文本，而新月派诗人的翻译实践和翻译理念可谓我如此强调的理据之一。

新月派是中国现代历史上一个重要的文学流派。新月派诗人在把外国诗歌翻译成汉语白话文方面，做出过较多的努力，取得过较为丰硕的成果。新月派译诗活动是中国现代翻译史上的一项重要活动，值得认真研究。鉴于此，陈丹博士的《迻为试验　译为移植：新月派诗人汉译诗歌考》一书具有较为显著的学术意义和史料价值。

本书作者以新月派诗人的外语诗歌汉译为研究对象，高屋建瓴，从新月派"中学为体，西学为用"的文化观切入，审视新月派诗学、翻译思想以及翻译活动。新文化运动倡导的"诗国革命"打破了中国古典诗歌的传统，打破了旧的格律形式，却未提出新的格律形式，中国新诗歌仍前途未卜，新月派诗人希望能够建立新格律诗体，注重对外国诗歌形式要素的学习和引进，如西方诗学中的音步、韵式等，想通过引进这些形式要素，构建新格律诗。与此同时，新月派诗学又保持了中国本位文化精神。此外，新月派诗人遵循其诗歌翻译理念，在翻译实践中注重引进和移植外国诗歌的形式、技术与技巧这些为器为用的因素，从而生动地阐释了"中体西用"的文化观。

作者告诉我们，新月派译者具有多重身份，他们不仅是诗人和翻译家，还是学者和批评家，多重身份决定了他们能够甄别外国诗歌，选择优秀的外语诗歌翻译成中文。新月派诗人以诗译诗，汉译诗歌质量较高。诗人译诗是对诗歌译者提出的要求，强调的是诗歌译者须具有诗人特有的气质、秉性和学识才情。新月派诗人了解西方诗人译诗传统，了解诗人译诗可能产生的重要作用。与此同时，新月派诗人坚持以诗译诗，对译诗的形式提出了要求，即用诗歌语言来翻译诗歌。新月派诗人强调，翻译的诗歌也必须是诗歌，具体而言，译诗要译出原诗的韵脚、格式和音步。这些具体要求为诗歌翻译，尤其是格律诗歌的翻译奠定了基础，初步建立了诗歌翻译规范。

作者深入挖掘了新月派诗人外语诗歌汉译的史料，探讨了新月派汉译外语诗歌的目的。新月派诗人翻译外国诗歌，不仅要让中国读者欣赏到外国诗歌，还尝试移植其诗体，通过译诗试验汉语白话诗的表现力。新月派诗人通过翻译试验白话，一个显著特点就是几个诗人翻译同一首外国诗，然后大家比较、讨论每首白话译诗在表达原文内容、形式、情绪等方面的优劣，进而检验白话作为诗歌语言的表现力。通过翻译，他们试验了汉语创作新格律诗的能力、表达致密思想的能力，以及语言表现力的弹性，同时还为汉语引入了新的词汇和句法。值得一提的是，新月派诗人翻译过十四行诗、四行诗、双行体、柔巴依体、无韵体等多种外国诗体，从而为中国新诗格律之建立提供了可资借鉴的样本，为中国新诗的发展奠定了一定基础。

《迻为试验　译为移植：新月派诗人汉译诗歌考》一书有以下可称道之处。

第一，明确了新月派诗人翻译最多的诗歌是维多利亚时期的诗歌，而非浪漫主义诗歌。作者明确指出，以前学界注意到了新月派对浪漫主义诗歌的翻译，注意到了浪漫主义诗歌对新月派诗歌的影响，却忽视了新月派对维多利亚时期诗歌的翻译，忽略了新月派诗人翻译维多利亚时期诗歌的总体情况。其实，新月派诗人推崇维多利亚诗风（以及巴那斯主义），并借鉴该诗风以创建和推行新月派诗学，尤其是推广理性节制情感的诗学观念。对维多利亚时期诗歌的翻译，是新月派诗歌翻译最重要的部分；维多利亚时期的诗歌，是新月派诗人翻译得最多的诗歌。新月派诗人翻译维多利亚时期的诗歌，对新月派诗学观念和新格律诗的构建都产生了重要影响。

第二，从建构文化的角度，明确新月派诗人外语诗歌汉译的意义，指出新月派诗人译诗移植了诗体，丰富了译入语语言，初步建立了翻译格律诗歌的规范。新月派诗人多留学英美，对英美诗歌颇为了解，通过翻译外国格律诗并移植其诗体，丰富了汉语白话语言，探索并发展了一系列的翻译方法，如固定诗行字数，以音组翻译音步，复制外语诗歌韵式等。新月派诗人面对印欧语系和汉藏语系的较大差异，充分利用汉语的资源，尽量再现外语诗歌的形式，较好地凸显了原文的特征，初步建立了格律诗汉译的译诗规范。

第三，通过探讨新月派诗人的诗歌翻译试验说及其意义，丰富了翻译史相关研究内容。新月派诗人翻译外国诗歌，除了要实现介绍外国诗人诗歌的文本目的，还具有试验白话的文化目的。新月派诗人发起了有影响的翻译试验，引起了翻译界积极的讨论和试验。新月派诗人的译诗证明，作为诗歌语言，现代汉语表现力较强，能够大体再现原文的音节声调和致密思想。作者还告诉我们，新月派翻译思想中也有一些是对于西方翻译传统和有益经验的借鉴，如诗人译诗的主张以及通过翻译移植诗体的主张。

综上所述，陈丹博士的《迻为试验　译为移植：新月派诗人汉译诗歌考》一书可谓一部系统、全面、深刻研究新月派诗人翻译外国诗歌的力作，具有较高的理论价值和史料价值。

曹明伦
2023 年 9 月 19 日

序言作者简介：曹明伦，著名翻译家，北京大学文学博士，四川大学二级教授、博士生导师；中国作家协会会员，中国翻译协会理事，《中国翻译》《翻译论坛》等刊物编委，《英语世界》顾问；享受国务院政府特殊津贴专家，四川省有突出贡献的优秀专家。主要研究方向为文学翻译、翻译与跨文化传播。著有《翻译研究论集》《英汉翻译二十讲》《翻译之道：理论与实践》和《英汉翻译实践与评析》，译有《爱伦坡集》《威拉·凯瑟集》《弗罗斯特作品集》《培根随笔集》《莎士比亚爱情诗集》和《司各特诗选》等多种英美文学经典，发表学术论文 100 余篇。

目　录
CONTENTS

序　言 ……………………………………………………………… 1

绪　论 ……………………………………………………………… 1
 第一节　问题的缘起 …………………………………………… 1
 第二节　与本书相关的文献综述 ……………………………… 2
 第三节　研究问题 …………………………………………… 10

第一章　新月派的文化观和诗学 …………………………… **13**
 第一节　新月派的文化观 …………………………………… 13
 第二节　新月派诗学 ………………………………………… 18
 本章小结 ……………………………………………………… 40

第二章　新月派翻译思想 …………………………………… **41**
 第一节　翻译选目 …………………………………………… 41
 第二节　翻译方法 …………………………………………… 44
 第三节　翻译的功用及其非文本目的 ……………………… 51
 第四节　转译 ………………………………………………… 55
 第五节　其他 ………………………………………………… 57
 本章小结 ……………………………………………………… 60

第三章 新月派成员外语诗歌汉译自发时期(1923—1925年) 62
第一节 翻译选目 62
第二节 翻译方法 65
第三节 翻译试验 76
本章小结 90

第四章 新月派外语诗歌汉译自觉时期(1926—1933年) 92
第一节 翻译选目 95
第二节 翻译方法 161
本章小结 184

第五章 新月派诗歌翻译折射出来的理论思考 186
第一节 新月派诗人的外语诗歌汉译活动与建构文化 186
第二节 新月派诗人建立的格律诗翻译规范 203
本章小结 217

结 论 218

附录一 新月派诗人翻译外国诗歌年表 222

附录二 《番石榴集》翻译表 252

参考文献 269

后 记 278

绪　论

第一节　问题的缘起

　　新月派是中国现代历史上一个著名的文学流派。该派成员由于受到泰戈尔（Tagore）《新月集》的影响，采用"新月"命名。徐志摩说明了该派对"新月"这个名字情有独钟的原因，乃是"它那纤弱的一弯分明暗示着，怀抱着未来的圆满"①。1923年，新月社成立，新月社成立之初旨在促进中国戏剧的发展，所以当时的活动主要跟戏剧活动相关，而不是与诗歌活动有关。1926年，《晨报副镌·诗镌》②问世，新月派转而关注诗歌的创作和诗歌理论的发展，之后新月派又陆续创办了《新月》《诗刊》等刊物，前者刊载各种文学理论、文学创作和翻译文学作品，而后者，顾名思义，是专载诗歌理论、创作和译作的期刊，是《晨报副镌·诗镌》的复辟。然而，徐志摩于1931年因飞机失事罹难之后，新月派的活动受到影响，《诗刊》和《新月》也分别于1932年和1933年相继终刊。1933年《新月》的终结，也意味着新月派的终结。新月派除了徐志摩、闻一多等非常著名的成员外，还有很多著名的诗人、作家和学者，比如，"清华四子"：子沅（朱湘）、子离（饶孟侃）、子潜（孙大雨）、子惠（杨世恩），又如，梁实秋、陈梦家、刘梦苇、邵洵美、方令儒、卞之琳等。新月派在戏剧、诗歌、小说的创作、理论和外国作品的翻译方面都做出过较多努力。其中，新月派诗人的外国诗歌汉译活动是中国现

---

①　徐志摩."新月"的态度［J］.新月，1928（1）：3.
②　当年，新月派成员也把《晨报副镌》叫作《晨报副刊》，把《晨报副镌·诗镌》叫作《诗刊》。笔者在查阅民国诗歌第一手原始资料的时候，发现当时这个报刊出版时，印的名字是《晨报副镌》和《晨报副镌·诗镌》，所以采用这种说法。同时，这样也就避免了与1931年开始刊发的《诗刊》混淆。

代翻译史上重要的活动，有较高的研究价值，对其进行系统而全面的研究，可以再现新月派一系列诗歌翻译活动，对其做出客观公允的评价，并且揭示其对于当代诗歌翻译的启示。

第二节　与本书相关的文献综述

　　新月派诗人的诗歌翻译，对于学界有着持久的魅力。早在新月派诗人发表译诗之时，就有学者、诗人对其相关的译诗做出评论或者研究，如有学者对于哈亚姆（Khayyám）诗歌汉译的研究，也有诗人、学者对于歌德（Goethe）四行诗歌汉译的研究和讨论，详情请参见第三章第三节"翻译试验"。近些年学界对文学作品本身的价值开始重视，新月派的研究方兴未艾。新月派的翻译活动，尤其是新月派诗人的诗歌翻译，因为译者多是诗人，即"诗人译诗"，更是中国现代翻译史上重要的翻译实践活动。该派的诗歌翻译活动近年来也受到翻译研究学界的关注，取得了不少研究成果，推进了新月派诗歌翻译研究，但是研究还不够充分。目前对新月派诗歌翻译的研究主要体现在以下几个方面：（1）中国翻译史研究中，提及新月派成员的诗歌翻译；（2）对新月派创办的文艺期刊上面的诗歌翻译进行梳理和研究；（3）对新月派中某些非常著名的成员（如徐志摩、闻一多、胡适、朱湘、梁实秋等）的翻译活动进行研究，其中涉及该成员的诗歌翻译；（4）对新月派中某些非常著名的诗人（如新月派核心人物徐志摩、闻一多、朱湘）的诗歌翻译研究；（5）对新月派诗歌翻译的研究；（6）对某一诗人、流派或思潮在中国的译介研究，其中涉及新月派的诗歌翻译；（7）对新月派成员的译论研究；（8）对新月派成员或其作品的研究，其中涉及诗歌翻译。

　　目前对新月派诗歌的翻译研究具体如下。

一、中国翻译史研究中，提及新月派成员的诗歌翻译

　　谢天振和查明建梳理外国诗人在中国的译介时，提到新月派成员翻译的诗歌。例如，谈及莎士比亚（Shakespeare）在中国的译介时，提到孙大雨、徐志摩、朱湘等的相关译诗；谈及拜伦（Byron）在中国的译介时，提到徐志摩的翻译；谈及雪莱（Shelley）在中国的译介时，提到徐志摩、李唯建的翻译；谈及托马斯·哈代（Thomas Hardy）在中国的译介时，提到徐志摩的翻

译，并且做出简要分析和评论，同时说明了哈代对徐志摩的影响①。作者认为，"二三十年代，中国新诗的产生和形成，受英美浪漫派、法国象征派和苏联革命诗歌的影响"②。《中国现代翻译文学史：1898—1949》全面深刻梳理了现代翻译文学史，影响巨大，但其中也有极少量信息偏差之处。例如，该书说徐志摩介绍哈代的文章《厌世的哈代》刊于"《晨报副镌·诗镌》1926年5月27日"③。其实，这篇文章刊载在《晨报副镌·诗镌》1926年5月20日第8号，而《晨报副镌·诗镌》1926年5月27日刊载的是徐志摩的论文《哈提》（《哈代》）。马祖毅介绍外国文学在中国的翻译时，提到徐志摩和卞之琳翻译了法国诗歌④，提到了徐志摩、闻一多、梁实秋、饶孟侃和李唯建等翻译过英语诗歌⑤。除此之外，关于中国翻译文学史的其他几部专著都没有提及新月派的翻译活动，如陈玉刚的《翻译文学史稿》、陈子展的《中国近代文学之变迁》、孟昭毅和李载道的《中国翻译文学史》等。这大概是由于以下六个原因：（1）新月派的文艺观与当时主流文艺观不同，所以较少研究。（2）之前很长一段时间，新月派被认为是资产阶级文学流派，由于意识形态，对新月派文学作品和翻译研究都较少。（3）新月派相较于创造社、文学研究会和未名社等社团的翻译，其翻译作品的数量较少。（4）新月派骨干成员英年早逝的较多，限制了新月派发展和传播自己的译作译论，未能扩大影响。新月派刘梦苇1926年病逝，徐志摩1931年坠机，朱湘1933年投江，闻一多1946年被暗杀。（5）对于新月派的构成还尚存疑问。事实上，新月派历来就组织松散。新月派最先叫作新月社，主要是徐志摩、胡适等在一起搞戏剧的创作和表演，后来和清华文学社成员在北京一起开辟《晨报副镌·诗镌》，又把兴趣转移到了诗歌上。王哲甫在其《中国新文学运动史》中将这一群诗人称为"晨报副刊派的诗人"⑥。再后来，新月派转战上海，创办《新月》月刊。（6）新月派翻译活动涉及的原语较多，至少有英语、法语和德语，给研究增加了障碍。

---

① 谢天振，查明建. 中国现代翻译文学史：1898—1949 [M]. 上海：上海外语教育出版社，2004：319.
② 谢天振，查明建. 中国现代翻译文学史：1898—1949 [M]. 上海：上海外语教育出版社，2004：392.
③ 谢天振，查明建. 中国现代翻译文学史：1898—1949 [M]. 上海：上海外语教育出版社，2004：313.
④ 马祖毅. 中国翻译通史：第2卷 [M]. 武汉：湖北教育出版社，2006：145.
⑤ 马祖毅. 中国翻译通史：第2卷 [M]. 武汉：湖北教育出版社，2006：222.
⑥ 王哲甫. 中国新文学运动史 [M]. 北京：杰成印书局，1933.

虽然新月派的译诗数量相对较少，但学界历来认为其成员译作优良①②③，当然，不可否认，其中也有少数失败的译诗。新月派有自己的诗论和译论，这些与其译诗是相辅相成的。因此，有必要对新月派的诗歌翻译进行全面、系统的研究。

二、对新月派创办的文艺期刊上面的诗歌翻译进行梳理和研究

张少雄主要介绍了新月派在《新月》月刊和《诗刊》上的翻译活动，其中专门一节介绍新月派在这两本期刊上的诗歌翻译。张少雄梳理并列出了新月派选译的原诗及相应译诗的标题，并对新月派的译诗做出简洁的评价，认为新月派诗人虽然没有翻译诗全集的壮举，但是比后世许多译诗家实在，"'得神'的作品的比例要高得多"④。王建开在介绍文艺期刊上的文学翻译时，顺便提及了《新月》月刊。他指出，在《新月》月刊43期中，"译介了23位英美作家（英国占了20）"，并且指出霍斯曼的诗歌译了10首，译者为闻一多和饶孟侃⑤。然而，王建开并没有提及新月派诗人翻译的其他诗歌作品。陈丹的硕士论文探讨了《新月》月刊上面的诗歌翻译情况，全面系统地讨论了该月刊的诗歌翻译选材，并从语言、文学手法、形式和音乐性四个方面系统分析与解释了《新月》月刊上的诗歌翻译⑥。

三、对新月派中某些非常著名的成员的翻译活动的研究

学界对新月派中某些非常著名的成员（如徐志摩、闻一多、胡适、朱湘、梁实秋等）的翻译活动进行研究，其中涉及该成员的诗歌翻译。马萧认为，胡适的翻译实践，特别是新文化运动时期的翻译尝试，对他日后的白话文创作有着深厚的影响和直接的借鉴作用，但是他的小说翻译比诗歌翻译更成

---

① 张少雄. 新月社翻译小史：文学翻译 [J]. 中国翻译, 1994 (2): 46.
② 南治国. 闻一多的译诗及译论 [J]. 中国翻译, 2002 (2): 63.
③ 谢天振, 查明建. 中国现代翻译文学史：1898—1949 [M]. 上海：上海外语教育出版社, 2004: 391.
④ 张少雄. 新月社翻译小史：文学翻译 [J]. 中国翻译, 1994 (2): 46.
⑤ 王建开. 五四以来我国英美文学作品译介史：1919—1949 [M]. 上海：上海外语教育出版社, 2003: 171.
⑥ 陈丹. 从诗学视角管窥《新月》月刊上的诗歌翻译 [D]. 广州：广东外语外贸大学, 2006.

功[1]。赵军峰分析了梁实秋成为译坛大家的原因,再现了20世纪30年代关于翻译标准的论战,也列出了梁实秋译诗的精彩片段,然而,对译诗没有做出分析和评价[2]。王友贵教授研究了胡适和徐志摩的翻译活动,涉及此二人的诗歌翻译,并且梳理了胡适的译论,指出胡适是"译作最少、影响很大的翻译家"[3],同时也分析了徐志摩译诗试验。高伟的博士论文对徐志摩的生平和翻译活动进行全面梳理,涉及其诗歌翻译[4]。高华丽在介绍五四新文学时期到新中国成立前的翻译活动时,简要提及文学翻译家梁实秋及其莎士比亚戏剧翻译,认为该译本的问世是中国翻译史上的大事[5]。

四、对新月派中某些非常著名的诗人的诗歌翻译研究

学界对新月派中某些非常著名的诗人(如新月派核心人物徐志摩、闻一多、朱湘)的诗歌翻译进行研究。罗念生认为,《番石榴集》中"英德法拉丁诗歌大都是从原文译出来的,其余的大概是从英文转译而来的",指出朱湘"宜于翻译那些与他的作品相近的东西,若是去翻译旁的作品,往往会失败的"[6]。罗念生指出,"朱湘非常重视翻译。他有灵感就写诗,无灵感就译诗。他读书、翻译从来不用有中文释义的字典",并且认为,朱湘的翻译方法有时接近创作者,但朱湘译诗限定每行的字数,导致译诗有些僵硬。罗念生十分推崇朱湘的译诗,认为朱湘的译诗集是"我国新文学运动初期第一部外国诗大观"[7]。洪振国对于朱湘的译诗,同样也给予了极高的评价,认为朱湘留下了优美的诗篇和译诗,"在'五四'以来的译诗界中,他的译诗占有重要的地位,一向为文艺界、翻译界所重视"。洪振国并且认为,朱湘选译的诗的原文,是真诗,是名篇和名家作品,简而言之,就是名作。"这些诗照朱湘的观点,应该都是'真诗',除民歌外,它们大都是世界文学史上的名篇或名家的

---

[1] 马萧.胡适(1891—1962)[M]//郭著章,等.翻译名家研究.武汉:湖北教育出版社,1999:51,54.
[2] 赵军峰.梁实秋(1902—1987)[M]//郭著章,等.翻译名家研究.武汉:湖北教育出版社,1999:183-208.
[3] 王友贵.翻译西方与东方:中国六位翻译家[M].成都:四川出版集团,四川人民出版社,2004:3.
[4] 高伟.文学翻译家徐志摩研究[D].上海:上海外国语大学,2007.
[5] 高华丽.中外翻译简史[M].杭州:浙江大学出版社,2009:99-100.
[6] 罗念生.关于《番石榴集》[M]//罗念生.二罗一柳忆朱湘.北京:生活·读书·新知三联书店,1985:112-113.
[7] 罗念生.朱湘译诗集[M].洪振国,整理加注.长沙:湖南人民出版社,1986:4-8.

作品。由于朱湘特别推崇英国诗,所以英诗在其中所占的比重较大。"洪振国说《朱湘译诗集》中收入朱湘的译诗"一百一十六首,已搜集了朱湘绝大部分译诗"[1]。刘全福从徐志摩的创作生涯入手,提出徐志摩译诗选材几乎都与他诗歌创作中的"主题风格及审美情趣"相关,并且对其译诗在理解和表达两个层面上做出了较为详细的分析,认为虽然理论上徐志摩是从事诗歌翻译最理想的人选,但是实际上徐志摩有误译、漏译和曲译,而且有翻译腔和随意"着色"[2]。南治国全面地梳理了闻一多的译诗,并且多角度地总结了闻一多的诗歌翻译理论[3]。陈琳在其博士论文[4]基础上出版了专著《陌生化翻译:徐志摩诗歌翻译艺术研究》[5]。张旭总结了朱湘译诗的成就和对译入语的探索,尤其关注了朱湘译诗"建筑美"和"音乐美"的试验[6]。陈历明[7]对新月派诗人胡适、徐志摩和闻一多的诗歌翻译做出了较为全面、深入的研究,但是,很少对被研究诗歌的原文和译文进行深入、详细的比对研究,只是点到为止。另外,陈历明注意到音乐性在诗歌创作以及诗歌翻译中的重要性,也从押韵方式和诗句的重复等方面探讨了音乐性,但是没有充分重视构成诗歌音乐性最重要的因素——音顿。因而在其书中也只是顺便提及音顿,而没有对外语诗歌汉译时的外语诗歌的音步、汉语译诗的音顿进行深入研究。这对研究诗歌翻译的音乐性来说,不免有些缺憾。黄杲炘先生认为,闻一多的译诗追求反映原作格律,讲究字数或顿数或既讲究字数又讲究顿数;闻一多将写诗和译诗两方面的经验融会贯通,相互促进[8]。

五、对新月派诗歌翻译的研究

陈丹认为,新月诗学和新月派诗歌创作影响了诗歌翻译选材,这两者是该派诗歌翻译方法的直接源泉[9]。

---

[1] 洪振国. 朱湘译诗集 [M]. 洪振国, 整理加注. 长沙:湖南人民出版社, 1986:335-336.
[2] 刘全福. 徐志摩(1896—1931)[M]//郭著章, 等. 翻译名家研究. 武汉:湖北教育出版社, 1999:122, 128, 129-139.
[3] 南治国. 闻一多的译诗及译论 [J]. 中国翻译, 2002(2):61-63.
[4] 陈琳. 陌生化翻译:徐志摩诗歌翻译艺术研究 [D]. 上海:华东师范大学, 2007.
[5] 陈琳. 陌生化翻译:徐志摩诗歌翻译艺术研究 [M]. 北京:中国社会科学出版社, 2012.
[6] 张旭. 视界的融合:朱湘译诗新探 [M]. 北京:清华大学出版社, 2008.
[7] 陈历明. 新诗的生成:作为翻译的现代性 [M]. 北京:商务印书馆, 2014.
[8] 黄杲炘. 对闻一多译诗的再认识 [J]. 中国翻译, 2016(3):96.
[9] 陈丹. 诗学观照下的诗歌翻译活动:以新月派的诗歌翻译为例 [J]. 湖北广播电视大学学报, 2008(7):66-67.

六、对某一诗人、流派或思潮在中国的译介研究

对某一诗人、流派或思潮在中国的译介研究，其中涉及新月派的诗歌翻译。吴赟指出，徐志摩、梁实秋以及朱湘等是当时诗歌译介的核心人物，与英国浪漫主义诗人性情相投，找到契合自己精神气质的作品；吴赟认为，徐志摩等为了创造新诗形、新音节、新格律，在译诗的过程中提出新的译诗主张；吴赟进一步指出，新月派诗人继承了英国浪漫主义诗歌的韵律，创造了规整、典雅、端严的诗风①。南治国梳理了霍斯曼在中国的译介，指出闻一多在中国首次译介霍斯曼，强调闻一多诗人译诗质量很高。"闻一多基本上保留了原诗的节奏和韵律，在形式上非常整齐，因此，这几首译诗可以被视为他的新格律诗的试验。"②张旭提及惠特曼（Whitman）诗歌在中国的译介时，提到了徐志摩、闻一多、梁实秋等翻译这位美国诗人的诗歌③。

七、对新月派成员的译论研究

袁锦翔先是1984年在《翻译通讯》上发表了《闻一多论译诗》来梳理和整理闻一多的诗歌翻译思想，后来又在《名家翻译研究与赏析》中对上文做出一些修改，在原来谈及闻一多强调译诗的诗味以及译诗的严格标准后，在书中又加上第三部分，论述闻一多是"杰出的译诗评论家"④。

八、对新月派成员或其作品的研究

对新月派成员或其作品的研究，其中涉及其诗歌翻译。柳无忌针对朱湘译诗的方法有所评论，柳无忌钦佩朱湘译诗的方法，指出朱湘读书和翻译的时候不用字典，有疑难的地方，才会偶尔借自己的字典。"他翻译时不打草稿，他先把全段的诗意读熟了，腹译好了，斟酌尽善了，然后再一口气地写成他的定稿。他的诗稿上很少有涂抹的地方，就是他给友人的信，也是全篇

---

① 吴赟. 翻译·构建·影响：英国浪漫主义诗歌在中国[M]. 北京：北京大学出版社，2012：58, 66, 108.
② 南治国. 霍斯曼的诗及其在中国的译介[M]//罗选民. 外国文学翻译在中国. 合肥：安徽文艺出版社，2003：142.
③ 张旭. 美国早期诗歌翻译在中国[M]//罗选民. 外国文学翻译在中国. 合肥：安徽文艺出版社，2003：32.
④ 袁锦翔. 名家翻译研究与赏析[M]. 武汉：湖北教育出版社，1990：277.

整洁不苟。"① 柳无忌还指出，朱湘汉译的《番石榴集》内，"把有规律的西洋诗译成有规律的中文白话诗"②。罗念生认为，朱湘使用无韵体翻译的《索拉卜与鲁斯通》很成功③。但是，翻译白朗宁（Browning）的《海外乡思》时"梨花""桃夭"换用，引发了与王宗藩的笔墨官司，"你说那是故意换掉的。就在西方名诗里，我也曾见到桃梨互换的诗句"④。罗念生也提及朱湘读书译诗从不用字典。⑤ 罗念生强调，朱湘有灵感就写诗，有兴致就译诗，译诗从不查字典。他指出朱湘重视各种诗歌，翻译过无韵体、意大利式十四行体，莎士比亚式十四行体，法国的巴俚曲等⑥。许正林探索了新月诗派与维多利亚诗的关系，其中涉及新月派成员模仿学习或者翻译的维多利亚时期的英国诗，许正林还明确了维多利亚时期诗歌对于新月派诗人的影响，"新月诗派受维多利亚朝诗歌的影响是明显的。他们一方面大量翻译介绍维多利亚诗，另一方面大量移借维多利亚诗歌体式，形成一道'走进去，再走出来'的双轨线"⑦。

  从以上概述可以看出，目前学界对新月派某些非常著名的成员的诗歌翻译进行了较多较为深入的研究，或者对新月派在文艺期刊上的诗歌翻译做出梳理，或者较为简单地对新月派诗歌翻译进行研究。总体发展趋势是，20世纪的翻译文学史中较少提及新月派的翻译活动，但是进入21世纪以来，翻译文学史专著和各种相关研究逐渐重视新月派的翻译活动，尤其是其诗歌翻译，并且把新月派的诗歌翻译逐渐纳入翻译文学史的研究。另外，越来越多的专著和文章开始讨论新月派著名成员的翻译活动，包括诗歌翻译活动。但上述研究也显示出以下不足：

  第一，研究体系方面。只注重某几个著名人物的诗歌翻译，对作为整体的新月派诗歌翻译研究较少，整体观照不够；另外，虽然对于新月派著名人

---

① 柳无忌. 我所认识的子沅 [J]. 青年界，1934（2）：89.
② 柳无忌. 朱湘：诗人的诗人 [M] // 罗念生. 二罗一柳忆朱湘. 北京：生活·读书·新知 三联书店，1985：57.
③ 罗念生. 评《草莽集》[M] // 罗念生. 二罗一柳忆朱湘. 北京：生活·读书·新知 三联书店，1985：71.
④ 罗念生. 给子沅 [M] // 罗念生. 二罗一柳忆朱湘. 北京：生活·读书·新知 三联书店，1985：77.
⑤ 罗念生. 忆诗人朱湘 [M] // 罗念生. 二罗一柳忆朱湘. 北京：生活·读书·新知 三联书店，1985：119.
⑥ 罗念生. 朱湘的诗论 [M] // 罗念生. 二罗一柳忆朱湘. 北京：生活·读书·新知 三联书店，1985：137，144.
⑦ 许正林. 新月诗派与维多利亚诗 [J]. 中国现代文学研究丛刊，1993（2）：161.

物的诗歌翻译有一定研究,但是对于新月派的翻译思想,尤其是诗歌翻译思想的研究还较为匮乏。新月派的诗歌翻译思想,是我国现代较早的关于诗歌翻译的论述,具有理论和实践上的价值,需要研究者细致深入地挖掘。

第二,研究方法方面。多注重史料梳理,少有与当时的文学、社会因素结合起来分析翻译选材和翻译方法的,史论结合不够。

第三,研究角度方面。多从外国语言文学的角度来研究新月派的诗歌翻译,其优势在于能够较好地进行原文与译文的对比研究,但是其劣势也十分明显,缺乏中国现当代文学常识观照。于是在面对新月派诗歌翻译事实的时候,往往以偏概全,侧重外国文学,尤其是外国诗歌对译者的影响,却忽略了译者所处时代的文学和文化传统对译者的影响,以及对中国翻译文学史以及中国文学史的影响。

第四,研究的深度和广度方面还有所欠缺。现在学界虽然注意到新月派对浪漫主义诗歌的翻译,以及浪漫主义诗歌对于新月派诗歌的影响,极大推进了对新月派诗歌翻译的研究,但是忽视了新月派对维多利亚时期诗歌的翻译,偶尔有研究提及新月派诗人翻译个别维多利亚时期诗人的诗歌,但是,也只是就该英国诗人个人而言,只见树木,不见树林,很少言及新月派翻译维多利亚时期诗歌的总体情况。维多利亚时期诗歌的翻译,是新月派诗歌翻译最重要的部分;维多利亚诗风(以及巴那斯主义)也为新月派所极力推崇,并以资借鉴从而创建和推行新月派诗学观念,如诗歌的形式,以及更重要的理性节制情感的诗学观念。新月派对维多利亚时期诗歌的翻译是尤为重要的,但在新月派翻译研究中被忽略了,是新月派诗歌翻译研究的一个缺憾。新月派诗人卞之琳曾经明确指出维多利亚时期诗歌对新月派的重要影响,"我认为徐、闻等曾被称为《新月》派的诗创作里,受过英国十九世纪浪漫派传统和它在维多利亚时代的变种以至世纪末的唯美主义和哈代、霍思曼的影响是明显的"[①]。

上述研究暴露出来了不足,正是如此,才有必要对新月派诗人的外语诗歌汉译做出系统而全面深入的研究。

[①] 卞之琳. 人与诗:忆旧说新[M]. 北京:生活·读书·新知三联书店,1984:9.

第三节 研究问题

基于上述文献,本书拟对新月派诗歌翻译进行全方位、系统的研究,拟回答以下问题:

(1) 新月派翻译了哪些外国诗歌?
(2) 新月派怎样翻译外国诗歌?
①新月派的翻译思想是什么?
②新月派诗歌翻译的基本策略、原则和方法是什么?
③新月派诗学观怎样影响了其诗歌翻译?
④新月派诗歌翻译为中国格律诗翻译建立了什么翻译规范?
⑤新月派在诗歌翻译中遇到哪些问题,是怎么解决的,解决得是否成功,有什么经验和教训?
(3) 新月派诗人的诗歌翻译与中国文化建构有什么关系?

本书的目的是梳理、描述和解释五四新文化运动之后,新月派诗人将外语诗歌翻译为汉语的翻译活动。在本书中,新月派限定在1923年至1933年。

新月派成立于1923年,成立时其成员将其命名为"新月社",但是新月社成立之初旨在促进中国戏剧的发展,所以当时的活动主要跟戏剧活动相关,而不是与诗歌有关。此时,新月派成员确实也进行了诗歌翻译,只是比较零散,不成系统,没有统一的指导思想。后来,1926年《晨报副镌·诗镌》问世,这也是学界公认的新月诗派的开端。新月派这时转而关注诗歌的创作和诗歌理论的发展,之后新月派又陆续创办了《新月》《诗刊》等期刊,前者刊载各种文学理论、文学创作和翻译文学,而后者,顾名思义,类似《晨报副镌·诗镌》,也专载诗歌理论、创作和译作,是《晨报副镌·诗镌》的复辟。然而,1931年,徐志摩飞机失事后,新月派的活动受到影响,《诗刊》和《新月》也分别于1932年和1933年终刊。1933年《新月》的终结,也意味着新月派的终结。从1926年到1933年之间,新月派探讨了新诗的理论和新诗实际写作的问题,进行了自觉、系统的诗歌翻译活动,初步为格律诗的翻译建立了翻译规范,是中国翻译史上重要的活动,有必要对此翻译活动做出深入而详尽的研究。

为了回答上述研究问题,本书拟采用以下方法:

一、宏观和微观结合法

通过宏观和微观结合法，全面展现新月派诗人的翻译活动。

二、文献研究法

由于新月派的诗歌翻译已成为历史，本书需要收集1923年至1933年期间发表在各种期刊、译文集、文集中的所有新月派的翻译思想和诗歌翻译，并进行解读。本书尽量搜寻新月派在民国时期发表的译诗、文章以及出版的书，作为本书的第一手资料，还原历史事实。虽然后人编的各种全集很少有与原始材料不一致的地方，但是挂一漏万，就笔者所知，各种后人所编的全集中还是有极少量瑕疵的。本着治学严谨的学术态度，笔者除了万不得已，使用的文献资料都是民国时期发表或出版的第一手原始材料。

三、文本精读法

对所有涉及的诗歌原文和译文进行详细的对照阅读，找出新月派诗歌翻译的倾向，并进行解释。

四、采用跨学科研究法

借鉴其他相关学科知识对新月派的翻译思想和诗歌翻译进行解读与阐释。本书除了会借鉴翻译研究中常用的理论，如文本目的和非文本目的理论以及翻译规范理论，还会涉及布迪厄（Bourdieu）的文化资本和惯习理论等。使用文本目的和非文本目的理论，是来探讨新月派在诗歌翻译中，除了要实现"让不懂原文的读者通过译文知道、了解，甚至欣赏原文的思想内容及其文体风格"[1]的文本目的外，还要实现非文本目的，如试验白话文的表现力和移植诗体的文化目的。之所以使用翻译规范理论，是因为笔者通过研究发现，新月派诗人的诗歌翻译活动，为外国格律诗的汉译建立了初步规范，具有开拓性的意义。之所以选择布迪厄的社会学理论，是因为笔者之前有一定的新月派诗歌翻译研究的积累，使用该理论确实能切实可行地解决笔者的研究问题。同时，本书也将借鉴和采用中国新诗研究的最新成果，以期更加准确和真实地阐释新月派的诗歌翻译。从胡适发表译诗《关不住了》并且宣称新诗的成

---

[1] 曹明伦. 翻译之道：理论与实践［M］. 修订版. 上海：上海外语教育出版社，2013：127.

立，至今已近百年，随着史料的发现，21世纪的新诗研究已经出现了丰富的研究成果，不容忽视。参照新诗研究的最新成果，将为考量新月派的诗歌翻译提供新视角。

　　笔者希望通过以上方法回答之前提出的研究问题。一方面增进对新月派诗人外语诗歌汉译的了解，尤其凸显新月派诗学、诗歌翻译与维多利亚时期诗歌的关系；另一方面对当代的诗歌翻译实践以及研究给予启发。

第一章

新月派的文化观和诗学

第一节 新月派的文化观

新月派成员一直秉承着中体西用的文化观,集中体现在闻一多和朱湘等的论述中。新月派成员秉承中体西用的文化观,也是对于"五四"以后中国泛滥的全盘西化文化观的反驳。

"中学为体,西学为用",是"近代中国重要的社会思潮","它是以封建主义文化为主体、结合西方资产阶级文化的产物,在中国近代政治上、思想上产生过重大的影响"[①]。"中学为体,西学为用"本是清末一些进步知识分子或者洋务派成员提出并使用的,其中,张之洞著作中的"中学为体,西学为用",以及"旧学为体,新学为用"影响广泛,一般多会把中体西用的思想追溯到张之洞。

最能体现新月派中体西用文化观的应该是闻一多《悼玮德》一文,以及朱湘对于中外文化关系的相关论述,尤其是《文化大观》一文。

方玮德和方令孺都是新月派的重要人物,他们还有一个身份,那就是安徽桐城派方苞的后人,方玮德是方令孺的侄子。闻一多十分看重方玮德,方玮德1935年去世后,闻一多撰文悼唁,在对方玮德的悼唁中,闻一多也将多年以来秉承的文化观做了总结(关于新月派中体西用的文化观,参见崔勇的博士论文)[②]。崔勇认为,闻一多的诗学观和文化观就是中学为体、西学为用。"闻一多的诗学观念与他的文化观念,一以贯之,曰'中学为体,西学为

[①] 夏征农. 辞海[Z]. 缩印本. 上海:上海辞书出版社,1999:1703.
[②] 崔勇. 新月诗派考辨[D]. 北京:首都师范大学,2010:64-66.

用'。"① 闻一多几乎不写悼唁文字，即便是徐志摩、朱湘去世，闻一多也没有写过悼唁文字，悼唁方玮德，可能是因为方玮德名字后面的文化情感。"从现存的文字看，闻氏很少给人写悼文。他的朋友徐志摩和朱湘死后，许多报纸杂志都辟有纪念专刊专号，但这些专刊专号中，从未见闻氏的文字，哪怕是一副挽联。""方玮德死后，闻氏能作文悼念，固然不排除闻一多对年轻学生的特别眷顾和方令孺这样的'奇迹'朋友的情感因素，可能更有方玮德这个名字背后'府上那一派'所代表的文化情感的影响，不要忘记，方玮德是'桐城方氏'的嫡传后人。""他之所以爱惜方玮德，是因为他爱'玮德的标格'——中国本位文化的风度。"② 崔勇对闻一多《悼玮德》尤其重视和强调。正是因为方玮德是中国文化的代言，是具有中国本位文化的典型诗人，是中体西用观念的化身，所以在他去世后，闻一多才会破天荒撰写悼唁文字，一是悼唁方玮德，二是将新月派多年以来秉承的中体西用的文化观和盘托出，阐释总结。

《悼玮德》一文是闻一多，乃至新月派文化观的核心文献，尤其能够体现新月派中体西用的文化观，而新月派的文化观从根本上影响了新月派的诗学观以及翻译观。

> 玮德的标格，我无以名之，最好借用一个时髦的话语来称它为"中国本位文化"的风度。……一个作家非有这种情怀，决不足为他的文化的代言者；而一个人除非是他的文化的代言者，又不足称为一个作家。……这比小说戏剧还要主观，还要严重的诗，更不能不要道地的本国人，并且彻底的（地）了解，真诚的（地）爱慕"本位文化"的人来写它了。技术无妨西化，甚至可以尽量的（地）西化，但本质和精神却要自己的。我这主张也许有人要说便是"中学为体，西学为用"。对了，我承认我对新诗的主张是旧到和张之洞一般。惟（唯）其如此，我才能爱玮德的标格，才极其重视他的前途。……梦家有一次告诉我，说接到玮德从厦门来信，说是正在研究明史。
> 那是偶尔的兴趣的转移吗？但那转移是太巧了。和玮德一起作诗的朋友，如大纲原是治本国史的，毓棠是治西洋史的，近来兼致力于本国史。梦家现在也在从古文字中追求古史。何以大家都不约而同的（地）走上

---

① 崔勇．新月诗派考辨[D]．北京：首都师范大学，2010：64．
② 崔勇．新月诗派考辨[D]．北京：首都师范大学，2010：64．

一个方向？我期待着早晚新诗定要展开一个新局面，玮德和他这几位朋友便是这局面的开拓者。①

从上述引文可以看出，闻一多自己就承认个人主张是旧到和张之洞一般，也就是说，闻一多认可并且还提倡"中学为体，西学为用"的文化精神，提倡将此文化精神应用在文学作品上，尤其是新诗上。

虽然"中学为体，西学为用"是个并列短语，但闻一多说得最多的是"中学为体"，强调的是要有中国本位文化精神，强调文学艺术无论如何新，都要有本位文化精神。闻一多又怕说本位文化精神别人不懂，于是详细阐述，"是对本国历史与文化的普遍而深刻的认识，与由这种认识而生的一种热烈的追怀"，而绝非表面上拾掇一两句旧诗词的语句。之后，闻一多又指出了具有本位文化精神，才能成为自己文化的代言人，成了文化的代言人，才能称为"作家"，这实际上就是强调作家需要具有文化本位精神。具体到文学创作中的诗歌，闻一多强调一定需要"道地的本国人，并且彻底的（地）了解，真诚的（地）爱慕'本位文化'的人来写"。总而言之，闻一多强调中学为体，重视文学艺术中的文化本位精神。

闻一多将"西学为用"在文学艺术领域的意义，阐释为"技术无妨西化，甚至可以尽量的（地）西化，但本质和精神却要自己的"②。技术可以西化，可以学习并采用西方的方法、手段、技巧，但是这些技术也好，技法也好，其实都是表面、表层的东西，不涉及本质和精神。对于"西学为用"，闻一多只是点到为止，并没有像对"中学为体"那样详细论述。从这点也可以看出，闻一多对于中学、西学的重视程度不同。

闻一多还提及了好几个注重中学的人，包括他悼唁的方玮德，另有余大纲、孙毓棠和陈梦家，这些人都是新月派成员。从这一点也可以看出，中体西用的文化观，不是闻一多一个人的文化观，而是新月派诗人秉承的文化观。就研究旧学而言，闻一多本人其实就是典范。他的唐诗研究尤其深入，提出了不少洞见，收录了闻一多长年研究唐诗成果的《唐诗杂论》就是一部研究唐诗的经典。闻一多重视中学，尤其重视中国传统诗歌，其实就是想通过对中国优秀传统诗歌的研究，为新格律诗发掘有益的营养。

---

① 闻一多. 悼玮德[M]//季镇淮. 闻一多研究四十年. 北京：清华大学出版社，1988：71-72.

② 闻一多. 悼玮德[M]//季镇淮. 闻一多研究四十年. 北京：清华大学出版社，1988：71.

闻一多尤其专门针对诗歌提出了自己的主张，诗歌一定要由具有本位文化的人来写，并且由于新月派诗人的兴趣转移，开始研究本国文化，闻一多也期待着新诗的新局面。闻一多本人经历了写各种诗歌的历程，对于诗人要具有本位文化有深刻的认识。闻一多写诗的历程为：旧诗—新诗—立志写旧诗—实际写新格律诗—后来写自由诗—最后放弃诗歌。闻一多在清华读书的时候写旧体诗；新文化运动已降，闻一多转而写新诗，自由诗；1925年，闻一多突然声称要写旧诗，"唐贤读破三千纸，勒马回缰作旧诗"，"神州不乏他山石，李杜光芒万丈长"①。当然，闻一多并没有完全写旧诗，而是在中国传统诗歌的基础上，借鉴外国诗歌技法，试验并创作了新格律诗。即便闻一多翻译了众多外国诗歌，新月派诗人也尝试了众多新格律诗，闻一多对于方玮德府上那一派的古文仍旧推崇，认为可以作为长诗的模范。"我认为长篇的结构，应拿玮德他们府上那一派的古文来做模范。"② 再后来，闻一多"卅一年"写的诗，"作风改变得很厉害，是自由的诗体"③。最后，闻一多完全放弃写诗。

总而言之，闻一多《悼玮德》一文明确地总结了闻一多以及新月派中体西用的文化观，是研究新月派的重要文献。

新月派另一成员朱湘对于中外文化关系的讨论，也体现出了其中体西用的文化观。在对中外文化、文学关系的论述中，朱湘认为既可以借鉴外国文学来复活本国的文学，也可以在批判中对其进行继承和发展。而吸取本国旧文学中的精华也是朱湘一以贯之的观点。最好是在外国和本国文学的共同滋养下来发展新文化，但外国文化的滋养始终是次要的，更重要的还是本国文化的积淀，这就是朱湘表现出来的中体西用的文化观。与当时中国全盘西化的文化观不同，朱湘有十足的文化自信，他重视并且肯定中国文化，尤其还指出中国的建筑和文学都给予了欧洲启示，中国文化也能给欧洲文化以借鉴作用，"他山石之，可以攻错（玉）"④。这是使用客观史实来反驳社会上的全盘西化的思想。当然，朱湘也指出西方文化对于中国文化的作用：中国文化的发展，也需要西方文化的滋养。"西方的文化可以比为春天的太阳，至于树干与浆汁，它们还是旧有的，或是由旧文化的土地中升上的。""在欧洲的

---

① 孙党伯，袁謇正. 闻一多全集：书信·日记·附录 [M]. 武汉：湖北人民出版社，1993：222-223.
② 闻一多. 新月讨论：（一）论《悔与回》[J]. 新月，1930（5/6）：3.
③ 朱自清. 闻一多先生与新诗 [J]. 清华周刊，1947（8）：2.
④ 朱湘. 文学闲谈 [M]. 上海：北新书局，1934：66.

'文艺复兴'时代,两千年前的希腊文化的精神可以感兴起来一种崭新的精神","如其新文学是决意要追踪灿烂的唐代,在这固有文化又与一种新来的文化接触的时候,也要产生一种文化大观的文学、文学家","中国的'文艺复兴',要借重于两方面:翻译考古学"①。朱湘在这里反复论及中国的文艺复兴,既然是讲复兴,那就一定与中国古典文化传统相关、与中国古典诗歌传统相关。朱湘希望复兴的正是这样的传统,而且是在翻译的外来影响下进行的复兴。朱湘虽然是在讨论中外文化关系,但是体现出了朱湘中体西用的文化观。

针对当时中国全盘西化的文化观,朱湘语重心长地指出中国新文化要发展,需要先对旧文化有正确的清算,而不是一味地全盘否定,并且指出新文化要从旧文化中发展起来,因为旧文化是新文化的树干和浆汁,西方文化是春天的太阳。换句话说,新文化的根本是中国旧文化,新文化的养料是西方文化。钱光培认为,朱湘"并未完全否认西方文化在建设中国的新文化中的作用,但很明显,他不认为西方文化能成为中国新文化的主体"②。旧文化的树干和浆汁,来源于中国传统,类似于闻一多说的中国文化本位,中国的新文化要坚持旧文化的根本,同时也要西方文化的滋养,才能有发展和前程。根本是不能动的,外国文化养料也还是需要的。至此,在朱湘眼里,哪种文化是本,哪种文化是用,就一目了然。朱湘也推崇中体西用的文化观。值得注意的是,虽然闻一多阐述中体西用的文化观,朱湘也体现出中体西用的文化观,但闻一多和朱湘的立足点是不同的。闻一多是站在中国文化人的立场,强调中国本位文化的重要性,强调学习西方文学的技术和技巧;而朱湘则是站在文化交流的立场,提出在西方文化滋养下,复兴中国文化。

值得注意的是,新月派中除了闻一多和朱湘明确说明过中西文化的关系,徐志摩也具有"强国、强民、振兴中华的文艺复兴之梦","他所呼唤的,并非当时最时髦、现代的思想,而恰恰是传统的回归"③。另外,上文闻一多在《悼玮德》中列举的新月派其他诗人,同样践行着中体西用的文化观。

新月派诗人一直以来秉承中体西用的文化观,一是因为中体西用的文化观,在中国有其历史渊源;二是因为当时社会全盘西化的文化观泛滥,有着

---

① 朱湘. 文学闲谈 [M]. 上海:北新书局,1934:92-94.
② 钱光培. 论朱湘先生的文化观:《现代诗人朱湘研究》之一节 [J]. 山西师大学报(社会科学版),1987(1):55.
③ 王友贵. 翻译西方与东方:中国六位翻译家 [M]. 成都:四川出版集团,四川人民出版社,2004:321-322.

深厚中国传统文化背景的新月派成员试图对全盘西化的文化观做出合理修正。

"中学为体，西学为用"的思想可以追溯到清末，是当时一些进步知识分子或者洋务派成员提出并使用的，除了"中学为体，西学为用"，还有一种提法是"旧学为体，新学为用"，两个表达意思实际上是一样的。其中，以张之洞著作中的"中学为体，西学为用"影响广泛。清末中国经历了从闭关锁国到洋枪洋炮打开中国大门的历史转变。西方国家的强大，并没有使当时的知识分子一味崇洋媚外，全盘学习西方，而是坚持中国本国传统文化，同时学习西洋先进文化，并且视中国传统文化为道、为本，西洋文化为器、为末。

五四新文化运动以后，出现了对中国文化全盘否定、对西方文化全盘接收的思想。具体到文学领域，则是强调学习和模仿外国的作家作品，摒弃中国古代"线装书"。新月派同人，受过中国传统文化和古典文学的熏陶，有很深的中国文化底蕴和文学素养。正是在这样一种背景下，新月派同人思考了中国文化该何去何从，承接清末知识分子，重申了中体西用的思想；与此同时，新月派成员潜心研究、发掘中国传统文化。清政府提倡的"中体西用"是一种社会思潮，影响范围涉及中国近代政治和思想。而新月派成员提出的"中体西用"思想，实际上是一种文化观，体现了新月派诗人对于外国文化和中国文化关系的认识与看法，并且尤其体现了新月派诗人对于外国文学和中国文学关系的认识与看法。

新月派诗人"中体西用"的文化观，继承了清朝的社会思潮，结合当时中国的文化背景提出，体现了新月派诗人的中国文化情怀，是了解新月派诗人、诗作甚至是译作的一个重要途径。新月派中体西用的文化观极大地影响了新月派的诗学观和翻译观。就诗歌创作而言，新月派诗人提倡中国精神、内容，但诗歌的手法可以是西洋的；就诗歌翻译而言，新月派诗人积极翻译外国文学中的优秀作品，注重移植外国诗歌的形式，以资借鉴和学习。

第二节　新月派诗学

新月派存续时间，本书限定在1923年新月社成立，到1933年《新月》终刊。1923年不仅是新月社成立的年份，也是新诗史上重要的年份。"大约从一九二〇年至一九二三年，是自由诗理论尤其是其实践的大发展时期：中国自由诗形式可以说是基本成熟了。但这一时期格律诗的理论和实践也同时发生和发展着，只是显出是一个支流，不引人注目。一九二三年以后，人们对自由诗的散文化愈益不满,终于从一九二五年起引起了对新诗格律形式自觉的、颇为轰轰烈烈的探讨。"① 对于新诗格律的探讨包括郭沫若的"内在韵律"论和新月派的格律诗学。

新月派诗学主要刊载于《晨报副镌·诗镌》,后来《新月》月刊上有一定数目的文章讨论诗歌创作,再后来1931年创立的《诗刊》上只有少数讨论诗学的文章了。

一、诗学定义

"诗学"一词的汉语词典释义为:"古希腊亚里士多德著,是欧洲最早一部文艺理论著作。后来欧洲历史上相沿成习,将一切阐述文艺理论的著作统称为诗学。现在有些国家有时专称研究诗歌原理的著作为诗学,以区别于一般阐述文艺理论的著作。"②

诗学(poetics)英文解释为:"文学批评的部分,讨论诗歌;也是关于诗歌的专著;尤其指亚里士多德的作品。"③ 而文学词典对此的解释为:"诗歌的一般原则或者文学的一般原则,抑或对于这些原则的理论研究","诗学涉及诗歌(或者文学)的明显特征,语言、形式、体裁和作文方式"④。

虽然亚里士多德不是第一个讨论诗歌和诗人的,但是"诗学"一词在西方源于亚里士多德的《诗学》。该书讨论了文学作品的种种理论问题,如喜剧和悲剧,诗与历史的区别,情节发展,语言词汇,等等。总之,亚里士多德的"诗学"指的就是文学的一般原则。

勒菲弗尔(Lefevere)认为,诗学是使文学交流成为可能的准则⑤,是在

---

① 陈本益. 汉语诗歌的节奏[M]. 重庆:重庆大学出版社,2013:269.
② 夏征农. 辞海[Z]. 缩印本. 上海:上海辞书出版社,1999:477.
③ MURRAY J A H, et al. The Oxford English dictionary [Z]. Vol. VII. Oxford: Oxford University Press, 1933:1043. 笔者译,若没有特殊说明,文中所涉及的外文文献的汉译文都是笔者翻译。此处原文为: that part of literary criticism which terats of poetry; also, atreatise on poetry: applied esp. to that of Aristotle.
④ BALDICK C. Oxford concise dictionary of literary terms [Z]. Shanghai: Shanghai Foreign Language Education Press, 2000:172. 原文为 the general principles of poetry or of literature in general, or the theoretical study of these principles. As a body of theory, poetics is concerned with the distinctive features of poetry (or literature as a whole) with its languages, forms, genres and modes of composition.
⑤ LEFEVERE A. Why waste our time on rewrites? —— the trouble with interpretation and the role of rewriting in an alternative paradigm [M] // HERMANS T (ed.). The manipulation of literature: studies in literary translation. London and Sydney: Croom Helm, 1985:229.

特定社会中文学应该是什么或者能够被允许是什么的主要概念。他指出诗学的构成："文学系统也拥有行为规范，诗学。诗学由目录成分（体裁、某些象征、人物、原型场景）和'功能'成分组成，功能成分是个概念，涉及文学应该怎么或者能够被允许怎么在社会发生作用。"① 他后来又稍做修改，指出诗学的构成：一是详细目录，包括文学手法、体裁、主题、原型人物和场景以及象征；二是一个概念，涉及文学在社会系统中的角色是什么或者应该是什么②。

上述对于诗学的定义有多种，但主要分为广义和狭义两个方面。诗学的广义定义就是文学的一般原则，狭义定义就是诗歌的一般原则。本书中采用诗学的狭义定义，即诗歌的一般原则。

新月派诗人对于诗歌创作原则进行过讨论，并且对诗歌做出研究。该派诗人对于诗歌的观点较为系统，可以构成狭义的诗学。故而，在本书中，"诗学"特指诗歌的一般性原则以及对于诗歌的研究，尤其是新月派诗人的诗学。新月派诗学主要涉及诗歌的格律、形式、音乐性，诗歌中的理性和情感，以及作诗试验。新月派诗人中体西用的文化观体现在新月派诗学和诗歌上面，就是注重引进外国诗歌的形式、技术和技巧，但诗歌的本位精神还是中国的。

钱理群等对于新月派诗人的诗学有中肯的总结，认为新月派诗人在"理性节制情感"的美学原则基础上，提出了新诗的"和谐"与"均齐"，"提倡新诗的格律化"③。

二、新月派诗学

新月派诗人提出了一系列诗学原则，本书着重探讨新诗形式运动、诗歌

---

① LEFEVERE A. Mother courage's cucumbers: text, system and refraction in a theory of literature [C] // In LEFEVERE A (ed.). The translation studies reader. 3rd edition. London: Routledge, 2012: 206. 原文如下: The literary system also possesses a kind of code of behaviour, a poetics. This poetics consists of both an inventory component (genre, certain symbols, characters, prototypical situations) and a "functional" component, an idea of how literature has to, or may be allowed to, function in society.

② LEFEVERE A. Translation, rewriting, and the manipulation of literary fame [M]. Shanghai: Shanghai Foreign Language Education Press, 2004: 14, 26. 原文如下: A poetics can be said to consist of two components: one is an inventory of literary devices, genres, motifs, prototypal characters and situations, and symbols; the other a concept of what the role of literature is, or should be, in the social system as a whole.

③ 钱理群，等. 中国现代文学三十年 [M]. 上海：上海文艺出版社，1987：167.

音乐性、理性和节制,以及诗歌"试验"说。

(一) 新诗形式运动

20世纪初,胡适在《尝试集》中推出自己翻译的莎拉·蒂斯黛尔(Sara Teasdale)的诗歌《关不住了》(*Over the Roofs*),宣布诗歌的新纪元,呼吁"诗体大解放",开启了白话新诗的时代。胡适曾说,"因此,我到北京以后所做(作)的诗,认定一个主义:若要做(作)真正的白话诗,若要充分采用白话的字,白话的文法和白话的自然音节,非做(作)长短不一的白话诗不可。这种主张,可叫做(作)'诗体的大解放'。诗体的大解放就是把从前一切束缚自由的枷锁镣铐,一切打破:有什么话,说什么话;话怎么说,就怎么说。这样方才可有真正白话诗,方才可以表现白话的文学可能性"①。

然而,胡适后来却被文艺界批判,被认为是新诗运动最大的罪人②,其"作诗如作文"也被诟病,中国新诗的前途渺茫。胡适在中国诗歌发展史上,无疑摧毁了古典诗歌,其建立的白话新诗,由于过于强调白话,强调作诗如说话,使得作出的诗歌失去了诗意,因而并不算成功建立了新的诗歌体系。后来,胡适和新月派其他成员孜孜不倦地努力建设格律新诗。

诚如柳无忌所言,从清华出去的留美诗人,如闻一多、朱湘、孙大雨等,对于西方诗的感受,与胡适、郭沫若等初期的诗人不同。前者发现古典与浪漫的英、法、德诗也有音韵和格律。从这时起,新诗的创作有了极大转变,"他们写作着要在脚镣手铐中追求自由的有格律的新诗"③。

1926年前后,原清华文学社的一批成员(也被认为是新月派的成员)开始探讨新诗的形式问题,并且从事诗歌翻译和诗歌创作,展开新诗形式运动。他们对于新诗形式问题的讨论包括诗歌的音韵、诗行和诗章。柳无忌指出,朱湘是新诗形式运动的一员健将。"他有一个信仰,是从研究西洋诗得来的:新诗写作的关键与企图,在于探求、创造与改进中文诗歌的规律,并不是把诗的音韵与形式全部推翻消灭。"④

其实新月派诗人并非最早探讨新诗形式的,却是影响最大的。新月派诗人注重新诗形式的构建,是历史发展的必然。早在清末,就有过"诗界革

---

① 胡适. 我为什么要做白话诗(《尝试集》自序)[J]. 新青年,1919(6):497.
② 穆木天. 谈诗:寄沫若的一封信[J]. 创造月刊,1926(1):86.
③ 柳无忌. 朱湘:诗人的诗人[M]//罗念生. 二罗一柳忆朱湘. 北京:生活·读书·新知 三联书店,1985:56.
④ 柳无忌. 朱湘:诗人的诗人[M]//罗念生. 二罗一柳忆朱湘. 北京:生活·读书·新知 三联书店,1985:56.

命",但是当时革命没有改变诗歌的格律形式,旧的格律不能容纳新时期的诗歌内容,诗界革命失败。后来胡适提出"诗国革命",从诗歌形式入手,打破了旧有的诗歌格律,提出了"要须作诗如作文",提出了"诗体大解放",在破旧方面取得成果,在立新方面却无建树,新月派诗人就是要建立新诗格律,规范诗歌创作。在当时诸多诗歌流派中,新月派应时而生、顺应时势。

在1926年新诗形式运动以前,刘半农、孙大雨、陆志韦、刘梦苇等就已经开始探索新诗形式问题了。朱自清指出,刘半农较早提出了重造新韵、增多诗体,陆志韦是"第一个有意实验种种体制,想创新格律的"①。陆志韦从理论和实践上都践行着白话诗歌格律。朱湘注意到陆志韦诗歌中"字数划一的诗"②。陆志韦本来是研究心理学的学者,并且在心理学这个学术领域也颇有成果和建树,但他早在1923年就对白话格律诗有相应研究,他的《渡河·我的诗的躯壳》就较早并且颇有洞见地提出了白话诗歌的格律基础。"我的意见,节奏千万不可少。押韵不是可怕的罪恶。同时代诸公的信条不免有些出入。所以我的诗不敢说是新诗,只是白话诗。"③ 后来,陆志韦也提出白话诗不讲平仄,"不能在平仄上建造结构",而应"整理语调叫他产生节奏"④。但是陆志韦的诗学思想并未产生应有的影响,倒是后来的新月派诗人的格律诗歌理论产生了较大影响,"那时候大家都作格律诗;有些从前极不顾形式的,也上起规矩来了"⑤。

孙大雨最主要的贡献就是提出"音组"说。"没有,可以叫它有;未曾建立,何妨从今天开始?译者最初试验语体文底(的)音组是在十七年前,当时骨牌阵还没有起来。嗣后我自己的和译的诗,不论曾否发表过,全部都讲音组,虽然除掉了莎译不算,韵文行底(的)总数极有限。这试验很少人注意,有之只限于两三个朋友而已。在他们中间,起初也遭遇到怀疑和反对,

---

① 朱自清. 导言 [M] //朱自清(编选). 中国新文学大系:第八集 诗集. 上海:上海文艺出版社,1981:6.
② 朱湘. 刘梦苇与新诗形式运动 [N]. 文学周报,1929(326-350):323. 笔者搜索的民国报纸文章,大多数是从"晚清及民国期刊全文数据库"获取,其网址为:http://www.cnbksy.cn/,该数据库未显示出版月和出版日,但是有卷期号,所以笔者从该数据库获取的报纸,沿用该数据库中显示的期号,而未标出出版月和出版日。但是笔者从纸质报纸获得的报纸文章,均明确标明出版年月日。下文不再赘述。
③ 陆志韦. 我的诗的躯壳 [M] //渡河. 3版. 上海:亚东图书馆,1927:24.
④ 陆志韦. 论节奏 [J]. 文学杂志,1937(3):8,12.
⑤ 朱自清. 导言 [M] //朱自清(编选). 中国新文学大系:第八集 诗集. 上海:上海文艺出版社,1981:6.

但近来已渐次推行顺利，写的或译的分行作品一律应用着我的试验结果。"①从孙大雨自己的论述来看，他早在1923年就开始使用音组写诗、译诗，孙大雨第一首使用音组的格律诗歌，是1926年发表的十四行诗《爱》。使用音组写诗译诗，这确实是中国新格律诗创作以及翻译外国诗歌的一个创举。孙大雨个人的音组试验，早于新月派的新诗形式运动，为后来新诗形式运动和新月派大规模翻译外国格律诗歌试验奠定了基础。

刘梦苇、孙大雨等在加入新月派之前，就探讨过新诗形式并且尝试构建新诗形式。但是，他们都是单枪匹马，他们的诗学主张没有引起较多诗人或研究者的共鸣，也没有产生较大的影响。后来他们在1926年左右加入新月派以后，也把对于诗歌形式的思考带入了新月派，新月派的主要文学活动也实现了从戏剧到诗歌的转变。

形式，对应于英语"form"，指的是"体裁或文学类型"，抑或"格律、诗行和韵的安排（'诗歌形式''诗节形式'）"②。

对于新诗形式运动，朱湘专门撰有文章《刘梦苇与新诗形式运动》。朱湘认为新诗形式运动包括三个方面，音韵、诗行和诗章，分别有胡适、陆志韦和郭沫若在努力，刘梦苇做出了最初的成绩。朱湘向闻一多推荐刘梦苇的《宝剑之悲歌》和《孤鸿集》的"序诗"，引起闻一多注意前一首诗的形式和后一首诗的形式音节。"以后闻一多同我很在这一方面下了点功夫。《诗刊》办了以后，大家都这样做了。"③ 从这里也可以看出两点：第一，其实新诗形式运动不是新月派一个派的宗旨，郭沫若这位创造社诗人也在努力；第二，1926年的《晨报副镌·诗镌》创办后，中国新诗的一个走向就是创作格律诗歌，注重诗歌形式的整饬和音韵。

《晨报副镌·诗镌》创立之前，朱湘就探讨过新诗的形式问题。朱湘在评论《志摩的诗》时，多从用韵是否讲究和诗歌段落的布置是否自然、活泼来考察，认为诗还是要做到行的独立和行的匀配，对于徐志摩诗歌用韵欠整齐的地方也提出了批评。最后，朱湘客观公允地称赞了徐志摩对韵体的尝试。朱湘之后又讨论了散文诗。朱湘指出散文诗和诗的区别：前者是以段做单位，后者是以行做单位，认为作诗要"顾到行的独立同行的匀配"，并且提出了具

---

① 孙大雨.黎琊王序言［M］//莎士比亚.黎琊王：上册.孙大雨，译.上海：商务印书馆，1948：9.引文中，民国时期使用"底"字，即"的"。
② ABRAMS M H. A glossary of literary terms（7th edition）［Z］. Beijing：Foreign Language Teaching and Research Press，2004：101.
③ 朱湘.刘梦苇与新诗形式运动［N］.文学周报，1929（326-350）：323.

体要求①。朱湘谈到了徐志摩平民风格的诗，认为是学吉卜林（Kipling）的，是很有趣味的尝试。但是朱湘也毫不留情地指出了徐志摩诗歌的缺点，"土音入韵"，"骈句韵不讲究"，"用韵有时不妥"，"用字有时欠当"，"诗行有时站不住"，"有时欧化得太生硬了"。当然，朱湘也充分肯定了徐志摩许多韵体上的尝试，"这种大胆的态度，这种冒全国的大不韪而来试用大众所鄙夷踩躏的韵的精神，已经够引起大家的热烈的敬意了"②。

《晨报副镌·诗镌》时期，新月派的诗歌思想形成了较为系统的一套体系，对于之前过度自由的诗歌进行了匡正。不仅对诗歌的形式孜孜以求，进行试验，还关注诗歌的精神和情绪。《诗刊弁言》中，徐志摩开宗明义指出了《诗刊》"专载创作的新诗与关于诗或诗学的批评即研究文章"，"我们的大话是：要把创格的新诗当一件认真事情来做"，并且同人都相信自己的责任是发现诗文和美术的新格式与新音节③。

早在1923年到1925年期间，新月派诗人创作也好，译诗也罢，主要是试验白话文和新诗体。但是在1926年到1933年期间，新月派诗人的诗歌创作和翻译以及诗学探讨，则主要是为新诗构建合适的形式与音节。两个阶段同是关注新诗，但是关注的侧重点已然不同。

在《晨报副镌·诗镌》的最后一期中，徐志摩对两个多月来《晨报副镌·诗镌》的工作做了总结，同时重申了新月派诗学。加上最后一期，《晨报副镌·诗镌》一共办了十一期。《晨报副镌·诗镌》暂停的原因有两个：一是暑期稿件不方便，二是徐志摩有朋友想办剧刊④。徐志摩等本来计划十期或十二期的剧刊，之后复辟诗刊。新月派将诗刊地位让与剧刊，也是意料之中的事情，因为新月派成立之初，就是从事戏剧活动的，只是随着时间的流逝和成员的变动，新月派发展到1926年时，已经有很多诗人参与其中了，包括"清华四子"。徐志摩表扬饶孟侃与闻一多，认为他们最卖力气；朱湘，本应是大将兼先行，但是耽误了，徐志摩表示惋惜；徐志摩感谢了邓以蛰、余上沅，批评了杨世恩和孙大雨没有尽责。同时，徐志摩也承认了在刊行《晨报副镌·诗镌》时带有偏见的选稿原则，并且请求谅解。徐志摩总结出在理论方面，"我们讨论过新诗的音节与格律"，"试验什么画方豆腐干式一类的体

---

① 朱湘. 评徐君《志摩的诗》[J]. 小说月报, 1926 (1)：4-6.
② 朱湘. 评徐君《志摩的诗》[J]. 小说月报, 1926 (1)：9-11.
③ 徐志摩. 诗刊弁言 [J]. 晨报副镌·诗镌, 1926 (1)：1.
④ 徐志摩. 诗刊放假 [J]. 晨报副镌·诗镌, 1926 (11)：21.

例",并且指出,"一首诗的秘密也就是它的内含的音节的匀整与流动"。徐志摩强调了诗歌内在的音节是诗的生命,指出思想情绪音节化(诗化)才能形成诗。同时,徐志摩也辩证地指出了形式整齐与音节无关①。

虽然徐志摩重申了新月派讲究音节与格律的诗学,但是他也洞彻事理、一针见血并且不无幽默地指出了"格律"的流弊。"谁都会运用白话,谁都会切豆腐似的切齐字句,谁都能似是而非地安排音节——但是诗,它连影儿都没有和你见面!"徐志摩同时也意识到,要避免为指摘前者的弊病,而引起后者弊病的倾向。在文章的最后,徐志摩表示"盼望将来继续诗刊或是另行别种计划的时候,我们这几个朋友依旧能保持这次合作的有爱的精神"②。最后这句话,也为后来新月派同人创办《新月》《诗刊》做了铺垫。针对诗歌只注重形式、不注重诗意,饶孟侃对郭沫若的诗歌做出过批评。饶孟侃批评了郭诗中有的只有音调铿锵,格式齐整,却没有新颖的诗意,有的像是记账,有的句子是凑韵。"用中国文字写诗,颠倒起来,我总觉看不很惯","用韵本来就是为的要使全诗紧凑,要是不自然,功效就完全失去了"。当然,也肯定了郭诗对于音节格律的注意,指出其好处是诗歌写得流利③。从这里也可以看出新月派诗人的主张,并非一定要写出整齐划一的诗歌,他们更看中的是诗意。

关于诗歌的格律和形式,闻一多和饶孟侃都有详细的讨论。"诗之所以能激发情感,完全在他的节奏;格律就是节奏。"④ 闻一多讨论了格律的重要性后,进一步将格律分为两个方面:"(一)属于视觉方面的,(二)属于听觉方面的。""属于视觉方面的格律有节的匀称,有句的均齐,属于听觉方面的有格式,有音尺,有平仄,有韵脚;但是没有格式,也就没有节的匀称,没有音尺,也就没有句的均齐。""新诗采用了西文诗分行写的办法,的确是很有关系的一件事。"闻一多在饶孟侃论新诗音节的基础上,进而提出诗歌"不独包括音乐的美(音节),绘画的美(词藻),并且还有建筑的美(节的匀称和句的均齐)","增加了一种建筑美的可能性是新诗的特点之一"。同时,闻一多也回应了不少人对于节的匀称和句的均齐的怀疑,他们认为是复古。闻一多指出可以模仿十四行体,但不能做得像律诗,进而指出了律诗和新诗

---

① 徐志摩. 诗刊放假[J]. 晨报副镌·诗镌,1926(11):21.
② 徐志摩. 诗刊放假[J]. 晨报副镌·诗镌,1926(11):22.
③ 饶孟侃. 感伤主义与"创造社"[J]. 晨报副镌·诗镌,1926(11):24.
④ 闻一多. 诗的格律[J]. 晨报副镌·诗镌,1926(7):30. 闻一多使用的词汇即"词藻",本文引用未改动。下文引用时不再赘述。

格式的三点不同：格式数量不同，格式与内容的关系不同，格式的构造者不同。前者只有一个别人构造的格式，并且格式与内容没有关系，而后者格式根据内容构造，层出不穷，并且能够由诗人自己构造。针对一些人的畏难情绪，闻一多又语重心长地指出，"字句锻炼得整齐，实在不是一件难事"。而且闻一多通过对比两个例子，强调了"句法整齐不但于音节没有妨碍，而且可以促成音节的调和"，"整齐的字句是调和的音节必然产生出来的现象"。当然，闻一多也看到了问题的另一面，即"字数整齐了，音节不一定就会调和"，并且反对"死气板脸地硬嵌上去的一个整齐的框子"①。然而，研究闻一多诗歌和诗学观的研究者并没有注意到闻一多辩证的看法，而多是一味地质疑闻一多写"麻将牌式的格式"，以为这是闻一多提倡的，实则不然，纯属误读。此外，闻一多还认为，字数的整齐可以证明诗的节奏是否存在②。但是，闻一多并不是强调僵化的、绝对的字数相同，"句子似应稍整齐点，不必呆板的限定字数，但各行相差也不应太远，因为那样才显得有分量些"，闻一多一直关注诗歌的节奏、形式等因素。他后来评论陈梦家和方玮德同作的《悔与回》时，又重申他的观点，"诗不能没有节奏"，"诗的外表的形式，我总忘不记"（原文强调）③。闻一多说要戴镣铐跳舞，才跳得好，诗歌的格律是表现的利器④。

闻一多赴美留学，专攻美术，受过美术方面专业的训练，"我是受过绘画的训练的，诗的外表的形式，我总忘不记"（原文强调）⑤。闻一多把美术上受到的训练，运用于诗歌，这也就能够解释为什么闻一多尤其注重诗歌的形式了。他认为诗歌包括音乐的美、绘画的美和建筑的美，后面两种美，应该就是闻一多从绘画上得到的启示。

饶孟侃是《晨报副镌·诗镌》时期最卖力的同人之一，他断定新诗虽然渐渐入了正轨，但是也产生了疑难问题，所以他一而再，再而三地论及新诗的音节，以解决疑难问题。在《新诗的音节》中，饶孟侃认为古今中外，诗只包含两件东西：意义和声音，这两者在完美的诗里面是调和的，这两者其

---

① 闻一多. 诗的格律 [J]. 晨报副镌·诗镌，1926（7）：30. 闻一多使用的词汇即"词藻"，本文引用未改动。下文引用时不再赘述。
② 闻一多. 诗的格律 [J]. 晨报副镌·诗镌，1926（7）：30. 闻一多使用的词汇即"词藻"，本文引用未改动。下文引用时不再赘述。
③ 闻一多. 新月讨论：（一）论《悔与回》[J]. 新月，1930（5/6）：3.
④ 闻一多. 诗的格律 [J]. 晨报副镌·诗镌，1926（7）：29.
⑤ 闻一多. 新月讨论：（一）论《悔与回》[J]. 新月，1930（5/6）：3.

实就是一个整体：音节。新诗虽然发展了几年，但是在音节上没有多大贡献。音节包括"格调，韵脚，节奏和平仄等的相互关系"。格调，是一首诗里面每段的格式。韵脚的"工作是把每行诗里抑扬的节奏锁住，而同时又把一首诗的格调缝紧"。在新诗里要多多尝试格调和韵脚，它们在旧体诗里没有充分发展。节奏，"一方面是由全诗的音节当中流露出来的一种自然的节奏，另一方面是作者依着格调用相当的拍子（Beats）组合成一种混成的节奏"。对拍子的过分注意，会导致音节和情绪失去均匀，不能写出好诗。饶孟侃并不排斥平仄，反而认为平仄和节奏、韵脚同等重要。当然，饶孟侃认为，诸如格调、韵脚、节奏和平仄是新诗在音节上最重要的几种可能性，此外，还有双声、叠韵也算是新诗音节的尝试①。《新诗的音节》发表后的第二天，饶孟侃收到了吴直由的信，要与他讨论，饶孟侃觉得吴直由误会了自己的意思，所以发文《再论新诗的音节》，以讲得更加透彻，不至误会。饶孟侃指出，"诗根本就没有新旧的分别"，"诗有中外的分别"，但是"中外的分别也不能十分确定"。"尤其是我们谈到新诗的音节，似乎一提起就觉得有一种和旧诗的音节是迥乎不同的联想，因为新诗的音节是一种最初的尝试，在一般人的心目中就没有若何的印象，所以一听到新诗只是在音节上就有这许多的讲求，便断定所谓入了正轨以后的新诗都是些新诗旧诗中间的东西。"此外，"中外的分别也不能十分确定"，中国新诗也可以用外国诗的音节。"十四行体诗就不是英国本有的体裁"；因为十四行体"在英诗里运用得好，所以现在也就成为他们自己的一种诗体了"；饶孟侃也意识到了过于注重音节对于幼稚作家的弊端，"在诗的基本技术上尚属幼稚的作家又有音节情绪不能保持均衡的危险"，同时，也提出"诗的音节能够完全摆脱模仿，那末在一转便入了完美的境界"，要求新诗不要再模仿旧诗和外国诗的音节。而完美的新诗的音节是"要能够使读者从一首的格调，韵脚，节奏和平仄里面不知不觉的（地）理会到这首诗里的特殊情绪来"②。

陈梦家重申了新月派对于格律的主张，提出格律使诗歌更显明、更美，诗歌使用格律其实是在追求规范，但是陈梦家也辩证地指出，绝不坚持非格律不可。"我们欢喜'醇正'与'纯粹'"；"我们不怕格律。格律是圈，它使诗更显明，更美"。"但我们绝不坚持非格律不可的论调，因为情绪的空气不容许格律来应用时，还是得听诗的意义不受拘束的（地）自由发展。""我

---

① 饶孟侃. 新诗的音节 [J]. 晨报副镌·诗镌, 1926 (4)：49-50.
② 饶孟侃. 再论新诗的音节 [J]. 晨报副镌·诗镌, 1926 (6)：13-14.

们并不是在起造自己的镣锁，我们是求规范的利用。""诗有格律，才不失掉合理的相称的度量。"①

值得注意的是，新月派诗人对于诗歌格律提出了诸多类似的概念，孙大雨的"音组"，闻一多的"音尺"以及饶孟侃的"音节"等。从渊源来看，孙大雨的"音组"和闻一多的"音尺"都明显是借鉴英诗的节奏单位，前者借鉴了"meter"，后者借鉴了"foot"，至于为什么闻一多要将之译为"音尺"而非"音步"，也颇有探讨空间。是不是要突出这个概念仅仅是个"单位"或者其他什么原因？也许这就是闻一多的一个误译，孙大雨就指出"'尺'应作'步'"②。从孙大雨与闻一多音组和音尺概念的英文理解中，闻一多的音尺是诗行内由两三个字组成的节奏单位，而孙大雨的音组是相同时间节奏的复现。孙大雨的音组概念侧重整体，而闻一多的音尺概念侧重个体。饶孟侃的"音节"是个较模糊的概念，包含很多内容。可见，即使是在新月派内部，单就诗歌节奏问题就有不同的看法和主张。但是总的来说，新月派诗人对于新诗格律的追求还是和谐一致的，并且各位诗人使用音组和音尺分别划分出来的汉语诗歌节奏还是基本一致的。仅以孙大雨和闻一多同在1926年对自己诗歌节奏的划分为例，便可见一斑。

/往常的/天幕/是顶/无忧的/华盖，/③

这是/一沟/绝望的/死水④。

上述例子都是诗人对自己诗歌的节奏划分，虽然采用了不同节奏单位，但道理都是一样的，若是采用音尺来划分孙大雨的诗歌，或采用音组来分析闻一多的诗歌，划分出来的节奏还是一样。总之，不论是采用音尺还是音组来划分，由于材料都是汉语白话文，划分出来的节奏还是一致的，所谓殊途同归。

对于汉语诗歌的节奏单位，朱光潜指出应该是顿，"中国诗的节奏不易在四声上见出，全平全仄的诗句仍有节奏，它大半靠着'顿'"⑤，同时，朱光

---

① 陈梦家. 新月诗选 [M]. 上海：诗社, 1931：9, 15-16.
② 孙大雨. 诗歌的格律（续）[J]. 复旦学报（人文科学版）, 1957（1）：13.
③ 孙近仁, 孙佳始. 前言 [M] // 孙近仁. 孙大雨诗文集. 石家庄：河北教育出版社, 1996：3.
④ 闻一多. 诗的格律 [J]. 晨报副镌·诗镌, 1926（7）：30.
⑤ 朱光潜. 诗论 [M]. 北京：生活·读书·新知三联书店, 2012：225.

潜还对比了汉诗的"顿"与英诗的"音步"以及法诗的"顿",认为汉语诗歌的顿"相当于英诗的'音步'(foot)",英诗中音步"因轻重相间见节奏",而汉诗的顿"同时在长短、高低、轻重三方面见出","中诗顿所产生的节奏很近于法诗顿",与法诗的顿不同在于后者的顿"往往是要略微停顿的"。①

新月派中的后辈卞之琳也倾向于"顿"。卞之琳提出,汉语诗歌节奏单位"顿"晚于朱光潜和新月派同人孙大雨,他或受到此二人影响。卞之琳后来还提出了传译外国格律诗歌的方法,"以顿代步"。采用"顿"作为汉语诗歌节奏单位。一是因为中国诗歌传统中有顿为节奏单位,二是因为汉语白话诗歌的节奏单位也是顿。

综上所述,新诗形式运动中,最重要的当属新月派诗人的新诗节奏主张,有孙大雨的"音组"说,以及闻一多的"音尺"说,都是试图建立中国新格律诗的节奏。世人诟病新月派最多的是他们的"豆腐块"诗歌,但是实际上,虽然新月尝试过"豆腐块"诗歌,但他们也是反对"豆腐块"诗歌的,新月派诗人实际上追求的是因为诗歌音节和谐、音组或音尺整齐而实现的外形整饬,而非刻意切出豆腐块似的诗歌。"这样写来,音节一定铿锵,同时字数也就整齐了。所以整齐的句子是调和的音节必然产生出来的现象。绝对的调和音节,字句必定整齐。"② 后来,孙大雨回忆新月派时期自己和朋友的写诗、译诗,也是强调音组,而非骨牌阵③。也就是说,新月派诗人本质上重视诗歌节奏,诗歌节奏分明可以实现诗歌形式整饬,而新月派诗人并非简单追求诗歌形式整饬,一定要将诗歌写成豆腐块。新月派诗人注重的是诗歌的诗意和节奏。徐志摩、闻一多和陈梦家等诗人都明确表示过,绝对整齐的诗句不一定就是诗,反对似是而非地安排音节和死气板眼的框子。

总之,新月派诗人对于新诗的形式进行了较多探讨,明确了音韵、诗行、诗章、韵脚、节奏、平仄等在新格律诗中的重要性以及如何进行相关的诗歌尝试,在中国诗歌发展史上留下了重要的一笔。新月派同人创办的《晨报副镌·诗镌》"最明显的特色便是诗的格律的讲究。'自由诗'宜于白话,不一定永远地宜于诗。《诗刊》诸作类皆讲究结构节奏音韵,而其结构节奏音韵又

---

① 朱光潜. 诗论 [M]. 北京:生活·读书·新知三联书店,2012:230-231.
② 闻一多. 诗的格律 [J]. 晨报副镌·诗镌,1926(7):30.
③ 孙大雨. 黎琊王:序言 [M] // 莎士比亚. 黎琊王:上册. 孙大雨,译. 上海:商务印书馆,1948:9.

显然的是模仿外国诗"①。新月派对诗歌格律尤其重视，新月派也被称作"格律诗派"。

新月派诗人，大都留学英美，了解英语诗歌构成要素，并且讨论新格律诗的时候，也喜欢使用英诗的术语，如"拍子"（beats）②，"feminine rhyme"（复韵）③，"form"（闻一多对应的译文为格律），"音尺"④。新月派诗人是有意借用西方诗歌的技法，来讨论中国诗歌，建构中国诗歌。

新月派的新格律诗有别于中国古代的格律诗，主要有以下几个方面：一是诗学渊源，二是表现形式，三是语言材料。新月派诗人提出的诗歌新格律，是在充分了解并吸收外国诗学（尤其是法国巴那斯主义及其对应的英国维多利亚时期诗学）的基础之上而提出的，由于诗人骨子里有中体西用的意识，他们学习外国诗学后，注重借鉴外国诗歌的形式要素和诗歌技法，进而提出中国新格律诗学。另外，新月派的新格律诗是形式多样的格律诗，对于不同的表达内容，有相应的格律形式，突破了中国旧格律诗歌单一的格律模式。也正是因为如此，新月派倡导的新诗形式运动，相对于清末的诗界革命，就显得更高明和顺应时代要求。最后，新月派的新格律诗与格律诗不同之处，还有语言材料。前者的语言材料是汉语白话文，而后者的语言材料是古文；语言材料的不同，导致了新格律诗和格律诗的节奏元素不一样。新格律诗的节奏基础是白话语言的"顿"，通常以两三言为一顿，而后者的节奏基础是古文的顿，通常以一二言为一顿。

闻一多说中国新诗和律诗的区别有三：一是律诗只有一种格式，而新诗的格式层出不穷；二是律诗的格式和内容没有关系，而新诗的格式和内容有关系；三是律诗的格式是别人定的，而新诗的格式诗人可以自己构造⑤。这就表明，中国的新诗其实就是新格律诗，在形式方面对格律诗有了突破。从单一的形式转变为多样的形式，从形式和内容无关转变为形式和内容相关，从别人设定的形式转变为根据要求自己构建形式。这无疑是中国诗歌史上的一次进步和发展。

新月派诗人尤其重视诗歌形式，这有其历史背景和历史必然。清末梁启

---

① 梁实秋. 新诗的格调及其他 [J]. 诗刊, 1931 (1)：83.
② 饶孟侃. 新诗的音节 [J]. 晨报副镌·诗镌, 1926 (4)：50.
③ 饶孟侃. 新诗话（一）土白入诗 [J]. 晨报副镌·诗镌, 1926 (8)：47. 复韵即现在所说的阴韵。
④ 闻一多. 诗的格律 [J]. 晨报副镌·诗镌, 1926 (7)：30. 现在一般把 form 译为形式。
⑤ 闻一多. 诗的格律 [J]. 晨报副镌·诗镌, 1926 (7)：30. 现在一般把 form 译为形式。

超提出过"诗界革命",但是当时革命主要从更新诗歌内容入手,并未涉及诗歌的格律形式,旧的格律不能容纳新时期的诗歌内容,诗界革命以失败告终。胡适继而提出"诗国革命",胡适的"诗国革命"注重从形式入手,打破了旧有诗歌格律,结合中国诗歌历史发展上宋朝的"以文为诗",提出了"要须作诗如作文",提出了"诗体大解放"。胡适出发点是好的,也有理有据,开启了白话新诗的时代。中国诗歌发展历史上,确实存在过宋朝的"以文为诗",所以,胡适的论调也不是空穴来风,还是有历史渊源的。"这个时代之中,大多数的诗人都属于'宋诗运动'。"① 胡适"那时的主张颇受了读宋诗的影响,所以说'要须作诗如作文',又反对'琢镂粉饰'的诗"②。从中国诗歌发展史来看,宋朝的诗歌主要以文为诗,反对中国诗歌传统,同样,胡适提出"要须作诗如作文"仍然是对传统的反对,用胡适自己的话来说就是"诗国革命"③。从历史上看,宋诗远远比不上中国诗歌巅峰时代的唐诗,从民国时期的历史现实来看,作诗如作文的潮流简直超出了胡适的控制,中国古典诗歌的传统被打破了,但是尚未建立新的诗歌规范。胡适被文艺界批判,被认为是新诗运动最大的罪人④,其"要须作诗如作文"也被诟病,中国新诗的前途渺茫。胡适的"诗国革命"在破旧方面取得成果,但是立新方面没有建树。中国新诗想走"诗体大解放"的路,想走向自由诗,另外一个原因是,胡适到了美国之后只接触到了自由诗。但是诚如柳无忌所言,从清华出去的留美诗人,如闻一多、朱湘、孙大雨等,对于西方诗的感受与胡适、郭沫若等初期的诗人不同⑤。

当时诗歌的症结就是打破了旧的格律形式,却未提出新的格律形式,诗歌近于说话和作文,而不能称为"诗歌"。新月派诗人自然注意到了这一点,"我们都知道,之所以有诗学革命,是因为大家觉得旧诗在音节上再没有发展的可能","但是一时却没有想到应该用什么方法去代替"⑥。"所以新诗运动最早的几年,大家注重的是'白话',不是'诗'。""经过了许多时间,我们

---

① 胡适. 胡适文存:第 2 卷 [M]. 台北:远东图书公司,1975:214. 转引自李怡. 中国现代新诗与古典诗歌传统 [M]. 增订 3 版. 北京:中国人民大学出版社,2015:12.
② 胡适. 逼上梁山:文学革命的开始 [J]. 东方杂志,1934 (1):18.
③ 胡适. 逼上梁山:文学革命的开始 [J]. 东方杂志,1934 (1):18.
④ 穆木天. 谈诗:寄沫若的一封信 [J]. 创造月刊,1926 (1):86.
⑤ 柳无忌. 朱湘:诗人的诗人 [M] //罗念生. 二罗一柳忆朱湘. 北京:生活·读书·新知三联书店,1985:56.
⑥ 饶孟侃. 再论新诗的音节 [J]. 晨报副镌·诗镌,1926 (6):14.

才渐渐觉醒，诗先要是诗，然后才能谈到什么白话不白话。"① 梁实秋此语中肯。

此外，新诗运动的早几年，大家关注更多的是语言的革命，要打破文言作诗，采用白话文作诗，强调诗歌语言要由文言向白话变革，如胡适的诗歌《两只黄蝴蝶》就是典型的例子。当时诗人对诗歌的艺术性、文学性考虑不够。而新月派诗人在1926年左右，开始考虑诗歌的文学性问题，不但要用白话创作诗歌，而且创作出来的作品应该是白话诗歌。诗歌无论中西，在内容和形式上都有其内在的规定性，而诗歌格律就是在形式上对诗歌的规定。

新月派诗学就是要建立新诗格律，规范诗歌创作。在当时诸多诗歌流派中，新月派应该是应时而生、顺应时势的了，新月派诗人同时也肩负了创格新诗的使命，"我作诗是为中国做事"②，他们把创格诗歌当作一项重要的事业在做。所以，新月派诗人尤其重视诗歌的格律，新月派诗学以及在其观照下的新月派诗歌创作都极其重视诗歌形式、格律、音乐等。尤其是闻一多，他本来就是学美术出身的，自然会把美术中对形式的要求移植到诗歌中来。新月派诗人崇尚艺术，对于诗歌的形式有深刻认识，因而致力于创格新的诗歌形式，开展了新诗形式运动。另外，新月派诗人大多从小受到格律谨严的中国古诗的熏陶，尤其是闻一多和朱湘，都对中国古诗做了深入研究，出了不少研究成果。新月派诗人自然还是重视诗歌格律，并且深知格律的重要性。"英国诗人锡德尼指出：'历史上所有伟大的诗歌都证明，任何一种成熟的诗都必须有严谨的格律。'而美国诗人弗罗斯特在论及自由诗和格律诗的关系时则说：'如果没有多年的格律诗功底，自由诗会自由得一无是处。'"③ 对中国诗歌来说，格律也同样重要。新月派诗人受中国古典诗歌熏陶，受外国优秀诗歌影响，自然也意识到格律对于诗歌的重要性，在构建新诗时，重视从形式、格律的角度来构建。尤其值得注意的是，新月派秉承的中体西用文化观，决定了新月派诗人在通过学习外国诗歌构建中国诗学的时候，注重学习西方诗歌形式以及引入西方诗歌技巧。新月派诗人当然也重视诗歌的内容和精神，但由于诗歌的内容和精神的重要性是不言而喻的，新月派诗人就没有花太多的笔墨来论述了。新月派诗人尤其了解和喜欢维多利亚时期诗人的诗

---

① 梁实秋. 新诗的格调及其他 [J]. 诗刊，1931 (1)：82.
② 朱湘. 海外寄霓君 [M]. 石家庄：河北教育出版社，1994：155.
③ 曹明伦. 关于译诗和新诗的一点思考 [M] // 吉狄马加. 现实与物质的超越——第二届青海湖国际诗歌节诗人作品集. 西宁：青海人民出版社，2009：18.

歌，维多利亚时期诗人较多致力于诗歌形式上的改革和创新，这无疑与处于格律新诗创格阶段的新月派有着类似经历。维多利亚时期的诗人受到译诗启发，进行改革和创新诗体的活动，这些活动也同样被新月派诗人践行，新月派诗人从维多利亚诗歌中发现了诗的形式①。新月派诗人多留学英美，了解并熟悉维多利亚诗人和诗风，并从中学习借鉴。徐志摩最推崇的诗人就是维多利亚时期的哈代，他撰文介绍哈代其人其诗，并且翻译哈代的诗歌。而闻一多最离不开的诗集就是维多利亚时期的诗人霍斯曼的两本诗集。新月派注重诗歌形式的诗学无疑是受到了维多利亚诗风的影响。新月派诗学注重学习西方诗歌的形式要素，除却现实原因，即胡适提出"诗国革命"，打破了中国古典诗歌的传统，打破了旧的格律形式，却未提出新的格律形式，中国诗歌前途未卜，新月派诗人希望能够建立新格律诗体，是故学习西方诗歌形式要素；还有一个重要的深层原因，那就是新月派诗人中体西用的文化观。中体西用的文化观注定了新月派诗人对于西方诗歌形式、技术以及技巧的学习。

新月派诗人在诗歌的实际创作中，出现了"唯格律是从的僵硬模式"②，这也是需要注意的。但是，真正了解新月派诗人所处的历史文化背景，新月派诗人自身的学识修养，以及新月派的文化观，就会深刻地了解到新月派诗人追求形式的历史必然。另外，新月派诗人的创作还体现了多重特征：浪漫主义诗歌特征，象征主义诗歌特征，维多利亚时期诗歌特征。当然，维多利亚时期诗歌特点是最重要和显著的。具体到每一首诗歌都会体现出自己独特的个性。正如罗振亚所说的，"新月诗派在中国既有浪漫特色"，"又具象征风采"，"从而表现出一种以理节情、格律规范化的承上启下的巴那斯主义倾向"③。

(二) 诗歌音乐性

诗歌音乐性是指诗歌"具有音乐的特质或特点"，即"声调优美的，有旋律的；悦耳的，声音好听的"④。音乐性是诗歌不可或缺的一种特性，诗、乐、舞同源说可以为佐证。英语诗歌的节奏是音乐美的要素。⑤

新月派诗人非常重视诗歌音乐性，对此做出了较多探讨，是新月派诗学

---

① 许正林. 新月诗派与维多利亚诗 [J]. 中国现代文学研究丛刊，1993 (2)：150.
② 李怡. 论戴望舒与中西诗歌文化 [J]. 中州学刊，1994 (5)：70.
③ 罗振亚. 浪漫主义向象征主义转换的中介：新月诗派的巴那斯主义倾向 [J]. 北方论丛，1997 (4)：91.
④ MURRAY J A H, et al. The Oxford English dictionary [Z]. Vol. VII. Oxford: Oxford University Press, 1933：784.
⑤ 陈丹. 以顿代步 复制韵式 [J]. 韶关学院学报，2017 (10)：76.

的重要组成部分。按理说，诗歌音乐性应该放到新月派对于新诗形式运动这一部分探讨，因为构成诗歌音乐美的要素其实就是诗歌的形式要素。英语诗歌的音乐性主要通过诗歌的音步、韵脚、头韵、重章叠句等要素实现。而汉语诗歌的音乐性主要通过诗歌的顿、韵脚、双声叠韵等要素实现。新月派诗人对于诗歌音乐性尤其重视，往往在讨论诗歌形式要素以外还专门做出讨论。另外，新月派诗人对于诗歌音乐性的重视，也是受到重视音律的维多利亚诗风的影响。有鉴于此，本部分专门介绍新月派诗人在诗歌音乐性方面的诗学主张。

新月派诗人对于诗歌音乐性的论述分为两个方面：一方面是论述诗歌音乐性的重要意义，如徐志摩和朱湘；另一方面是论述诗歌音乐性的实现方式，如闻一多。

徐志摩在介绍波德莱尔（Baudelaire）《恶之花》中的《死尸》一诗时，就高调地讨论了诗歌的音乐性，强调诗歌音乐性的重要性，指出诗的真妙处在它不可捉摸的音节里，"只是音乐，绝妙的音乐"①。

朱湘认为，诗歌要有音乐性，要有节奏。诗歌就是"诗加歌的意思"。"在古代，一切的叙事诗都是预备吟诵或是歌唱的"，吟诵中的唱诵，"到现在仍然存在于音乐之内。一直到近代，节奏的显明仍然是叙事诗内，写来阅读的叙事诗内，一种普遍的现象"②。

"朱湘是新格律诗的诗人之一。他特别强调诗的'音乐美'，认为：'诗无音乐，那简直与花无香，美人无眼珠相等。'节奏和韵是格律诗不可少的要素，是诗歌音乐美的来源之一。"③

闻一多提出，诗歌的三美论中排在第一位的就是音乐美，他认为诗歌音乐的美就是诗歌的音节④。

新月派诗人重视诗歌音乐，一方面受到维多利亚诗风或者其他诗歌流派（如象征主义诗歌）的影响；另一方面是了解诗歌发展历史的必然，朱湘就是熟悉古代诗歌的特点，才会强调诗歌的音乐。

（三）理性和节制

新月派诗人在诗歌中表达情感的时候，注重理性和节制，体现出了对巴那斯主义和维多利亚诗风的传承。

柳无忌在回忆朱湘时就指出，"在他的作品中，他的情绪可以洋溢，但从

---

① 徐志摩. 翡冷翠的一夜 [N]. 晨报副刊，1926-01-06.
② 朱湘. 文学闲谈 [M]. 上海：北新书局，1934：36-38.
③ 洪振国. 朱湘译诗集 [M]. 洪振国，整理加注. 长沙：湖南人民出版社，1986：342.
④ 闻一多. 诗的格律 [J]. 晨报副镌·诗镌，1926a（7）：29.

不泛滥；他的想象力虽然丰富，却被约束着，并未如野马无羁地狂放"①。

朱湘反对诗歌偏重抒情，提出抒情要走正道。"还有一个阻梗便是胡适的一种浅薄可笑的主张，他说，现代的诗应当偏重抒情的一方面，庶几可以适应忙碌的现代人的需要。""抒情的偏重，使诗不能作多方面的发展。"② 朱湘认为，抒发情感要走正道，一种较高的方式和纯粹、优美的新体；而且，更重要的是，抒发情感也是要有节制的，"孔子说的'七十，而从心所欲，不逾矩'，俗话说的'熟能生巧'，便是作文的秘诀"③。

面对有可能泛滥的情感，新月派诗人使用理性来节制情感。徐志摩说："爱是不能没有的，但不能太热了。情感不能不受理性的相当节制与调剂。"④ 饶孟侃说："现在新诗的途径里有一个绝大的危险"，"这危险，换一句话说，就是感伤主义"⑤。梁实秋在介绍维多利亚时期著名诗人霍斯曼的时候，尤其强调了诗歌的节制，指出要将诗歌热烈的情感约束在诗歌的形式之中。"所以贵乎为上流的情诗者，是要能够把一股热烈深挚的感情约束起来，注纳在一个有范围的模型里。这样的诗，才紧凑，才禁得起咀嚼。霍斯曼的诗，首首都是有形式的。"⑥ 梁实秋也提出以理性节制情感和想象，"文学的力量，不在于开扩，而在于集中；不在于放纵，而在于节制"。"所谓节制的力量，就是以理性（Reason）驾驭情感，以理性节制想像（象）。"⑦

新月派中的后辈卞之琳在阐述诗歌创作时，也说自己写诗重视克制，要做"冷血动物"。"人非草木，写诗的更不妨说是'感情动物'。我写诗，而且一直是写的抒情诗，也总在不能自已的时候，却总倾向于克制，仿佛故意要做'冷血动物'。"⑧

新月派诗人针对诗歌中感情泛滥的问题，结合巴那斯主义和维多利亚诗风，提出了诗歌的理性和节制。巴那斯主义"反对浪漫主义直接赤裸地抒情"，"主

---

① 柳无忌. 朱湘：诗人的诗人 [M] // 罗念生. 二罗一柳忆朱湘. 北京：生活·读书·新知 三联书店，1985：55.
② 朱湘. 北海纪游 [M]. 济南：山东画报出版社，2003：3.
③ 朱湘. 文学闲谈 [M]. 上海：北新书局，1934：4，118.
④ 白朗宁夫人. 白朗宁夫人的情诗 [J]. 新月，1928（1）：153. 针对"Browning"，徐志摩、闻一多等当年的译名就是"白郎宁"，此处及下文涉及徐志摩和闻一多原文的地方，都使用"白郎宁"，其他地方使用现在通用译名"白朗宁"，下文不再赘述。
⑤ 饶孟侃. 感伤主义与"创造社"[J]. 晨报副镌·诗镌，1926（11）：22-23.
⑥ 梁实秋. 霍斯曼的情诗 [J]. 现代评论，1927（141）：17.
⑦ 梁实秋. 文学的纪律 [J]. 新月，1928（1）：18.
⑧ 卞之琳.《雕虫纪历（1930—1958）》自序 [J]. 新文学史料，1979（3）：221.

张节情与格律","将主观情思潜隐在唯美形式中"①。新月派诗学正是受到了巴那斯主义和维多利亚诗风的影响,进而针对中国诗歌,提出了理性和节制。

(四)诗歌"试验"说

新月派诗学中的"试验"一说,或许可以追溯到胡适的提法。"胡适在美国初作白话诗,是基于他的'历史的文学进化观'和'实验主义精神',前者使他相信白话新诗必然取代'半死的'文言旧诗,后者推动他实地试验起白话诗来,以便验证前一种认识是否可行。"②而这种实验主义哲学精神,偏重实验的方法,也深深地影响了新月派的一代诗人翻译家,他们长期进行诗歌创作试验以及诗歌翻译试验。新月派诗论家在新月派中期为了回归"真诗",发起了新诗格律运动,又较为系统地提出了新诗格律诗学,与此同时,新月派诸位诗人、译诗家孜孜不倦地进行诗歌创作与翻译的试验。徐志摩、朱湘等都试验过较多诗体。

一直到20世纪30年代新诗都还是在尝试中,从当时文章中常用的"试验"二字便可以看出。新月派的诗歌思想形成了较为系统的一套体系,有效纠正了当时那些没有格律的白话自由诗。不仅对诗歌的形式孜孜以求,进行试验,还对诗歌的精神和情绪倾注了同样多的重视。徐志摩总结出:在理论方面,"我们讨论过新诗的音节与格律","试验什么画方豆腐干式一类的体例"③。

1926年到1932年是所谓新月诗派时期,在这期间,新月派创办了《晨报副镌·诗镌》《新月》《诗刊》,认真地集合大家一起试验作新诗,要构造出新诗适当的躯壳,其实也就是新的格律诗,自觉走上了追求纯诗的道路。

新月派指出,作新诗是尝试,其实他们的新诗学未尝不是尝试,译诗也未尝不是尝试。这种试验、尝试的精神从胡适那里扩散到了每一位新月人,甚至扩散到了每一位新诗草创时期的诗人。胡适在《尝试集》初版时就明确了要尝试新诗,"那时候,我已打定主意,努力作白话诗的试验"④。《尝试集》代序二中就说,"自古成功在尝试","我生求师二十年,今得'尝试'两个字。作诗做事要如此,虽未能到颇有志。作'尝试歌'颂吾师,愿大家都来尝试"⑤。

---

① 罗振亚. 浪漫主义向象征主义转换的中介:新月诗派的巴那斯主义倾向 [J]. 北方论丛, 1997 (4): 91.
② 陈本益. 汉语诗歌的节奏 [M]. 重庆:重庆大学出版社, 2013: 60.
③ 徐志摩. 诗刊放假 [J]. 晨报副镌·诗镌, 1926b (11): 21.
④ 胡适. 我为什么要做白话诗(《尝试集》自序)[J]. 新青年, 1919 (6): 496.
⑤ 胡适. 尝试集 [M]. 上海:亚东图书馆, 1922: 1.

新月派诗人对于诗歌的尝试分为多个方面：一是对诗歌格律、韵脚、节奏的尝试，二是对诗行字数的试验，三是对诗体的试验。

饶孟侃指出，新诗新的题材是尝试，提倡写诗的人尝试新的格调、韵脚、节奏，鼓励大家努力试验①。饶孟侃也语重心长地指出，一种"艺术的草创，决（绝）不是十年八年就能试验成功的，它得经过一种长时间的酝酿，经过三个演进的时期"②。

此外，新诗试验还包括对诗行字数的试验。朱湘在《草莽集》中就积极尝试，"我自一字的到十一字的都尝试过"③。同时，余上沅也提出近年自由诗试验的失败，就是不用韵脚，"中国字是单音的，不用韵脚，诗的节奏必难充分表现"④。

闻一多在给左明的信中，叫左明多多试验⑤。

梁实秋与徐志摩讨论新诗的格调和其他的时候，指出新月派成员试验作新诗，并且是在开始试验后的几年，对之前的试验做出回顾和总结。"我以为这是第一次一伙人聚集起来诚心诚意地试验作新诗"，"《诗刊》上所载的诗大半是诗的试验，而不是白话的试验"⑥。

新月派诗人对新格律诗各方面的试验，充分体现了新格律诗的发展图景。从"试验"二字就可以窥知新月派诗人在作诗时候的不确定。不但诗歌创作是试验，而且诗歌翻译也是试验。不仅试验如何写诗，还试验汉语写诗的能力。外语诗歌汉译是新月派的试验方法之一。徐志摩1924年在《征译诗启》中就明确说明，译诗是为了试验中文⑦⑧。

（五）其他

新月派诗学还包括对诗歌语言的探讨，新月派诗人认为，诗歌要有诗歌的语言，并且也讨论了土白入诗的可能性。

在《新诗评 三 草儿》中，朱湘批评了康白情错误的认识，"以为任何词语皆可以入诗"，"以为任何题材皆可以入诗"，批评了康白情错将铭当作诗，认为康白情对于新诗的贡献在于他的描写，虽然他不能在描写中加入音节。

---

① 饶孟侃. 新诗的音节 [J]. 晨报副镌·诗镌, 1926 (4): 49-50.
② 饶孟侃. 再论新诗的音节 [J]. 晨报副镌·诗镌, 1926 (6): 14.
③ 朱湘. 草莽集的音调与形式 [J]. 文学周报, 1929 (326-350): 646.
④ 余上沅. 论诗剧 [J]. 晨报副镌·诗镌, 1926 (5): 66.
⑤ 闻一多. 关于做诗：给左明的信 [J]. 萍, 1928 (2): 8.
⑥ 梁实秋. 新诗的格调及其他 [J]. 诗刊, 1931 (1): 83.
⑦ 徐志摩. 征译诗启 [J]. 小说月报, 1924 (3): 6-10.
⑧ 徐志摩. 征译诗启 [N]. 晨报副刊, 1924-03-22.

同时，朱湘还批评了俞平伯诗歌中重叠的状词和扭捏的句子①。

饶孟侃对新诗的讨论远远没有止于对新诗音节的探讨，他还针对反对土白入诗的人撰文《新诗话（一）土白入诗》。饶孟侃推断："土白在新诗里一定有大发展的可能"，"其实土白诗在新诗里将来至少也不过占一个小部分"，"它至多和别的新诗只该有体裁上的区别"②。

朱湘也论及土白诗，认为英国的吉卜林、丁尼生（Tennyson）、白朗宁和彭斯都拿土白来作诗，指出拿土白来作诗也有可以充分发展的一方面③。

闻一多则针对时事提出文艺与爱国精神之间有关系，爱国精神表现于中外文学之中。当时中国的情况是爱国运动和新文学运动没有携手，故而两个运动的收效不大。闻一多甚至进一步指出热血不仅要洒在天安门，也要留在笔尖、纸上，指出诗人要有伟大的同情心④。

新月派诗人在论诗时，有时会直接采用一些外国诗歌的术语，有些甚至都没有翻译，可见新月派诗学和诗歌与外国诗学的关系。

此外，饶孟侃针对《晨报副镌·诗镌》第8号天心的《随便谈谈译诗与做诗》中，提出"情绪空了，内容呆了，新诗的死期到了"，专门撰文《新诗话（二）情绪与格律》，肯定诗歌的情绪是最重要的，然后才是格律。类似的说法，在《晨报副镌·诗镌》最后一期，再次得到饶孟侃本人的强调。"我们都知道一首诗里根本少不了的成分就是情绪，情绪在这里也许可以换一句话说叫作诗的生命。"⑤ 针对有人觉得诗里没有情绪，贸然断定是格律和音节妨碍了情绪的发展，饶孟侃旗帜鲜明地提出，"其实真正能够妨碍情绪的东西并不是格律和音节，而是冒牌的假情绪"。同时，饶孟侃严厉批评了这种冒牌的假情绪，即感伤主义⑥。

新月派诗人还注重从中国古典诗歌传统中汲取营养来建设新诗。

朱湘十分重视中国古典诗歌传统对于新诗的建设作用，对于中国古典诗歌，尤其是屈原的诗歌非常推崇。除了在评论自己的诗歌集《草莽集》时表达过这种想法，还在《文学闲谈》一书中的多篇文章里，反复多次地论述。"生为一个中国人，如其，只是就诗来说罢，不曾读过《诗经》里的《国

---

① 朱湘. 新诗评 三 草儿 [J]. 晨报副镌·诗镌, 1926 (3): 36.
② 饶孟侃. 新诗话（一）土白入诗 [J]. 晨报副镌·诗镌, 1926 (8): 47.
③ 朱湘. 评徐君《志摩的诗》[J]. 小说月报, 1926a (1): 7.
④ 闻一多. 文艺与爱国：纪念三月十八 [J]. 晨报副镌·诗镌, 1926 (1): 2.
⑤ 饶孟侃. 感伤主义与"创造社"[J]. 晨报副镌·诗镌, 1926 (11): 22.
⑥ 饶孟侃. 新诗话（二）情绪与格律 [J]. 晨报副镌·诗镌, 1926 (9): 46.

风》，屈原的《离骚》，李白的长短句，杜甫的时事诗，那便枉费其为一个中国人"；朱湘不仅读过上述作品，还有较为深刻的研究与认识。"李白、杜甫的血液，它依然流动在现代的中国人的脉管中；我们不可以失望！不可以自馁！"① 这也是朱湘的一个客观公允的判断，从这里也可以看出以朱湘等为代表的新月派是非常熟悉中国古典诗歌传统的。

从朱湘对中外文化、文学关系的论述中，可以窥知朱湘"中体西用"的文化观。朱湘认为，外国文学可以借鉴，本国的文学可以复活，也可以在批判中对其进行继承和发展，而吸取本国旧文学中的精华是朱湘一以贯之的观点。最好就是在外国和本国文学的共同滋养下来发展新文化，但外国文化的滋养始终是次要的，更重要的还是本国文化的积淀②。朱湘在这里反复论及中国的文艺复兴，既然讲复兴，那就一定与中国古典文化传统相关，与中国古典诗歌传统相关，要复兴的正是这样的传统，是在翻译的外来影响下进行的复兴。从这些表述中可以看出朱湘要复兴中国文化的责任感和使命感，是在借外因（外国文化、文学的影响）复兴中国传统（内因）。此外，朱湘也多次论及中国传统诗歌、文化以及西方诗歌、文化对于新诗、新文化的重要作用，指出旧诗和西诗都是必读的③。朱湘重视民间文学，他本人也创作和翻译过民歌，不管是创作还是译文都非常好。朱湘还指出，新旧诗的根本区别在于用字的习惯不同，"不过，新诗究竟不是旧诗，也不是西诗"，"用字的习惯改变了：这便是在根本上新诗之所以异于旧诗的一点"。这里朱湘认为，新诗既不是旧诗也不是西诗，朱湘的观点倒是和闻一多一直以来的观点一致，早在1923年闻一多就强调，新诗新于中国和西方固有的诗，不要作纯粹的本地诗和外洋诗，"他要做中西艺术结婚后产生的宁馨儿"；"我要时时刻刻想着我是个中国人，我要做新诗，但是中国的新诗，我并不要做个西洋人说中国话，也不要人们误会我的作品是翻译的西文诗"④。朱、闻二人的观点与梁实秋的观点相悖，梁氏认为新诗是用中文写的外国诗⑤。可见，新月派虽然总体上追求一致，但是具体到细节，各人观点也可能不同。

对于模仿，朱湘也做出了客观的评价，认为通过模仿可以创造出新文体，但是对于感伤，朱湘与饶孟侃的观点不同，朱湘认为感伤是跟随猛烈情感自

---

① 朱湘. 文学闲谈 [M]. 上海：北新书局，1934：1-2，88.
② 朱湘. 文学闲谈 [M]. 上海：北新书局，1934：91-94.
③ 朱湘. 文学闲谈 [M]. 上海：北新书局，1934：112-114.
④ 闻一多. 女神之地方色彩 [J]. 创造周报，1923b（5）：5-6.
⑤ 梁实秋. 新诗的格调及其他 [J]. 诗刊，1931（1）：81.

然产生的①，是正常现象。而饶孟侃批判感伤②③，并且表示要铲除它。

新月派另外一位诗人、作家沈从文对新月诗人的诗歌评论，也显示了其诗学观。沈从文和其他新月诗人的评论迥异之处在于，他主要从诗歌作品的内容来进行评论，而其他新月诗人可能更多注重评论诗歌的形式和情绪或者诗意之类。沈从文首先把新诗分了三个时期：尝试时期、创作时期、沉默时期，并分析了每个时期诗歌的特征，尝试时期的新诗是文学革命的武器，创作时期的新诗在形式和技巧上都完成了④。从沈从文的评论中可以看出，1922年到1926年新诗的形式技巧皆已形成，而且已经印行了很好的诗集，在这期间，新月派诗学也已形成。

本章小结

新月派诗人秉承了"中学为体，西学为用"的文化观。新月派诗人中体西用的文化观体现在新月派诗学上面，就是注重引进外国诗歌的形式、技术和技巧，但诗歌的本位精神还是中国的。新月派诗学注重学习西方诗歌的形式要素有其现实原因——"诗国革命"，虽然打破了旧的格律形式，却未提出新的格律形式，中国诗歌前途未卜，新月派诗人希望能够建立新格律诗体，是故学习西方诗歌形式要素；也有其更重要的深层原因：新月派诗人中体西用的文化观。中体西用的文化观注定了新月派诗人对于西方诗歌形式、技术以及技巧的学习。新月派诗人发展了一系列诗学原则，其诗学的核心包括新诗形式运动、诗歌音乐性、理性和节制、诗歌"试验"说。新月派新诗形式运动中，最重要的当数新月派诗人对于新诗节奏的主张，其中较有影响的包括孙大雨的"音组"说，以及闻一多的"音尺"说，都是试图建立中国新格律诗的节奏。新月派诗学的前三个方面体现出对于巴那斯主义和维多利亚诗风的传承与借鉴，对于新月派诗人诗歌创作和诗歌翻译活动有影响。而新月派诗学中的"试验"一说，则折射出新月派诗人对于中国新格律诗诗体和汉语白话的彷徨与不确定，而后引发了新月派诗人复译。

―――――――

① 朱湘. 文学闲谈 [M]. 上海：北新书局，1934：45，49.
② 饶孟侃. 感伤主义与"创造社"[J]. 晨报副镌·诗镌，1926 (11)：22.
③ 饶孟侃. 新诗话（二）情绪与格律 [J]. 晨报副镌·诗镌，1926 (9)：46.
④ 沈从文. 我们怎么样去读新诗 [J]. 现代学生，1930 (1)：1，8.

第二章

新月派翻译思想

思想有三个意思,"思考""想念"和"思维活动的结果。属于理性认识。亦称'观念'"①。本书中的思想即采用思想的第三个意思,"思维活动的结果"。新月派翻译思想,即新月派诗人对翻译思考的结果。

新月派诗人在讨论诗歌、创造诗歌、翻译诗歌的同时,还对翻译,尤其是诗歌翻译做出了讨论,对于翻译选目、翻译方法、翻译的功用及其非文本目的,以及转译等话题都有较为成熟的认识和论述,体现出新月派翻译思想的深度和广度。

第一节 翻译选目

新月派诗人对于翻译的选材有较高要求,要求选择文学价值高的名家名作翻译。

胡适的翻译思想在新月派翻译思想中尤为重要,并且具有高屋建瓴的指导作用。胡适尤其对翻译选目提出了自己的洞见。胡适的翻译思想可以追溯到新月派成立之前,并且一以贯之。胡适对于翻译选目尤其重视,强调要翻译名家名作。当然,胡适如此重视外国作品的选择,乃是因为胡适旨在通过翻译名家名作,为中国文学提供可资借鉴的文本。既然要学习西方文学,那自然要选择最好的作品来学习。"现在中国所译的西洋文学书,大概都不得其法,所以收效甚少。我且拟几条翻译西洋文学名著的办法如下:(1)只译名家著作,不译第二流以下的著作;(2)全用白话韵文之戏曲,也都译为白话散文。"(原文强调)②

---

① 夏征农. 辞海 [Z]. 缩印本. 上海:上海辞书出版社,1999:2027.
② 胡适. 建设的文学革命论:国语的文学:文学的国语 [J]. 新青年,1918(4):305.

虽然早年胡适并未提及诗歌翻译选目，但是他对小说散文选目的要求，对名家名作的选择，体现了他的翻译思想。后来，胡适提及诗歌翻译选目的时候，也体现出对于名家名作的要求。对于外国诗歌的翻译选目，胡适同样也强调名家名作。这体现了胡适翻译思想的连贯和一脉相承。从 1930 年到 1931 年，胡适与梁实秋等有多封书信往来，其中就讨论了莎士比亚作品的翻译问题。"莎剧原文是大体上用格律的素体韵文写的戏剧诗或诗剧"①，讨论莎翁作品的翻译，自然就涉及诗歌翻译。按照巴斯奈特（Bassnett）和勒菲弗尔的话来说，莎士比亚的诗剧是属于英国的文化资本，也是属于世界的文化资本②。选择翻译莎士比亚的作品，体现了胡适的翻译选目贯彻了他早年强调的名家名作。当然，选译名家名作的目的是供国人借鉴和学习。

对于新月派诗人翻译家翻译选目的具体操作，能够窥豹一斑的，当属李唯建③《英国近代诗歌选译》自序。李唯建虽然讲的是自己选目的具体操作，但是他作为新月派成员之一，也有一定的代表性，而且事实也证明，他选目的具体操作其实也是为新月派中其他诗人译者所践行的。李唯建指出，选诗"须要研究，评判与欣赏"，"选诗的人应是学者，批评家，诗人"，"想在一个人身上找到这三种特质，只是一种理想"④。

梁实秋用心良苦地指出，若是为了介绍来翻译就应该全译，而不是选译。"但我们若为介绍而翻译，尤其是介绍全集而翻译，所谓'选择主义'是大大的要不得的。""一本诗集是一个完整的东西，不该因为译者的兴趣与能力的关系，便被东割西裂"，"诗集选译是可以的；但为兴趣及能力的关系而选译，便不是介绍的本旨了"⑤。梁实秋反对翻译中的选择主义，所以后来梁实秋译莎士比亚作品时是全译，这也是梁实秋一以贯之的严谨思想。

另外，翻译选目应该下鉴别的功夫。闻一多谈英译李白的诗，首先就提到译者要有鉴别的功夫。"最要注重鉴别真伪"，"鉴别的功夫，在研究文艺，已然是不可少的，在介绍文艺，尤其不可忽略"⑥。

---

① 孙大雨. 莎士比亚的戏剧是话剧还是诗剧 [J]. 外国语（上海外国语学院学报），1987（2）：10.
② BASSNETT S, LEFEVERE A. Constructing cultures: essays on literary translation [M]. Shanghai: Shanghai Foreign Language Education Press, 2001: 5.
③ 李唯建原名李惟建。他 1928 年在《新月》月刊发表译诗时，使用名字李惟建。但是 1934 年出版《英国近代诗歌选译》时，使用名字李唯建。
④ 李唯建. 英国近代诗歌选译 [M]. 北京：中华书局，1934：1.
⑤ 梁实秋. 读郑振铎的《飞鸟集》[J]. 创造周报，1923（9）：7.
⑥ 闻一多. 英译的李太白 [J]. 晨报副镌·诗镌，1926（10）：5.

新月派诗人译者，他们不仅是诗人、翻译家，也是学者和批评家。他们对中外诗歌都有深刻的认识，知道哪些诗歌是世界诗歌中的瑰宝，因而选择世界上优秀诗人最好的诗歌来翻译，一是让本国读者欣赏原文的思想内容和风格；二是为学习外国诗歌、创格本国新诗提供可资借鉴的文本；三是新月派诗人其实把译诗当作很崇高并且很神圣的文化事业在进行，所以会选择外国诗歌中的优秀作品来翻译。王友贵教授认为，胡适翻译言论的一大特色就是，"倡导建立中国新经典文库"（canonized repertoire），"这个新经典文库主要通过翻译域外经典名著来完成"①。这就足以说明新月派诗人重视诗歌翻译，把翻译看作文化事业去完成。新月派诗人翻译家集多重身份于一身，这也就决定了他们翻译选目的高标准：选译优秀诗人的佳作。新月派诗人译者中的闻一多和梁实秋更是以学养著称，他们学贯中西，前者对西方诗歌和中国古代唐诗均有研究，后者则是以研究外国诗人诗歌闻名。当然，新月派诗人译者，同时也是文艺批评家，对于国内外文学艺术都有个人的见解主张。正因为新月派译者，同时是学者和文艺批评家，所以他们对于外国文学艺术做出过研究和评判，有很高的鉴赏力，他们能够甄别并且选择外国诗歌中的名作、佳作进行翻译和介绍。

另外，由于新月派诗人从事外国诗歌翻译的时候，他们正在进行创格中国新格律诗的活动，因而他们的诗歌选目注重选择外国诗歌中优秀的格律诗歌翻译。英国诗人锡德尼（Sidney）和美国诗人弗罗斯特（Frost）都指出过格律对于诗歌的重要作用②。新月派诗人译者大多从小受到格律谨严的中国古诗的熏陶，有些译者如闻一多和朱湘，都对中国古诗做过深入研究。新月派译者自然重视诗歌格律，并且深知格律的重要性。他们选择翻译外国优秀的格律诗，就是在借鉴、学习和试验，以建立中国新格律诗。况且这些诗歌格律谨严、音乐性好、广为传诵，契合新月派诗学，新月派诗人自然会选择翻译。

---

① 王友贵. 翻译西方与东方：中国六位翻译家［M］. 成都：四川出版集团，四川人民出版社，2004：21.
② 曹明伦. 关于译诗和新诗的一点思考［M］//吉狄马加. 现实与物质的超越：第二届青海湖国际诗歌节诗人作品集. 西宁：青海人民出版社，2009：18.

第二节　翻译方法

新月派诗人对于外语诗歌汉译的方法在理论上做出了一些探讨，并且其外语诗歌汉译的实践为建立诗歌翻译的规范做出过重要贡献，在中国诗歌翻译史上起着承上启下的作用。新月派诗人认为，翻译的诗歌也应该是诗歌，即以诗译诗，同时也论及了诗人译诗，并且还提出译诗怎样处理原诗的韵脚、格式、音尺、神韵、风格和精神等。

一、诗人译诗和以诗译诗

就诗歌翻译方法而言，新月派中主要有两种倾向：一是以朱湘为代表的"诗人译诗"，二是以闻一多和饶孟侃为代表的"以诗译诗"。

朱湘主张诗人译诗，列举诗人弥尔顿（Milton）和罗塞蒂（Rossetti）都译了很多诗，进而认为"唯有诗人才能了解诗人，唯有诗人才能解释诗人。他不单应该译诗，并且只有他才能译诗"①。朱湘《新诗评 一 尝试集》中就对诗歌翻译有简单说明，朱湘认为，胡适的《尝试集》第二编、第三编里面收入的译诗没有出色的地方，不能与西方有创造性的译诗相媲美，而且译诗还有谬误。产生错误的原因在于，胡适看不懂相关诗句中的曲折，含糊翻译②。从这里也能窥见朱湘对译诗的要求，即要有出色的地方、要有创造性，但是不能有翻译错误。朱湘注重整体上传达原诗，而不纠结于细枝末节，强调译者自由③。朱湘熟悉中外文学史，知道西方有诗人译诗的传统，希望能够将这个传统在中国发扬光大，推广诗人译诗。

朱湘对于西方诗歌传统显然十分了解，在论文《说译诗》中他信手拈来，轻轻松松就列举出了西方诗歌史上诗人译诗的优秀案例：英国诗人班章生（本·琼生）翻译希腊诗歌，英国诗人费兹基洛（菲茨杰拉德）翻译莪默（哈亚姆）的诗歌，英国诗人糜尔屯（弥尔顿）和英国诗人罗则谛（罗塞蒂）翻译许多诗歌，英国诗人索雷伯爵（萨里伯爵）翻译罗马诗歌，意大利诗人裴特拉（彼特拉克）翻译希腊诗歌。朱湘不但了解西方诗人译诗的传统，而

---

①　朱湘. 说译诗［J］. 文学周报, 1928（276-300）: 456.
②　朱湘. 新诗评 一 尝试集［J］. 晨报副镌·诗镌, 1926（1）: 4.
③　朱湘. 说译诗［J］. 文学周报, 1928（276-300）: 455.

且深知诗人译诗的重要作用：一是在译入语中产生脍炙人口的译诗作品，二是在译入语中建立新的诗歌体裁，三是促成译入语文化中的文艺复兴①。朱湘正是对西方诗人译诗的传统极其了解，而且对于诗人译诗能够产生的重要作用极其重视，他才会提倡和呼吁诗人译诗。

闻一多在评论郭沫若翻译的哈亚姆诗歌时，较为明确地提出了译诗的原则："那便是他要有支诗笔再使这篇诗籍转为中文文学了。"②"在译诗时，这译成的还要是'诗'的文字，不是仅仅用平平淡淡的字句一五一十地将原意数清了就算够了"，"我们无怪乎郭君之成功于此，因为他自身本是一个诗人。第一步骤是件机械式的工作，第二步骤才是真正的艺术了"③。闻一多虽然强调的是以诗译诗，但还是充分肯定了郭沫若诗人译诗的成就。

在饶孟侃《新诗话（二）情绪与格律》的后面紧跟着《新诗话（三）译诗》，这是针对《晨报副镌·诗镌》第 8 号天心的文章《随便谈谈译诗与做诗》写的，他认为天心的文章没有说中要害，提出译诗不但要译，而且译出的要称其为诗，精细的译诗要译出原诗的韵脚、格式和音尺。"译诗真是一件万难的事，尤其是要想把它译成诗（不是散文），是更难的一种工作。"提出"'译'字和'诗'字应该是一般的重要。现在有许多译诗的'译家'多半是眼睛里只看见'译'字而没有看见'诗'字，所以译出的东西都是一些半诗半散文的东西；因为我认为以其译诗偏重'译'字，还远不如偏乎'诗'字"。"要是我们说得认真一点，译诗不但应当把原诗的意思抓住，而且同时也应当依照原诗把它的韵脚，格式，和音尺一并译出；译诗谈到这种地方，才可以说是难，才可以说是不许有自由，译诗能够做到这样的精细，那就等于创作了。"饶孟侃认为，天心译华兹华斯（Wordsworth）的诗就没有依照原诗的格式。文章的最后，饶孟侃顺便提及翻译哈亚姆诗歌的爱德华·菲茨杰拉德（Edward FitzGerald），认为他诗人的地位"完全是由翻译得来的"，"他那首长诗和原诗不同的地方很多，只因为那首诗译得好，译得是一首好'诗'，所以如今他传到一个文学史里不朽的位置。这样看起来，译诗还是看重'诗'字的妥当些"④。饶孟侃也允许译诗和原诗的不同，但是他强调译诗要注重"诗"字。"十四行体诗就不是英国本有的体裁"，因为十四行体"在

---

① 朱湘. 说译诗 [J]. 文学周报，1928（276-300）：455-457.
② 闻一多. 莪默伽亚谟之绝句 [J]. 创造季刊，1923（1）：11.
③ 闻一多. 莪默伽亚谟之绝句 [J]. 创造季刊，1923（1）：16.
④ 饶孟侃. 新诗话（三）译诗 [J]. 晨报副镌·诗镌，1926（9）：46.

英诗里运用得好,所以现在也就成为他们自己的一种诗体了"①。从饶孟侃的论述,可以看出新月派诗人注重译诗为诗,注重译诗功用。译诗可以引入诗体,诗译得好可以获得不朽的文学价值。

新月派诗人翻译家对诗人译诗和以诗译诗都做出了一些讨论,为后来的诗歌翻译规范奠定了理论基础。朱湘主张诗人译诗,因为只有诗人才能了解和解释诗人。诗人译诗,是对译者提出要求,强调的是译者要有诗人特有的气质、秉性和学识才情。发表类似意见的还有郭沫若,而且郭沫若的表达更激进,强调译者和原作者的相通,"译雪莱的诗,是要使我成为雪莱,是要使雪莱成为我自己。译诗不是鹦鹉学舌,不是沐猴而冠","他的诗便如像我自己的诗。我译他的诗,便如像我自己在创作的一样"②。新月派翻译外国诗歌的译者都是诗人,他们是翻译诗歌理想的译者。

新月派诗人了解西方诗人的译诗传统,熟谙诗人译诗能够产生的重要作用。

新月派诗人关于诗人译诗的观点也得到了后来的翻译家兼学者王佐良先生的呼应。王佐良指出,作家、诗人从事翻译,能够产生四个重大后果。"首先,他们的译作是好的文学作品,丰富了各自的本国文学。""其次,翻译对他们的创作有影响。""再次,翻译刷新了文学语言,而这就从内部核心影响了文化。""最后,他们起到了最好的文化交流作用。"③

新月派诗人强调诗人译诗,要求译者具有诗人的特征,这样才能了解原作者,才能翻译,这大概也是翻译界的共识。傅雷认为"不会作诗的人千万不要译诗"④;曹明伦教授"主张诗人译诗,或者说提倡译诗的人应该会写诗"⑤,认为译者应该有与原作者相应的学识才情。"译者要正确地发挥主观能动性,就要不断积累自己的学识,培养自己的才情。"⑥ 诗人译诗,其实就是要求译者具有诗人的学识才情,一方面可以更好地理解原作,另一方面可以更好地在译入语中表达出来。

与诗人译诗稍有不同的是以诗译诗,以诗译诗并没有对译者提出要求,

---

① 饶孟侃. 再论新诗的音节 [J]. 晨报副镌·诗镌, 1926 (6): 13-14.
② 郭沫若. 雪莱的诗 [J]. 创造季刊, 1923 (4): 19-20.
③ 王佐良. 论诗的翻译 [M]. 南昌: 江西教育出版社, 1992: 1.
④ 罗新璋, 陈应年. 翻译论集 [M]. 北京: 商务印书馆, 2009: 693.
⑤ 曹明伦. 弗罗斯特诗歌在中国的译介: 纪念弗罗斯特逝世50周年 [J]. 中国翻译, 2013 (1): 74.
⑥ 曹明伦. 英汉翻译二十讲 [M]. 北京: 商务印书馆, 2013: 107.

但是对于译诗的形式提出了要求，即要用诗歌来翻译诗歌。新月派诗人强调译出的也要是诗歌，并且具体而言，译诗要译出原诗的韵脚、格式和音尺。这也为诗歌翻译，尤其是格律诗歌的翻译奠定了基础，初步建立了规范。后来的诗歌翻译家，如江枫、黄杲炘、曹明伦等，翻译诗歌时都是以诗译诗，并且对于以诗译诗的理论和方法也提出了相应的见解。新月派诗人翻译家之所以会提出以诗译诗，而且可以深入、具体讨论译出原诗的韵脚、格式和音尺，这与新月派诗人提出的诗学以及新月派诗人对于译诗功用的认识是有紧密联系的。新月派以诗译诗思想与新月派文化观和新月派诗学一脉相承，是新月派文化观和诗学在新月派翻译思想上面的体现。新月派以诗译诗思想注重尽量在译诗中再现原文的技术手段，如韵脚、格式和音尺等，因为新月派诗人想通过译诗学习外国诗歌，移植外国诗歌的形式要素。这是新月派中体西用文化观在新月派诗歌翻译思想中的重要体现，同时也是新月派注重格律和形式的诗学在他们翻译思想中的重要体现。

新月派诸多诗人如闻一多、朱湘、孙大雨等追求有格律的新诗，不仅创作有格律的新诗，还从理论上讨论如何创作有格律的新诗，他们探讨了新格律诗歌的音韵、诗行和诗章。闻一多将格律分为视觉方面的和听觉方面的。闻一多在饶孟侃论新诗音节的基础上，提出诗歌三美论①。同样，饶孟侃也多次论及新诗的音节，他还提出音节包括的内容②，并做出了细致的讨论。

正是因为新月派诗人反对作诗如作文，所以他们孜孜不倦致力于诗歌的形式创格，对于新格律诗的形式问题做出了较多探讨。他们对于诗歌翻译有同样的高要求，即要用诗歌来翻译诗歌，反对译出不伦不类的东西。

同时，新月派诗人非常重视译诗的功用，认为译诗可以为译入语移植入新的诗体，实现文化交流，这无疑也是新月派诗人重视以诗译诗，注重再现原诗形式的另外一个重要原因。

新月派诗人提出诗人译诗和以诗译诗两种观点，或许与观点提出者本人的经历和背景有关。朱湘作为诗人，确实很有诗才，况且成名很早，在1928年他提出诗人译诗观点的时候，已经是大有名气的诗人了，诗集和译诗集都已经出了好几本。当然，他自己更是了解自己作诗的才华，简直是十二分的自信，他从美国寄给夫人霓君的信中就说过，"老实一句话，博士什么人多考得，像我这诗却很少人能作出来"，"自从我的《草莽集》去年出版以后，我

---

① 闻一多. 诗的格律 [J]. 晨报副镌·诗镌, 1926 (7): 30.
② 饶孟侃. 新诗的音节 [J]. 晨报副镌·诗镌, 1926 (4): 49.

名气很好"①。朱湘在新诗领域颇有建树，享有盛名，他自然注重诗人身份，强调诗人译诗。正是朱湘对于自己才华十二分的自信，他才敢于呼吁诗人译诗，他自己是才华横溢的诗人，他要译诗也是情理之中的事情，并且他自己还是理想的译者。况且，朱湘一直以来注重中外文化交流，希望中国能够从外国文学中汲取养料来复兴中国文化。诗人译诗能够很好地促进中外文化之间的交流。闻一多和饶孟侃提出以诗译诗，源于他们与朱湘有着不同的经历和背景。闻一多除了是著名诗人，还是大学者。他治学严谨，注重研究，他翻译的时候更侧重译诗为诗，不仅忠实于原文的内容，还忠实于原文的形式，体现了学者严谨认真的态度。而饶孟侃是针对天心的译诗而提出的以诗译诗，有其特定的对象和问题。

其实，诗人译诗和以诗译诗并不矛盾与对立，只是在面对诗歌翻译的时候侧重点不同。诗人译诗的侧重点在于诗人，强调的是译者诗人的身份。强调译者具有诗人的身份，无非也就是要求译者在翻译中充分发挥自己作为诗人的主观能动性，能够以诗性的语言译出原作，再现原文诗歌的艺术特征。同时，诗人译诗的主张也是在尽量接近西方诗人译诗的传统。而以诗译诗的侧重点在于翻译产品最终的形式，强调译出的也要是诗歌。翻译的最终产品是诗歌，也就能实现译文的艺术性。诗人译诗和以诗译诗其实是殊途同归。

新月派诗人能够在当时中国的语境下，提出诗人译诗和以诗译诗着实具有开拓性。此前，中国翻译界先后流行旧体诗翻译外国诗歌和自由诗翻译外国诗歌，多是诗歌翻译实践，少有从译者和翻译产品形式的角度讨论诗歌翻译。新月派诗人从外国诗歌史了解到了诗人译诗的传统，如外国诗人弥尔顿和罗塞蒂译诗，结合中国的语境，同样也提出诗人译诗。新月派诗人针对当时中国以自由诗翻译外国诗的趋势，颇具建设性地提出了以诗译诗。诗人译诗和以诗译诗在当时中国译诗语境中，具有开拓性。

二、译诗准确性及其他

另外，新月派诗人还讨论了诗歌翻译中意义传达的问题。译诗应该先讲意义的传达，而后有余力再去追求再现原诗的音节。"自由体和长短句的乐府诗行，在体裁上，相差不远；所以在求文字的达意之外，译者还有余力可以进一步去求音节的仿佛。""在字句的结构和音节的调度上，本来算韦雷

---

① 朱湘. 海外寄霓君 [M]. 石家庄：河北教育出版社，1994：65, 179.

(Arthur waley)最讲究。"对于万难的译诗,闻一多提出的原则是能不增减就不增减,能不改变次序就不改变,可见闻一多强调译文要在很大程度上忠实地再现原文。"不过既然要译诗,只好在不可能的范围里找出个可能来。那么,唯一的办法只是能够不增减原诗的字数,便不增减,能够不移动原诗字句的次序,便不移动。"最后,闻一多还提出了要对尝试期的汉诗英译的宽容。"在尝试期中,我们不应当期望绝对的成功,只能讲相对的满意。"① 这种宽容不应该仅限于汉诗英译中,对于当时采用刚刚发展的语体文译诗以及采用新格律体译诗,我们也应该抱有同样宽容的态度。另外,闻一多虽然是在评论汉诗英译,但是他提出的翻译方法和原则同样也适用于英诗汉译。

闻一多指出译者要负的责任,他在评郭沫若从菲茨杰拉德译文转译哈亚姆诗歌的时候,就提出译者要对哈亚姆负责,要对菲茨杰拉德负责,还要对自己负责。②

梁实秋也对于译诗的准确性提出了要求。梁实秋在《读郑振铎的〈飞鸟集〉》中,对郑译提出了较多问题,指出郑译中的错译以及与原诗诗意不符的地方,"所以郑译不但是把这几个译错了,实在把原诗的诗意毁减了不少","这是与原诗的诗意大相左了"③。梁实秋在这篇短短3页的文章中校对了郑译诗歌的几首,并且指出错误,这也体现了梁实秋希望"准确"理解原文之后再进行翻译的观点。

新月派同人很注重翻译的准确性。虽然徐志摩的诗歌翻译中常常出现这样那样的误议,但是总体而言,新月派诗人译诗家对于诗歌翻译的准确性很重视。新月派同人预备翻译莎翁作品时,就提出要把每个译者的译文交由其他四个译者"详加校阅,纠正内容之错误,并润色其文字"④。这里的五个译者,指的是闻一多、梁实秋、陈通伯、叶公超和徐志摩。

另外,徐志摩在论及闻一多翻译的白朗宁夫人的十四行诗时,也提到闻一多的译文经过"锻炼"⑤。从这里也可以看出,闻一多不但提倡译诗需要认真仔细、忠于原文,而且他自己的译诗实践也确实如此,并且还字斟句酌,

---

① 闻一多. 英译的李太白 [J]. 晨报副镌·诗镌, 1926 (10): 6-7.
② 闻一多. 莪默伽亚谟之绝句 [J]. 创造季刊, 1923 (1): 10-11.
③ 梁实秋. 读郑振铎的《飞鸟集》[J]. 创造周报, 1923 (9): 8.
④ 耿云志, 欧阳哲生. 胡适书信集(上)[M]. 北京: 北京大学出版社, 1996: 540.
⑤ 白朗宁夫人. 白朗宁夫人的情诗 [J]. 新月, 1928 (1): 164.

加以锻炼。徐志摩在《征译诗启》中也提出过译诗需要"更认真"①②。

陈梦家翻译《歌中之歌》（Song of Songs）时指出，自己的译法是"译+校"，保存原诗的风格，不顾字句的美和音韵，翻译中极少修饰③。

由此可见，新月派内部各个成员的翻译思想也是有差异的，虽然大方向都是寻求译文的准确，但陈梦家、朱湘、饶孟侃还是允许译者"妄肆的修饰"和"创作者的自由"的，而闻一多和梁实秋更注重的是译文的准确。

陈梦家对考据的看法与闻一多在《英译的李太白》中的看法相反，陈梦家认为"对原诗作者的考订是困难的，也是不必要的"④，大概因为两人的身份不同，面对的原文不同。闻一多面对的原文是中文，要考证也相对容易。而陈梦家面对的原文是英文，况且这个英文原文还是从其他西语译入，要考据相当麻烦，甚至不可能。所以，译者身份不同，面对不同语种的原文，对于考据的态度也不一样。

此外，新月派诗人也注重诗歌神韵的传达。闻一多十分重视诗歌神韵的翻译。闻一多评论了郭沫若译最难翻译的诗歌，他说，"然而译者把捉住了他（它）的精神，很得法地淘汰了一些赘累的修辞，而出之以十分醒豁的文字，铿锵的音乐，毫不费力地把本来最难译的一首译得最圆满"⑤。

另外，叶公超也针对梁实秋的《论翻译》提出了自己对于翻译单字、熟语以及语文的主张，同时也针对瞿秋白发表的文章，反驳了瞿秋白认为中国文字匮乏非改造不可的观点。"我们还要认清的就是以上这一点并不足以证明中国文字就非改造不可了。世界各国的语言文字，没有任何一种能单独的（地）代表整个人类的思想的。任一种文字比之它种都有缺点，也都有优点，这是很显明的。从英文，法文，德文，俄文译到中文都可以使我们感觉中文的贫乏，同时从中文译到任何西洋文字又何尝不使译者感觉到西洋文字之不如中国文字呢？""从语言学上看来，这是因为文明发展各有不同，并不能因此就认定某一种文字较另一种文字粗陋。"⑥ 叶公超的讨论注重从语言学的角度探讨翻译问题。

新月派诗人还对翻译中具体操作方法进行了讨论。朱湘就专门讨论了专

---

① 徐志摩. 征译诗启 [J]. 小说月报, 1924 (3)：6.
② 徐志摩. 征译诗启 [N]. 晨报副刊, 1924-03-22.
③ 陈梦家. 《歌中之歌》译序 [J]. 南大周刊, 1932 (131)：32.
④ 陈梦家. 《歌中之歌》译序 [J]. 南大周刊, 1932 (131)：32.
⑤ 闻一多. 莪默伽亚谟之绝句 [J]. 创造季刊, 1923 (1)：17.
⑥ 叶公超. 论翻译与文字的改造：答梁实秋论翻译的一封信 [J]. 新月, 1933 (6)：5-6.

有名词的音译问题，提出"译名，从前未尝没有典雅的"，"未尝没有忠实的"，"能用显豁的方法来音译"，"固然便利；不能的时候，那便只好走忠实，笨重的路了"。"已经通用的译名，有一种已是家喻户晓的"，"那是不便再改了的，有一种，可以不失通晓之相地稍加删改"，"最扼要的一点，便是一个专指名词只要一个中译，音译，正式的，是要由原文译出的"①。

总而言之，新月派诗人发展了一套格律诗歌翻译方法，提出了诗人译诗和以诗译诗，并且还具体指出译诗怎样处理原诗的韵脚、格式、音尺、神韵、风格和精神等，这与新月派文化观和诗学是一脉相承的。另外，新月派诗人也重视译诗的忠实，强调译诗不增不减，不改变次序，同时还进行校正，由此也可见新月派诗人对于译诗的严谨态度和重视程度。当然，具体到新月派中每个不同的诗人，在译诗过程中的具体操作，还是因人而异的。

第三节　翻译的功用及其非文本目的

新月派诗人尤其重视译诗在译入语文化中发生的作用，他们多次在各种场合谈及译诗对于译入语文化中诗歌的构建作用，翻译对于复兴中国文化、文学的重要作用，以及译诗对于汉语的检验，另外还谈到译诗起到的文化交流作用。他们讨论翻译的功用，不是简单就翻译论翻译，而是将翻译放到中外文化交流的大背景中，讨论翻译的功用。

新月派诗人认为，译诗不仅可以在译入语中创造新诗体，还可以促成艺术的复兴。新月派诗人都较为重视译诗。新月派诗人了解世界诗歌翻译史，知道译诗在各国诗歌发展史中的重要作用。意大利的彼特拉克（Petrarca）"介绍希腊的诗到本国，酿成文艺复兴"；英国的萨里伯爵（Earl of Surrey, Henry Howard）翻译维吉尔（Publius Vergilius Maro），"始创无韵诗体"，"可见译诗在一国的诗学复兴之上是占着多么重要的位置了"②。类似的观点还见于饶孟侃讨论爱德华·菲茨杰拉德翻译柔巴依。饶孟侃认为菲茨杰拉德在文学史上不朽的地位是从翻译中得来的。而十四行体因为在英诗里运用得好，就成为英诗的一种诗体了③。从饶孟侃这里的论述，可以看出新月派诗人对于

---

① 朱湘. 文学闲谈［M］. 上海：北新书局，1934：30-31.
② 朱湘. 说译诗［J］. 文学周报，1928（276-300）：456-457.
③ 饶孟侃. 再论新诗的音节［J］. 晨报副镌·诗镌，1926（6）：13-14.

译诗功用的看法。他们认为译诗可以引入诗体，诗译得好可以获得不朽的文学价值。

朱湘站在文化交流和复兴中国文化的角度审视外国文学翻译工作。现代的文化要复兴，这些翻译介绍外国文学的工作就是基石。考古是繁重的工程，尽了力，"我们还算是不愧为陈子昂、玄奘、李白、杜甫的后人"①。从这些表述中可以看出朱湘要复兴中国文化的责任感和使命感，是在借外因（外国文化、文学的影响）复兴中国传统（内因）。此外，朱湘也多次论及中国传统诗歌、文化以及西方诗歌、文化对于新诗、新文化的重要作用。"新诗要想在文法上做到一种变化无穷的地步，一方面固然应当尽量地欧化，另一方面应该由旧诗内去采用，效法这种的长处"；"旧诗之丰富，也便可想而知了。旧诗之不可不读，正像西诗之不可不读那样；这是作新诗的人所应记住的"。②朱湘虽然强调新诗要汲取中外诗歌的优点，但是朱湘有侧重点，中国诗歌传统是根本，而西方诗歌则是必不可少的养料。

朱湘注重外国文学的翻译、研究和介绍。朱湘表明希望把中西诗歌中的精华都提炼出来，为我国新诗所用。"倘如我们能将西方的真诗介绍过来，使新诗人在感兴上节奏上得到新颖的刺激与暗示，并且可以拿来同祖国古代诗学昌明时代的佳作参照研究"，进而铲除芜蔓，培植光大菁华③。洪振国评论道："可见朱湘不是为译诗而译诗，是为了参照与开辟，是为了比较借鉴，洋为中用。"④ 闻一多也有类似的观点，他提出新诗要做"中西艺术结婚后产生的宁馨儿"⑤。可见新月派诗人注重的是从中国传统诗歌和西方诗歌中学习借鉴。如此，新月派诗学既承袭了中国古典诗学，又打上了西方诗学的烙印⑥。"新月派的形式主张代表了一种现代的古典主义倾向，体现了中国传统诗歌的形式理想，'三美'本来就是闻一多对中国律诗精细体悟的结果。"⑦

朱湘在《翻译》一文中指出，要研究和翻译世界名著与欧洲名著，"就新文学的现状来看，下列的各种文学内，每种至少应当有一个胜任的人去研究，以翻译名著为研究的目标"。朱湘进一步指出，介绍世界各国文学来中国对于

---

① 朱湘. 文学闲谈 [M]. 上海：北新书局，1934：94.
② 朱湘. 文学闲谈 [M]. 上海：北新书局，1934：111-112，114.
③ 朱湘. 说译诗 [J]. 文学周报，1928（276-300）：456.
④ 洪振国. 朱湘译诗集 [M]. 洪振国，整理加注. 长沙：湖南人民出版社，1986：337.
⑤ 闻一多. 女神之地方色彩 [J]. 创造周报，1923（5）：5.
⑥ 陈丹. 中西合璧 治病救人：也论新月派诗学主张 [J]. 考试周刊，2008（12）：20.
⑦ 李怡. 论戴望舒与中西诗歌文化 [J]. 中州学刊，1994（5）：74.

新文学和新文化都是有影响的,"这种计划,直接影响于新文学,新文化,间接甚至直接影响于整理中的旧文化(以及过去的世界文化交通史)"①,他同时也点明了自己在文学上的使命感和责任感,"我文学上的工作最要紧的是史事诗,其次是整理古文学,其次是介绍古文学入西方,其次是介绍西方文学",同时,朱湘也坚信"经过一番正当的研究与介绍之后,我们一定能产生许多的作家,复古而获今,迎外而亦获今之中"②。

陈梦家认为,翻译对于中国新文学有很多好处③,但是没有说明具体什么好处。

胡适高度赞扬西方文学,指出翻译外国作品可以给中国文学起到模范作用,供中国文学学习借鉴。"如今且问,怎样预备方才可得着一些高明的文学方法?我仔细想来,只有一条法子:就是赶紧多多的(地)翻译西洋的文学名著做我们的模范。"(原文强调)"西洋的文学方法,比我们的文学,实在完备得多,高明得多,不可不取例。"(原文强调)"以上所说,大旨只在约略表示西洋文学方法的完备,因为西洋文学真有许多可给我们作(做)模范的好处,所以我说:我们如果真要研究文学的方法,不可不赶紧翻译西洋的文学名著,做我们的模范。"(原文强调)④ 胡适重视西方文学之于中国文学的借鉴作用,在翻译作品的选择上,也强调翻译名家名作,为中国文学提供可资借鉴的文本。既然要学习西方文学,那自然要选择最好的作品来学习。

闻一多翻译了二十一首白朗宁夫人的十四行诗。徐志摩还专门撰文介绍这些诗,同时也提及移植诗体的问题。徐志摩指出,翻译这些诗是想移植诗体。徐志摩说十四行诗就是从意大利移植到英国的,在英国取得成功,他同时类比中国当时的情况,希望也能移植诗体到中国⑤。其实,不只英国的十四行诗是从意大利移植过来的,法国的十四行诗同样是从意大利移植过来的。在法国,诗人马罗(Clément Marot,1496—1544)将意大利十四行诗移植到国内,法国"七星诗社"和"宫廷诗人"大力推广十四行诗,使得十四行诗备受青睐,十分流行⑥。

---

① 朱湘. 文学闲谈 [M]. 上海:北新书局,1934:26-27.
② 罗念生. 朱湘书信集 [M]. 天津:人生与文学社,1936:181,211.
③ 陈梦家.《歌中之歌》译序 [J]. 南大周刊,1932(131):32.
④ 胡适. 建设的文学革命论:国语的文学—文学的国语 [J]. 新青年,1918(4):303-305.
⑤ 白朗宁夫人. 白朗宁夫人的情诗 [J]. 新月,1928(1):164.
⑥ 冯光荣. 法国十四行诗的沿革及其结构要素 [J]. 法国研究,1993(2):73.

如上文所述，新月派诗人多次提到译诗的功用是学习外国诗歌模范，是移植诗体。他们讨论诗歌翻译，是从文化交流的高度探讨诗歌翻译在译入语文化中的功用。

正如新月派翻译思想中的诗人译诗是从外国诗歌翻译史中学来的，通过译诗移植诗体的思想，也是新月派诗人从外国诗歌翻译史中学来的。新月派诗人尤其了解英国诗歌史，英国诗人通过翻译为英语文学引入了无韵体、柔巴依体和十四行体。新月派诗人同样也希望通过译诗输入新诗体。

此外，译诗还可以作为检验译入语的标尺，看这种语言能否表达诗歌声调、音节以及思想。"我们所期望的是要从认真的（地）翻译研究中国文字解放后表现致密的思想与有法度的声调与音节之可能；研究这新发现的达意的工具究竟有什么程度的弹力性与柔韧性与一般的应变性；究竟比我们旧有的方式是如何的个别；如其较为优胜，优胜在那（哪）里？""为什么旧诗格所不能表现的意致的声调，现在还在草创时期的新体即使不能满意的，至少可以约略的传达。"①② 上述文字来自新月派诗人徐志摩的《征译诗启》，同一篇征译，在不同的刊物上一共刊登了两次，足以见得新月派，尤其是徐志摩对于征译的重视和希望得到回应的迫切愿望。而征译的目的就是要通过翻译来检验白话文和新诗体的表现力。新月派诗人在表达上述思想的时候（1924年），新格律诗歌和新格律诗学尚未确立，诗人尚处于摸索之中。新月派诗人征译，同时做出尝试，体现了诗人对于新格律诗歌的茫然和不确定。新月派诗人之前大多都写旧体诗、自由诗，没有写过新格律诗。新格律诗，使用的语言材料是新的，使用的节奏单位是新的，新月派诗人之前都没有见到过，更不要说创作了。对于全新的东西，新月派诗人只有摸着石头过河，通过译诗进行试验。

新月派诗人对于翻译功用的认识，体现出他们译诗的非文本目的。这些译诗的非文本目的是新月派诗人赋予译诗的。曹明伦教授将翻译目的分为文本目的和非文本目的。翻译行为实施者的目的是文本目的，"即让不懂原文的读者通过译文知道、了解，甚至欣赏原文的思想内容及其文体风格"；而非文本目的，如文化目的，"为本民族读者奉献读之有益的译作，为本民族作家提供可资借鉴的文本"③。新月派诗人在阐述自己的翻译观时，十分重视译诗和

---

① 徐志摩. 征译诗启 [J]. 小说月报, 1924 (3): 6-7.
② 徐志摩. 征译诗启 [N]. 晨报副刊, 1924-03-22.
③ 曹明伦. 翻译之道：理论与实践 [M]. 修订版. 上海：上海外语教育出版社, 2013: 128, 131.

译诗对于译入语文化的作用。国外的经典译例表明译诗可以促成本国诗歌复兴，促成本国新诗体的创建和外国诗体的移植。新月派诗人看到国外诗歌翻译对于译入语国家诗歌建构的重要作用，自然也就同样想通过翻译诗歌实现中国格律新诗的创格和构建。当时，由于"诗体大解放"的影响，中国诗歌过于自由，过于注重白话，而忽视了"诗"。新月派诗人正是要借助翻译来建构中国新格律诗歌，更具体一点，是引入格律诗歌的形式要素。新月派诗人秉承着中体西用的文化观，并且中体西用的文化观影响了他们的诗学和翻译思想。新月派诗学注重学习维多利亚时期诗歌的形式要素；新月派翻译思想也表明了新月派诗人偏重的是外国诗歌的形式要素，新月派诗人想从外国诗歌中学习诗歌技术、技巧。新月派诗人翻译外国诗歌具有强烈的文化目的。

新月派诗人强调了翻译的文化目的。译者的文本目的都一样，就是让读者通过译作能够欣赏原文的思想内容及其文体风格；而非文本目的各不相同。译作会被译者或者翻译发起人赋予不同的非文本目的，通常通过译者的译序或者相关说明就可以了解译者或者翻译发起人的非文本目的。新月派诗人既是诗歌翻译的发起者，又是翻译者。作为翻译活动的发起人，他们认为诗歌翻译具有两大功能，亦即他们赋予了诗歌翻译两大文化目的：第一，通过译诗建构新诗和中国文化；第二，通过译诗检测白话文和新诗体的表现力。这两大非文本目的涉及汉语白话文文学以及中国文化，反映出新月派诗人实际上是把翻译当作神圣的文化事业在做。新月派诗人是具有社会责任感的知识分子。

当然，新月派诗人翻译的文本目的，就是要"让不懂原文的读者通过译文知道、了解，甚至欣赏原文的思想内容及其文体风格"[①]。新月派诗人翻译的外国诗歌自然有这种功能和文本目的，但是处于当时历史语境下的新月派诗人肩负着试验语言和创格诗体的责任，肩负着建立中国新格律诗歌的责任，他们尤其重视译诗的功能，即检验语言表现力，尤其是重视译诗建构译入语诗歌文化的功能。

第四节　转译

新月派诗人所处的时代和历史背景，决定了当时有较多的转译。20世纪

[①] 曹明伦. 翻译之道：理论与实践 [M]. 修订版. 上海：上海外语教育出版社，2013：131.

初期，中国社会文化发生翻天覆地的变化，对于外国文学作品有很大的渴求。但是，中国当时的译者主要从事英语、法语、德语或者日语、俄语等语种到汉语的翻译，较少能够直接从这些语言之外的原文翻译。要介绍这些语言之外的作品，只能通过优秀的英语译文这个中介转译到汉语。

新月派同人也做过转译，1930年以前多是翻译英语诗歌，或者从英语转译外国诗歌，1930年以后才多是从德语或法语直接翻译。对于英、法、德三种语言以外的诗歌，则总是采用转译。

转译（indirect translation）指的是这样一个过程，文本不是从原文直接翻译的，而是通过另一种语言的中间译文翻译出来①。

对于转译做出了较多讨论，并且也做过相当多转译实践的，当属朱湘。朱湘充分肯定了转译（当时叫作"重译"）存在的历史合理性和重要性，认为在当时的中国，转译可以解决迫切的需求，是一种过渡方法。况且在世界历史上，古希腊的哲学还是从阿拉伯语转译出来的。

"我们现在所从事的研究与介绍的工作只是初期，但没有这初期，以后也决（绝）没有黄金时代的希望。中国的指望不是那班说俏皮话却不能作（做）事的人，她全靠了她勤劳不息的儿孙。欧洲文艺复兴的主要发动物是希腊思想，但是我们要记着当时他们研究希腊哲学都是用的由亚剌伯文译本重译出的本国文本子或拉丁文本子。并非由希文直接译出的本子。回国后开成书店，这介绍世界文学的工作便是一件开门大事。"②

朱湘指出，当时翻译活动有三个方面令人不满：转译、不忠实、欧化的译笔。"头两层是翻译初期所必有的现象；至于欧化，译文是必然的"，"由文学史来观察，拿重译来作为一种供应迫切地需要的过渡办法，中国的新文学本不是发难者，——只看译笔何如，现行的各种重译本的寿限便可以决定"。③

当然，朱湘指的转译主要是从英语转译其他语种的文学作品。朱湘从英语转译《路曼尼亚民歌一斑》（单行本，1924年），从英语转译大量世界各地诗歌，辑成《番石榴集》。朱湘重视转译，并且进行了大量转译实践，这或许与他个人的经历有关。朱湘之前是文学研究会的成员，文学研究会提倡文学"为人生"，呼吁译介弱小民族的文学作品，朱湘从英文转译《路曼尼亚民歌一斑》其实就是他在文学研究会期间完成的，并且由上海商务印书馆发行，

---

① SHUTTLEWORTH M, COWIE M. Dictionary of translation studies [Z]. Shanghai: Shanghai Foreign Language Education Press, 2004: 76.
② 朱湘. 草莽集的音调与形式 [J]. 文学周报, 1929 (326-350): 648.
③ 朱湘. 文学闲谈 [M]. 上海: 北新书局, 1934: 24, 26.

为"文学研究会丛书"之一。

面对转译,新月派同人中也有不同的声音,梁实秋和胡适就不认同转译,尤其"是转译富有文学意味的书",从而建议研究英文的多译英文著作①。梁实秋的观点,体现了他作为学者的严谨。当然,胡、梁二人反对从英文转译"法文俄文作品"②③,但是面对其他语种的作品,梁实秋还是认可转译的。梁实秋本人,在需要的情况下,也会从较为可靠的英译文转译其他语种的作品,他自己便从英文转译了原来拉丁文的《阿伯拉与哀绿绮思的情书》④。

同时,梁实秋还提倡"重译"(今天所说的复译)⑤。

值得指出的是,朱湘文中的重译其实指的是转译。但是朱湘一贯使用"重译"一词来表达转译的意思,与新月派其他成员,如梁实秋稍有不同。梁实秋也说重译,但梁实秋指的重译是复译。这也可以看出新月派内部乃至新文学运动中,术语不统一,以及由此折射出来的翻译思想不够成熟的事实。

新月派诗人译者对于转译的提倡和重视,体现出了新月派诗人译者对于世界各地优秀诗歌汉译的强烈渴求。虽然转译有转译的弊端,但是在当时历史文化语境之下,无疑有其存在的价值。新月派诗人在具体的翻译中,不但从英语转译小语种语言的诗歌作品,而且他们偶尔也会从英语转译法、德诗歌,虽则他们是能够讲法语、德语的。

第五节　其他

新月派诗人翻译家不仅进行汉语新诗创作的尝试和试验,还把尝试和试验延伸到了译诗的领域。

徐志摩就曾通过《征译诗启》邀请大家进行译诗尝试和共同研究⑥⑦。也正是有了这样"共同研究"的宗旨,新月派时期的复译较多,同时也就真正做到了研究汉语表达音节、致密思想的表现力,研究白话汉语作诗的可能性。

---

① 梁实秋. 翻译 [J]. 新月, 1928 (10): 4.
② 梁实秋. 翻译 [J]. 新月, 1928 (10): 4.
③ 胡适. 论翻译 [J]. 新月, 1929 (11): 1.
④ 梁实秋. 翻译 [J]. 新月, 1928 (8): 1-32.
⑤ 梁实秋. 翻译 [J]. 新月, 1928 (10): 5.
⑥ 徐志摩. 征译诗启 [J]. 小说月报, 1924 (3): 6-7.
⑦ 徐志摩. 征译诗启 [N]. 晨报副刊, 1924-03-22.

此外，徐志摩在介绍白朗宁夫人的十四行诗时，大力推介闻一多的译文，同时也指出闻一多的译文是试验，而且不是轻率地试验，强调了闻一多的耐心①。

徐志摩的语际翻译，使用新诗和旧体诗翻译外国诗歌。同时，他还使用白话文翻译中国古诗词。他的诗歌翻译不仅试验诗歌的音乐，试验白话文表达思想感情的能力，还试验各种诗体。徐志摩非常重视诗歌音乐，王友贵教授就提出，徐志摩古诗今译也是为了进行声律的训练，以及试验白话诗歌的音乐。"翻译音乐性丰富的古诗，乃是一个极好的声律方面的训练和经验。""似乎当初迻译，首先乃是为着好玩，自娱。翻译起于译者内心的冲动。可见诗人的古诗今译"，"往往有声律试验、再创造的性质。译者的快感与满足感往往即在其中"。徐志摩古诗今译，除却自娱，也是在试验白话文，"看看白话文在传译艺术形式严谨、完美的宋词时，在音节组合、音乐性方面、诗词的意象和意境的传达方面，有多大的再现能力，多大的表现能力"。徐志摩古诗今译似乎相当注意白话文的音节组合能力，译诗音乐性。徐志摩的诗歌《明星与夜蛾》的首要价值，"正在于其试验性，在于其对于白话文音节的试验，对白话文组合效果的试验吧"②。

1930年以前，新月派诗人其实已经大规模翻译过各种形式、各种诗体的外文诗歌到中文了，但即使在这个时候，新月派同人对于使用格律诗翻译外国诗歌仍然比较茫然，提出仍需试验。一方面，这体现出新月派诗人译者的严谨态度；另一方面，再次展现出了新月派诗人面对新诗不知其可的茫然，体现了新月派诗人并不能完全掌控新格律诗。胡适曾任中华教育文化基金董事会下设编译委员会委员长，拟定翻译莎士比亚作品。胡适与新月派同人商定如何翻译期间，仍然显示出新月同人对于格律诗歌翻译的不确定，尤其显示出新月派诗人的试验精神。"最要的是决定用何种文体翻译莎翁。我主张先由一多、志摩试译韵文体，另由你和通伯试译散文体。试验之后，我们才可以决定，或决定全用散文，或决定用两种文体。"③

此外，新月派诗人还指出了译诗的条件。梁实秋提出翻译外国诗集的两个条件：全部翻译和翻译能力。"第一，我们要忠实的（地）把我们所要介绍的诗集全部的（地）奉献于国人之前"，"第二，我们对于自己翻译的能力要

---

① 白朗宁夫人. 白朗宁夫人的情诗 [J]. 新月, 1928 (1): 164.
② 王友贵. 翻译西方与东方：中国六位翻译家 [M]. 成都: 四川出版集团, 四川人民出版社, 2004: 391-392.
③ 耿云志, 欧阳哲生. 胡适书信集（上）[M]. 北京: 北京大学出版社, 1996: 527.

有十分的把握。错误的译诗，不如阙而不译；但是既是要介绍一本诗集，便应先了解原集的全部，次谋所以翻译成国文的方法。若是能力有限，最好是把这个工作'让给那些有全译能力的译者'，不必勉强删节凑合"①。这里的第二个条件，体现出梁实秋作为大学者对待译诗的严谨态度。他指出错误的译诗不如不译，要求译者要先对诗集做全面的了解，同时劝能力有限的译者不要勉强。著名翻译家曹明伦教授也呼吁译者"要学习民国时期那批学者型译者，对自己选译的诗一定要认真研究，换言之，对自己没读懂的诗千万别译"②。

新月派诗人也提及诗歌的可译性。虽然新月派诗人在理论上认为诗歌是不可译的，但是，他们在实践中大量翻译诗歌，而且译诗中成功的译例比比皆是。徐志摩讲自己翻译《恶之花》中的《死尸》时就说，他的译诗是冒牌的、破纸做的、烂布做的假花，"我看过三两种英译也全不成；——玉泉的水只准在玉泉流着"③。徐志摩在讨论哈亚姆诗歌的几个汉译时，明确提出诗歌不可译。"完全的译诗是根本不可能的。"④ 中华教育文化基金董事会下设编译委员会由胡适主持时，曾邀请诸位新月派诗人翻译莎翁作品，翻译计划中叶公超就被邀请翻译诗剧 *Merchant of Venice*，但是叶公超本人认为译诗几乎不可能，就算译出，也有勉强的痕迹。"译诗本来是一件几乎不可能的事，即便勉强译了出来也遮盖不住'勉强'的伤痕。"⑤ 李唯建也指出诗歌不可译，他认为诗歌辞藻、音节和神韵都很难译，诗歌是声音的艺术，并且西洋诗有许多严格的形式格调，如同我国的律诗小令，都是不可译的。"译诗是一件费力不讨好的事。原诗的词（辞）藻，音节，神韵多么难译！我以为一首完美的诗歌和一切完美的艺术品一样，都不能改动其丝毫，尤其是诗的音韵。""你如不信，试去读读法国威伦（Verlaine）或英国雪莱（Shelley）的诗；如没有一种音的体验，那就毫无所获了。并且西洋诗还有许多最严格的形式格调，正如我国律诗小令之不可译。"⑥ 从这里的论述，也可以看到新月派诗人对于诗歌声音的重视。新月派诗人中，胡适、徐志摩尤其重视诗歌声音。

虽然新月派诗人认为诗歌不可译，尤其是那些格律谨严的诗歌，但是新

---

① 梁实秋.读郑振铎译的《飞鸟集》[J].创造周报，1923（9）：7.
② 曹明伦.弗罗斯特诗歌在中国的译介：纪念弗罗斯特逝世50周年[J].中国翻译，2013（1）：74.
③ 徐志摩.死尸"Une Charogne"by Charles Baudelaire："Les Fleurs du Mal"[J].语丝，1924（3）：6.
④ 徐志摩.我默的一首诗[N].晨报副刊，1924-11-07.
⑤ 叶公超.论翻译与文字的改造：答梁实秋论翻译的一封信[J].新月，1933（6）：5.
⑥ 李唯建.英国近代诗歌选译[M].北京：中华书局，1934：2-3.

月派诗人明知不可为而为之，为了建构汉语诗歌文化，翻译了大量以格律谨严著称的西方诗歌，如十四行诗等，这确实是中国诗歌翻译史上不得不书的一笔。

另外，新月派诗人也都意识到了翻译之难。胡适说翻译很难①，饶孟侃说译诗万难②。但是，新月派诸位诗人能迎难而上，尽量完成万难的诗歌翻译工作，确实难能可贵。

本章小结

基于中体西用的文化观和相应的诗学，新月派的诗人形成了其翻译思想，对于翻译选目、翻译方法、翻译的功用及其非文本目的，以及转译等话题都有较为成熟的认识和论述。

新月派诗人对于翻译的选材有较高要求，要求选择名家著作和文学价值高的作品来翻译。新月派诗人译者，不仅是诗人、翻译家，他们同时也是学贯中西的学者，他们尤其对中外诗歌都有深刻的认识，他们在讨论翻译选目时往往都表达出对外国经典诗歌的青睐。就翻译方法而言，新月派诗人提出了诗人译诗和以诗译诗，并且还具体指出译诗怎样处理原诗的韵脚、格式、音尺等，这与新月派中体西用的文化观和重视形式的诗学是一脉相承的。新月派诗人从文化交流的高度，讨论翻译的功用，新月派诗人译者提出通过译诗试验汉语白话文的表现力，并且通过翻译外国诗歌移植诗体，创格和建构中国新格律诗。另外，新月派诗人还肯定了转译在当时历史文化语境中存在的价值。

新月派诗人在当时中国的语境下，提出诗人译诗和以诗译诗，具有开拓性。新月派诗人从外国诗歌史中了解到了诗人译诗的传统及其重要作用，提出诗人译诗。新月派诗人针对当时中国译者以自由诗翻译外国诗的趋势，颇具建设性地提出了以诗译诗。另外，新月派诗人从外国诗歌史中学习了通过翻译诗歌移植外国诗体的有益经验，发展为了新月派移植诗体的翻译思想。

新月派秉承了"中学为体，西学为用"的文化观，新月派诗学重视诗歌形式要素，新月派翻译思想也明确了新月派诗人要通过译诗学习并借鉴外国

---

① 胡适. 论翻译 [J]. 新月，1929（11）：1.
② 饶孟侃. 新诗话（三）译诗 [J]. 晨报副镌·诗镌，1926（9）：46.

诗歌的形式要素和技术、技巧。新月派翻译思想注重引进和移植西方诗歌的形式要素有其现实原因——"诗国革命"，虽然打破了旧的格律形式，却未提出新的格律形式，中国诗歌前途未卜，新月派诗人希望通过翻译为汉语移植新格律诗体，是故引进西方诗歌形式要素；也有其更重要的深层原因：新月派诗人中体西用的文化观。中体西用的文化观注定了新月派诗人通过翻译学习和引进西方诗歌形式、技术以及技巧。

第三章

新月派成员外语诗歌汉译自发时期
（1923—1925年）

　　正如上文所述，1923年新月社成立之初旨在促进中国戏剧的发展，所以当时的活动主要跟戏剧活动相关。直到1926年《晨报副镌·诗镌》问世，新月派转而更多关注诗歌的创作和诗歌理论的发展，并且也是在这个时候形成了所谓新月诗派，新月派成员有所补充，加入了著名的诗人，如朱湘、闻一多、梁实秋等。而此前，朱湘、闻一多等都不属于新月派，朱湘属于文学研究会，闻一多和梁实秋属于中华戏剧改进社。

　　1923年到1925年之间，新月派主要从事戏剧活动，此时新月派诗人翻译的诗歌数量并不太多，而且翻译选目主要集中在维多利亚时期诗人的诗歌。通常是译者对某个外国诗人或作品感兴趣，或者比较认可，想通过翻译向国人介绍从而决定翻译，或是译者想通过译诗试验白话的表现力。有些译诗出现在介绍外国诗人的文章中，是在介绍外国诗人的时候顺便翻译的，因而诗歌翻译也不具系统性。此阶段的译诗，除了要实现介绍外国诗歌的文本目的，还具有试验白话的非文本目的。此阶段属于新月派外语诗歌汉译的自发阶段。另外，这一阶段进行诗歌翻译的译者屈指可数，主要是徐志摩在翻译，胡适也有极少量译诗。

第一节　翻译选目

　　正如上文所述，从1923年到1925年之间，新月派诗人翻译诗歌的数量并不太多，而且翻译选目主要集中在维多利亚时期诗人的诗歌。此间翻译诗歌的主要是徐志摩，其次是胡适。徐志摩选译的诗人似乎都是他自己非常认可或者崇拜的，并且他自己有幸见到过的，有的甚至还当面允许或鼓励徐志摩翻译自己的作品。徐志摩了解并崇拜维多利亚时期的诗人哈代，翻译了哈代的诗歌，还对哈代做了较多介绍，对于泰戈尔也是一样。这一阶段，新月派诗人翻译的维多利亚时期诗歌（包括维多利亚时期诗人的译诗）超过新月派诗歌翻译总数的一半，远远多于其他流派的诗歌。

新月派诗人重视译诗。白话新诗成立的标志就是胡适的译诗《关不住了》。新月派诗人进行白话新诗的试验，一方面是创作新诗进行试验；另一方面是翻译诗歌进行试验，试验白话的表现力，试验新诗体。既然译诗可以标志中国诗歌的新纪元，译诗当然也可以用以试验中国新诗的语言和诗体，译诗当然也就可以用以移植诗体。胡适与徐志摩过从甚密，徐志摩也很有可能受到胡适试验思想的影响，受到胡适重视译诗的影响。徐志摩非常重视译诗，也多次表明希望通过译诗来试验中国语言的表现力，当然，后来他也提出希望通过译诗来移植诗体。

一、选译的诗歌流派

这一阶段，新月派诗人翻译选目主要集中在维多利亚时期诗人的诗歌。译者较为随意地选择自己认可外国诗人的诗歌或者感兴趣的诗歌进行翻译，不具系统性。因为这个阶段新月派尚未转向关注诗歌，而是专注戏剧活动。只有少数对诗歌和诗歌翻译有兴趣的同人，如徐志摩和胡适等在进行诗歌翻译。

二、选译的诗人

这一阶段，新月派选择翻译的诗人并不多，往往是集中选择几个诗人的诗歌，尤其是维多利亚时期诗人哈代的诗歌。徐志摩翻译了哈代的《伤痕》（*The Wound*）、《分离》（*The Division*）、《她的名字》（*Her Initials*）、《窥镜》（*I Look into my Glass*）、《两位太太》（*Two Wives*）等，卡本特（Edward Carpenter）的《性的海》（*The Ocean of Sex*），惠特曼的《我自己的歌》（*Songs of Myself 31*），拜伦的《海盗之歌》（*Song from Corsair*）、《唐璜与海》（*Don Juan*, *Canto II*, 16 *stanzas*）等，泰戈尔的《谢恩》（*Thanks Giving*），维多利亚时期学者、诗人阿诺德（Arndd）的《诔词》（*Requiescat*），维多利亚时期诗人梅瑞狄斯（Owen Meredith）的诗《小影》（*The Portrait*），席勒（Schiller）的诗歌，歌德的四行诗，萨福（Sappho）的诗歌《一个女子》（*One Girl*），维多利亚时期诗人罗塞蒂的集句，济慈（Keats）的《夜莺歌》。胡适笑话徐志摩没有译好歌德的四行诗，所以也重译了该诗。胡适还两次翻译了《不见也有不见的好处》（诗节第一行为 By absence this good means I gain）等。

在这期间，新月派成员的译诗主要在各种文艺期刊上发表，这些刊物包括《晨报副刊》《晨报副刊：文学旬刊》以及《小说月报》等。新月派诗人在文艺期刊上面发表译诗的一大好处就是能够相对及时将自己的译文与读者分享，能够在最短的时间内产生较大的影响，或引起读者的同情和认可，从而推广自己的翻译；或引发读者的诘问和质疑，实现译者和读者的交流与商榷，改善译文。

徐志摩翻译的诗歌，哈代的诗最多，同时，徐志摩对于哈代诗歌的翻译持续时间也是最长的，从1923年到1928年，每年都在翻译哈代的诗歌。徐志摩不仅推崇哈代的诗，而且与哈代的精神气质以及一些悲观情绪也有相似之处。徐志摩多次撰文介绍哈代，"绅绎他最微妙最桀骜的音调，纺织他最缜密最经久的诗歌——这是他献给我们可珍的礼物"。徐志摩提到通过狄先生的介绍，1925年7月"居然见到了这位老英雄，虽则见面不及一小时"，徐志摩同时回忆了见曼斯菲尔德（Mansfield）的二十分钟，全身震荡，六个月后曼斯菲尔德就死了，从此以后徐志摩更坚持"英雄崇拜的势力，在我有力量能爬的时候，总不教放过一个'登高'的机会"。见到哈代后，哈代见面就问"你译我的诗？""你怎么翻的？""你们中国诗用韵不用？"同时哈代也表示赞成诗歌用韵。徐志摩当面表达喜欢哈代的诗是因为"它们不仅结构严密像建筑，同时有思想的血脉在流走，像有机的整体"①。哈代的诗歌结构严密，格律谨严，体现了维多利亚诗风，最受徐志摩的青睐。

徐志摩对于泰戈尔的人格大加赞赏。徐志摩对泰戈尔的介绍虽然短短几页，但从始至终都在赞誉泰戈尔的人格，充满了褒扬溢美之词，如"不朽的人格""可爱的人格""高超和谐的人格"等②。泰戈尔访华之前，徐志摩负责联系；泰戈尔来华后，徐志摩负责接待。在当时的中国文艺界，能够与世界诗坛泰斗有如此多互动的，徐志摩首屈一指。徐志摩熟悉并了解泰戈尔，对诗人做出介绍，同时也翻译了泰戈尔的诗歌。

《小说月报》1924年第4卷，是"拜伦百年祭日"专刊，上面不仅有对拜伦及其作品的介绍和翻译，也有对拜伦的评论，以及对外国评论的翻译。徐志摩在此专刊上不但对拜伦做出了介绍，而且分别节译和全译了拜伦的两首诗歌，充分体现出徐志摩对拜伦的推崇和喜爱。徐志摩对拜伦有高度的评价，认为他兼具美丽与光荣，兼当恶魔与叛儿，是可爱的凡人，不凡的男子

---

① 徐志摩. 哈提 [J]. 晨报副镌·诗镌, 1926 (9): 61-62.
② 徐志摩. 泰戈尔来华 [J]. 小说月报, 1923a (9): 1-4.

以及骄子①。徐志摩介绍了拜伦 36 岁去梅锁朗奇（今译迈索隆吉翁）的事情以及拜伦的诗歌《这一天，我 36 岁》(On this day I Completed My Thirty-sixth Year)，徐志摩也将此诗翻译了出来。

　　傅雷在谈自己的翻译经验时，将翻译选材比作交朋友，"有的人始终与我格格不入，那就不必勉强；有的人与我一见如故，甚至相见恨晚"②。杨武能教授谈到自己的经验时说："我在实践中有这样一条偷懒的经验，就是只译自己喜欢的或正在研究的作家和作品，特别是与自己的气质和文风相近的作品。"③ 段峰教授说："文学翻译家常常将选择自己喜爱的原作，看作是一本好的译著成功的第一步，单就具体到某个文学翻译家而言，他们的确在一定程度上具有选择原作的权利，不少文学翻译家也叙述了他们在文学翻译实践中，作为'仆人'选择'主人'的情况。"④

　　其实，新月派翻译家在这个阶段的翻译选材，十分注重选择适合自己的作品来翻译，因个人的喜爱或熟悉而选择翻译，选择自己喜欢的作品，或者与原作者是朋友，或者是原文的气质和风格与自己作品相似。很多外国诗人译者有幸见过，有幸与原作者讨论过翻译、诗歌等话题。译者长期保持了对这些外国诗人的景仰和崇敬。由这样的中国诗人来译外国诗歌，应该就是最佳人选了。即使到了交通和通信都极其发达的今天，译者和原作者要有这样面对面的交流并且译者能够长期保持对于原作者的情谊，还是较为罕见的。新月派诗人这一类的翻译实际上已经超越了翻译的界限，是更广阔意义上的文化交流。

第二节　翻译方法

　　新月派成员在 1923 年到 1925 年间主要是根据自己的兴趣爱好以及对于原诗人或者诗作的熟悉程度来选择有待翻译的诗歌，其中，诗歌翻译较多是出于要介绍原作的诗人或者诗歌，只是一些自发的译诗实践，译介并举，并没有涉及中国新格律诗的创格问题。况且此间，新月派诗学尚未形成。但这

---

① 徐志摩．拜伦[J]．小说月报，1924(4)：2-3．
② 罗新璋，陈应年．翻译论集[M]．北京：商务印书馆，2009：693．
③ 许钧，等．文学翻译的理论与实践：翻译对话录[M]．南京：译林出版社，2001：169．
④ 段峰．文化视野下文学翻译主体性研究[M]．成都：四川大学出版社，2008：53．

些译诗是检验白话文以及新诗体的试金石,诗人译者尽量以诗译诗,有时为了诗行的整齐或者音组数的整齐也会改变译诗,但是具体到格律并没有十分的讲究,能押韵就押韵,或者使用方言押韵,确实不能押韵的也没有强求,虽然大多数译诗还是整齐匀称的,但不排除有些译诗诗行的音组数参差不齐,诗行也有参差不齐的情况。

1923年,《小说月报》刊载了徐志摩的长文《曼殊斐儿》,文中有徐志摩翻译的布莱克(Blake)著名诗歌《天真的预言》的前四行,并附有原文。原文和译文如下:①

To see a world in a grain of sand, And a heaven in a wild flower, Hold Infinity in the palm of your hand And eternity in an hour…… 　　Auguries of Muveeuce William Blab（k）e	从一颗/沙里/看出/世界, 天堂的/消息/在一朵/野花, 将无限/存在/你的/掌上, 刹那间/涵有/无穷的/边涯……

原诗名为"Auguries of Innocence",徐志摩发表时使用的"Auguries of Muveeuce",并且诗人的名字William Blake也写成了William Blabe。原诗前4行押韵,韵式为abab,诗行有抑扬格四音步、扬抑格五音步、抑扬格三音步,没有规律。诗行音节数,1行9个音节,2行9个音节,3行11个音节,4行8个音节。诗行长短不一,最后一行最短。诗歌词汇简单易懂,诗歌把要阐明的道理蕴于简单词汇之中。诗歌1行、2行是不完全句,3行、4行是祈使句。2行承接1行省略了相同的成分,4行承接3行,同样省略相同的成分,总体而言,原文从句法上看还是很整齐的。

译诗也是4行,只有2行、4行押韵,译诗1行、3行9字,2行、4行10字,颇有规律,诗行整齐,形式整饬。四行译诗,每行均为四音组,整体音乐和形式效果较好。译诗第1行较为忠实传达原意。原诗第2行本是第1行的省略,第1行为"To see a world in a grain of sand",第2行为"And a heaven in a wild flower",第2行应该是"And to see a heaven in a wild flower"的省略。英语有承前省略的习惯,但基本意思以及句法结构和第1行是一致的,徐志摩的译文为"天堂的消息在一朵野花",虽然把原文的意思传达出来了,但是较原文的结构差距较远,使得译诗1行、2行没有了原诗的对称结构,另外,"消息"一词是为了凑够字数和音组数添加的。同样,第3行、第

---

① 徐志摩. 曼殊斐儿[J]. 小说月报, 1923 (5): 2.

4 行中，因为第 4 行与第 3 行相同的地方有所省略，译文第 3 行、第 4 行与原文意义也有出入，"hold"指的是"拿""掌握"，并非"存"或"涵有"的意思。第 4 行也是因为改变结构而不能与译诗第 3 行呼应。另外，第 4 行原文为"And eternity in an hour"，徐译文"刹那间涵有无穷的边涯"，语义与原文有出入，原文是"an hour"，显然比"刹那间"在时间上长了很多，另外，"边涯"似乎也是为了凑字而添加的。既是无穷，又哪来的边涯，岂不是自相矛盾？徐志摩的译诗，诗歌形式整饬，读来也朗朗上口，音组安排均匀规律，对诗歌形式和音乐都注意，但是译诗的内容经不起与原文的仔细对照，有些甚至连逻辑都不通。

  徐志摩对于哈代尤为推崇，介绍并且翻译了好多首维多利亚时期诗人哈代的诗歌。徐志摩对于哈代的译介也持续到了新月诗派时期，亦即 1926 年到 1933 年期间。徐志摩 1923 年一口气翻译并发表了 4 首哈代诗歌，并且于 1924 年又翻译了 1 首哈代的诗歌，同时写了长文（计 18 页）《汤麦司哈代的诗》，大力介绍哈代其人其诗。徐志摩 1924 年还翻译了 7 首哈代的诗歌，1925 年也翻译了 3 首哈代其他的诗歌。徐志摩对于哈代的译介力度最大，这一阶段，哈代的诗歌是徐志摩翻译得最多的。

  徐志摩翻译了哈代的 *I Look into My Glass* 为《窥镜》，并且写有英文标题以及英文原作者姓名。新月派诗人及其同时代的译者注意细节，在译文中标注原作的英文标题和原作者的姓名，这是对原作者和原作的尊重与重视，是中国翻译史上的一大进步。在林纾之前的大部分译者，"他们翻译一部作品，连作者的姓名都不注出"，到了林纾翻译，"即译一极无名的作品，也要把作家之名列出"[①]，这本身就是一种进步。而到了新月派诗人翻译，他们更是列出原文标题以及原作者姓名，这就是一大进步了。

---

① 罗新璋，陈应年. 翻译论集 [M]. 北京：商务印书馆，2009：252.

I Look into My Glass①	窥镜②
I look into my glass,	我向着镜里端详，思忖，
And view my wasting skin,	镜里反映出我消瘦的身影，
And say, "Would God it came to pass	我说，"但愿仰上帝的慈恩，
My heart had shrunk as thin!"	使我的心，变成一般的瘦损！"
For then, I, undistrest	因为枯萎了的心，不再感受
By hearts grown cold to me,	人们渐次疏淡我的寒冰，
Could lonely wait my endless rest	我自此可以化石似的镇定，
With equanimity.	孤独地，静待最后的安宁。
But Time, to make me grieve,	但只不仁善的，磨难我的光阴，
Part steals, lets part abide;	消耗了我的身，却留着我的心；
And shakes this fragile frame at eve	鼓动着午潮般的脉搏与血运，
With throbbings of noontide.	在昏夜里狂撼我消瘦了的身形。

原诗 I Look into My Glass 3 节 12 行，韵式为 abab，存在因为重音不押韵的情况，原诗每节第 1 行、第 2 行、第 4 行主要为抑扬格三音步，有变格，每节第 3 行为抑扬格四音步。原文诗行长短不一，但诗行音节数是有规律的安排。1 节 4 行音节数分别为 6、6、8、6。2 节 4 行音节数分别为 6、6、9、6。3 节 4 行音节数分别为 6、6、8、6。诗歌每节虽然有四行，但是这四行构成一句话，从形式上体现出较为缓慢的节奏，契合诗歌思想内容，时间慢慢流逝，人已老，心未衰。此外，由于四行诗歌只构成一个句子，因而句中较多并列成分（由 and 连接）和修饰成分（如 ed 分词充当的后置修饰语，grown cold to me）。诗歌词汇总体而言简单易懂，当然，也有少数词汇音节数过多，较为复杂，如"equanimity"。此外，诗歌采用了《圣经》中的表达"it came to pass"，虽然原文乍看语句不通，"Would God it came to pass"，情态动词和动词的过去时同时使用在一个句子中，但是若深入了解相关文化背景，就知道"it came to pass"本来就是译文，这个译文并没有什么意义，且需要做出很大

---

① HARDY T. Chosen poems of Thomas Hardy [M]. 2nd edition. London: Macmillan and Co., Limited, 1929: 138.
② 哈代. 窥镜 [J]. 徐志摩，译. 小说月报, 1923 (11): 4.

<<< 第三章 新月派成员外语诗歌汉译自发时期（1923—1925 年）

修改才行①。

译诗 3 节 12 行，译诗尽量在每节内押相同的韵，但是有较少押近似韵或者极少不押韵的情况。诗行字数没有规律，从 9 字到 13 字不等，译诗 1 节 4 行字数分别为 9、11、10、11，2 节 4 行字数分别为 11、10、11、10，3 节 4 行字数分别为 11、12、12、13。诗行音组数以四音组、五音组为主。原诗第 1 节第 1 行为"I look into my glass"，意思就是"我照镜子"，徐志摩译文为"我向着镜子里端详，思忖"，原文本没有"端详，思忖"这一字面意思，也没有字里行间暗示"端详，思忖"，而是译者添加上去的，这样添加后，译文诗行字数与其他诗行字数较为相当，不会显得过于短。类似的加词翻译还有飞白的译文"当我照我的镜"②，一是添加了中文不太喜欢使用的"当"字，同时"my glass"译为了非常欧化的"我的镜"，中文是很少会在人的器官或者拥有的东西前面加代词的，这里也可能是为了凑够字数，较之徐志摩的翻译，飞白的译文就稍显不自然了。原诗第 1 节第 2 行为"And view my wasting skin"，是人称主语的句子，承接上文的主语"I"，译文改为了物称主语的句子，大概因为"镜里反映出"会比直译"看见"多出几个字，这样诗行字数会与其他诗行更相当。第 2 节为"For then, I, undistrest/By hearts grown cold to me, /Could lonely wait my endless rest/With equanimity."译诗相应节几乎每一行都相对于原文添词加语。第 1 行"因为枯萎了的心，不再感受"，这里的译文明显添加了"枯萎了的心"，这是原文没有的，而"不再感受"应该是对"undistrest"（不再悲痛）的意译。另外，译文第 2 行添加了"寒冰"这一具体的事物，是原文中没有的，同时也与第 3 行添加具体事物"化石似的"形成呼应。原文本没有寒冰和化石的具体意象，是译文中添加的，或是为了押韵或诗行整齐而添加的汉字，当然，译文中这两个意象增加了译文的诗意，但是不忠实于原文。另外，原文此处也并没有"渐次疏淡"的意思。译文第 3 行、第 4 行颠倒了原文第 3 行、第 4 行的顺序，因为英文中"With equanimity"属于状语，可在句首、句中、句末，但是中文的状语通常在句中，所以译文将此状语译到句中，但是原文就两个单词，一个还是介词，意思较为简单明确，而译文为了相对整齐划一的格式，添加了词语"自此可以化石似的"，明显不同于原文简单的表达和意思。而译诗第 4 行不但添字（添加了"静"，原文就没有这一层意思），而且有误译，将"无尽的安宁"（endless rest）误译为"最后的

---

① NIDA E, TABER C. The theory and practice of translation [M]. Shanghai: Shanghai Foreign Language Education Press, 2004: 12.
② 飞白. 英国维多利亚时代诗选 [M]. 长沙: 湖南人民出版社, 1985: 311.

69

安宁"。同样，原诗第 3 节为 "But Time, to make me grieve, /Part steals, lets part abide; /And shakes this fragile frame at eve/With throbbings of noontide.", 译诗相应部分也有较多的添加和改动。原文第 1 行意为 "但使我伤心的是，时间"，徐志摩的译文为 "但只不仁善的，磨难我的光阴"，这里将原文的状语 "to make me grieve" 译为了汉语的定语，并且使用的是两个同义定语，原文第 2 行意为 "部分流逝，部分延续"，徐志摩的译文却较多地改动了原意，"消耗了我的身，却留着我的心"。译文虽是误译，但是意思上能与原文第 4 行契合，原文第 3 节第 4 行就是用 "throbbings of noontide" 来喻年轻的心。另外，译文第 3 行、第 4 行同样也增加了不少原文根本没有的词汇。

总而言之，徐志摩在此阶段的译文较为随意，虽然还是尽量以诗歌的形式来翻译外语诗歌，而且译诗的音乐性较好，但是译诗常常出现误译，即便是较为忠实原文的译文诗句中也常见缺乏推敲的言语表达。这可能也与徐志摩译诗的时候较为匆忙有关。他的《窥镜》译于 "十六日，早九时"，而之前他翻译哈代的《她的名字》完成于 "十六日，早二时"①，从两首诗歌之间较短的间隔时间，可见徐志摩的这两首译诗完成较为快速，而且很快就发表出来，自然没有多余的时间校订译文，更不要说对于文字的细细推敲了。当然，徐志摩本人也是出了名的粗心大意，他创作汉语诗歌时也会犯错误、写错字，将诗歌从一种外国语言翻译到汉语更是复杂的过程，徐志摩出错也是可以想象的了。

《小说月报》1924 年第 4 卷，是 "拜伦百年祭日" 专刊，上面不仅有对拜伦及其作品的介绍和翻译，也有对拜伦的评论，以及对于各种评论的翻译。在《拜伦》一文中，徐志摩讲到了拜伦 36 岁去梅锁朗奇的事情，将 On this day I Completed My Thirty-sixth Year 的原诗与译诗都写了出来②。原诗 10 节 40 行，《诺顿诗集》(Norton Anthology of Poetry：5 th edition) 中收录的此诗就是如此③。当然也有的版本是 11 节 44 行，《拜伦诗歌选集·唐璜和其他诗歌》(Selected Poems of Lord Byron：Including Don Juan and Other Poems) 中收录的此诗就是 44 行④，多了 4 行 "That hell has nothing better left to do/ Than leave them to themselves; so much more mad / And evil by their own internal curse, /

---

① 哈代. 她的名字 [J]. 徐志摩，译. 小说月报，1923 (11)：4.
② 徐志摩. 拜伦 [J]. 小说月报，1924 (4)：4-9.
③ FERGUSON M, etc. Norton anthology of poetry [M]. 5th edition. New York and London：W. W. Norton & Company, 2005：862-863.
④ BYRON G. Selected poems of Lord Byron：including Don Juan and other poems [M]. London：Wordsworth Editions Limited, 2006：783-784.

第三章 新月派成员外语诗歌汉译自发时期（1923—1925 年）

Heaven cannot make them better, nor I worse"①。原诗韵式为 abab，有眼韵和近似韵。原诗每节前 3 行为抑扬格三音步，有变格，第 4 行为抑扬格二音步，有变格。原诗音乐性好，声音回环往复，音韵悠长，节奏轻重反复，抑扬顿挫。译诗 10 节 40 行，应该是按照 10 节 40 行的原诗版本翻译的。译诗大多数诗行尽量再现原诗的韵式 abab，但也有诗节每行押相同的韵，也有诗节不按此韵式押韵，或完全不押韵。译诗诗行前 3 行以四音组、五音组为主，第 4 行以二音组、三音组为主。译诗中较多诗行未能做到对原诗意思的忠实再现。原诗第 1 节第 1 行、第 2 行为 "Tis time this heart should be unmoved, / Since others it hath ceased to move:"，本来意思是说"是时候我的心不再被感动，因为它已经停止感动他人了"，徐志摩的译文却是"年岁已经僵化我的柔心，/ 我也再不能感召他人的同情;"，不但意思与原文有别，而且完全忽略了原文的句法结构。原文第 2 节第 1 行、第 4 行分别为 "My days are in the yellow leaf;""Are mine alone!"，大概意思分别为"我的日子在黄叶里""才是我的"，徐志摩相应的译文是"往日已随黄叶枯萎飘零""长伴前途的光阴!"前 1 行中的"枯萎飘零"增加了原文虽无其词但有其意的表达，但后面一整行都是原文中没有的，完全是徐志摩添加上去的。原诗第 3 节第 2 行、第 3 行为 "Is lone as some volcanic isle; / No torch is kindled at its blaze -"，徐志摩的译文为"孤独的，像一个喷火的荒岛;/更有谁凭吊，更有谁怜——"，这里把"volcanic isle"译为"喷火的荒岛"似乎不太妥当，会让读者有较多疑问，荒岛为什么会喷火？为什么喷火的荒岛是孤独的象征？译文第 3 行虽然是原文 3、4 行字里行间的意思，但是此处译文完全脱离了原文相应行的字面意思，由译者自己创造出来。原文第 4 节第 2 行、第 3 行为 "The exalted portion of the pain / And power of love, I cannot share"，徐志摩的译文为"恋爱的灵感与苦痛与蜜甜，/我再不能尝味，再不能自傲——"，"灵感"一词就是原文没有译者自己添加的，原文第 3 行意思是"爱的力量，我不能分享"，但是徐志摩的译文既没有遵循原文的意思，又添加了原文本来就没有的"再不能自傲——"，这里似乎是为了增加诗行长度而添加的字眼。原文第 5 节为 "But 'tis not *thus* -and 'tis not *here* -/ Such thoughts should shake my soul, nor now, / Where glory decks the hero's bier, / Or binds his brow."，徐志摩对于此节的翻译与原文相去太远，更接近创作而非按本翻译，"但此地是古英雄的乡国，/白云中有不朽的灵光，/我不当怨艾，惆怅，为什么 /这无端的凄惶？"原文第 6

---

① BYRON G. Selected poems of Lord Byron: including Don Juan and other poems [M]. London: Wordsworth Editions Limited, 2006: 783-784.

节第3行、第4行为"The Spartan, borne upon his shield, /Was not more free",徐志摩译文为"古勇士也应羡慕我的际遇,/此地,今朝!"这里将原文的"The Spartan"译作"古勇士","Was not more free"译为"也应羡慕我的际遇",也是没有按照原文的字面意思来译,同时,由于中文翻译省略了"borne upon his shield"的译文,又把本来第4行的意思再创造性地译入中文第3行,所以,这时中文第4行就没有任何诗句了,于是徐志摩又凭空加上了"此地,今朝!"以与第2行押韵。当然,这里的"此地,今朝!"铿锵有力,音乐性极好。另外,原诗第8节第1行、第2行为"Tread those reviving passions down, /Unworthy manhood! -unto thee",徐志摩的译文为"丈夫!休教以往的沾恋,/梦魇似的(地)压迫你的心胸",译文中明显添加了原文根本没有的意思"梦魇似的(地)压迫你的心胸",这里也是徐志摩创造性的翻译。原诗第9节第3行、第4行为"Is here:-up to the field, and give /Away thy breath!"大概意思是"上战场去,光荣牺牲",而徐志摩的译文是"听否战场的军鼓,向前,/毁灭你的体肤!"原文只是说出了"战场",而徐志摩译诗中还添加了"军鼓"的意象,另外,结合第2行"光荣牺牲的场所"(The land of honourable death),这里第4行应该就是"光荣牺牲",但是徐志摩译为"毁灭你的体肤"则和上文打仗、战场无关,反而像是为了与第2行押韵而生硬制造出来的一行表达,连诗行都不能称,没有一点诗意只能说是一行表达。原诗第10节第1行、第2行为"Seek out – less often sought than found – / A soldier's grave, for thee the best;"徐志摩译文将第1行、第2行的意思译成了中文的第1行,而其中文译文的第2行又是凭空创造出来的,"只求一个战士的墓窟,/收束你的生命,你的光阴"。原文第11节徐志摩完全没有译出来,可能是他接触的英语版本没有第11节。总之,通过对拜伦诗歌的中英文版进行文本细读,发现徐志摩的译文除了较大部分忠实传达原文的意思与形式外,还有可观的一部分是译者任自己发挥创造出来的,与原文没有什么关系。

当然,需要指出的是,徐志摩在这个阶段有很多译诗,都是出现在介绍某个外国名人的文章中,比如,布莱克著名诗歌《天真的预言》的前4行,以及后来翻译拜伦的 On this day I Completed My Thirty-sixth Year 全文等都是。徐志摩本为诗人,其译诗注重形式和音乐性,但是内容有明显不忠实之处。有些不忠实的语句恰好是诗意很浓的地方,如《天真的预言》中的"涵有",如 On this day I Completed My Thirty-sixth Year 汉译中的"此地,今朝",读来铿锵有力,意境深远,很有诗意。第一,作为诗人译者,徐志摩诗人的一面要强烈地表现自己,忘了自己此刻其实重要的角色是译者,而译者应该忠实原作;

<<< 第三章　新月派成员外语诗歌汉译自发时期（1923—1925 年）

第二，这些诗歌本是徐志摩文章中的论据，信手拈来，顺便翻译，所以并未特别注意要忠实原作，只要大概译出意思，体现出浓浓的诗意，能够在文章中证明作者观点即可。

在《小说月报》的《拜伦百年祭》专刊中，徐志摩还节译了拜伦的 The Corsair 中小鸟唱歌的第 1~4 节。

| 1①
'Deep in my soul that tender secret dwells,
Lonely and lost to light for evermore,
Save when to thine my heart responsive swells,
Then trembles into silence as before.
2
'There, in its centre, a sepulchral lamp
Burns the slow flame, eternal, but unseen;
Which not the darkness of despair can damp,
Though vain its ray as it had never been.
3
'Remember me – Oh! pass not thou my grave
Without one thought whose relics there recline：
The only pang my bosom dare not brave
Must be to find forgetfulness in thine.
4
'My fondest, faintest, latest accents hear –
Grief for the dead not virtue can reprove；
Then give me all I ever ask'd – a tear,
The first – last – sale reward of so much love！' | Song from Corsair②
拜伦作　徐志摩译
我灵魂的深处埋着一个秘密，
寂寞的，冷落的，更不露痕迹，
只有时，我的心又无端的抨击，
回忆着旧时情，在惆怅中涕泣。

在那个墓宫的中心，有一盏油灯，
点着缓火一星——不灭的情焰；
任凭绝望的惨酷，也不能填堙
这孱弱的光棱，无尽的绵延。

记着我——阿，不要走过我的坟墓，
忘却了这杯土中埋着的残骨；
我不怕——因为遍尝了——人生的痛苦，
但是更受不住你冷漠的箭镞。

请听着我最后的凄楚的声诉——
为墓中人排恻，是慈悲不是羞
我惴惴的祈求——只是眼泪一颗，
算是我恋爱最初，最后的报酬。 |

原诗被节译的部分共 4 节 16 行，原诗韵式为 abab，原诗主要为抑扬格五音步，但是有变格，有几行诗是扬抑格。译诗 4 节 16 行，韵式尽量为 aaaa，但是也有诗行不押韵，可见没有强调一定要押韵。译诗诗行主要由四音组或五音组组成，排列较为有序，形式较为整饬。译诗内容上对原诗有增删以及

---

① BYRON G. Selected poems of Lord Byron：including Don Juan and other poems［M］. London：Wordsworth Editions Limited，2006：648.

② 拜伦. Song from Corsair［J］. 徐志摩，译. 小说月报，1924（4）：4.

偏离。原诗第 2 节第 2 行中的"but unseen"就没有译出来。原诗第 3 节第 3 行、第 4 行为"The only pang my bosom dare not brave / Must be to find forgetfulness in thine",根据上下文意为"我唯一不敢面对的剧痛,一定是发现你健忘",而徐志摩的译文为"我不怕——因为遍尝了——人生的痛苦,/但是更受不住你冷漠的箭镞",偏离原文的意思太多,尤其把"forgetfulness"译为"冷漠的箭镞"就完全背离了原文的意思,而且与上下文根本就没有什么联系了。另外,译诗第 4 节第 4 行的"惴惴的"原文无此词、无此意,是译者自己添加的。

除了诗体译诗以外,徐志摩还在介绍济慈《夜莺歌》的时候,在论文《济慈的夜莺歌》中尝试使用散文体来诠释《夜莺歌》,但使用散文体翻译《夜莺歌》也是偶然事件,并不是刻意为之。使用散文体来译该诗,是出于偶然要介绍这首诗歌的缘故。徐志摩在论文《济慈的夜莺歌》中,不仅对济慈的《夜莺歌》做了一番介绍和高度的赞扬,还用散文将原诗按照上课的方式解释了一遍,这也算是散文体翻译了。另外,文章后面还附有济慈的画像以及这首诗歌的英文原文,虽然不知道是不是徐志摩附上去的原文,但是也可以窥知那个时期对于介绍外国诗人诗作的重视程度。

徐志摩提到,他读各种外国作家的文学作品全部都是偶然碰到就读,并没有什么计划,之前也并没有做过什么专门的研究。"这一班人也各有各的来法,反正都不是经由正宗的介绍:都是邂逅不是约会。这次我到平大教书也是偶然的,我教着济慈的《夜莺歌》也是偶然的,乃至我现在动手写这一篇短文,更不是料得到的。友鸾再三要我写才鼓起我的兴来,我也很高兴写,因为看了我的乘兴的话;竟许有人不但发愿去读那《夜莺歌》,并且从此得到了一个亲口尝味最高级文学的门径,那我就得意极了。"[①] 接下来,徐志摩就按自己的理解,按照上课的方式讲解《夜莺歌》的每一诗节,其中加入了徐志摩自己美丽的想象以及华丽的辞藻,非常美!如徐志摩在介绍第 7 节的时候,就加入了自己的理解,"方才我想到死与灭亡,但是你,不死的鸟呀,你是永远没有灭亡的日子,你的歌声就是你不死的一个凭证。时代尽迁异,人事尽变化,你的音乐还是永远不受损伤,今晚上我在此地听你,这歌声还不是在几千年前已经在着,富贵的王子曾经听过你,卑贱的农夫也听过你;也许当初罗司那孩子在黄昏时站在异邦的田里割麦,他眼里含着一包眼泪思念故乡的时候,这同样的声歌,曾经从林子里透出来,给她精神的慰安,也许

---

① 徐志摩. 济慈的夜莺歌 [J]. 小说月报,1925 (2):3.

<<< 第三章 新月派成员外语诗歌汉译自发时期（1923—1925年）

在中古时期幻术家在海上变出蓬莱仙岛，在波心里起造着楼阁在这里面住着他们摄取来的美丽的女郎，她们凭着窗户望海思乡时，你的歌声也曾经感动她们的心灵给他（她）们平安与愉快"①。徐志摩的上述介绍，一个明显的误译就是，罗司的代词同时使用了"他"和"她"。另外，原文第3行为"The voice I hear this passing night was heard/In ancient days by emperor and clown："②③，徐志摩的译文明显添加了"富贵的"和"卑贱的"两个形容词来修饰听众。原文的第8行、第9行、第10行讲夜莺的歌在海上的情况，徐志摩也添加了"蓬莱仙岛"这个中国的文化词汇，给整个诗歌蒙上了一层神秘的中国色彩的面纱。

可见，此阶段译诗，对译者来说，介绍外国诗人及其诗歌才是主要目的，而翻译是为介绍服务的。新月派诗人译诗主要是为了实现翻译的文本目的。

值得注意的是，在此阶段，徐志摩非常注意与同行交流、切磋。徐志摩在《征译诗启》中就表明，请大家做"译诗的尝试""译诗的讨论"以及"共同研究"。也正是有了这样"共同研究"的宗旨，当年才出现了较多复译，同时也就真正做到了研究汉语表达音节、致密思想的表现力，研究汉语作诗的可能性。1924年，徐志摩本人也就胡适在《尝试集》中翻译的《鲁拜集》第108首哈亚姆诗歌做出了共同研究，给出了自己的译文④，进而又引发了荷东的"共同研究"，荷东给出自己的新诗译文和旧体诗译文⑤。胡适以后的两个译文也都算得上是与胡适讨论、商榷，同时也是复译。当然，郭沫若早就翻译了这位波斯诗人的经典诗歌，1924年还出了全译本。在民初学术文艺自由的年代，复译层出不穷。另外，新月派成员还选择翻译了歌德的诗歌。徐志摩和胡适都翻译过歌德的诗歌《谁没有过流着眼泪吃面包》（*Wer nie sein Brot mit Tränen aß*）。徐志摩是在翡冷翠（佛罗伦萨）从卡莱尔（Carlyle）的英文转译此诗，发表在1925年《晨报副刊》上，但是胡适看了译诗就跑去笑徐志摩没有押好韵，所以胡适又改译一番，还附有德语原文。徐志摩看后又在此基础上再次翻译。这也足以看出新月派成员对于诗歌翻译的重视程度，

---

① 徐志摩. 济慈的夜莺歌 [J]. 小说月报，1925（2）：8-9.
② KEATS J. Ode to a nightingale [J]. The short story magazine，1925（2）：12.
③ FERGUSON M，etc. Norton anthology of poetry [M]. 5th edition. New York and London：W. W. Norton & Company，2005：936.
④ 徐志摩. 莪默的一首诗 [N]. 晨报副刊，1924-11-07.
⑤ 荷东. 译莪默的一首诗 [N]. 晨报副刊，1924-11-13.

一而再，再而三翻译，字斟句酌①。

翻译歌德的四行短诗，也引起了较多诗人、学者的共同探讨，复译不断。接连有徐志摩初译、胡适译、徐志摩再译、朱家骅译、周开庆三个译文等，最后，郭沫若批评徐志摩与胡适的译文，也给出了自己的译文②③④。关于这些复译，请见第三节翻译试验。

虽然在此阶段朱湘、闻一多、梁实秋等并非新月派的成员，但是他们也进行了诗歌翻译的实践，这就为新月诗派时期大规模的诗歌翻译活动奠定了基础。

总而言之，新月派成员在第一阶段的译诗主要根据诗人自己的兴趣爱好，以及对于原诗人或者诗作的熟悉程度来选择有待翻译的诗歌，其中诗歌翻译较多是出于要介绍原作的诗人或者诗歌，翻译的目的是要向国人介绍这些外国诗人诗作，并没有涉及中国新格律诗的创格问题。况且此间，新月派诗学尚未形成。新月派诗人在这个阶段介绍的外国诗人，多是维多利亚时期诗人，这个阶段的译诗以维多利亚时期的诗歌为主。维多利亚时期诗歌形式精美，格律谨严，思想情感蕴含于唯美形式。这一阶段新月派诗人翻译的维多利亚时期诗歌（包括维多利亚时期诗人的译诗）超过新月派诗歌翻译总数的一半，远远多于其他流派的诗歌。对于维多利亚时期诗人和诗歌的译介并举，无疑对于即将形成的新月派诗学是有影响的。此外，这些译诗是检验白话文以及新诗体的试金石，诗人译者尽量以诗译诗，有时为了译诗诗行的整齐或者音组数的整齐也会偏离原文的意思，但是具体到格律并没有十分的讲究，能押韵就押，确实不能押韵的也没有强求，虽然大多数译诗还是整齐匀称的，但不排除有些译诗诗行的音组数参差不齐，诗行也有参差不齐的情况。

第三节　翻译试验

在 1923 年到 1925 年这个阶段，新月派诗人翻译外国诗歌，一方面是介绍外国诗人诗作，尤其是维多利亚时期的诗人和诗作，让不懂原文的中国读

---

① 徐志摩．一个译诗问题 [J]．现代评论，1925（38）：14-15．
② 徐志摩．一个译诗问题 [J]．现代评论，1925（38）：14-15．
③ 徐志摩．译葛德四行诗 [J]．晨报副刊：文学旬刊，1925（78）：7．
④ 徐志摩．葛德的四行诗还是没有翻好 [N]．晨报副镌，1925-10-08．

者通过译文能够欣赏外国诗作,这是新月派诗人翻译诗歌的文本目的;另一方面,译诗和诗歌创作一样,是试验白话文和新诗体的手段,这是新月派诗人翻译外国诗歌的非文本目的。新月派诗人对于诗歌的新语言和新诗体把握不大,需要通过翻译外国诗歌的试验来加以检验。

新月派诗人在这个阶段的白话译诗具有试验的性质,诗人对于译诗把握不大,并不愿意说自己的译诗是最终版本,而是表明自己的译诗就是试验。他们常见的做法是将各人译诗发表在期刊上,供大家讨论改进。这些译文和讨论,体现了新月派诗人的译诗是试验。同时,这些译诗试验也就是民国时期复译频出的原因。译诗试验比较典型的而且影响较大的当数由徐志摩译歌德诗引发的一系列译诗及其相关讨论。

新月派诗人指出,作新诗是尝试,其实他们的新诗学未尝不是尝试,译诗也未尝不是尝试。这种试验、尝试的精神或是源于胡适,延续到了每一位新月同人,甚至每一位新诗草创时期的诗人。胡适在《尝试集》初版时就明确了要尝试新诗,"那时候,我已打定主意,努力作白话诗的试验"①。《尝试集》代序二有云,"自古成功在尝试","作诗做事要如此,虽未能到颇有志。作'尝试歌'颂吾师,愿大家都来尝试"②。新月派的发展历程,其实也是中国新格律诗的发展历程。在新月派存在的那些年,新月派诗人试验了很多诗歌,但是直到1930年前后,新月派诗人才敢说"新诗的成熟时期快到了"③,而1930年之前都是不太有把握的尝试。当然,也正是有了这么多年的尝试,新格律诗歌才能日臻成熟。

新月派诗人翻译家不仅尝试和试验创作汉语新诗,而且把尝试和试验延伸到了译诗的领域。

……我们想要征求爱文艺的诸君,曾经相识与否,破费一点工夫做一番更认真的译诗的尝试:用一种不同的文字翻来最纯粹的灵感的印迹。我们说"更认真的";因为肤浅的或疏忽的甚至亵渎的译品我们不能认是满意的工作;我们也不盼望移植巨制的勇敢;我们所期望的是要从认真的翻译研究中国文字解放后表现致密的思想与有法度的声调与音节之可能;研究这新发现的达意的工具究竟有什么程度的弹力性与柔韧性与一

---

① 胡适.我为什么要做白话诗(《尝试集》自序)[J].新青年,1919(6):496.
② 胡适.尝试集[M].上海:亚东图书馆,1922:1.
③ 胡适.新月讨论:(二)评《梦家诗集》[J].新月,1930(5/6):4.

般的应变性；究竟比我们旧有的方式是如何的个别；如其较为优胜，优胜在那（哪）里？为什么，譬如苏曼殊的拜伦译不如郭沫若的部分的莪麦译（这里的标准当然不是就译论译，而是比较译文与所从译；）为什么旧诗格所不能表现的意致的声调，现在还在草创时期的新体即使不能满意的，至少可以约略的传达，如其这一点是有凭据的，是可以公认的，我们岂不应该依着新开辟的途径，凭着新放露的光明，各自的同时也是共同的致力，上帝知道前面没有更可喜更可惊更不可信的发现！

……请你们愿意的先来尝试，……总之此次征译，与其说是相互竞争，不如说是共同研究的性质，所以我们同时也欢迎译诗的讨论。①②

徐志摩同时在《小说月报》和《晨报副刊》发表征译，两个征译内容也相同，唯一不同的地方就是征译的诗歌有的不一样。《小说月报》上征译的诗歌共六首：亨利（W. E. Henley）的诗歌一首，Out of the night that covers me（诗歌首行）；雪莱的诗歌两首，Love's Philosophy，To the Moon；华兹华斯的诗歌三首，The Glow-Worm，She Was a Phantom of Delight，By the Sea（下面略去六句）。《晨报副刊》上征译的诗歌共六首：Perfect Woman（She Was a Phantom of Delight）；The Rainbow；史蒂文森（R. L. Stevenson）的诗歌 Requiem；耶慈（Bayertz）的诗歌 Where My Books Go；亨利的诗歌 Out of the night that covers me（诗歌首行）；沃尔特·德·拉·梅尔（Walter de la Mare）的诗歌 An Epitaph。

徐志摩两篇征译差不多是同时刊登的，除了征译诗歌有四首不同之外，两篇征译内容完全相同。徐志摩同时在两个刊物上征译，无非是为了扩大影响，让更多的读者看到，并参与翻译试验、翻译研究和讨论。徐志摩要在中国更进一步打开译诗及其讨论的局面。同时，也是为了让译诗事业能够获得大家的关注和重视。两个刊物同时征译，最重要的原因就是要促成大家的译诗试验。"试验"一词是新月派一直以来的一个核心词，新月派诗人作诗是试验，翻译诗歌也是试验。徐志摩虽然从理论上说过诗歌不可译，但实际上他还是积极倡导、鼓励大家进行译诗试验。徐志摩对于诗歌的看法看似矛盾，实则体现了他个人以及新月派诗人翻译诗歌背后的非文本目的，即通过译诗检验汉语白话文的表现力，试验新诗体。

另外，徐志摩的征译也体现出他个人对于诗歌、诗歌翻译与文字、诗体

---

① 徐志摩. 征译诗启[J]. 小说月报, 1924 (3): 6-7.
② 徐志摩. 征译诗启[N]. 晨报副刊, 1924-03-22.

的见解，有一定的理论价值。第一，徐志摩对于诗歌有高度的认可。徐志摩说诗歌是"最高尚最愉快的心灵的最愉快最高尚的俄顷的遗迹，是何等的可贵与可爱"和"最纯粹的灵感的印迹"。虽然徐志摩前一句表达本身很有问题，遗迹前面定语十足的长，完全超过了汉语习惯用法可以容忍和接受的长度，但是这句话将徐志摩对于诗歌的认识和认可完全表达了出来。当然，这句话不是徐志摩说的，应该是他引用雪莱对于诗歌的经典定义，"Poetry is the record of the best and happiest moments of the happiest and best minds"①。徐志摩刊登在《小说月报》上面的征译中的这句话并没有使用引号，而刊登在《晨报副刊》上的征译中，这句话是打上了引号的。英语原文确实使用了一个很长的后置定语修饰"record"，或许正是因为这句话是从英语翻译过来的，所以十分欧化，定语过长。徐志摩描述诗歌，两次使用"最高尚""最愉快"，另外，还使用"最纯粹"，全是最高级，足以表达出徐志摩对于诗歌这种体裁的热爱和赞颂。第二，徐志摩对于诗歌翻译表态：恳求大家做更认真的译诗的尝试。"破费一点工夫做一番更认真的译诗的尝试：用一种不同的文字翻来最纯粹的灵感的印迹。我们说'更认真的'；因为肤浅的或疏忽的甚至亵渎的译品我们不能认是满意的工作。""请你们愿意的先来尝试。"徐志摩尤其强调"更认真的"和"尝试"。从这几句可以看出，徐志摩其实还是认可大家之前的译诗活动的，但是现在恳请大家要更认真。徐志摩征译中还有一个关键词"尝试"，其实"尝试"实际上表达了徐志摩等对于将外国诗歌翻译为中文还没有确切把握，还是抱着试一试的心态在做。这并非谦虚，事实就是这样。后来的事实确实也证明了，虽然经过大家长时间多方努力，集思广益，但还是有可能拿不出一个令人满意的译文，比如，当时大家对歌德四行诗的翻译。另外，既然是尝试，也就说明了，将外国诗歌翻译为汉语白话诗歌是前人未曾实践过的，没有现成的经验，更没有现成的规范。所有一切，都只有靠这些先驱来尝试，经过大家的试验以后，方能得出合理可靠的翻译方法。当然，有时候徐志摩说的、倡导的与他本人实际上做的还是有出入的。他倡导大家更认真地尝试，而他自己常常不认真翻译，不论是诗歌还是小说，都是如此，而且，表达有时佶屈聱牙，会让人产生错觉：中国文字解放后不能有效地表达思想，或不如文言。当然，这只是看了徐志摩有些译文的错觉而已。徐志摩恳请别人认真译诗，但是到他翻译时，就会有些疏忽，这或许与他个人对

---

① BAKER C. The selected poetry and prose of Percy Bysshe Shelley [M]. New York：Random House, 1951：518.

于翻译的态度有关,"他本人对于翻译的态度,亦属最随心所欲的,同时亦最接近欧美文人对翻译的态度"①。第三,徐志摩的征译是要借翻译研究语言的表现力。"我们所期望的是要从认真的翻译研究中国文字解放后表现致密的思想与有法度的声调与音节之可能;研究这新发现的达意的工具究竟有什么程度的弹力性与柔韧性与一般的应变性;究竟比我们旧有的方式是如何的个别;如其较为优胜,优胜在那(哪)里?"通过翻译研究语言表现力,这就有一定的理论意义。王友贵教授认为,《征译诗启》"触及一个非常重要的基本方面,即白话文作为译语的表达能力,其柔韧性和应变能力。在这后面还有一个未言明的问题,则是翻译过程对译语的补充、更新的建设作用","从一个侧面表述了翻译的目的、翻译过程对译语建设和发展的作用"。② 当时的背景,正好是新旧语言交替的时代,旧的语言工具舍弃了,新的语言工具还需要发展,使用新的语言工具还需磨合。瞿秋白说,"中国的言语(文字)是那么穷乏,甚至于日常用品都是无名氏的。中国的言语简直没有完全脱离所谓'姿势语'的程度——普通的日常谈话几乎还离不开'手势戏'。自然,一切表现细腻的分别和复杂的关系的形容词,动词,前置词,几乎没有"③。到底中国新文字能否表达致密思想,需要通过翻译来检验。外语诗歌语言相对于中国刚刚采用的新的达意工具——白话更成熟,能够表达致密的思想。白话能否表达致密的思想,徐志摩并未下定论,只是说要通过翻译来研究。白话能否表达有法度的声调与音节,这也是个问题,也只有通过翻译来研究,而且这个问题更关乎诗歌。诗、乐、舞同源,诗歌原本就是重视声音的艺术,声音对诗歌来说至关重要。中国古代的诗歌音乐优美,草创时期白话诗歌是否具有和谐的声调和音节,对当时的诗人来说仍然是个未知数,他们只有通过翻译试验来检验,通过创作试验来检验。所以,当时诗人的词汇中多出现"尝试""试验"等字眼。他们是真不确定,所以要尝试一下,试验一下,才能得出结论。第四,徐志摩征译,也是要通过译诗来解释新诗体较之于旧诗体的优胜之处。"为什么,譬如苏曼殊的拜伦译不如郭沫若的部分的莪麦译(这里的标准当然不是就译论译,而是比较译文与所从译;)为什么旧诗格所不能表现的意致的声调,现在还在草创时期的新体即使不能满意的,至少可以约略的传达。"对

---

① 王友贵. 翻译西方与东方:中国六位翻译家[M]. 成都:四川出版集团,四川人民出版社,2004:320.
② 王友贵. 翻译西方与东方:中国六位翻译家[M]. 成都:四川出版集团,四川人民出版社,2004:323.
③ 罗新璋,陈应年. 翻译论集[M]. 北京:商务印书馆,2009:336.

<<< 第三章 新月派成员外语诗歌汉译自发时期（1923—1925 年）

于新旧诗体孰优孰劣，徐志摩其实是给出了答案的。他认为新诗体可以表达旧诗格不能表现的意致的声调，苏曼殊使用旧体诗格翻译的拜伦诗歌不如郭沫若使用新诗体翻译的哈亚姆诗歌。但是个中原因，还是需要大家借译诗的试验加以解释。第五，徐志摩《征译诗启》的字里行间体现出诗人对于新语言、新诗体不能把握，不敢确定。也正是因为这种茫然，促成了徐志摩以及同时代诗人的试验精神，促成了诗人强调试验。

也正是有了这样"共同研究"的宗旨，新月派时期的复译较多，同时也就真正做到了研究汉语表达音节、致密思想的表现力，研究汉语作诗的可能性。

但是，这次征译似乎并没有收到预期的效果，征译的这些诗歌也没有引起较多的试验和讨论。倒是这一年快到年底的时候以及第二年（1925 年），徐志摩自己试验诗歌翻译，自己做出复译，胡适也是如此。另外，由徐志摩提出讨论的哈亚姆诗歌汉译以及歌德诗歌汉译引起了大家的关注，后者更是引发了广泛的试验、讨论和研究。

徐志摩 1924 年翻译了哈代的 *The Man he Killed*，译文名为《我打死的他》，徐志摩附原文标题 *The Man I Killed*。此诗 1925 年再次发表，改动了一个字，1 节 4 行的"吃酒"，在 1925 年改为"喝酒"。原文 1 节为 "Had he and I met/ By some old ancient inn /We should have sat us down to wet/ Right many a nipperkin!"[1]，徐志摩的译文分别是"我与他若然在什么/茶店或酒楼碰头，/彼此还不是朋友，/一起喝茶，一起吃酒？"[2]，"我与他若然在什么，/茶店或酒楼碰头，/彼此还不是朋友，/一起喝茶，一起喝酒"[3]。徐志摩两次翻译发表这首译诗，一是体现出徐志摩对于哈代的景仰和热爱之情，要认认真真翻译哈代的作品，字斟句酌；二是体现出徐志摩的试验精神。他将 1924 年译文的"吃酒"改为"喝酒"便是一个进步。"喝"一般跟饮料、饮品搭配，茶和酒都属于这个范畴，而"吃酒"则是中国古代的说法。翻译为"喝酒"比"吃酒"更自然晓畅。当然，徐志摩这里的译文还是经不起文本细读的，一经文本细读以及和原文的对比，就会发现徐志摩的译文与原文的差距。原文 1 节 1 行、2 行为 "Had he and I met/ By some old ancient inn /"，字面意思大致就是我和他要是在某个古旧的旅馆见面，徐志摩的译文却添加了一个词语

---

[1] HARDY T. Chosen poems of Thomas Hardy [M]. 2nd edition. London: Macmillan and Co., Limited, 1929: 246.
[2] 哈代. 我打死的他 [J]. 徐志摩，译. 文学, 1924 (140): 1.
[3] 哈代. 我打死的他 [J]. 徐志摩，译. 青年友, 1925 (11): 87.

81

"茶店",而且"茶店"这个词怪得很,是卖茶叶的商店呢,还是在里面可以喝茶的茶馆?原文 1 节 3 行、4 行为"We should have sat us down to wet/ Right many a nipperkin!"字面意思大致就是我们会坐下来,喝很多杯尼波京小酒杯装的酒(意即喝很多杯酒,wet 和 nipperkin 两个单词都与酒有关)。译文只有第 4 行的"一起喝酒"能够部分传达原文字面上的意思,其他文字都不是原文的内容,如"彼此还不是朋友""一起喝茶"。另外,原文的感叹句译为了汉语疑问句。再者,原文 1 节其实就是一个虚拟语气的句子,表示与过去事实相反的情况。原文 1 行、2 行是一个非真实条件句,因为把"had"提前,就省略了"if",从句为部分倒装。原文 3 行、4 行是主句。徐志摩的译文在 1 节 1 行采用了"若然",3 行采用了"还不是"想表达原文的虚拟语气。但是"若然"稍显生硬别扭,不太自然,"若"为连词,后面跟"然",搭配别扭。徐志摩两个译文都采用同样的表达来翻译原文的虚拟语气,表明他的翻译试验虽然对单个的字颇为重视,但是对于诗歌语气的传达没有充分的重视。当然,徐志摩对于虚拟语气的处理也只是一个过渡和试验,随着新月派诗人更多地参与译诗试验,他们和同时代的诗人译者发展出较为自然流畅的表达方式来传达原文的虚拟语气。

徐志摩不仅自己译诗是试验,他还呼吁大家做译诗的试验,进而检验汉语白话文的表现力。

新月派不只徐志摩,胡适也参与了译诗试验,他自己翻译的诗歌也是试验再三,后面的译文会对前面的译文稍有改进,体现出新月派诗人译者的试验精神和谦虚态度,同时也体现出新月派诗人在新诗写作和翻译中一步步地探索。胡适 1924 年在《语丝》第 2 期发表了翻译哈代的诗歌。胡适对诗歌来源有简要说明,说诗歌是在哈代的小说 *The Hand of Fthelberta*(可能是印刷错误,应该是 *The Hand of Ethelberta*)里看到的,附了英文诗。这首英文诗托名"阿囊",徐志摩认为这首诗就是哈代写的①。诗歌原文和译文分别如下。

In absence this good means I gain,	不见也有不见的好处:
That I can catch her,	我倒可以见着她,
Where none can watch her,	不怕有谁监着她,
In some close corner of my brain;	在我脑海的深窈处;
There I embrace and kiss her;	我可以抱着她,亲她的脸;
And so I both enjoy and miss her.	虽然不见,抵得长相见。

---

① 胡适. 译诗一篇[J]. 语丝, 1924 (2): 7.

<<< 第三章 新月派成员外语诗歌汉译自发时期（1923—1925年）

By absence this good means I gain, 　That I can catch her, 　Where none can watch her, In some close corner of my brain； 　There I embrace and kiss her； And so I both enjoy and miss her. ①②	译诗一篇③ 不见也有不见的好处： 　我倒可以见着她， 　不怕有人监着她， 在我脑海的深窈处， 　我可以抱着她，亲她的脸； 虽然不见，抵得长相见。

注：中英文皆采录自胡适文章④

　　胡适在哈代小说里看到并翻译的这首诗歌，实际上是一首诗歌的第3节，哈代由于小说上下文需要，只引用了诗歌第3节。诗歌作者是 Anon，诗歌名为 Present in Absence，由三个六行诗节组成，韵式为 abbacc，最后一节因为在2行、3行、5行、6行末尾重复"her"，所以韵式与前两节稍微不同。胡适译诗的两个版本，同样也押韵，韵式为 abbacc，再现了原文的韵式。胡适引用的原文，第1行第1个单词是"By"，而实际上，哈代小说里面是"By"，这首诗歌第3节第1行的第一个单词本来也是"By"，哈代引用时没有错误，或是胡适引用时出了错误。

　　胡适1925年译诗与胡适1924年发表的同名译诗实为一首，只是1925年未有胡适对原诗的说明和原诗，并且也注明了是"录《语丝》"。但是，1925年译诗有个别用词和标点与1924年译诗不同。1924年译文第2行使用"不怕有谁监着她"来翻译"Where none can watch her"，1925年译文改为"不怕有人监着她"，其中把"谁"改为了"人"。胡适译诗中的"谁"和"人"，对应于原文的"none"（根据上下文意思，指"没有人"）。两个汉语词汇，在此处译文上下文中，意思差别不大，但是使用"人"，则更忠实地传达出原文的意思，体现出"没有人"这一层意思。另外，1925年译诗，在标点上也有改进。1924年译诗第4行的分号，在1925年译诗中改为了逗号。大概1924年胡适刊登出的那个原文第4行使用的就是分号，所以胡适译诗就直

---

① HARDY T. The hand of Ethelberta：a comedy in chapters [M]. London：Macmillan and Co., Limited, 1927：373.
② PALGRAVE F T. The golden treasury of the best songs and lyrical poems in the English language [M]. London, New York and Toronto：Oxford University Press, 1941：6-7.
③ 胡适. 译诗一篇 [J]. 妇女杂志, 1925 (1)：297.
④ 胡适. 译诗一篇 [J]. 语丝, 1924 (2)：7.

接搬过来了。但是实际上，原文以及1924年译文中第4行与第5行的关系不是并列关系，不需要用分号隔开。胡适1925年译文第4行改为了逗号，更准确地传达了诗歌第4行和第5行之间的关系。总之，胡适1925年译文对1924年译文有些微的修改，虽然改动很少，但是体现出新月派诗人的试验精神。前面的翻译试验有不满意的地方，就在后面的翻译试验中加以改进。同时，这些翻译试验也检验了汉语白话文的表现力。

新月派诗人译者不仅自己进行译诗试验，还鼓励其他人一起加入译诗试验，对同一首诗进行讨论和翻译试验。

王友贵教授强调胡适、徐志摩对于哈亚姆译诗声韵问题的关注[①]，同时，也从声律的角度，剖析了歌德那首四行诗的众多译文[②]。谭渊和刘琼则是回顾了歌德这首诗歌翻译的历程，总结出译者从关注译诗音韵、格律，到追求译诗神韵与形式的交融，再到追求原作的意蕴等[③]。事实上，徐志摩的征译以及后来大家对于哈亚姆和歌德诗歌的翻译与讨论，本质还是试验，译诗试验，通过译诗来检验白话文的表现力，并且通过译诗来检验新诗体。

其实，在徐志摩讨论哈亚姆诗歌翻译以前，中国翻译界早已关注波斯诗人哈亚姆的四行诗了，最早的就包括胡适，他1920年出版的《尝试集》中就有哈亚姆这首柔巴依的译文《希望》（翻译时间为1919年）。后来也有郭沫若、闻一多等的翻译。郭沫若1922年9月30日就译完了哈亚姆101首柔巴依体诗歌[④]，而闻一多则是在1923年对郭沫若的译文进行批评指正。徐志摩1924年11月7日在《晨报副刊》第三版、第四版上面刊登《莪默的一首诗》，后来荷东很快就在11月13日《晨报副刊》第四版上面做出回应。胡适的译文引起了徐志摩对这首诗的翻译试验。这首译诗是胡适最得意的译诗，胡适在徐志摩面前还用大字写出这首译诗，并且使用徽州调朗唱，激发了徐志摩的兴趣，展开了译诗试验。徐志摩将胡适译诗引用到自己的讨论里，但是把胡适译诗写出了五行。胡适《尝试集》中这首译诗（《希望》）只有四行，徐志摩把胡适译诗最后一行拆成了两行写出来。徐志摩将译诗看作"有

---

① 王友贵. 翻译西方与东方：中国六位翻译家 [M]. 成都：四川出版集团，四川人民出版社，2004：324，385.
② 王友贵. 翻译西方与东方：中国六位翻译家 [M]. 成都：四川出版集团，四川人民出版社，2004：385-390.
③ 谭渊，刘琼. 歌德诗歌的复译与民国译者对新诗的探索：徐志摩《征译诗启》背后的新旧诗之争 [J]. 解放军外国语学院学报，2017（3）：121-128.
④ 郭沫若. 波斯诗人莪默伽亚谟 [J]. 创造季刊，1922（3）：1-41.

趣的练习",并且十分谦虚,"供给爱译诗的朋友们一点子消遣",希望能够"引出真的玉来"①。徐志摩的试验精神明白地表现出来了。首先,徐志摩从不认为谁的译诗就一定是最好的,不容改变的。相反,他认为诗歌就是需要大家不断探讨、不断翻译,通过不断的译诗实践来进行试验,所以同一首诗歌有多个翻译。徐志摩说胡适自认为这首诗歌是最得意、最脍炙人口的译诗,但是徐志摩不以为然,说自己手痒,也要翻译练习。同时,徐志摩也希望自己的译诗,能够引来更好的译文。对于多个译文的追求,体现出徐志摩的试验精神。其次,徐志摩认为译文是有成败之分的,这也能说明徐志摩将译诗看为试验。通过成败来看译文,显然是将翻译看为试验,才会这样措辞表达。徐志摩是新月派的核心人物、中坚力量,他的试验精神也是新月派诗人试验精神的代表。

徐志摩《我默的一首诗》发表后,荷东很快就在11月13日《晨报副刊》第四版上面做出回应。荷东说是徐志摩的译文引发了他的兴趣,所以翻译了出来。荷东受徐志摩译诗试验精神的影响,也不认为自己的诗歌最好或者是最后版本,而是让"胡徐二先生鉴定"②。荷东先给出的译文是白话文译诗,译诗四行。荷东在诗歌声韵方面进行试验和尝试。译诗尤其注重叶韵,荷东在第1行、第3行的末尾分别加上括号,写出可以叶韵的词语。荷东接着又指出胡适和徐志摩的翻译分别为意译与直译,也指出了徐志摩诗歌中用词的问题,并将自己的试验结果摆出来,"将'谋反'改为'合商'";但是,荷东大概对于自己白话文译诗试验仍有不满,"没法想只得用意译的法方拿旧式的诗来表明他"③。最后荷东给出了自己较为满意的旧诗体译诗,译诗八行,古色古香。荷东并不完全排斥旧体诗,也进行了旧体诗翻译试验,自己较为满意。

其实,就算是提倡新格律诗的新月派诗人,他们也没有完全摒弃旧体诗,他们有时还是会写几首,比如,朱湘在美国的时候,给夫人霓君写的诗都是旧体诗。这也从一个侧面证明,新月派诗人对于写新格律诗歌的把握并不大,写诗译诗都是试验。通过试验看结果,才能有结论。他们写旧体诗时,就从来不会说自己在"试验"或"尝试"。

另外,从胡适、徐志摩以及荷东的译文可以看出,诗人对于原文中虚拟

---

① 徐志摩. 我默的一首诗 [N]. 晨报副刊, 1924-11-07.
② 荷东. 译我默的一首诗 [N]. 晨报副刊, 1924-11-13.
③ 荷东. 译我默的一首诗 [N]. 晨报副刊, 1924-11-13.

语气的处理，基本能够传达出原文的意义。中文虽然没有虚拟语气，但是译者借助了汉语的资源，译出了原文假设意义，胡、徐、荷的译文分别是"要是……""假如……，还""果能……，岂"，译文虽然有点别扭，但若是回到当时的历史文化语境就能理解，这种翻译的试验，还是很有意义的。

荷东以后很少有人对于哈亚姆这首诗的汉译继续做出回应了。到了 1928 年左右，郭沫若和朱湘又开始关注并翻译此译诗，但是时过境迁，已经不再是由徐志摩提出翻译试验引发的了，而是诗人自己的试验。同时，中国译者对于哈亚姆的经典之作柔巴依还是有不少热情，有不少译者翻译了《柔巴依集》中的其他诗歌，不仅从菲茨杰拉德的英文转译，还从其他英文译者的译作转译，甚至从法文转译，哈亚姆诗的汉译试验方兴未艾。1926 年，林语堂发表了五首译诗①。林语堂学贯中西、熟谙中英，他的译文仍然具有试验性质，他自己认为译文"并不是什么高明的模范译"，而是希望能够引起他人发表译文，"积渐可以得几篇可以读得的莪默译文"。他的译文很快引起了采真的回应，采真提出与林语堂商榷的地方，主要是在声律和字句表达上的意见，并给出了自己的译文②。署名"刘"的译者则是从 Claude Anet et mirza Muhammad 法语译本转译了哈亚姆八首诗③。潘修桐分别于 1928 年和 1929 年翻译过哈亚姆的柔巴依，他的译文有两个特点，一是他从 O. A. Shrubsole 的新译本转译④，二是他选译的诗歌超出了前人翻译的范围（101 首），还翻译了第 220 首和第 249 首⑤。张源的《莪默研究》在介绍哈亚姆的时候，也翻译了几首这位波斯诗人的诗歌⑥。

另外，新月派诗人徐志摩和胡适对于歌德的诗歌进行试验与讨论，激发了其他人多次的译诗试验和相关讨论，影响很大。他们译诗试验从最初经由英文转译，发展到了试验从德语原文翻译（朱家骅），试验再现原文的悲壮（成仿吾）。他们的试验都具有讨论性质，多是讨论完了，将自己的试验亮出来给大家看，当然，大家都不确定自己到底译得好或不好，只是展示一下自己努力试验的结果而已。等大家都试验完毕，徐志摩宣布歌德的诗歌还是没

---

① 林语堂. 译莪默五首 [J]. 语丝, 1926 (66): 46-47.
② 采真. 对于译莪默诗底商榷 [J]. 语丝, 1926 (68): 67-68.
③ 刘. 莪默诗八首 [J]. 语丝, 1926 (76): 129-130. Claude Anet et mirza Muhammad, 即克劳德·阿内和米尔扎·穆罕默德。
④ 潘修桐. 莪默伽亚谟绝句选译 [J]. 北新, 1928 (7): 65. O. A. Shrubsole, 即施拉伯塞勒。
⑤ 潘修桐. 莪默伽亚谟绝句选译 [J]. 北新, 1929 (1): 19.
⑥ 张源. 莪默研究 [J]. 河南大学文学院季刊, 1930 (2): 149-161.

第三章 新月派成员外语诗歌汉译自发时期（1923—1925年）

有翻译好。

徐志摩和胡适汉译歌德的诗歌，试验了汉译押韵，徐志摩采用方言叶韵，被胡适嘲笑，胡适、徐志摩又分别使用汉语普通话、白话重新试验译诗的音韵；试验了汉译字句的准确性，先是从英语转译，进而对照德语原文来修改翻译，他们较为关注的是"ye heavenly powers"，即德语"ihr himmlischen Machte"的汉译，徐志摩先译为"天父"，胡适后面译为"天神"，并找出德语原文，后经外籍教授指点改为"神明"，徐志摩遂又改译为"神明"。徐志摩和胡适前前后后就给出了三个译文，但是，对于自己和胡适多次讨论修改的结果，徐志摩仍然不满意，强调译诗要传达原文的情绪，也渴望能手来翻译①。果然，这个"许比第一次更有趣味些"的问题，引起了诸多能手尝试。朱家骅指出了卡莱尔英译与原文不同之处，点评了胡适、徐志摩二人的译文。朱家骅受胡适委托，直接从德语原文将诗歌全部直译出来，共计八行②。当然，朱家骅译出来"以资参考"，译文就是一次试验的结果，并非最终版本。朱家骅之后，成仿吾也跃跃欲试，他从译诗音节、韵脚、用词、句法等方面，对前人的译文点评一番，然后亮出了自己"不满意"的译文③，译文注重再现原文"一伏一起"的妙处，注重词汇表达的一致性、准确性与逻辑性，试验逐译原文悲壮的节奏。成仿吾的试验已经跳出了单纯关注字句的翻译，开始关注诗歌的悲壮节奏。郭沫若对徐志摩和胡适的译文提出了两点批评：一是译诗句法"谁不曾怎么样，他不曾怎样"不清楚，容易混淆；二是译诗意境不及原文意境深沉④。郭沫若从德语翻译了此四行诗歌。李竞何也参与到了这场讨论与译诗试验之中。他从歌德本人的宇宙观出发，指出了胡适和徐志摩的误解与误译，同时指出朱家骅译诗后四行的错误之处，写出了自己的译文⑤。

最后，徐志摩把先前大家的试验结果一一排列出来，针对郭沫若的批评，提出了改进方法，将之前不清楚的句法"谁不曾怎么样，他不曾怎样"改为了"谁……谁"句法，徐志摩很高兴他们又发明了一个小办法。通过这次译诗试验，徐志摩再次提及自己译诗试验中的一个关键词——"表现力"⑥。

1924年，徐志摩征译诗的时候就有过类似的表达，只是当时强调的是白

---

① 徐志摩. 一个译诗问题[J]. 现代评论, 1925 (38): 14-15.
② 朱家骅. 关于一个译诗问题的批评[J]. 现代评论, 1925 (43): 19-20.
③ 成仿吾. 关于一个译诗问题的批评[J]. 现代评论, 1925 (48): 19-20.
④ 徐志摩. 葛德的四行诗还是没有翻好[N]. 晨报副镌, 1925-10-08.
⑤ 李竞何. 关于歌德四行问题的商榷[J]. 现代评论, 1925 (50): 15-17.
⑥ 徐志摩. 葛德的四行诗还是没有翻好[N]. 晨报副镌, 1925-10-08.

话文的表现力，要通过译诗来检验白话义"表现致密的思想与有法度的声调与音节之可能"，研究白话文的"弹力性与柔韧性与一般的应变性"，一言以蔽之，徐志摩提出要通过翻译研究汉语白话文的表现力。这是对语言本身表现能力的试验。

在大家都尝试翻译歌德的四行诗以后，作为诗人译者的徐志摩更加强调表现力的重要性。当然，这里徐志摩强调的是译者个人的表现能力。"你明明懂得不仅诗里字面的意思，你也分明可以会悟到作家下笔时的心境，那字句背后的更深的意义。但单只懂，单只悟，还只给了你一个读者的资格，你还得有表现力——把你内感的情绪翻译成联（连）贯的文字——你才有资格做译者，做作者。"① 徐志摩正是在自己和他人的翻译试验中，深刻感悟到了表现力对于翻译和创作的重要作用。

大家对于歌德四行诗的翻译试验，前前后后持续了好几个月，各个译者也从不同的侧重点进行了讨论，并且给出了自己的译诗。然而，徐志摩对所有译诗都不满意，仍然期待能手出现。徐志摩作为诗人、编辑、译者，对于译诗的要求自然较高。但是以今天的眼光来看，当年译诗试验中的一些译文，如胡适的译文，徐志摩第二次翻译出来的译文等，大体可以再现原文的音节声调和致密思想，同时也证明了白话汉语作为诗歌语言，其表现力较强。

此外，他们这次翻译试验，虽然最后并没有出现徐志摩满意的译文，但后面的译文也逐渐体现出了改进。一是最初从卡莱尔的英译文转译，变为了直接从德语原文翻译，能够更忠实再现歌德诗歌的意义和风格，而非卡莱尔翻译诗歌的意义和风格。二是对于词汇和句法的处理，都更成熟和地道。比如，英语原文"never ate"，德语原文"nie…αβ"，其中动词都是过去时，表达过去的动作，徐志摩最先发表在《晨报副刊》上的译文就是"没有……吞"，但是这个表达并不能体现过去的动作。胡适之后的译文是"不曾……咽"，徐志摩再译的时候，译文就改为"不曾……吞"②，之后的其他译者也都一一采用"不曾……吞（咽）"这类表达，能够将原文动词的过去时通过"不曾"这个词间接地传达出来。又如，原文"his bread""sein Brot"，最初的几个译文非常欧化，将原文的物主限定词译出，译文分别为"他的饭"（徐

---

① 徐志摩. 葛德的四行诗还是没有翻好 [N]. 晨报副镌，1925-10-08.
② 徐志摩于 1925 年在《晨报副刊：文学旬刊》最早发表这首译诗《译葛德四行诗》，译诗第一行为"谁没有和着悲哀吞他的饭"。徐志摩同年在《现代评论》第 2 卷第 38 期第 14 页、《晨报副刊》10 月 8 日第 15 页两次刊登这首诗歌的初译，却都写的是"谁不曾和着悲哀吞他的饭"。

<<< 第三章　新月派成员外语诗歌汉译自发时期（1923—1925 年）

志摩的两个译文，胡适的译文），以及"他的面包"（朱家骅的译文），非常欧化，不太自然。后来的译文几乎都省略了物主限定词，译文分别为"饭"（周开庆的两个译文，），"面包"（郭沫若的译文，成仿吾的译文）。再如，对于句型"who…, you""wer…euch"的翻译，也是日臻完善。三是从围绕字面意思翻译，发展成了对于原作和原作者的全面研究后，再进行翻译。最后，也是较为重要的，就是对于诗歌声韵的处理。其实，这次歌德四行诗翻译的讨论和试验，就是由于胡适发现徐志摩译诗声韵处理不好而引发的。胡适发现徐志摩译诗用韵有问题，就跑去笑他，结果还羞得徐志摩脸红，"志摩，你趁早做（作）诗别用韵吧，你一来没有研究过音韵，二来又要用你们的蛮音来瞎叶，你看这四行诗你算是一三二四叶的不是；可是'饭'那里叶得了'待'，'坐'那里跟得上'父'，全错了，一古脑子有四个韵！"①，胡适的译文 1~4 行末尾的词是"饭""起""旦""你"，步原文韵式 abab。徐志摩修改过的译文 1~4 行末尾的词是："饭""的""叹""你"，步原文韵式 abab。朱家骅直接从德语原文将诗歌直译出来，注重诗歌意义的再现，译诗 1~4 行末尾的词是"包""里""了""力"②，并没有遵循原文的韵式。成仿吾注重译诗的音节和韵脚等因素，译诗 1~4 行末尾的词是"吞""里""呻""力"③，步原文韵式 abab。郭沫若也翻译了这首诗，参与了这次翻译试验，译诗 1~4 行末尾的词是"吞""枕""明""陵"④，三、四行押韵。上述译者并非每个都试验了诗歌声韵，并非每个译文都步原文韵式。就押韵而言，也并非每个后面的译文比前面的译文就要好，译文押韵与否还与译者翻译中的侧重点有关。徐志摩和胡适作为诗人译者，重视诗歌的声音，注重押韵，所以胡适的译文和徐志摩修改后的译文都押韵，而且步原文韵式。早前徐志摩讨论哈亚姆柔巴依《希望》的汉译时，也关注诗歌的声音。徐志摩指出，这首译诗是胡适最得意的译诗，胡适在徐志摩面前使用徽州调朗唱⑤，可见胡适和徐志摩对于译诗的声音都是极其关注的。正是由于这两位诗人译者对于译诗声韵的关注，他们的译诗或者修改稿都押韵，而且再现了原文的韵式。

新月派诗人自己的翻译试验，以及新月派诗人引发当时翻译界的翻译试验，其实都属于复译。皮姆（Pym）专门讨论过复译（retranslation），将复译

---

① 徐志摩. 一个译诗问题 [J]. 现代评论，1925（38）：14.
② 朱家骅. 关于一个译诗问题的批评 [J]. 现代评论，1925（43）：20.
③ 成仿吾. 关于一个译诗问题的批评 [J]. 现代评论，1925（48）：20.
④ 郭沫若. 弹琴者之歌 [J]. 洪水，1925（3）：86.
⑤ 徐志摩. 我默的一首诗 [N]. 晨报副刊，1924-11-07.

分为被动复译和主动复译。被动复译的各个版本相对来说很少相互影响。主动复译则分为三类：基于不同目的语读者主动复译（同一个译者），上级命令的复译，不想让竞争对手独自占有译文而引发的复译①。新月派诗人译者主动复译产生的原因与皮姆总结翻译史上的三种主动复译产生的原因不同。新月派诗人译者的复译是在做试验，试验语言的表现力，试验新诗体，属于主动复译，而且是基于试验的主动复译。

当年的译诗试验和讨论的氛围非常好，虽然译者从事神圣的文化事业，但是他们都十分谦虚，也都承认自己的译文有缺憾，同时对于他人的批评指正也都没有反驳，更没有引发笔战。大概因为译者的翻译具有试验性质，对于白话文和新诗体并没有多少把握，所以不论成败，都积极参与译诗试验。

试验精神是胡适从国外引入中国的，同时胡适也开了诗歌试验的先河。与胡适一派的诗人，尤其是徐志摩也发扬了胡适的试验精神，他们作诗译诗都进行试验。

新月派诗人通过翻译外国诗歌进行试验，有一定根据。胡适宣布诗歌新纪元，便是以一首译诗为标志。既然这样，新月派诗人试验新格律诗歌也可以通过译诗来进行。新月派诗人进行翻译试验，体现了诗人对于新格律诗歌的茫然和不确定。新月派诗人之前大多都写旧体诗、自由诗，没有写过新格律诗。新格律诗使用的语言材料是新的，使用的节奏单位是新的，新月派诗人之前都没有见到过，更不要说使用了。对于全新的东西，新月派诗人只有摸着石头过河，通过译诗进行试验。

这一阶段，新月派诗人的译诗试验都是自发、朴素的，大家都多多尝试，争取较多的译文来比较切磋。当然，在这一阶段，新月派诗人尚未自觉去建立中国新诗格律，仅是因为兴趣进行诗歌翻译和讨论。诗人将译诗当作试验，呼吁大家多多尝试，也就解释了民国时期复译频出的现象。

本章小结

1923年到1925年是新月派诗人外语诗歌汉译自发时期。在这个阶段，新月派翻译诗歌的数量并不太多，翻译选目主要集中在维多利亚时期诗人的诗

---

① PYM A. Method in translation history [M]. Beijing: Foreign Language Teaching and Research Press, 2007: 82-83.

歌。通常是译者对哪个外国诗人或作品感兴趣，或者比较认可，想通过翻译向国人介绍从而决定翻译，或是译者想通过译诗试验白话的表现力。这一阶段，新月派诗人翻译的维多利亚时期诗歌（包括维多利亚时期诗人的译诗）超过这一阶段新月派诗歌翻译总数的一半，远远多于其他流派的诗歌。同时，新月派还介绍维多利亚时期的诗人。对于维多利亚诗人和诗歌的译介并举，无疑对于即将形成的新月派诗学是有影响的。有些译诗出现在介绍外国诗人的文章中，是在介绍外国诗人的时候顺便翻译该外国诗人的诗歌。这一阶段诗歌翻译不具系统性。另外，新月派诗人译诗注意诗歌的形式和音乐性，但是也会有不忠实于原作的地方。此阶段的译诗，除了要实现介绍外国诗人诗歌的文本目的，还具有试验白话的文化本目的。当时比较有影响的翻译试验，一是翻译哈亚姆的柔巴依诗第101首，二是翻译歌德小说中一首诗歌的前4行。后者引起了翻译界积极的讨论和试验，后面的译诗也有明显改进。新月派诗人译诗证明，白话汉语作为诗歌语言，其表现力较强，能够大体再现原文的音节声调和致密思想。这一阶段，新月派进行诗歌翻译的译者也为数不多，主要就是徐志摩，另外就是胡适。

第四章

新月派外语诗歌汉译自觉时期（1926—1933年）

　　1923年，新月社最初成立的时候主要从事戏剧活动。1926年，朱湘、刘梦苇、闻一多等借助徐志摩的关系在《晨报副刊》设立《诗刊》（出版发行时写的"诗镌"，但是新月派同人和当时的人都称其为"诗刊"），徐志摩任多期主编。"《诗刊》之起是有一天我到梦苇那里去，他说他发起办一个诗的刊物，已经向《晨报副刊》交涉好了。……由他动议在闻一多的家中开成立会。会中多数通过《诗刊》的稿件由到场各人轮流担任主编，发行方面由徐志摩担任与晨报馆交涉。"① 此时的新月派已经不是最初那个主要从事戏剧活动的社团了，而是随着新成员的加入，转而探讨和关注格律诗歌的创作与诗歌理论的发展，并且也是在这个时候，形成了所谓新月诗派。此时，新月派成员有所补充，加入了当时的著名诗人，如朱湘、闻一多、梁实秋等。在《诗刊弁言》中，徐志摩开宗明义指出了《诗刊》"专载创作的新诗与关于诗或诗学的批评即研究文章"，"我们的大话是：要把创格的新诗当一件认真事情来做"②。闻一多、饶孟侃等都在《晨报副镌·诗镌》中发表了较多诗学文章以及原创诗歌。最后一期中，徐志摩对两个多月来《晨报副镌·诗镌》的工作做了总结，在理论方面讨论新诗的音节与格律，试验画方豆腐干式一类的体例③。1928年《新月》创刊，1933年《新月》终刊，在《新月》月刊存续期间，新月派成员也发表过一些诗论，很多原创诗歌，以及数量较多的译诗。在1931年到1932年间，新月派创办《诗刊》，专门刊登关于诗歌的讨论，较多的原创诗歌以及少数译诗。

　　另外，1926年到1933年，新月派成员发表译诗不仅仅局限在《晨报副镌·诗镌》《新月》《诗刊》三个同人刊物，也会发表在其他文艺期刊上面，

---

① 朱湘. 刘梦苇与新诗形式运动 [N]. 文学周报，1929 (326-350): 323.
② 徐志摩. 诗刊弁言 [J]. 晨报副镌·诗镌，1926 (1): 1.
③ 徐志摩. 诗刊放假 [J]. 晨报副镌·诗镌，1926 (11): 21.

甚至编写了译诗集，如朱湘的《番石榴集》等，专载译诗。新月派诗人在文艺期刊上面发表译诗的好处就是能够及时将自己的译文与读者分享，能够在最短的时间内产生较大的影响，介绍外国诗歌，引起读者的同情和认可，引进外国诗体。译诗集的影响就相对缓慢。朱湘于1927年9月赴美留学，1929年8月回国。朱湘早在美国留学期间就将《番石榴集》中几乎所有的诗歌译就（其中有些诗歌朱湘去美国以前就翻译发表在期刊上面），并且在美国期间一直联系发表，只是由于各种现实原因未能如愿出版发行，到了1936年才正式出版，产生相应的影响。当然，《番石榴集》中有少数译诗朱湘在各文艺期刊发表过。

从1926年到1933年，新月派诗人一起试验作新诗，同时也翻译了大量外国优秀诗歌。而大规模翻译外国诗歌，或许正是新月派诗人在探索中国新诗的道路上，自觉主动地学习外国诗歌的表现。正如在新月派后期，梁实秋总结新诗发展："外国文学的影响是好的，我们该充分地欢迎它侵略到中国的诗坛。但是最早写新诗的几位，恐怕多半是无意识地接收外国文学的暗示，并不曾认清新诗的基本原理是要到外国文学里去找。"①

新月派大规模翻译外国诗歌，实际上就是要到外国文学里去寻找新诗的原理，通过外国诗歌的翻译，学习并创立中国新格律诗。新月派诗人译诗，除了具有介绍外国诗歌的文本目的，更具有移植诗体、建构文化的文化目的。同时，这一阶段新月派诗人也进行着复译，他们的翻译和上一阶段一样，具有试验语言表现力的文化目的，只是这个文化目的没有移植诗体那么明显。比如，1927年饶孟侃看到梁实秋在介绍霍斯曼诗歌的文章中，翻译了一首诗歌（诗歌第一行：OH see how thick the goldcup flowers，你看这金盏花在小路上），也将自己的译文找出来发表。又如，1927年饶孟侃两次翻译霍斯曼诗歌《要是人能永远沉醉》（*Could man be drunk forever*），到了1928年闻一多又再次翻译这首诗歌。新月派诗人还是在进行着翻译试验，只是他们更关注的是通过译诗移植诗体。

新月派在进行大规模翻译之前，其实已经形成新月派诗学，新月派诗人的诗歌创作契合其诗学。同样，新月派诗人的译诗也契合其诗学，一是翻译选目，二是译诗产品，都符合新月派诗学。

1926年到1933年之间，新月派诗人从事诗歌翻译活动，此时的新月派有意识、自觉地翻译的诗歌数量更多，而且翻译选材也较为严格，新月派诗人

---

① 梁实秋. 新诗的格调及其他 [J]. 诗刊, 1931 (1): 82.

的译诗活动颇具规模。此阶段属于新月派外语诗歌汉译的自觉阶段。这一阶段进行诗歌翻译的译者数量较多，除了新月派著名的诗人徐志摩、闻一多、饶孟侃、朱湘、李唯建、梁镇等，新月派中的理论家、散文家梁实秋等也进行了诗歌翻译，以及新月派中的后辈陈梦家、方玮德、卞之琳也进行了诗歌翻译。诗歌涉及的外国语言主要为三种，绝大多数为英语诗歌，还有少数法语诗歌，以及极少数德语诗歌。

新月派诗人对于西方诗歌的引入不同于同时期的其他诗人。新月派实际上最关注的是巴那斯主义和维多利亚诗风，巴那斯主义是介于浪漫主义与现代主义之间的一个法国思潮，讲节制、理性和整齐。巴那斯主义对应于英国的维多利亚诗风。维多利亚诗风注重诗歌节制、理性和整齐。

新月派诗人秉承着中体西用的文化观，在引入西方诗歌的同时，也一如既往地继承着中国传统文化和中国诗歌传统。新月派的诗论家，长期以来也从事中国古诗研究，闻一多多年研究中国旧体诗，辑成《唐诗杂论》；朱湘长期对于各种古诗深入研究，尤其在多篇文章中提及屈原的《离骚》等作品；梁实秋也重视中国传统诗歌。新月派各个成员熟谙中国传统诗歌，在进行诗歌创作和诗歌翻译的时候自然不会完全抛弃中国传统。但当时的历史背景是，旧诗已经显现弊端，取而代之的是白话自由诗。白话自由诗影响颇大，流弊也颇大，要直接废除白话自由诗，恢复到中国传统旧诗已经是绝无可能。这个时候，对诗人译者来说，尚且可以做的就是将探索目光投向国外，找出外国诗歌中的格律因子，再将这些外国因子移植到中国诗歌的土壤里，建构中国新格律诗。新月派诗人是故大量引入优秀的外国诗歌。当然，需要指出的是，新月派成员要建构的新格律诗文化，其实是在中国传统文化根基之上的重构。中国传统文化历史悠久，博大精深，深深地影响了新月派诗人，他们以中国文化为体，以西方文化为用，试图通过译诗重构格律诗文化。这也可以从新月派成员多次提到不能忽视中国传统文化上得到佐证。朱湘就常说要复兴中国文艺，不能抛弃传统文学[①]。此外，朱湘也多次论及中国传统诗歌、文化以及西方诗歌、文化对于新诗、新文化的重要作用[②]。

总而言之，新月派在试图建立中国新格律诗的时候，把目光投向了国外诗歌，试图学习外国诗歌，借鉴外国诗歌中的技术要素，借以建立中国新格律诗。

---

① 朱湘．文学闲谈［M］．上海：北新书局，1934：91-94．
② 朱湘．文学闲谈［M］．上海：北新书局，1934：112-114．

<<< 第四章 新月派外语诗歌汉译自觉时期（1926—1933年）

第一节 翻译选目

正如上文所述，1926年到1933年之间，新月派集合成员一起试验作新诗，努力构造出新诗适当的躯壳，其实也就是新的格律诗，自觉地走上了追求纯诗的道路。在此期间，新月派成员自觉地实践外语诗歌汉译活动，翻译选目严格，译诗数量多，质量上乘。不但译者对某个外国诗人或者作品感兴趣并有一定的研究，而且这些被选译的外国诗歌契合新月派诗学观点。尤为重要并且也能体现新月派诗人译者选目眼光的是，新月派诗人选择的诗歌一般都是该国诗歌经典之作，在该国享有盛名，如雪莱、济慈、波德莱尔等著名诗人的著名诗歌《西风颂》《夜莺歌》《恶之花》等；或者有些诗歌即使在选译当时并未跻身经典之列，但是随着时间的流逝，多年以后还是被公允地奉为经典之作，如哈代的诗歌，国外研究界"对哈代诗歌愈来愈重视，评价愈来愈高"①。这就尤其能够说明新月派诗人作为译者、批评家，同时也是学者，其翻译选目时独具慧眼。

巴斯奈特在《构建文化——文学翻译论文集》（*Constructing Cultures: Essays on Literary Translation*）中借鉴布迪厄的社会学理论，提出了翻译研究中的文化资本。巴斯奈特认为，不同类型的文本需要不同的翻译策略。她把文本分为四类：第一类文本主要为了传递信息；第二类文本主要为了娱乐消遣；第三类文本尽量说服他人；第四类文本则属于特定文化的"文化资本"，或者属于世界文学的文化资本。巴斯奈特进一步指出，在文化资本的领域中，才能非常清楚地看出翻译是在构建文化。一方面，巴斯奈特所谓构建文化指的是通过翻译在译入语文化中构建外国文化的形象。"社会化进程越多地依赖于改写，一个文化的形象就越多地通过翻译为另一个文化所构建。""我们需要更多了解构成其他文化中文化资本的那些文本，我们需要找出翻译其他文化的文化资本的方法，以便至少保留他们部分本质。"另一方面，巴斯奈特所谓构建文化还指通过翻译外国文化中的文化资本，在译入语文化中建立这些外国文化资本的形象。而对文化资本的翻译，其翻译协商过程影响了在某些

---

① 王友贵. 翻译西方与东方：中国六位翻译家[M]. 成都：四川出版集团，四川人民出版社，2004：343.

文化中某些文本的接受，有时还决定性地影响了那些译入语文化的发展①。所以，构建文化一方面指的是构建外国文化资本的形象，另一方面实际上也涉及译入语文化的重构和发展。

从上述文化资本理论来看，新月派诗人选择翻译的外国诗歌其实基本上都属于世界文化或者是个别具体文化中的文化资本。布迪厄对文化资本做了说明，"艺术作品只是对于具有文化能力的人而言才有意义和趣味，艺术作品被编入了文化能力的代码"②。约翰逊（Randal Johnson）阐释布迪厄的文化资本为"一种形式的知识，内化代码或认知习得，使社会行动者能够具有同情，能够欣赏或者具有能力解码文化关系和文化制品"③。

新月派诗人兼具多重身份，他们除了是著名的诗人外，还是学者和研究者，他们对于外国文学有敏锐的观察、深刻的洞察和准确的体悟，并且能够及时了解并获得最新发表的诗歌或者出版的诗歌集，能够从众多外国诗歌中甄别出文化资本，翻译为汉语。当然，新月派诗人选择翻译外国诗歌中的文化资本也可能有一定客观因素。新月派诗人大都学习过欧洲文学史，文学史上记录的诗歌，首首皆是经典。新月派诗人所受的教育使得他们了解的主要都是西方文学中的文化资本。另外，新月派诗人在翻译时所能接触到的诗歌集，也在一定程度上影响新月派诗人的翻译选目。他们所能接触到的诗歌集，大都是已经经典化的作品，是外国的文化资本。

一、诗歌流派

1926年到1933年之间，新月派成员认真地实践着外语诗歌汉译活动。虽然新月派诗学深受（巴那斯主义）维多利亚诗风的影响，但是新月派诗人选择翻译的外国诗歌流派并未局限于维多利亚时期诗歌，凡是格律谨严、音乐性好的外国文化资本，都在他们选择之列。

新月派成员选择翻译的外国诗歌主要有以下几派：浪漫主义诗歌、维多利亚时期诗歌、象征主义诗歌以及其他各国优秀的诗歌。这些外国诗歌有一些共同的特征，如格律谨严，音乐性强，正好契合新月派诗学中对于诗歌格

---

① BASSNETT S, LEFEVERE A. Constructing cultures: essays on literary translation [M]. Shanghai: Shanghai Foreign Language Education press, 2001: 4-5, 7, 8, 10.
② BOURDIEU P. Distinction: a social critique of the judgement of taste [M]. NICE R, trans. Cambridge: Harvard University Press, 1984: 2.
③ BOURDIEU P. The field of cultural production [M]. New York: Columbia University Press, 1993: 7.

律的要求。另外，这些外国诗歌的发展历程和关系，也在新月派诗人的翻译选择中得到了较好的复制，浪漫主义诗歌、维多利亚时期诗歌、象征主义诗歌关系密切，都是对前者的否定①，这些诗歌流派到中国的发展也经历着类似历程。历史发展的事实是，维多利亚诗风否定了浪漫主义，主张情感的节制以及对于艺术形式的追求。同样，新月派诗人选择翻译外国格律诗，而非自由诗，也是白话文运动以来，对于白话诗的一个否定。英国诗人锡德尼和美国诗人弗罗斯特都指出过格律对于诗歌的重要作用②。新月派诗人译者大多从小受到格律谨严的中国古诗的熏陶，有些译者如闻一多和朱湘，都对中国古诗做出过深入研究。新月派译者自然重视诗歌格律，并且深知格律的重要性。他们翻译外国格律诗，就是在借鉴、学习和试验，以建立中国新格律诗。

另外，新月派诗人选译浪漫主义诗歌、维多利亚时期诗歌、象征主义诗歌，也是新月派自身诗歌风格的呈现。虽然新月派诗学受到（巴那斯主义）维多利亚诗风的影响，注重诗歌形式和格律，注重理性和节制，但是新月派诗歌有多重特点：浪漫主义的抒情色彩和对真善美的追求，理性节制，追求艺术形式的精细，表现苦闷和丑恶的特点③。这些特点正好表明新月派诗歌其实具有浪漫主义诗歌、维多利亚时期诗歌、象征主义诗歌的多重特点，而维多利亚诗风的特点最明显和重要。

所以，新月派诗人选择外文诗歌进行翻译也是对于以上三派的诗歌兼容并包，都有选择翻译。同时，新月派诗人翻译这些外国诗歌也是为了通过格律谨严诗歌的翻译来试验和创建中国格律新诗。

（一）浪漫主义诗歌

新月派成员选择了浪漫主义诗歌进行翻译。浪漫主义诗歌、古典主义诗歌都格律谨严，但是新月派没有选择后者，而是选择了前者。古典主义诗歌没有主观的情感，浪漫主义诗歌却有。"这样的诗，古典派以为是诗；只有这样的诗，古典派以为是诗。因为在上面那几行写景的诗，里面没有主观的情感，写法是直截了当而没有复杂的描写。而在浪漫作品则恰恰相反。"④ "在这几行里我们看出诗人的'自我的伸展'（Self Projection）。他的写法是新奇

---

① 李怡. 巴那斯主义与中国现代新诗［J］. 中州学刊，1990（2）：75-77，86.
② 曹明伦. 关于译诗和新诗的一点思考［M］//吉狄马加. 现实与物质的超越：第二届青海湖国际诗歌节诗人作品集. 西宁：青海人民出版社，2009：18.
③ 罗振亚. 浪漫主义向象征主义转换的中介：新月诗派的巴那斯主义倾向［J］. 北方论丛，1997（4）：91-97.
④ 梁实秋，拜伦与浪漫主义［J］. 创造月刊，1926（3）：111.

的，是寻常的人寻常不用的写法。古典主义只准把自然的描写当作诗的背景；有时是为自然美而描写自然，但是那种美仅限于合于常识的几何的美。浪漫主义则是把自然与自我看做（作）谐和的一体，主观的情感和客观的自然渗化融合而为一。"① 在新月派成员的眼中，英国浪漫主义诗歌把自然与自我融合，把主观和客观融合。这种融合无疑与中国古典诗歌物态化特征一致。"我们从文化学的角度将中国古典诗歌的思维方式概括为'物态化'。""在诗歌的理想境界之中，个人的情感专利被取缔了，自我意识泯灭了（'无我''虚静'），人返回到客观世界的怀抱，成为客观世界的一个有机成分，恢复到与山川草木、鸟兽鱼虫亲近平等的地位，自我物化了。"② 英国的浪漫主义诗歌中自然与自我融合，中国古典诗歌也有物态化传统，即人与自然成为有机整体。此外，浪漫主义诗人还追求诗歌的音乐美，华兹华斯、柯勒律治（Coleridge）"努力发掘诗歌的音乐美"③。浪漫主义诗歌具有严谨的格律、优美的音乐，契合新月派成员倡导的诗学，如闻一多提出的音乐的美（音节）、绘画的美（词藻）和建筑的美（节的匀称和句的均齐）。当然，由于英语单词的特点，英语诗歌不能像中文诗歌一样达到绝对节的匀称和句的均齐。但是总体来说，浪漫主义诗歌具有建筑的美。正是由于浪漫主义诗歌符合新月派诗学观，新月派成员在翻译外国诗歌的时候，选择了一些著名的浪漫主义诗歌来翻译。

朱湘尤其认为浪漫主义文学重要、价值大，"浪漫体的文学，虽是受尽了指摘，然而它的教育的价值既是那样的重大，在现今的中国更是这样迫切的需要，我们这班（般）现代的中国人能不，斟酌情势的，竭力去提倡、创造吗？"④ "一个伟大的儿童文学作家，一个伟大的浪漫体文学作家的产生，那不单是新文学的光荣、祈祷，它并且是将来的中国的一柱'社会栋梁'呢！"⑤

浪漫主义诗歌，在内容上自然与自我融合，契合中国传统诗歌物态化特征，在形式上格律严谨，音乐性强，成为新月派成员选择翻译成中文的重要流派。新月派成员选择翻译了以下浪漫主义诗人的诗歌：

---

① 梁实秋. 拜伦与浪漫主义 [J]. 创造月刊, 1926 (3)：111.
② 李怡. 中国现代新诗与古典诗歌传统 [M]. 增订三版. 北京：中国人民大学出版社, 2015：41.
③ 许正林. 新月诗派与维多利亚诗 [J]. 中国现代文学研究丛刊, 1993 (2)：150.
④ 朱湘. 文学闲谈 [M]. 上海：北新书局, 1934：16.
⑤ 朱湘. 文学闲谈 [M]. 上海：北新书局, 1934：17.

<<< 第四章 新月派外语诗歌汉译自觉时期（1926—1933年）

钟天心两次翻译了华兹华斯的诗歌，使用的题目为《译华茨华斯诗一首》，这首诗的第一句为"她住在人迹不到的地方"。这首英文诗的题目为 *She Dwelt among the Untrodden Ways*，正好是诗歌的第一句。钟天心之所以两次发表该诗，是因为在《晨报副镌·诗镌》第6期发表的一篇，被徐志摩过度修改润色，有的地方"改得还不如原稿"①，于是钟天心再次翻译发表在第8期上。另外，朱湘翻译了雪莱的《爱》《恳求》，兰德（Walter Savage Landor）的《多西》（*Dirce*）、《终》（*Dying Speech of an Old Philosopher*）。闻一多翻译了拜伦的《希腊之群岛》（*The Isles of Greece*，实为节译 *Don Juan*）。李唯建翻译了雪莱的《云雀曲》（*To a Skylark*）、济慈的《夜莺歌》（*Ode to a Nightingale*），布莱克的《爱的秘密》（*Never Pain to Tell thy Love*）等。梁实秋翻译了彭斯（Robert Burns）的《汤姆欧珊特》（*Tam O'Shanter*）、《一瓶酒和一个朋友》（*A Bottle and a Friend*）、《写在一张钞票上》（*Lines Written on a Banknote*）、《蠹鱼》（*The Book Worms*）、《一株山菊 一七八六年四月锄田误折山菊作歌贻之》（*To a Mountain Daisy: on Turning One Down with the Plough in April*, 1786）等诗歌。

新月派成员翻译浪漫主义诗歌，既包括浪漫主义文学的先驱，如彭斯和布莱克的诗歌，也包括浪漫主义文学发展后华兹华斯的诗歌，还包括浪漫主义发展到鼎盛时期时，拜伦、济慈和雪莱的诗歌。新月派诗人翻译选目一流，选择一流外国诗人的一流诗歌翻译。新月派成员中更多的是后期出国的成员，他们对于外国诗歌的感悟与胡适等是不一样的，他们发现古典与浪漫的英、法、德诗也有音韵与格律。从这时起，新诗的创作有了极大转变，"他们写作着要在脚镣手铐中追求自由的有格律的新诗"②。所以，新月派在1926年到1933年间，努力创格新诗的同时，选择翻译的外国诗歌也是有格律的。浪漫派诗人的诗歌不仅格律谨严，而且音乐性好，具有良好的形式。选择翻译浪漫主义诗歌，符合新月派诗学。

（二）维多利亚时期诗歌

新月派选译的诗歌中，有较为可观的一部分是维多利亚时期的诗歌。"明智的诗人们转而努力于形式的突破，这却使维多利亚时代成为一个诗体荟萃的时代，而这正是新月诗人们致力于新诗格律探索的潜在契机；维多利亚时

---

① 天心. 随便谈谈译诗与做诗［J］. 晨报副镌·诗隽, 1926（8）：48.
② 柳无忌. 朱湘：诗人的诗人［M］//罗念生. 二罗一柳忆朱湘. 北京：生活·读书·新知三联书店, 1985：56.

期诗人较多致力于诗歌形式上的改革和创新，这无疑与处于格律新诗创格阶段的新月派有着类似的经历。前者受到译诗启发，从而改革和创新诗体的活动，也同样被新月派诗人践行，新月派诗人从维多利亚诗歌中发现了诗的形式。"① 维多利亚时期诗人与新月派诗人有着一种前所未有的契合，也成了新月派诗人选择翻译的首要对象。傅雷的翻译经验表明，译者要"弄清楚自己最适宜于哪一派"②。译者只有选择翻译自己适宜的那一派，熟悉自己翻译的内容，认同自己翻译的作品，翻译才能得心应手，才能尽到翻译的责任，忠实地翻译出原作。新月派诗学深受维多利亚诗风影响，也体现出维多利亚诗风的种种特点，新月派诗人适宜翻译维多利亚时期的诗歌，翻译起来得心应手。同时，新月派诗人也是当时中国最适宜翻译维多利亚时期诗歌的译者。

翻译维多利亚时期的诗歌，更深层的原因则是巴那斯主义的影响。新月派诗人诗风，具有巴那斯主义倾向。而巴那斯主义在英国诗歌中的具体体现就是维多利亚诗风。巴那斯主义"具有艺术至上倾向，反对浪漫主义直接赤裸的抒情，提倡艺术形式的精巧完美，主张节情与格律，将主观情思潜隐在唯美形式中。它在20世纪20年代经新月诗派译介进入中国，并铸成了一定影响"③。新月派诗人认为，维多利亚时期的诗歌是美丽并且阿谀奉承的，"维多利亚时代的太平与顺利产生了肤浅的乐观，庸俗的哲理与道德，苟且的习惯，美丽的阿媚群众的诗句"④。

新月派诗人不但翻译维多利亚时期诗人（以及巴那斯主义诗人）的诗歌，而且他们对于这些诗人诗作还有较多的介绍，译介并举，产生了一定的影响。

闻一多在《新月》一卷四期就介绍了罗塞蒂。闻一多的文章名为《先拉飞主义》，主要是以罗塞蒂为例，对先拉飞主义做出了介绍和客观、理性的批评。闻一多在文章中，首先引用了苏东坡评王维诗的名言，诗中有画，画中有诗，明确了最初先拉飞本是指一群法国画家，他们想在画里恢复拉斐尔（Raphael）以前的朴质作风，后来先拉飞主义是指英国的罗塞蒂等。然后点明了先拉飞主义在英国艺术史，尤其是装饰艺术上的巨大影响。闻一多的文章重点在于介绍先拉飞派的画和诗的联系。虽然闻一多也承认自己抵挡不住罗塞蒂作品的引诱，但还是对先拉飞派诗人兼画家放弃擅长的诗歌，追求绘

---

① 许正林. 新月诗派与维多利亚诗 [J]. 中国现代文学研究丛刊, 1993 (2): 149-150.
② 罗新璋, 陈应年. 翻译论集 [M]. 北京: 商务印书馆, 2009: 693.
③ 罗振亚. 浪漫主义向象征主义转换的中介：新月诗派的巴那斯主义倾向 [J]. 北方论丛, 1997 (4): 91.
④ 徐志摩. 汤麦士哈代 [J]. 新月, 1928 (1): 83.

画的诗化，多有客观、理性的批评。"再看他们崇拜济慈是因为他的诗是调和古典浪漫的大成功。""'先拉飞主义'，在诗上的问题小，在画上的问题大，并且他们的诗的成功比画的成功更加可亲。""放弃自家的天赋，去求绘画的诗化，那便错了。""安格鲁撒克逊民族的天才是文学。"在此文中，闻一多反复提到英国的天赋或天才是文学、是诗歌①，可见闻一多对于英国文学、英国诗歌的认可。闻一多乃至整个新月派诗人选择翻译的外国诗歌大都是英国诗歌，或许可以从闻一多对于英国诗歌的看法和评价中找到原因。

维多利亚时期诗歌与新月派诗歌，有一种较好的对应。"丁尼生的华丽与宁静，勃朗宁的乐观情绪与理想主义，罗塞蒂、王尔德的唯美主义，哈代的悲观主义，阿诺德的信仰危机与史文朋（Swinburne）的非道德化倾向等等，都能在新月诗人中找到亲切的对应。"②

维多利亚诗风和巴那斯主义契合新月派理性节制情感的作诗原则，维多利亚时期诗歌也符合新月派诗人的诗歌审美。李怡认为，维多利亚诗风"倡导情感节制和严格音律"。"巴那斯主义的音律和唯美的形式，首先是在新月诗人那里唤起了似曾相识的认同，而民族审美理想中对感性的部分保留又让这些诗人并不能真正取消浪漫主义的'抒情'——新月诗人最终是在传统审美心理的制约中抒发着一种疏淡的情性，同时也试图在形式上回归和谐整一的传统境界。""闻一多倡导音律最力，公开宣扬感情克制的声音也最高。""但卞之琳、何其芳这一代'现代派'诗人又都由巴那斯主义出发，进一步接近了波德莱尔、叶芝、艾略特、庞德，三十年代"现代派"的诗风也明显区别于前辈的新月派。""但是，中国诗人对巴那斯主义的情感却仍然藕断丝连，卞之琳、何其芳并没有从诗歌观念上根本否定巴那斯主义。何其芳在自己的创作中大大地呈现着巴那斯的精美形式，卞之琳的'客观化''戏剧性独白'也与维多利亚诗风不无关系。"③

新月派诗人对诗歌格律孜孜以求，是对巴那斯主义强调格律的呼应。由于巴那斯主义在英国诗歌中对应的是维多利亚诗风，新月派诗人自然也能对维多利亚时期诗歌产生认同感，也就能促使他们选择维多利亚时期诗歌来翻译。新月派诗人多次强调过诗歌格律对于诗歌的重要作用。闻一多说要戴镣铐跳舞才跳得好，诗歌的格律是表现的利器④。陈梦家也重申了新月派对于格

---

① 闻一多. 先拉飞主义 [J]. 新月, 1928 (4): 1, 2, 5, 9, 11, 13.
② 许正林. 新月诗派与维多利亚诗 [J]. 中国现代文学研究丛刊, 1993 (2): 149.
③ 李怡. 巴那斯主义与中国现代新诗 [J]. 中州学刊, 1990 (2): 75-76.
④ 闻一多. 诗的格律 [J]. 晨报副镌·诗镌, 1926 (7): 29.

律的主张，提出格律使诗歌更显明、更美，诗歌使用格律其实是在追求规范①。由此可见，新月派诗人对于格律非常重视。维多利亚时期诗歌格律谨严，同时又讲究节制，正好契合新月派诗学观，成为新月派诗人翻译外国诗歌时的首要选择，这一阶段新月派诗人翻译的维多利亚时期诗歌（包括维多利亚时期诗人的译诗）占新月派诗歌翻译总数的约40%，远远多于其他流派的诗歌。

  勒菲弗尔长期研究文学翻译与社会文化因素的互动，指出文学翻译是一个广阔实践的具体模式，他起初将文学翻译命名为"折射"（refraction）②，后来又修正为"改写"（rewriting）③④。"作者的作品获得宣传（gains exposure）并且产生影响，主要是通过'误会和误解'，或者，使用更为中性的表达，折射。作者和作品总是基于一定的背景而为人理解和想象（conceived），或者你要愿意说成通过某光谱折射也可以，正如他们的作品本身也能通过某光谱折射出先前的作品一样。"折射，即"使文学作品适应不同的读者，目的是要影响读者阅读文学作品的方式"，"代表了两个系统之间的妥协，并且，严格地说，是两个系统最重要制约因素的理想指示器"。⑤

  然而，勒菲弗尔所说的折射也好，改写也罢，主要是关注不忠实的译文，对原文进行过较多改动的译文。而事实上，新月派诗人的诗歌翻译，却正好是个反例。新月派诗人将外语诗歌翻译为汉语时，非常重视译文忠实原文，不仅尽量忠实外语诗歌的意思，还尽量在汉语中再现外国诗歌的节奏、韵式等形式因素。对新月派诗人而言，他们的译诗，不仅要使中国读者了解原文的思想内容和风格，还肩负着通过翻译试验新格律诗的重担，所以新月派诗人译诗尤为谨慎，尤为注重对外国诗歌从形式到内容的忠实。

  另外，勒菲弗尔在其改写理论中提出专业人士——批评家、评论员、教

---

① 陈梦家. 新月诗选[M]. 上海：诗社，1931：9, 15.
② LEFEVERE A. Mother courage's cucumbers: text, system and refraction in a theory of literature [M] //LEFEVERE A, ed. The translation studies reader. 3rd edition. London: Routledge, 2012: 204.
③ LEFEVERE A. Why waste our time on rewrites? —— the trouble with interpretation and the role of rewriting in an alternative paradigm [M] // HERMANS T ed. The manipulation of literature: studies in literary translation. London and Sydney: Croom Helm, 1985: 233.
④ LEFEVERE A. Translation, rewriting, and the manipulation of literary fame [M]. Shanghai: Shanghai Foreign Language Education Press, 2004: 9.
⑤ LEFEVERE A. Mother courage's cucumbers: text, system and refraction in a theory of literature [M] //LEFEVERE A, ed. The translation studies reader. 3rd edition. London: Routledge, 2012: 204, 205, 207.

师和译者偶尔会压制明显违反主流诗学与意识形态的文学作品。这些专业人士更频繁地改写文学作品，直到作品被诗学和意识形态视为可以接受①。新月派正好是一个反例。新月派的诗歌翻译，不管是内容还是形式，都违背主流诗学。但是新月派诗人重视艺术性并追求纯诗，尽可能忠实地将外国诗歌翻译为汉语。新月派时期，中国的主流诗学是现实主义文学，具体到诗歌，讲究的是作诗如说话的白话诗。而当时的现实文学反对贵族、古典文学，推崇写实，"曰推倒雕琢的阿谀的贵族文学。建设平易的抒情的国民文学。曰推倒陈腐的铺张的古典文学。建设新鲜的立诚的写实文学。曰推倒迂晦的艰涩的山林文学。建设明了的通俗的社会文学"（原文强调）②。而新月派意识到了作诗如说话的弊端，主张诗歌要有适当的躯壳，诗歌要有格律，因而积极试验新诗的格律和形式。另外，新月派诗学注重真善美爱，为艺术而艺术，与主流诗学现实主义大相径庭。新月派诗人诗歌翻译时，非但没有受到主流诗学制约，反而时时刻刻处处宣扬自己的诗学。新月派提出了其个性化的非主流的格律诗学，新月派的格律诗学还反过来影响了新月派诗人的翻译选材和翻译方法，或者也可以说，新月派诗学影响了其外语诗歌汉译，当然，外语诗歌汉译也同时影响着新月派诗学。新月派诗学和诗歌翻译之间存在一种互动。

不管是从内容上还是从形式上，新月派译诗都没有遵循主流诗学，这就是勒菲弗尔理论的反例。另外，"改写"一词也并非可以适用于新月派诗歌翻译的实践。由此可以窥知勒菲弗尔理论并非没有局限性。

新月派诗人翻译了数量较多的维多利亚时期的诗歌。

徐志摩翻译了哈代的《疲倦了的行路人》（*The Weary Walker*）、《一个悲观人坟上的刻字》（*Epitaph on a Pessimist*）、《一个厌世人的墓志铭》（*Cynic's Epitaph*）、《一个星期》（*A Week*）等。闻一多翻译了21首白朗宁夫人的《葡萄牙人十四行诗》，翻译了霍斯曼的《樱花》（*Loveliest of Trees, the Cherry Now*）、《春斋兰》（*The Lent Lily*）、《情愿》（*Could Men Be Drunk Forever*）等。饶孟侃翻译了霍斯曼的《你看这金盏花在小路上》（*OH see how thick the goldcup flowers*）、《犯人》（*Culprit*）等诗歌。新月派诗人在这一阶段翻译的维多利亚时期的诗歌，请见附录。

---

① LEFEVERE A. Translation, rewriting, and the manipulation of literary fame [M]. Shanghai: Shanghai Foreign Language Education Press, 2004: 14.
② 陈独秀. 文学革命论 [J]. 新青年, 1917 (6): 1.

维多利亚时期诗歌体现了法国巴那斯主义的精神,这个时期的诗歌注重格律,注重节制。新月派诗学提倡新诗形式主义,主张诗歌情感及想象的节制。新月派诗人选择了以上较多维多利亚时期诗人的诗歌作品并翻译为中文。新月派选译的维多利亚时期的诗人,既有白朗宁夫妇、罗塞蒂兄妹,也有菲茨杰拉德、哈代、阿诺德等。选择翻译维多利亚时期的诗歌,符合新月派诗学,符合新月派诗人通过译诗建构中国格律诗的目标。

新月派诗人选择翻译的维多利亚时期诗歌均是经典之作,并且总体来说符合新月派诗学。同时,这些维多利亚时期诗歌的译介也可以推动新月派诗学的发展。新月派诗人的多重身份决定了其翻译选目一流。新月派诗人译者,身兼多重身份,不仅是诗人、翻译家,也是学者和批评家,能够甄别外国诗歌,选择一流外国诗人的一流诗歌翻译。诗人译者主要选择翻译自己喜欢的诗人诗作。徐志摩译哈代的诗,在英国期间专门去哈代家拜访过这位大文豪,并且哈代也鼓励徐志摩翻译自己的诗歌。徐志摩景仰和崇拜哈代,选择哈代的诗歌来翻译,而当时哈代主要是以小说家的身份被译介到中国;徐志摩还翻译了曼斯菲尔德的诗歌,他与曼斯菲尔德面对面交谈过,并且还得到曼斯菲尔德允许翻译她的小说。还有些诗人则选择自己较为熟悉的诗歌来翻译,如闻一多非常熟悉霍斯曼的诗歌,因而翻译。梁实秋和闻一多一同在美国读书时,读到了霍斯曼的诗歌,"都异口同声的(地)说,这真是好诗了",后来梁实秋和闻一多分别时,闻一多将霍斯曼的两本诗(*A Shropshire Lad* 和 *Last Poems*)送给了梁实秋;然而,闻一多"实在离不开霍斯曼的诗,所以又买了两本"[①]。闻一多在美国学了"丁尼孙与伯朗宁"和"现代英美诗"两门课。梁实秋指出,闻一多在美国的诗歌课上学到了很多东西:"例如丁尼孙的细腻写法 the ornate method 和伯朗宁之偏重丑陋 the grotesque 的手法,以及现代诗人霍斯曼之简练整洁的形式,吉伯林之雄壮铿锵的节奏,都对他的诗作发生很大的影响。"[②] 饶孟侃多是选择霍斯曼和苔薇士(Davies)的诗歌。徐志摩和闻一多大体在相同时期都对维多利亚时期诗歌产生了极大兴趣,闻一多在美国读书的时候尚未加入新月派,但是他的诗学趣味和当时新月派诗人徐志摩类似,这为后来新月派诗人能够合拍,借鉴维多利亚诗风建立新月派诗学奠定了坚实的基础,也为此阶段新月派诗人大量翻译维多利亚时期的诗歌奠定了基础。

---

① 梁实秋. 霍斯曼的情诗[J]. 现代评论,1927(141):16.
② 梁实秋. 谈闻一多[M]. 台北:传记文学出版社,1967:33.

第四章 新月派外语诗歌汉译自觉时期（1926—1933年）

勒菲弗尔从比较文学的角度论及诗学与翻译的关系，认为文学系统受到内外因素的制约，来自系统内部的因素就包括诗学，"文学系统在规范下运作"，"这种规范叫诗学"，"在诗学形成阶段，诗学反映出文学手法以及彼时对于文学产品'功能'的主要观点"，"不符合主流诗学或意识形态的译文，就会被标记为'变态'或者'恶意'，或者'不重要'，或者甚至'流行和有趣'"；当然，他也指出翻译"打开了通向颠覆和变革之路，这取决于主流诗学和意识形态的保卫者的立场"①。

新月派的诗歌翻译，处于"五四"以后的文学系统之中，中国的主流诗学是现实主义文学，具体到诗歌，讲究的是作诗如说话的白话诗。当时的现实文学反对贵族、古典文学，推崇写实，注重文学反映人生。然而，新月派意识到了作诗如说话的弊端，主张诗歌要有适当的躯壳，诗歌要有格律，因而积极试验新诗的格律。另外，新月派诗学注重的是真善美爱，为艺术而艺术，与主流诗学现实主义大相径庭。新月派诗人翻译诗歌时，非但没有受到主流诗学制约，反而时时刻刻处处宣扬自己的诗学。新月派提出了其个性化的非主流的格律诗学。而结果就是，长时期内新月派被冠以"资产阶级文学流派"的名称。新月派的格律诗学还反过来影响了新月派诗人的翻译选材和翻译方法，或者也可以说，新月派诗学影响了其外语诗歌汉译。当然，外语诗歌汉译也同时影响着新月派诗学。新月派诗学和诗歌翻译之间存在一种复杂的互动。到底是新月派诗学影响着诗歌翻译，还是通过诗歌翻译构建了新月派诗学？这个问题呈现出一定的复杂性。笔者通过追溯新月派诗学的提出时间，追溯新月派诗人进行大规模诗歌翻译的时间，可以看出新月派诗学大概于1926年在《晨报副镌·诗镌》中就较为系统地提出了。后来，新月派成员陆续对新月派诗学进行补充。而新月派大规模诗歌翻译是在1926年以后，主要是1928年到1933年《新月》等刊物发行期间。若按照先后顺序，倒是新月派诗学影响了新月派诗歌选材和翻译方法。其实，新月派诗学和诗歌翻译的互动复杂，不能够简单地说谁影响谁。诗歌翻译反过来也在影响新月派诗学。在1926年以前，新月派诗人（当时有些诗人都还没有加入新月派）接触到了维多利亚时期的诗歌，并且十分喜爱。他们尤其喜爱这些诗歌严谨的格律和精美的形式，同时也尝试翻译过一些维多利亚时期的诗歌。到了1926

---

① LEFEVERE A. Why waste our time on rewrites? —— the trouble with interpretation and the role of rewriting in an alternative paradigm [M] // HERMANS T, ed. The manipulation of literature: studies in literary translation. London and Sydney: Croom Helm, 1985: 229, 236-237.

年，新月派成员得以扩充，加入了很多著名诗人，新月派的兴趣也由戏剧转移到了诗歌，对新格律诗进行了理论探讨。新月派受到法国巴那斯主义影响，而巴那斯主义对应于英国维多利亚诗风。巴那斯主义影响了新月派，新月派诗人前期（1923—1925年）热爱和翻译维多利亚时期的诗歌也影响了新月派诗学，新月派诗人1926年开始着手建立新月派诗学。新月派诗学注重形式格律，注重理性节制，这是新月派诗学的突出特点。1926年到1933年间，新月派诗人选译的诗歌符合其诗学主张，新月派仍然翻译了大量维多利亚时期诗歌。维多利亚时期诗歌符合新月派诗学，通过对其翻译又强化了新月派注重形式和理性的诗学。同时，翻译也是为了要实现移植诗体的文化目的。后来，新月派诗人又于1931—1932年出版《诗刊》，对格律诗歌再次系统做出理论探讨。这次探讨基于大量维多利亚时期诗歌的翻译，再次加强了新月派诗学对形式和节制的重视。

综上所述，新月派诗人的诗学与主流诗学不一致，新月派诗学是对主流诗学的反驳。对于新月派诗歌翻译思想和诗歌翻译实践活动产生影响的并非勒菲弗尔理论中的主流诗学，而是新月派诗学。新月派诗学影响其翻译思想和翻译实践，这就对勒菲弗尔的理论做出了补充。

总之，维多利亚时期诗人与新月派诗人有着一种前所未有的契合，因此成了新月派诗人选择翻译的首要对象。新月派诗学深受维多利亚诗风影响，体现出维多利亚诗风的种种特点，新月派诗人适宜翻译维多利亚时期的诗歌，翻译起来得心应手。新月派诗人也是当时中国最适宜翻译维多利亚时期诗歌的译者。维多利亚时期诗歌格律谨严，音乐性佳，讲究节制，新月派诗人选译了大量维多利亚时期的诗歌。

（三）象征主义诗歌

新月派选译的诗歌中，还有一部分是象征主义诗歌，虽然相对于大规模翻译维多利亚时期诗歌，新月派诗人翻译的象征主义诗歌并不太多，但被选译的诗歌首首都是经典，译诗也可以奉为汉语译诗中的执牛耳者。象征主义诗人中被选译的诗人包括著名的波德莱尔、魏尔伦（Verlaine）等。新月派诗人选择浪漫主义和维多利亚时期诗歌时，注重外国诗歌的格律，而他们选择翻译法国象征主义诗歌，就比较随意。当时新月派中翻译法国象征主义诗歌最多的是卞之琳，他学了一两年法语，正好想试试笔。所以并不能说卞之琳的翻译选目有明确的目的和选择标准，有些时候选择翻译材料正好是译者手旁的材料，或者熟悉的材料。类似的还有徐志摩，徐志摩选择翻译的外国诗歌，虽然首首都是经典，但有些诗歌的选择也较为随意，有时是因为正好上

<<< 第四章 新月派外语诗歌汉译自觉时期（1926—1933 年）

课要讲，就顺便翻译出来，如以散文体翻译的《济慈的夜莺歌》①。

另外，卞之琳选择翻译法国象征主义诗歌中的《恶之花》，可能受到意识形态的影响，也可能纯粹为了练笔。徐志摩于 1924 年也翻译过《恶之花》中的《死尸》，他当时就是出于纯粹喜欢这首诗歌的音乐而翻译。

法国象征主义诗歌重视象征，象征也是中国诗歌的重要艺术成果，"中国古典诗歌发展到晚唐五代的重要艺术成果就是以象征、暗示代替直接的抒情"②。卞之琳早年在《魏尔伦与象征主义》的译者识中也指出，象征主义诗歌与中国旧诗词类似，"其实尼柯孙这篇文章里的论调，搬到中国来，应当是并不新鲜，亲切与暗示，还不是旧诗词底（的）长处吗？可是这种长处大概快要——或早已——被当代一般新诗人忘掉了"③。

另外，法国象征主义十分重视诗歌的音乐性，诗歌的音乐美是象征主义纯诗的重要因素。"音乐性是象征主义最重要的形式特征。"④ 法国象征主义受爱伦·坡（Allan Poe）的影响巨大，而坡就明确指出过，"但是和谐并非唯一的目标——甚至不是主要目标。构建诗歌时，音乐绝不应该受到冷落；但是这一点，我们所有的韵律学都尽量避免论及"⑤。朱光潜也说，史文朋和法国象征派"想把声音抬到主要的地位，魏尔伦（Verlaine）在一首论诗的诗里大声疾呼'音乐呵，高于一切！'（de la musique avant toute chose）"，"象征运动在理论上演为布雷蒙（Abbé Brémond）的'纯诗'说。诗是直接打动情感的，不应假道于理智。它应该像音乐一样，全以声音感人，意义是无关紧要的成分"⑥。马拉美（Mallarmé）也称自己写的是"音乐"⑦。由此可见，诗歌音乐性在法国象征主义中得到了极大的重视。同时，音乐美也在法国象征主义诗歌中得到极致的体现。

象征主义对音乐性的极大重视，与新月派诗学对诗歌音乐美的推崇契合。新月派诗人非常重视诗歌音乐性，对此做出了较多探讨，诗歌音乐性是新月

---

① 徐志摩．济慈的夜莺歌 [J]．小说月报，1925（2）：3．
② 李怡．论戴望舒与中西诗歌文化 [J]．中州学刊，1994（5）：75．
③ 卞之琳．魏尔伦与象征主义 [J]．新月，1932（4）：1-2．
④ 李怡．论戴望舒与中西诗歌文化 [J]．中州学刊，1994（5）：74．
⑤ MARKHAM E, ed. The works of Edgar Allan Poe [M]. Vol. X. New York and London: Funk & Wangalls Company, 1904: 10. 原文为：But harmony is not the sole aim — not even the principal one. In the construction of verse, melody should never be left out of view; yet this is a point which all our Prosodies have most forborne to touch.
⑥ 朱光潜．诗论 [M]．北京：生活·读书·新知三联书店，2012：157-158．
⑦ 李怡．论戴望舒与中西诗歌文化 [J]．中州学刊，1994（5）：74．

派诗学的重要组成部分。

徐志摩在介绍波德莱尔《恶之花》中的《死尸》一诗时,就浓墨重彩地讨论了诗歌的音乐性,强调诗歌音乐性的重要性①。徐志摩历来就对诗歌音乐性有细腻而深刻的认识,因而写诗、译诗非常注意诗歌的音乐性。这里借着介绍波德莱尔诗歌,把自己对于诗歌音乐性的理解,比较感性地叙述了一番。后来在介绍白朗宁夫人的十四行诗时,徐志摩也使用音乐性来描述十四行诗,"商籁体是西洋诗式中格律最谨严的,最适宜于表现深沉的盘旋的情绪。像是山风,像是海潮,它的是圆浑的有回响的音声。在能手中它是一只完全的弦琴,它有最激昂的高音,也有最呜咽的幽声"②。可见,徐志摩对诗歌的音乐性十分重视,在介绍外国诗歌时,总是会从音乐性的角度阐述一二。当然,徐志摩对诗歌音乐性的敏感,不仅存在于他读外国诗人的诗歌中,更重要的是,他自己写诗、译诗也非常注重诗歌的音节和声音。王友贵教授追溯了徐志摩早期的诗作,强调了徐志摩对诗歌音节的追求,认为徐志摩从一开始作诗"对诗歌之音节、诗思、诗情与声音的配合效果,乃是非常敏感的"。"离开这个追求来谈志摩译诗,恐怕很难捕捉到他的译诗特色。"③ 同样,离开这个追求来谈徐志摩对于待译诗歌的选择,也很难捕捉到他的选材特点。

徐志摩使用白话文和旧体诗翻译外国诗歌。同时,他还使用白话文翻译中国古诗词。他的诗歌翻译不仅试验诗歌的音乐性,试验白话文表达思想感情的能力,还试验各种诗体。徐志摩非常重视诗歌音乐性,王友贵教授认为徐志摩古诗今译也是为了进行声律的训练,以及试验白话诗歌的音乐性。"翻译音乐性丰富的古诗,乃是一个极好的声律方面的训练和经验。""似乎当初迻译,首先乃是为着好玩,自娱。翻译起于译者内心的冲动。可见诗人的古诗今译","往往有声律试验、再创造的性质。译者的快感与满足感往往即在其中"④。

闻一多提出诗歌的三美论中排在第一位的就是音乐美⑤。朱湘认为,诗歌

---

① 徐志摩. 死尸 "Une Charogne" by Charles Baudelaire: "Les Fleurs du Mal" [J]. 语丝, 1924 (3): 6.
② 白朗宁夫人. 白朗宁夫人的情诗 [J]. 新月, 1928 (1): 163-164.
③ 王友贵. 翻译西方与东方:中国六位翻译家 [M]. 成都:四川出版集团,四川人民出版社, 2004: 375-376.
④ 王友贵. 翻译西方与东方:中国六位翻译家 [J]. 成都:四川出版集团,四川人民出版社, 2004: 391.
⑤ 闻一多. 诗的格律 [J]. 晨报副镌·诗镌, 1926 (7): 29.

第四章 新月派外语诗歌汉译自觉时期（1926—1933年）

要有音乐，要有节奏①。闻一多和朱湘对于诗歌音乐性的重视，主要出于中国古典诗歌对这两位诗人的熏陶。闻一多和朱湘不仅熟读中国古典诗歌，而且都对中国古典诗歌做出过较多研究，对于古典诗歌的音乐性了然于心，在讨论诗歌时自然会涉及其音乐性。

其实，音乐性本来就是诗歌的特质之一，诗人、诗学家强调诗歌音乐性也是基于历史事实和实践。在古代，诗乐舞同源，是三位一体的艺术。约翰·布朗（John Brown）搜集世界各地的例证，断言各民族中都有最初的"歌、舞、诗三位一体的汇合"。并且"韵文先于散文"，"对旋律和舞蹈的自然感情，势必把伴奏歌曲推向一种协和的节奏"。②而赫尔德（Herder）也指出"不单单用眼睛"阅读，还要"聆听"或者尽可能"朗诵"诗作。③

新月派较早关注音乐性极好的法国象征主义诗歌，但是译介较少。早在1924年，新月派外语诗歌汉译的自觉时期，徐志摩就翻译了《死尸》一诗。到了新月派外语诗歌汉译的自发时期，尤其是1930年左右，新月派诗人中的后起之秀，如卞之琳等则更加关注法国象征主义诗歌，不仅介绍诗人诗作，还系统地翻译发表。卞之琳翻译了哈罗德·尼科尔森（Harold Nicolson）的《魏尔伦与象征主义》来介绍象征主义，翻译了波德莱尔《恶之花》中的10首诗，包括《应和》（*Correspondances*）、《人与海》（*L'homme et la mer*）、《音乐》（*La musique*）、《异国的芳香》（*Parfum exotique*）、《商籁》（*Sonnet d'automne*）、《破钟》（*La cloche felee*）、《忧郁》（*Spleen*）、《瞎子》（*Les Aveugles*）、《流浪的波希米人》（*Bohemiens en Voyage*）、《入定》（*Recueillement*），翻译了马拉美的《太息》（*Soupir*）。梁镇翻译了魏尔伦的《诉》（*Spleen*）、亨利·德·雷尼埃（Henri de Régnier）的《声音和眼睛》（*Le voix et lesyeux*）。当然，如前文所述，卞之琳翻译《恶之花》有一定的偶然因素。

卞之琳翻译波德莱尔《恶之花》中的10首，其中包括十四行诗。与闻一多按照顺序逐一翻译《葡萄牙人十四行诗集》不同，卞之琳选择了《恶之花》中的10首来翻译。当然，需要指出的是，闻一多按照顺序翻译白朗宁夫人的诗，并非没有精心挑选，只是闻一多要翻译全集共44首十四行诗，所以

---

① 朱湘. 文学闲谈 [M]. 上海：北新书局，1934：36-38.
② 转引自雷纳·韦勒克. 近代文学批评史：第1卷 [M]. 杨岂深，杨自伍，译. 上海：上海译文出版社，1987：169.
③ 转引自雷纳·韦勒克. 近代文学批评史：第1卷 [M]. 杨岂深，杨自伍，译. 上海：上海译文出版社，1987：247.

按照顺序也很自然,"这四十四首情诗现在已经闻一多先生用语体文译出"①,但自从《新月》一卷一号和一卷二号刊发了闻一多翻译的21首诗歌,就没有再刊发其余23首诗歌了。笔者找遍各种资料也未见,《闻一多全集》中也未见其余译诗,故笔者在统计新月派诗人译诗时,也只能将看到的21首计入。

波德莱尔是19世纪法国的著名诗人和文艺理论家。他上承浪漫主义,下启象征主义。波德莱尔受到爱伦·坡的影响,开创了象征主义,他的诗集《恶之花》就是象征主义诗歌的代表作品,其中尤其著名的就是诗歌《应和》(Correspondances),这既是一首诗歌,也是在表明波德莱尔的象征主义诗歌观:应和观。波德莱尔主张自然就是一个神殿,一个象征的森林,人在自然中感受到气味、颜色和声音,并给出回应,人与自然界相互应和,人的听觉、触觉、视觉等也产生了通感。应和观是波德莱尔象征主义诗歌的基本观点,也体现在其《恶之花》诗集中的其他诗歌上,如《人与海》《音乐》等。该诗歌集中有数量可观的十四行诗,但是也有诗歌并非以十四行诗的格律写就。本雅明(Benjamin)翻译波德莱尔作品后有感而发,写出了著名的《译者的任务》为译序。在《译者的任务》中,本雅明提出原作的内容和语言构成统一体,就像水果和果皮构成的统一体一样②。这里实际上在说明原作的内容和形式密不可分,是统一的整体,在翻译中应该将原作的内容和形式翻译出来,这样才能最大限度地迻译原文。著名翻译家曹明伦教授也有类似呼吁:"笔者历来主张翻译外国文学作品应在神似的基础上追求最大限度的形似,因为译介外国文学作品一方面是要为本民族读者提供读之有益的读物,另一方面则是要为本民族作家提供可资借鉴的文本。而要实现这一目的,就不仅要译出原作的思想内容,同时还要译出其文体风格。"③ 想必新月派诗人翻译家早就深谙这些道理,在翻译外国诗歌时,既翻译出原文的思想内容,又尽量再现原文的形式,包括原文节奏、韵式等。也正是由于新月派诗人译者的不懈努力和追求,才初步创格了中国新格律诗,同时也为翻译外国格律诗歌初步建立了翻译规范。

上文提及下之琳翻译波德莱尔的诗歌是精挑细选的,大多数诗歌是波德莱尔应和论在诗歌中的运用和体现,同时也是波德莱尔诗歌中的经典之作。

---

① 白朗宁夫人. 白朗宁夫人的情诗 [J]. 新月, 1928 (1): 163.
② BENJAMIN W. The translator's task [M] // Venuti L, ed. The translation studies reader. 3rd edition. London and New York: Routledge, 2012: 79.
③ 曹明伦. 伊丽莎白时代的三大十四行诗集 [J]. 四川大学学报(哲学社会科学版), 2008 (5): 98.

第四章　新月派外语诗歌汉译自觉时期（1926—1933 年）

《应和》是卞之琳汉译波德莱尔诗歌的经典，但是由于本人已经做出过讨论①，这里姑且不再以此诗为例展现卞之琳的译诗特点。卞之琳翻译波德莱尔《恶之花》中的诗歌《音乐》同样精彩，原文和译文如下。

La Musique②		音乐③	
La musique souvent me prend comme une mer!	A	音乐有时候漂我去，像一片大洋！	A
Vers ma pâle étoile,	B	向我苍白的星儿，	B
Sous un plafond de brume ou dans un vaste éther,	A	冒一天浓雾，或者对无极的穹苍，	A
Je mets à la voile;	B	我常常起了程儿；	B
La poitrine en avant et les poumons gonflés	C	直挺起胸膛，像两幅帆篷在扩张，	A
Comme de la toile,	B	膨胀起一双肺儿，	C
J'escalade le dos des flots amoncelés	C	我在夜色里爬着一重重波浪，	A
Que la nuit me voile;	B	一重重波浪的背儿；	C
Je sens vibrer en moi toutes les passions	E	惊涛骇浪中一叶扁舟的苦痛	E
D'un vaisseau qui souffre;	F	全涌来把我搅着；	F
Le bon vent, la tempête et ses convulsions	E	大漩涡上，好风和不安定的暴风	E
Sur l'immense gouffre	F	把我抚着，摇着。	F
Me bercent. D'autres fois, calme plat, grand miroir	G	有时候，万顷的平波，像个大明镜	G
De mon désespoir!	G	照着我失望的魂灵！	G

波德莱尔的诗歌 La Musique 为十四行诗，结构组成为四四三三，起承转合自然，奇数行的诗句较长、容量较大，偶数行诗句较短。韵式为 abab、cbcb、efe、fgg，有阴韵。诗歌节奏分明，音乐优美，具有波德莱尔象征主义诗歌的基本特点。诗歌描述了主人公听音乐时情绪的发展，先是主人公听到音乐，进入忘我状态，感觉在一片海洋；随着音乐的演奏，波浪此起彼伏，主人公的情绪也跟着变换，高潮迭起；接着话锋一转，主人公从先前忘我、兴奋的状态，转到大风大浪中一叶扁舟的苦痛；最后写风平浪静之后，主人

---

① 陈丹. 从诗学视角管窥《新月》月刊上的诗歌翻译 [D]. 广州：广东外语外贸大学，2006.
② BAUDELAIRE C. Les fleurs du mal [M]. HOWARD R, trans. Boston: David R. Godine, Publisher, Inc., 1982: 248.
③ 波特莱. 恶之花拾零 [J]. 卞之琳，译. 新月，1933 (6): 3.

111

公依旧失望。诗歌将主人公的内在情绪化为看得见的海上风云变幻，使内在情感和外在物质世界相互应和，是象征主义诗歌应和论的典型作品。

卞之琳译诗韵式为 abab、acac、efe、fgg，有阴韵。译诗奇数诗行十二至十三言，五音组；偶数诗行七至八言，三音组。另外，译诗二字音组和三字音组交错出现，避免了语言单一沉闷。译诗音韵优美，结构整饬，较好地再现了原来法语诗歌的音乐美。译诗也较好地再现了原诗思想内容的发展，尤其能够紧紧跟随原文诗歌起承转合的结构发展，再现原作主人公情绪的变化。但是汉语译文有两处值得商榷。原文第 3 行 "Sous un plafond de brume" 卞之琳翻译成"冒一天浓雾"，plafond 的意思一般为"天花板""最大高度"，原文即"冒着浓雾"的意思，卞之琳译文中"一天"有些歧义，是想表达"一整天的浓雾"还是"满天的浓雾"，不太清楚。另外，译诗第 11 行似乎并没有翻译出 "et ses convulsions"，原文应该是指暴风带来的突然的震动。当然，瑕不掩瑜，卞之琳的译文总体来说，以诗译诗，音乐性强，翻译质量高。

新月派诗人在新月派自觉翻译外国诗歌阶段的后期，即 1930 年以后，翻译了多首法国象征主义诗歌。另外，翻译这些诗歌的译者也不同于新月派自觉翻译外国诗歌阶段前期的那些译者。这个阶段主要是卞之琳翻译波德莱尔《恶之花》中的诗歌，当然，也有梁镇的一些译文。相对于徐志摩、闻一多等来说，卞之琳算是新月派中的后辈了。事实也是如此，徐志摩确实是卞之琳的老师，但是卞之琳也确实是新月派成员，陈梦家的《新月诗选》中就收录了卞之琳的诗歌，况且卞之琳翻译的波德莱尔诗歌也发表在新月派的同人刊物《新月》上面。另外，卞之琳当然也译英诗，如克里丝蒂娜·罗塞蒂（Christina Rossetti）的诗歌，只是相对来说，他翻译的法国象征主义诗歌更多、更显眼。

新月派其他诗人很少涉足法国象征主义诗歌，大概有以下原因：一是因为语言问题。虽然新月派诗人也写象征主义诗歌，而且新月派诗歌创作中有些象征主义诗歌还早于卞之琳等翻译的法国象征主义诗歌，但新月派大多数成员精通的语言是英语，熟读的诗歌是英诗，而且部分成员也曾留学英美，所以选择翻译英诗来得更自然和容易，他们尤其大量译介维多利亚时期的诗歌。而卞之琳稍有不同，他在北大英文系学了一年法语后，就能"从原文读波德莱尔开始的法国象征派诗了"[1]，其法语能力很强，能够胜任法语诗歌汉译。二是因为译者兴趣。卞之琳等翻译过多首法国象征主义诗歌的诗人翻译

---

[1] 波德莱尔，等. 西窗集 [M]. 卞之琳，译. 合肥：安徽教育出版社，2007：2.

家在新月派中属于后辈,关注的诗歌以及兴趣可能与前辈译诗家有些许不同。卞之琳说过,徐志摩1931年教他英诗课时,他的兴趣已经从浪漫派转到法国象征派了①。三是因为有其他译者已经译介过法国象征主义诗歌。新月派翻译法国象征主义诗歌,主要是在1930年前后,而此前,法国象征主义在中国已经有较多的译介,并且对中国新诗的发展也产生了影响。朱自清总结10年来的诗坛,将其分为了三派:"自由诗派,格律诗派,象征诗派。"② 新月派诗人选择翻译法国象征主义诗歌时,法国象征主义早已由其他译者介绍并在中国生根发芽。

新月派诗人选择翻译法国象征主义诗歌,数量相对较少,并且也是机缘巧合而进行的翻译,并非像翻译维多利亚时期的诗歌一样,具有明确的翻译目的。

(四) 其他

除了翻译浪漫主义诗歌、维多利亚时期诗歌,以及象征主义诗歌,新月派诗人还广泛翻译世界各国诗人的诗歌,包括德语诗歌等。因为诗人一般都能阅读英、法、德语,这些诗歌大多是从这三种语言直接翻译的,英语自不待言,德语、法语则可见诗人翻译家的相关说明。有的德语、法语诗歌是从原文翻译的,而有的德语、法语诗歌则是从英文转译的。徐志摩讲《恶之花》中的《死尸》时说,"他的原诗我只能诵而不能懂"③。另外,朱湘也懂英语、法语、德语及少量其他语言,但他大多是直接从英文翻译或者从英文转译。朱湘译诗的绝大部分是在留学美国之前或留学期间翻译的。留学期间,朱湘"从现在起温习法文德文","虽然每天忙到晚,不是念法文,就是念德文,不是做饭,就是睡觉","我法文德文之外还学了希腊文,但是我为了同样的缘故,不预备再学下去,只专力于英法德三种外国文之上"④。朱湘挚友罗念生就说过,朱湘《番石榴集》中的"英法德拉丁诗歌大都是从原文译出来的,其余的大概是从英文转译而来的"⑤。然而经过笔者研究发现,实际上朱湘翻译的法语诗歌有些也是从英文转译的,如《致爱伦娜》(请参见该诗歌法语原

---

① 波德莱尔,等. 西窗集 [M]. 卞之琳,译. 合肥:安徽教育出版社,2007:2.
② 朱自清. 导言 [M] //朱自清编选. 中国新文学大系:第八集 诗集. 上海:上海文艺出版社,1981:8.
③ 徐志摩. 死尸 "Une Charogne" by Charles Baudelaire:"Les Fleurs du Mal" [J]. 语丝,1924d(3):6.
④ 罗念生. 朱湘书信集 [M]. 天津:人生与文学社,1936:126,128,180.
⑤ 罗念生. 关于《番石榴集》[M] //罗念生. 二罗一柳忆朱湘. 北京:生活·读书·新知三联书店,1985:112.

文、英语译文和汉语译文的比照）等。其他语言的诗歌也是如此。朱湘手中正好有《世界诗歌选集》（An Anthology of World Poetry），既方便又容易。新月派诗人翻译的来自其他语种的诗歌，如梵语诗歌、埃及语诗歌等，就只能是从英语转译，这种转译做得最多的，当属朱湘。

梁镇翻译了赫尔德编的《德国古民歌》（Volkslieder）中的《爱的飞行》（Der Flug der Lieber）的前三节为"歌一""歌二""歌三"。

朱湘具有世界眼光，广泛选择世界各国的诗歌翻译，这在新月派中别具一格。朱湘1928年到达美国后，立了高远的志向，想读遍世界各地许多国家的诗歌。朱湘在美国期间就着手翻译世界各地诗歌，当时的目标是出版诗集，以获取一定费用，养家糊口①。就介绍外国文学而言，朱湘确实放眼世界，多次提及要介绍世界文学。"关于将来回国教书的计划，我是决定了不偏重一国，而用世界的眼光去介绍"，"回国后开成书店，这介绍世界文学的工作便是一件开门大事"②。朱湘在美国期间的诗歌翻译数量较多，选译的外国诗歌很多都是诗人最好的作品或者代表作，可见朱湘翻译选目是精挑细选的，并且选目国别广泛，译文质量高。

正是因为新月派的翻译思想，尤其是朱湘的翻译思想，对转译有较为客观、公允的看法，新月派成员，尤其是朱湘才能选择并从英语转译较多世界各地的优秀诗歌，形成了对世界优秀诗歌的译介体系。朱湘选择翻译世界各地优秀诗歌当然也与他的个人背景有重要关系。朱湘不仅是新月派的重要成员，还是文学研究会的一员。文学研究会曾经出版了一批世界文学丛书，涉及世界各地文学。朱湘诗歌翻译选目涉及地域之广，或有文学研究会一些影响在其中。朱湘尤其具有翻译选目的眼光，他选择翻译的外语诗歌首首都是世界诗歌之林中的经典。经过张旭查证，朱湘翻译的《番石榴集》中非英语国家诗歌大多出自范多伦（Van Doren）编的 An Anthology of World Poetry，而英语诗歌出自三个英诗选本：The Oxford Book of English Verse，The Golden Treasury of the Best Songs and Lyrical Poems in the English Language，The English Parnassus：An Anthology chiefly of longer poems③。

朱湘选择的这些世界各地诗歌的英译文，主要来自范多伦编辑的 An Anthology of World Poetry。该书出版于1928年，也就是说，该书刚出版，朱湘

---

① 朱湘. 海外寄霓君 [M]. 石家庄：河北教育出版社，1994：4-5，10-11.
② 罗念生. 朱湘书信集 [M]. 天津：人生与文学社，1936：40，54.
③ 张旭. 视界的融合：朱湘译诗新探 [M]. 北京：清华大学出版社，2008：78，87.

就关注此书，并在其中选择诗歌来翻译。

阿瑟·奎勒-库奇（Arthur Quiller-Couch）编的《牛津英语诗选：1250—1900》（*The Oxford Book of English Verse*：1250—1900），以及范多伦编辑的《世界诗歌选集》（*An Anthology of World Poetry*），这两部诗集都宣称选择了最好的诗歌："为了这本选集，我尽量……，并且尽量选择最好的"①，"此选集是我能发掘到的，使用最好的英语，写成的世界上最好的诗歌"②。朱湘翻译选目十分严格，和朱湘的文学观以及翻译观不无关系。从朱湘对中外文化、文学关系的论述中，可以窥知朱湘认为外国文学可以借鉴，本国的文学可以复活，也可以在批判中对其进行继承和发展，最好就是在外国和本国文学的共同滋养下来发展新文化。③ 这里体现了朱湘要复兴中国文化的责任感和使命感，是在借外因（外国文化、文学的影响）复兴中国传统（内因）。朱湘注重外国文学的翻译、研究和介绍。朱湘希望把中西诗学中的精华都提炼出来，为我国新诗所用④。洪振国评论道："可见朱湘不是为译诗而译诗，是为了参照与开辟，是为了比较借鉴，洋为中用。"⑤ 闻一多则提出新诗要做"中西艺术结婚后产生的宁馨儿"⑥。以上言论都足以证明新月派诗人注重吸收西方优秀诗歌中的优秀元素，译诗是为了移植诗体、建构文化，是崇高且神圣的文化事业。

朱湘在《翻译》一文中指出，研究和翻译各种文学对于新文学、新文化、旧文化与世界文化交通史都有影响⑦，他同时也很有信心地指出，"经过一番正当的研究与介绍之后，我们一定能产生许多的作家，复古而获今，迎外而亦获今之中"⑧。朱湘其实就是在强调翻译对于译入语文化、文学的重构作用，或者说复兴作用，朱湘一直以来比较喜欢使用复兴这个表达。

朱湘选择世界诗歌之林中优秀的诗歌翻译成中文，但是具体选择翻译哪首，主要取决于译者对于诗歌的熟悉程度。朱湘寄给罗暟岚的信中就提及其

---

① QUILLER-COUCH A. The Oxford book of English verse：1250-1900 [M]. Oxford：Clarendon Press，1918：vii.
② VAN DOREN M. An anthology of world poetry [M]. New York：Albert & Charles Boni，INC，1928：vii.
③ 朱湘. 文学闲谈 [M]. 上海：北新书局，1934：66，92，94.
④ 朱湘. 说译诗 [J]. 文学周报，1928（276-300）：456.
⑤ 洪振国. 朱湘译诗集 [M]. 洪振国，整理加注. 长沙：湖南人民出版社，1986：337.
⑥ 闻一多. 女神之地方色彩 [J]. 创造周报，1923（5）：5.
⑦ 朱湘. 文学闲谈 [M]. 上海：北新书局，1934：26-27.
⑧ 罗念生. 朱湘书信集 [M]. 天津：人生与文学社，1936：211.

译诗集《番石榴集》中选目的缘由:"这集子包括《若木华》与新译各短篇,总名《番石榴集》。""这里面的数目并非以优逊为标准,不过那方面多看过些书,就多译点。"① 选择自己熟悉的诗歌来翻译有几点好处:一是译者熟悉诗歌思想内容、诗歌情绪和神韵,熟悉诗歌创作手法,翻译起来自然可以得心应手;二是可以较好地避免因为不理解外国诗歌造成的误译、错译;三是可以将译者自己熟悉的外国诗歌与本国读者分享,让大家都对这些诗歌有所了解。

由此可见,朱湘选择翻译世界各地最好的诗歌,是为了学习借鉴,从而复兴中国诗歌。此外,既然要复兴中国诗歌,那自然要选择世界名著,世界上最好的作品,以给中国文学、中国诗歌最好的滋养。

(五)小结

1926年到1933年之间,新月派成员认真地实践着外语诗歌汉译活动。新月派诗人选译了浪漫主义诗歌、维多利亚时期诗歌、象征主义诗歌,以及其他各国优秀诗歌。这些外国诗歌有一些共同的特征,如格律谨严、音乐性强,正好契合新月派诗学。

新月派诗人选译的诗歌皆是经典,一方面显示了新月派译者作为诗人、学者和批评家的眼光、学养与文学底蕴;另一方面可能有一定客观因素。新月派诗人大都学习过欧洲文学史,文学史上记录的诗歌首首皆是经典。新月派诗人所受的教育使他们了解的都是西方文学中的文化资本。另外,新月派诗人在翻译时所接触到的诗歌集也在一定程度上影响了新月派诗人的翻译选目。比如,朱湘翻译时诗歌选目主要来自四本书,尤其是 *The Oxford Book of English Verse* 和 *An Anthology of World Poetry* 这两本书。这两本书,前者包括了从1250年到1900年经典的英国诗歌,后者则囊括了从公元前3世纪到公元20世纪的世界各地优秀诗歌。闻一多在美国时学过"丁尼孙与伯朗宁"和"现代英美诗"两门课,学的也都是英诗中的典范,如丁尼生、白朗宁、霍斯曼和吉伯林等诗人的诗作。闻一多翻译选目也大都出自自己熟悉的经典诗歌,闻一多尤其喜欢维多利亚时期诗人霍斯曼的诗歌,因而选择翻译了不少。徐志摩又有点不同,他选的哈代诗歌在当时并没有被列入经典,只是到了后来才慢慢经典化,这就足以窥知译者的选目眼光了。勒菲弗尔曾经指出,翻译、撰史、编撰选集、批评和编辑中都有相同的基本改写过程,改写者创造了作

---

① 罗念生. 朱湘书信集 [M]. 天津:人生与文学社,1936:141.

第四章 新月派外语诗歌汉译自觉时期（1926—1933年）

者、作品、时代、体裁，有时甚至是整个文学的形象①。新月派诗人读到的文学史，其实是经过撰史者改写的文学史，文学史里面每一篇作品都是符合撰史者时代诗学和意识形态的经典。新月派诗人选译外国经典作品自然在情理之中。简言之，新月派诗人翻译选目既有译者眼光等主观因素，并且这些主观因素占主导地位，也有一些次要的客观原因。相对于清末一些译者选择西方国家二流作家的三流作品来翻译，新月派诗人的诗歌选目意识应该是翻译史上极大的进步。

新月派外语诗歌汉译自发时期（1923—1925年），新月派选择翻译的诗人诗作并不多，往往是集中选择几个诗人的诗歌，包括维多利亚时期诗人哈代、梅瑞狄斯和阿诺德等的少量诗歌，以及浪漫主义诗人济慈的诗歌。这一阶段新月派诗人翻译的维多利亚时期诗歌（包括维多利亚时期诗人的译诗）超过这一阶段新月派诗歌翻译总数的一半，远远多于其他流派的诗歌。而到了新月派外语诗歌汉译自觉时期（1926—1933年），新月派成员则大规模实践外语诗歌汉译活动，翻译的维多利亚时期诗歌（包括维多利亚时期诗人的译诗）占新月派诗歌翻译总数的约40%，远远多于其他流派的诗歌。新月派成员选择翻译的外国诗歌主要有以下几派：浪漫主义诗歌、维多利亚时期诗歌、象征主义诗歌以及其他各国优秀诗歌。这些外国诗歌格律谨严、音乐性强，契合新月派诗学，是新月派自身诗艺风格的呈现。新月派诗歌本来就有浪漫主义的抒情色彩和对真善美的追求，理性节制，追求艺术形式的精美，具有表现苦闷和丑恶的特点②，这些特点正好表明新月派诗歌其实具有浪漫主义诗歌、维多利亚时期诗歌、象征主义诗歌的多重特点，而维多利亚诗风的特点最明显。

李怡认为，"新月诗人接受了巴那斯主义的节情与格律却又能在相当大的程度上包容浪漫式的抒情"③。同时，这些诗歌又是迥异的，"以痛苦的而不是以乐观的调子抒情，这是法国象征主义诗歌与浪漫主义诗歌的巨大差别。如果说，浪漫主义诗歌洋溢着'世纪初'的热力和希望，那么象征主义诗歌则回荡着'世纪末'的哀痛和苦闷"④。新月派诗人在选择外文诗歌翻译时，

---

① LEFEVERE A. Translation, rewriting, and the manipulation of literary fame [M]. Shanghai: Shanghai Foreign Language Education Press, 2004: 5, 9.
② 罗振亚. 浪漫主义向象征主义转换的中介：新月诗派的巴那斯主义倾向 [J]. 北方论丛, 1997 (4): 91-97.
③ 李怡. 巴那斯主义与中国现代新诗 [J]. 中州学刊, 1990 (2): 75.
④ 李怡. 论戴望舒与中西诗歌文化 [J]. 中州学刊, 1994 (5): 72.

对以上三派的诗歌兼容并包。新月派诗人还选择翻译了除英法德诗歌以外的其他各国优秀诗歌，选择面极为广阔，涉及不同的诗歌主题以及诗歌形式。然而，因为新月派诗人并不完全通晓世界各地各种语言，所以英语以外的语言翻译需要从英语转译，当然，有些德语、法语诗歌还是可以直接从原文翻译。新月派诗人转译大量世界各地优秀诗歌，对这些外国诗歌的选择和翻译，同时也对新月派诗学、诗歌创作产生影响。新月派诗学和诗歌翻译活动之间存在复杂的互动关系。此外，新月派诗人将目光聚集在这些格律谨严、音乐性好的外国诗歌，而非其他一些诗歌，也受诗人翻译的文化目的影响，通过严谨格律诗歌的译入来试验和创建中国新格律诗。另外，虽然新月派成员翻译诗歌的总体目的是一样的，选目标准也是一致的，但是具体到每一首诗歌，可能当时诗人译者选择的缘由又不尽相同。有些诗人译者选择翻译自己喜欢的诗人的诗作，如徐志摩景仰和崇拜哈代，他就选择翻译了哈代的诗歌；徐志摩还翻译了与他有过一面之缘的曼斯菲尔德的诗歌。还有些诗人则是选择自己喜爱并熟悉的诗歌来翻译，如闻一多非常熟悉霍斯曼的诗歌，他就选择霍斯曼的诗歌来翻译；朱湘熟悉世界各地的诗歌，他就选择世界各地的诗歌来翻译。另外，有些诗人则是因为碰巧语言能力允许和兴趣转移，而翻译了某些诗歌，如卞之琳就是正好学了一年法语，加之兴趣从英诗转向法国象征派，就发表了波德莱尔《恶之花》的汉译。新月派诗人选择翻译了诸多外国诗歌，但是各个译者的选择也各有特点。徐志摩选择翻译的诗作十分广泛、零散；朱湘选择翻译的诗作遍布全球而不失其系统性；闻一多、饶孟侃和卞之琳等选择翻译的诗作则相对集中、紧凑。

二、选译的诗人

新月派诗人译者选择翻译的外国诗人，人数众多，国别众多，但都是闻名全世界的诗人。这些诗人大致可以分为三类：一是有些外国诗人本身就是诗人翻译家；二是有些诗人与新月派成员有交情或与新月派诗人气质相近；三是其他各国优秀诗人。

（一）诗人翻译家

新月诗人译者选择的外国诗人，有些本身就是诗人翻译家，如罗塞蒂等；有些即便算不上是诗人翻译家，作为诗人也都翻译过诗歌。这也是新月派选择翻译的外国诗人中一个有趣的现象。当然，新月派诗人的选择可能纯属偶然，但是从新月派诗人选择翻译的外国诗人译者的名单中，可以看出诗人译

第四章 新月派外语诗歌汉译自觉时期（1926—1933 年）

诗、译作并举在国外具有悠久的传统。新月派诗人在选译外国诗人翻译家的作品时，其实也在融入这种诗人译诗的传统之中。

新月派选择的外国诗人中，有相当数量的外国诗人本来就是诗人翻译家。如白朗宁夫人、拜伦、柯勒律治、菲茨杰拉德、加奈特、霍斯曼、济慈、兰德、朗费罗（H. W. Longfellow）、罗塞蒂、雪莱、史文朋、华兹华斯等。白朗宁夫人翻译过多种语言的诗歌，如希腊诗 *Idyll XI The Cyclops*，海涅（Heine）的德语诗 *Poem I*、*Poem II*、*Ad Finem*、*Mein Kind*、*Wir waren Kinder* 等。拜伦翻译过多种语言的诗歌，如萨福的希腊诗 *Fragments*：*Hesperus the Bringer*、拉丁诗 *Post-Obits and the Poets*，另外，还翻译过意大利诗歌。菲茨杰拉德就更不必说了，他在英国诗歌历史上的地位主要就是通过翻译古波斯诗人哈亚姆的柔巴依诗得来的。菲茨杰拉德不仅翻译了古波斯诗歌，还翻译过意大利诗歌 *If it be Destined* 和西班牙诗歌 *The Dream Called Life* 等。兰德翻译过萨福的希腊诗 *Mother, I cannot Mind my Wheel*，卡图卢斯（Catullus）的拉丁语诗歌 *True or False*、*To Varus*。朗费罗也翻译过较多外国诗歌，如意大利米开朗琪罗（Michelangelo）的作品 *To Vittoria Colonna*、*Dante*。罗塞蒂翻译过萨福的希腊诗 *One Girl*：1、2，意大利诗歌 *Dialogue*：*Lover and Lady*、*Conclusion*，无名氏作的法语诗歌 *John of Tours*、*My Father's Close*。华兹华斯翻译过米开朗琪罗的意大利十四行诗 *Love's Justification*、*To the Super Being* 等，不一而足。

新月派诗人选择外国诗人翻译家的作品来翻译大概有以下两个原因：第一，大概因为新月派诗人译者所处的时代背景和文化背景与上述一些外国诗人翻译家有类似的地方，较容易与这些外国诗人翻译家之间有共鸣和同情。例如，新月派诗人本来就青睐维多利亚时期的诗歌，因而选择翻译的维多利亚时期的诗人也就较多，这其中有罗塞蒂和白朗宁夫人。众所周知，维多利亚诗歌和诗风就是对浪漫主义的反叛，认为浪漫主义诗歌抒情太直抒胸臆，强调诗歌唯美的艺术形式，以及精巧的诗歌形式。而类似的历史也在民国时期上演。由于中国的新文化运动和白话文运动，中国旧诗的形式被打破了，但是新诗的形式尚未成功建立。但是白话诗形式过于自由，使用的语言也没有经过锻炼。新月派诸位诗人翻译家意识到诗歌艺术形式的重要性，所以大量翻译外国诗歌，尤其是维多利亚时期的诗歌，企图建立中国新格律诗。这个背景与维多利亚时期诗歌译者的背景很相似，新月派诗人或可与维多利亚时期诗人译者产生共鸣和同情。第二，新月派诗人作为诗人译者，他们认同诗人译诗，认同诗人译者。这也是最重要的原因。新月派诗人大都了解西方诗歌发展史，了解诗人译诗在西方诗歌史上的重要作用，他们作为诗人译者，对于外国诗人译者也就认同，自然也就会选择这些诗人译者的诗歌来翻译。

值得注意的是，诗人译诗在西方有一定的传统和渊源。不仅在西方历史上存在过大量诗人译诗，比如，英国诗人托马斯·怀亚特（Thomas Wyatt）翻译了意大利十四行诗，英国诗人菲茨杰拉德翻译了古波斯诗人哈亚姆的柔巴依诗；到了近现代，也还是有诗人译诗的现象存在，如爱尔兰诗人谢默斯·希尼（Seamus Heaney）将古英语史诗《贝奥武夫》译成现代英语，美国著名诗人加里·施奈德（Gary Snyder）将寒山诗翻译为英语。诗人译诗有助于诗人译者将原诗元素引入译入语，向译入语诗歌注入新元素，促进译入语诗歌发展或革新。托马斯·怀亚特和好友萨里伯爵一起在英语诗歌中引入了十四行体，而菲茨杰拉德的译诗则突破英语诗歌四行体传统的 abab 韵式，引入了 aaba、aaaa 的韵式；施奈德翻译中国古代寒山诗，为美国诗歌引入禅宗、道等概念。

民国时期，中国开始大量翻译外国诗歌，诗人译诗蔚为壮观，不仅有新月派诗人大量译诗，还有郭沫若、成仿吾、戴望舒等大批诗人在践行诗人译诗。他们在选译外国诗人翻译家的作品同时，也在融入这种诗人译诗的传统之中，并且在中国文化语境中复制诗人译诗为译入语注入新元素。然而在中国，诗人译诗似乎只是在民国时期昙花一现，后来似乎又少有看到诗人译诗了。第一，大概是因为诗人译诗在中国没有传统，因而没有根基进一步发展；第二，大概是因为后来各个行业分工明确，像民国这批既是诗人又是翻译家，还是学者的多面手越来越少，因而很难再次看到诗人译诗。

（二）与新月派成员有交情或气质相近的诗人

新月派诗人中有相当一部分留学欧美，并且有些诗人还与国外知名文人学者有交往。其中最典型的当属徐志摩。徐志摩与一些外国名人有过面对面的交流，当面表示过景仰之情，并且提及翻译这些外国文人的作品。有的外国文学家甚至当面允许或鼓励徐志摩翻译自己的作品。比如，徐志摩了解并崇拜哈代和曼斯菲尔德，翻译了他们的作品，还对原作者做了较多介绍。曼斯菲尔德甚至当面允许或鼓励徐志摩翻译自己的作品。徐志摩心怀景仰之情，在一个大雨之夜短暂见过曼斯菲尔德。他翻译了曼斯菲尔德的小说和诗歌，还对曼斯菲尔德做了较多介绍。对于哈代也是同样，徐志摩在英国期间专门拜访过哈代。

对于与曼斯菲尔德的会面，徐志摩认为是"那二十分不死的时间！"徐志摩将曼斯菲尔德比作夏夜榆林中的杜鹃，用呕出的心血来制无双的情曲，就算唱到血枯音嘶也会坚持，牺牲了自己的精力，给自然界增添了几分的美，

<<< 第四章 新月派外语诗歌汉译自觉时期（1926—1933年）

给人间几分安慰。徐志摩称赞曼斯菲尔德的小说是纯粹的文学，真的艺术。徐志摩受到曼斯菲尔德当面许可翻译其作品，当然也受宠若惊，格外珍惜，"我承作者当面许可选译她的精品，如今她已去世，我更应珍重实行我翻译的特权，虽则我颇怀疑我自己的胜任"。曼斯菲尔德亲许徐志摩翻译她的小说（并没有说到翻译诗歌），所以徐志摩自认为有翻译的特权，很得意，同时，也体现出作者和译者较为融洽、和谐的关系。另外，徐志摩认为文坛有着文艺复兴的趋势，持类似看法的还有朱湘。对于见面的过程，徐志摩也尽量描述得惟妙惟肖，使读者也能身临其境。曼斯菲尔德人格之光，以及灯光和衣服上的饰品使得徐志摩几乎丧失了感觉。曼斯菲尔德给了徐志摩最纯粹的美感，徐志摩几近被催眠，如痴如醉地听着曼斯菲尔德讲话。在谈到中国诗歌英译的时候，曼斯菲尔德甚至鼓励徐志摩去做汉诗英译，这也体现出曼斯菲尔德喜欢同外国人谈论翻译。"所以她原来对于中国的景仰，更一进而为爱慕的热忱。她说她最爱读 Arthur Waley 所翻的中国诗，她说那样的诗艺在西方真是一个 Wonderful revelation。她说新近 Amy Lowell 译的很使她失望，她这里又用她爱用的短句——'That's not the thing！'她问我译过没有，她再三劝我应得试试，她以为中国诗只有中国人能译得好的。"后来徐志摩就提出翻译曼斯菲尔德的小说，得到了作者本人的许可①。徐志摩此文一出，很快得到了文坛的回应，胡文盛赞徐志摩的文章，"果然被它感动最深，好似引我入了天国，把一切苦恼都忘却了！""我们有了这把秘钥，自能跑入天国，这是何等的布施呵！文学家底（的）责任——指导人生，也就在此。"② 后来徐志摩翻译了曼斯菲尔德的短评《夜深时》③，后面附文一篇《再说一说曼殊斐儿》④。其实文章很多篇幅都在讲萧伯纳的道理，从这个道理后来才言及曼斯菲尔德，讲到她小说的优点，心理写实，纯粹艺术等⑤。

徐志摩尤其崇敬哈代。哈代是徐志摩翻译得最多的诗人，持续时间也是最长的，从1923年到1928年，每年都在翻译哈代的诗歌。徐志摩不仅推崇哈代的诗，而且与哈代的精神气质以及一些悲观情绪也有相似之处。徐志摩多次撰文介绍哈代（请参见前文）。

---

① 徐志摩. 曼殊斐儿 [J]. 小说月报，1923（5）：2-3，6-8，9-10.
② 胡文. 徐志摩君的曼殊斐儿 [J]. 小说月报，1923（8）：4.
③ 曼殊斐儿. 夜深时 [J]. 徐志摩，译. 小说月报，1925（3）：1-2.
④ 徐志摩. 再说一说曼殊斐儿 [J]. 小说月报，1925（3）：3-7.
⑤ 徐志摩. 再说一说曼殊斐儿 [J]. 小说月报，1925（3）：6-7.

傅雷谈自己的翻译经验时，将翻译选材比作交朋友①。杨武能教授的经验"是只译自己喜欢的或正在研究的作家和作品"②。其实，新月派翻译家在选择待译诗歌的时候也是选择自己喜欢的诗歌，或者与原作者是朋友，或者极其景仰原作者，或者原文的气质和风格与自己作品相似。也只有这样，基于原作者与译者之间的交流和默契，译者才能更好地迻译原文，将译文呈献给译入语读者。

（三）其他

新月派诗人选择翻译的诗人除了上述两大类，还有世界各地优秀的诗人。如阿拉伯诗人穆阿台米德（Mu'tamid, King of Seville）、舍拉（Ta' Abbata Sharra），波斯诗人琐罗亚斯德（Zoroaster）、鲁米（Rūmī）、哈亚姆、萨迪（Sa'di）、哈菲兹（Hafiz），印度的迦梨陀娑（Kalidasa）、伐致呵利（Bhartrihari），古希腊的萨福、阿那克里翁（Anacreon）、西摩尼得斯（Simonides of Ceos）、阿加提亚斯（Agathias）、墨勒阿革耳（Meleager）、柏拉图（Plato）、卡利马科斯（Callimachus）、黎奥尼达士（Leonidas of Tarentum），古罗马的维吉尔、卡图卢斯、马希尔（Lucius Valerius Martialis），意大利的但丁（Dante Alighieri），法国的旺塔杜尔（Bernard de Ventadour）、维永（Francois Villon）、魏尔伦，德国的歌德、海涅，英国的弥尔顿、赫里克（Robert Herrick）等。

以上长长的一个名单，几乎把世界上所有优秀诗人都囊括其中。从这里也可以窥知，新月派诗人翻译选目都是精挑细选的：一流作家的一流作品，不仅选择优秀诗歌，而且选择优秀诗人。也只有将世界各地优秀诗人的优秀诗歌翻译到汉语，才能达到移植诗体，建构文化的目的。

这种对于外国原作者的选择，体现出新月派诗人及其同时代的其他诗人翻译选目意识的增强。王友贵教授指出："界分翻译家和翻译匠的一个重要标志，在于前者在翻译选目方面，表现出鲜明的自觉意识、自主意识和选择意识；翻译在他们，是自己的思想、审美趣味、文化观、人生观的一种表达。简言之，他们具有明确的翻译目的。"③

实际上，主要是朱湘选择上述世界各地优秀诗人的诗作来翻译。朱湘不

---

① 罗新璋，陈应年. 翻译论集［M］. 北京：商务印书馆，2009：693.
② 许钧，等. 文学翻译的理论与实践：翻译对话录［M］. 南京：译林出版社，2001：169.
③ 王友贵. 翻译西方与东方：中国六位翻译家［M］. 成都：四川出版集团，四川人民出版社，2004：2.

仅是著名的诗人,而且是学者,对世界文学颇有研究,对中外文化关系有自己的看法。朱湘提出要借鉴外国文学来复活本国的文学,并且站在文化交流的立场,提出在外国文化滋养下复兴中国文化。由于朱湘广泛了解世界各地优秀诗人,涉猎外国诗歌极为广泛,他的翻译选目自然也就青睐这些一流作家的一流作品。他对这些世界各国优秀诗人的选择,实际上也是他自己思想的体现。相对于清末民初某些译者翻译二流作家的三流作品,新月派诗人当之无愧可以称为"翻译家"。郑振铎认为,林纾翻译的劳力大半都虚耗了,因为林纾翻译的二三流作品太多,当然,最根本的原因是操原本选择之权的口译者"不读文学史,及没有文学的常识所致的"。林纾翻译的作品,"是无价值的作家的作品","作者及作品之确有不朽的价值与否,足以介绍与否,他们也不去管他"[①]。郑振铎评论林纾的翻译选材时,也涉及原作作者的价值,足以看出原作作者本身的选择也是翻译选目的一个层面。新月派诗人翻译家,能够在鉴别原作作品价值并且选择世界一流诗歌翻译之外,进一步甄别并选择世界优秀诗人,这是在翻译选目方面的一个进步,需要翻译家学贯中西,对外国文学史、诗歌史有深刻的了解和认识。

(四)小结

新月派诗人译者选择翻译的外国诗人,人数众多,国别众多,都是闻名全世界的诗人,大致可以分为三类:一是这些外国诗人,本身就是诗人翻译家;二是与新月派成员有交情或气质相近的诗人;三是其他各国优秀诗人。新月派诗人的多重身份决定了其翻译选目一流。新月派诗人译者,身兼多重身份,不仅是诗人、翻译家,也是学者和批评家,能够甄别外国诗歌,选择一流外国诗人的一流诗歌翻译。总而言之,新月派诗人翻译选目,都是世界上一流作家的一流作品。同时,新月派诗人除了选择世界优秀诗歌翻译外,还对写诗的诗人有所了解,选择了与自身气质相近的外国诗人以及其他各国优秀诗人,这体现了新月派诗人翻译家的思想、学养和文化观。此外,对外国诗人的选择,也是新月派诗人更高层次的翻译选目。他们不仅选择世界优秀作品来翻译,而且对创作这些作品的作者加以甄别,体现出其选择性,这本身就是对翻译选材的推进和发展。

三、选译的诗歌种类

新月派诗人选择了多种外国诗歌来翻译,在翻译外国诗歌时,也尝试采

---

① 罗新璋,陈应年. 翻译论集 [M]. 北京:商务印书馆,2009:249-250.

用相应的各种诗体来翻译。新月派翻译外国诗歌，诗歌原文涉及多种诗体，如十四行诗、四行诗、无韵诗、散文诗、弹词等。新月派各位诗人采用各种诗体翻译外国诗歌，呼应原文形式，对原文形式进行忠实再现，通过迻译各种外国诗体的诗歌，可以移植这些诗体到汉语的土壤中，对中国新诗具有建设性的作用。当年，中国诗歌正经历着破旧立新。旧的诗歌形式，旧的诗歌体系被破坏了，但是新的诗歌发展方向茫然，并没有实现立新。新月派诗人翻译家移植外国诗体，正好可以为中国诗歌立新提供可资借鉴的资源。新月派同人孜孜以求，通过译诗创格中国新格律诗。

曹明伦教授将翻译目的分为文本目的和非文本目的[①]。新月派诗人译者选择翻译这些各种诗体的外国诗歌时，其文本目的是让不懂原文的读者通过他们的译文知道、了解，甚至欣赏原文的思想内容及其文体风格。当然，翻译并不是他们唯一介绍优秀外国诗歌作品的手段，与翻译相辅相成的是他们专门撰文来介绍优秀的外国诗歌作品。新月派诗人译者在发表译作时，一个显著的特点就是常常会在译文前面或者后面加几段文字，对诗歌的原作者和特点进行介绍或者说明诗歌创作背景，如徐志摩对梅瑞狄斯先做了一个简单的介绍，后面就是译诗《小影》（*A Portrait*）。有时译诗还出现在对原作者的介绍中，为了说明原作者诗作的特点，介绍者引一两首诗做出翻译，如徐志摩介绍拜伦和哈代的时候，都引用了这二位诗人的诗作。

新月派诗人译者选择翻译诸多诗体的外国诗歌时，有非常明确的非文本目的，那就是借鉴外国诗体，移植外国诗体，为建立新格律诗提供可资学习的文本，借译诗创格中国新诗。新月派诗人了解世界诗歌史，认识到彼得拉克（Petrarca）介绍希腊诗到意大利，引起了文艺复兴；萨里伯爵翻译维吉尔的诗歌，创造了无韵体诗[②]。意大利的十四行体，在英诗里运用得好，也就成为英诗的诗体[③]。从新月派诗人的论述中，可以看出他们对于译诗功用的看法。译诗可以引入诗体。朱湘注重外国文学的翻译、研究和介绍。洪振国因而指出，"可见朱湘不是为译诗而译诗，是为了参照与开辟，是为了比较借鉴，洋为中用"[④]。

闻一多翻译了21首白朗宁夫人的十四行诗。徐志摩还专门撰文介绍这些

[①] 曹明伦. 翻译之道：理论与实践 [M]. 修订版. 上海：上海外语教育出版社，2013：128, 131.
[②] 朱湘. 说译诗 [J]. 文学周报，1928（276-300）：456-457.
[③] 饶孟侃. 再论新诗的音节 [J]. 晨报副镌·诗镌，1926（6）：14.
[④] 洪振国. 朱湘译诗集 [M]. 洪振国，整理加注. 长沙：湖南人民出版社，1986：337.

<<< 第四章 新月派外语诗歌汉译自觉时期（1926—1933 年）

诗，并提及移植诗体的问题。徐志摩指出，十四行诗是从意大利移植到英国的，在英国取得成功，同时类比中国当时的情况，希望也能移植诗体到中国①。

由此可见，新月派各位诗人译者通过翻译介绍原诗的内容、风格，让不懂原文的读者阅读了译作以后，能够知道、了解和欣赏原文；而且，新月派各位诗人译者尤其重视译诗对中国新格律诗建构的重要作用，学习外国诗歌的诗体格律、节奏方式、押韵方式以及主题、诗歌情绪等。

（一）十四行诗

新月派诗人翻译十四行诗数十首，包括闻一多翻译白朗宁夫人的《葡萄牙人十四行诗集》（*Sonnets from the Portuguese*）中十四行诗 21 首，朱湘翻译莎士比亚十四行诗 4 首（分别为莎士比亚十四行诗 18 首、30 首、54 首和 109 首）、多恩（Donne）十四行诗 1 首、弥尔顿十四行诗 1 首、龙萨（Pierre de Ronsard）最著名的十四行诗《致爱伦娜》（*Sonnets pour Hélène*）1 首，以及卞之琳翻译波德莱尔《恶之花》（*Les Fleurs du Mal*）中的多首十四行诗等。

闻一多翻译了白朗宁夫人的十四行诗。闻一多最先将这种诗体译为"商籁体"②。早前闻一多还将哈亚姆柔巴依体诗歌叫作绝句③，这是一个有趣的现象。不知闻一多是从外国诗歌中看出了中国古典诗歌的影子，还是有意缩短中外诗歌的距离，采用如此归化的词来翻译，译文读者喜闻乐见。曹明伦教授评闻一多 Sonnet 汉译，"音意具佳"，"就音而言，'商籁体'与 Sonnet 发音相似；就意而论，商乃五音之一，籁是自然声响；且商者，伤也（欧阳修《秋声赋》），而伤情苦恋正是 Sonnet 的传统主调"④。而杨宪益则是尝试讨论过欧洲十四行诗及哈亚姆柔巴依体诗歌与我国唐代诗歌的可能关系⑤。闻一多将"Sonnet"翻译为"商籁体"，是自己诗学观的一种体现，他希望新诗成为"中西艺术结婚后产生的宁馨儿"⑥，因而，翻译供中国诗人学习的西方诗体名称的时候，也注意加入中国元素，做到中西合璧。

闻一多翻译白朗宁夫人的十四行诗 21 首，全部都是中英文对照。前 10

---

① 白朗宁夫人. 白朗宁夫人的情诗 [J]. 新月, 1928（1）: 164.
② 白朗宁夫人. 白朗宁夫人的情诗 [J]. 新月, 1928（1）: 163.
③ 闻一多. 莪默伽亚谟之绝句 [J]. 创造季刊, 1923（1）: 10-24.
④ 曹明伦. 伊丽莎白时代的三大十四行诗集 [J]. 四川大学学报（哲学社会科学版）, 2008（5）: 92.
⑤ 杨宪益. 试论欧洲十四行诗及波斯诗人莪默凯延的鲁拜体与我国唐代诗歌的可能联系 [J]. 文艺研究, 1983（4）: 23-26.
⑥ 闻一多. 女神之地方色彩 [J]. 创造周报, 1923（5）: 5.

125

首载《新月》一卷一号，译名为《白朗宁夫人的情诗》。除了闻一多以十四行体形式翻译这10首诗歌，徐志摩又专门写了一篇同名文章《白朗宁夫人的情诗》放在闻一多译诗之后，介绍白朗宁夫人这10首诗歌，随后又以散文形式翻译了这些诗歌。后11首刊登在《新月》一卷二号上面，译名同样为《白朗宁夫人的情诗》。王友贵教授对于闻一多和徐志摩这样联手译介十四行诗的创举，给予了充分的肯定。"1928年以原诗、译诗、散文逐篇（凡十篇）诠释、介绍同时刊出这样一种形式来介绍一位诗人，比起林纾时代，在原作意识、文学样式移植、翻译理念、翻译态度、翻译方法，以及对翻译功能、翻译目的之认识等层面，皆有根本改变。可以说是发生了明显进步"；闻一多和徐志摩"联手译介14行诗，在中国14行诗体的实验创作中，在中外文学关系史上，在翻译文学史上是一次很有意义的活动"。"志摩在《新月》上与闻一多以此方式合作，对于译介一个重要的诗人，一种纯然西方的格律诗体，应该是翻译文学史上一个创举。"①

受巴那斯主义和维多利亚诗风影响的新月派诗人大力译介十四行诗，为创格中国新格律诗积极实践。其实，勒孔特·德·里尔（Leconte de Lisle）、邦维尔（Théodore de Banville）等法国巴那斯主义诗人也不遗余力要复兴当时在法国已受到冷落的十四行诗。中国诗人译入十四行诗是创举，是诗体移植，而巴那斯主义诗人要做的只是将被冷落的十四行诗重新开掘出来。但是，值得思考的是，为什么要创格新诗的中国诗人和法国巴那斯主义诗人都把目光投向了十四行诗？这就与十四行诗本身的特质以及新月派诗人和巴那斯主义诗人的艺术追求密切相关了。

正如上文所述，新月派诗风注重格律与节制，强调形式与艺术，具有巴那斯主义（或者又叫巴那斯派，抑或高蹈派）倾向。巴那斯主义强调艺术至上，注重艺术形式的精巧完美，主张节情，主张诗歌要有格律，在唯美的艺术形式中蕴含思想情感。新月派诗人追求的正是使用理性来节制情感（详见新月派诗学）。新月派诗人对于诗歌格律孜孜以求，是对巴那斯主义强调格律的呼应。新月派诗人多次强调诗歌格律对诗歌的重要作用。闻一多说戴脚镣跳舞，才跳得好，诗歌的格律是表现的利器②。陈梦家也重申了新月派对于格律的主张，提出格律使诗歌更显明、更美，诗歌使用格律其实是在追求规范，

---

① 王友贵. 翻译西方与东方：中国六位翻译家[M]. 成都：四川出版集团，四川人民出版社，2004：376-378.
② 闻一多. 诗的格律[J]. 晨报副镌·诗镌，1926(7)：29.

但是陈梦家也辩证地指出绝不坚持非格律不可①。

由此可见，新月派诗人对于诗歌格律、节制、形式等十分重视。而法国巴那斯派诗人也非常注重诗歌格律与形式，理性与节制。十四行诗以结构固定，格律谨严闻名。"那诗格是抒情诗体例中最美最庄严，最严密亦最有弹性的一格"，"是西洋诗式中格律最谨严的，最适宜于表现深沉的盘旋的情绪"②。新月派诗人要学习外国诗歌，移植诗体，创建中国诗歌格律，自然首选十四行诗，而法国巴那斯派诗人要作诗，也自然首选十四行诗，由于历史原因，十四行诗在法国曾一度被冷落，而此时巴那斯派诗人自然是要重新开掘启用十四行诗。

勒菲弗尔总结诗歌翻译的七种策略，其中一种便是译为散文（Poetry into Prose）③。徐志摩使用散文介绍白朗宁夫人的情诗（《新月》创刊号，即一卷一号10首），或者使用散文翻译济慈的《夜莺歌》（小说月报十六卷二号），都算诗歌翻译。徐志摩在闻一多诗体译文后使用散文翻译相同的诗歌，无非是为了引起大家对十四行诗的注意和重视。

新月派诗人在翻译外国十四行诗时，既忠实于原文的内容，也忠实于原文的形式，为翻译外国格律诗初步构建了翻译规范。新月派诗人尤其重视外国诗歌和译诗的节奏，尝试应用汉语相应的音组来迻译原文音步，为后来以顿代步的翻译方法奠定了基础，初步建立了格律诗翻译规范。著名翻译家曹明伦教授也主张翻译十四行诗要尽可能保持原诗的格律形式，"笔者历来主张翻译外国文学作品应在神似的基础上追求最大限度的形似，因为译介外国文学作品一方面是要为本民族读者提供读之有益的读物，另一方面则是要为本民族作家提供可资借鉴的文本。而要实现这一目的，就不仅要译出原作的思想内容，同时还要译出其文体风格。正如锡德尼所认为的那样：任何一种成熟的诗都必须有严谨的格律"，"鉴于此，笔者主张翻译外国十四行诗应尽可能保持原诗的格律形式，包括各种不同的韵式"④。

白朗宁夫人的44首十四行诗，是英国十四行诗中的瑰宝，徐志摩对白朗宁夫人有详细介绍。她的地位是在"莎士比亚与罗刹蒂的中间"。白朗宁夫人

---

① 陈梦家. 新月诗选 [M]. 上海：诗社，1931：9, 15.
② 白朗宁夫人. 白朗宁夫人的情诗 [J]. 新月，1928 (1)：163.
③ LEFEVERE A. Translating poetry: seven strategies and a blueprint [M]. Assen: Koninklijke Van Gorcum & Comp. B. V., 1975.
④ 曹明伦. 伊丽莎白时代的三大十四行诗集 [J]. 四川大学学报（哲学社会科学版），2008 (5)：98.

本名伊丽莎白·巴雷特（Elizabeth Barrett），她生命的前几十年十分坎坷，命途多舛，常年困于病榻。但是她的诗才深深打动和感染了白朗宁，白朗宁不懈地追求伊丽莎白，有情人终成眷属。不仅如此，伊丽莎白的身体逐渐康复，与白朗宁游山玩水，还生了一个大胖小子。白朗宁夫人写这些十四行诗大约是在接受白朗宁求婚后，但尚未结婚之前。白朗宁阅后十分喜爱，坚持让伊丽莎白发表，但是她不愿公开诗作，后来白朗宁的诗集《葡萄牙人十四行诗集》(Sonnets from the Portuguese) 使用 E. B. B. 的缩略为作者名发表，不使用全名，以掩饰诗歌作者的真实身份。使用葡萄牙人，一是误导读者，以为诗歌是某某葡萄牙人写的；二是白朗宁对伊丽莎白的亲切称呼就是"我的小葡萄牙人"①。

这些十四行诗记录了伊丽莎白的心路历程：自己伤病缠身，死神随时威胁；白朗宁情真意切，深深打动自己；最终爱情战胜了死神，相爱的人走到一起。诗歌情感真挚，语言自然流畅，形式整饬，格律严谨。该十四行诗集后来的译者——方平大加赞扬，"《葡萄牙人十四行诗集》是白朗宁夫人的代表作，历来认为是英国文学史上的珍品，和莎士比亚的《十四行诗集》相互媲美"②，方平指出，白朗宁夫人的才华在《葡萄牙人十四行诗集》里"更达到了顶点"③。从方平的赞美中可以窥知《葡萄牙人十四行诗集》的价值，也可以再次显现出新月派诗人翻译选目，首首皆是经典。选择一两首外国经典诗歌翻译可能是偶然，但若选译诗歌首首都是经典，这就有必然性了。正是新月派诗人深厚的外国文学素养和要创格中国格律新诗的高远目标，决定了新月派诗人翻译选目的高标准。

值得注意的是，从主题内容上看，白朗宁夫人的十四行诗也是欧洲十四行诗传统的一个打破与革新。"彼特拉克的模仿者……通常都遵循这样一种传统模式：某位男性诗人爱上了某位年轻貌美的女性，但这位女士或冷漠孤高，或守身如玉，或名花有主，诗人的爱得不到回报，但他已不能自拔，只能在毫无希望的单相思中低吟高唱，赞美其情人"④，"那我们就姑且相信文艺复兴时期爱情十四行诗中那些'彼特拉克式情人'大多是诗人自己，他们所讴

---

① 白朗宁夫人. 白朗宁夫人的情诗 [J]. 徐志摩, 译. 新月, 1928 (1): 156-163.
② 方平. 白朗宁夫人的抒情十四行诗 [J]. 读书, 1981 (3): 124.
③ 巴雷特. 白朗宁夫人抒情十四行诗 [M]. 方平, 译. 成都：四川人民出版社, 1982: 15.
④ LOWERS J K. Cliffs Notes On Shakespeare's Sonnets [M]. Lincoln: Cliffs Notes Inc., 1965: 5. 转引自曹明伦. 伊丽莎白时代的三大十四行诗集 [J]. 四川大学学报（哲学社会科学版），2008 (5): 93.

128

歌的对象大多是他们现实生活中所钟爱的女性"①。从主题内容来看，英国甚至是整个欧洲的十四行诗，主要是男性诗人写给自己倾慕的女士（可能确有其人，也可能只是虚构的女性），彼特拉克的十四行诗写给劳拉，龙萨的十四行诗写给高傲的爱伦娜，而莎士比亚的十四行诗绝大部分写给南安普顿伯爵（Henry Wriothesley），另有少部分写给黑女郎。然而，白朗宁夫人的十四行诗，却突破了十四行诗历史上男性向自己倾慕的女性写诗的传统，这44首十四行诗都是白朗宁夫人自己的真情实感，都是白朗宁夫人自己在死亡和爱情之间徘徊的心路历程。如此一来，她的十四行诗就从主题内容上突破了传统十四行诗，丰富了十四行诗的主题内容。

白朗宁夫人《葡萄牙人十四行诗集》中的诗歌，形式整饬，格律谨严，诗歌组成为四四三三结构，韵式为abbaabba、cdcdcd，短短的十四行诗句中，蕴含着起承转合，构成一个完整的统一体，首首皆是经典。

闻一多的译文忠实地再现了原文的意义和风格。译诗多形式整饬，格律谨严。译诗韵式主要为abbaabba、cdcdcd，当然也有少数没有遵循原诗韵式，而出现了变化的，如闻一多译的第10首十四行诗，韵式为abcadbcd、efe、fef；另外，第21首十四行诗，韵式为abbacddd、eff、fef。译诗每诗行以十二言五音组为主，可以较好地移植原文抑扬格五音步。以《葡萄牙人十四行诗集》中第7首诗歌的原文和译文为例。

---

① LOWERS J K. Cliffs Notes On Shakespeare's Sonnets [M]. Lincoln：Cliffs Notes Inc.，1965：5. 转引自曹明伦. 伊丽莎白时代的三大十四行诗集 [J]. 四川大学学报（哲学社会科学版），2008（5）：94.

The face | of all | the world | is changed | , I think, A	我想 | 全世界的 | 面目 | 已经 | 改变， A
Since first | I heard | of the | footsteps | of thy soul B	自从 | 我听见 | 你那 | 魂灵的 | 步履 B
Move still | , oh, still | , beside | me, as | they stole B	经过 | 我的 | 身边，悄悄的 | 走去， B
betwixt | me and | the dread | ful ou | ter brink A	通过了 | 我和 | 幽冥的 | 边塞 | 之间。 A
Of ob | vious death | , where I | , who thought | to sink, A	我跌进 | 那幽冥的 | 绝壑 | ，心里 | 盘算， A
Was caught | up into | love | , and taught | the whole B	定是 | 没救了，谁知道 | 却是 | 过虑， B
Of life | in a | new rhythm. The cup | of dole B God gave | for baptism, I | am fain | to drink, A	爱把我 | 一手 | 捞起 | ，还教我了 | 一曲， B 生命的 | 新歌。上帝 | 赐我 | 一盏 | 心酸， A
And praise | its sweet | ness, Sweet | , with thee anear. C	本是 | 给我 | 施洗的 | ，我情愿 | 喝一口， C
The names | of a country, heaven | , are changed | away D	赞扬 | 它的 | 芬芳 | ，因为 | 你在 | 我身旁。 D
For where | thou art | or shalt | be, there | or here; C	你足迹 | 所到 | ，无论 | 生前 | 或死后， C
And this | … this lute | and song | … loved yes terb [d] ay D	诸天 | 和百国的 | 名号 | 都要 | 更张， D
(The sing | ing an | gels know) are on | ly dear C	这一阕歌 | ，一枝笛 | ，恩情 | 这样厚， C
Because | thy name | moves right | in what | they say. D	也只因 | 你的 | 名字 | 在那里 | 铿锵。 D①

原文英语诗歌为典型意大利体十四行诗。诗歌十四行，分为两部分：第一部分是一个八行诗节，由两节四行诗组成；第二部分是一个六行诗节，由两节三行诗组成，依照四四三三的结构组合。原诗押韵，韵式为 abba、abba、cdc、dcd。另外，诗歌第 3 行两个 still 和 stole 为头韵。第 6 行 caught 和 taught

---

① 白朗宁夫人. 白朗宁夫人的情诗 [J]. 闻一多, 译. 新月, 1928 (1): 146-147.

第四章 新月派外语诗歌汉译自觉时期（1926—1933年）

为元韵。每个诗行主要由抑扬格五音步组成。原语诗歌声音铿锵可读，音乐性好。总体而言，诗歌用词简单易懂，多为单音节词和双音节词。但是诗歌从头到尾都使用一些古词，如代词"你"（包括主格、宾格和属格）的古词thou、thee 和 thy，以及相应的古词动词 art 和情态助动词 shalt。诗歌还使用了古词 betwixt。古词的使用，使诗歌显得古色古香，颇具韵味。诗歌中有词语重复，如第3行的 still 以及第9行的 sweet ness 和 sweet，有一定的强调作用。诗歌共14行，句子较长，其中有较多跨行，如第1行到第7行，其实就是一句话，第2行到第5行、第6行到第7行有跨行延续。从第10行到第14行又是一句话，第12行到第13行也有跨行延续。原文句子较长，能够表达致密、复杂的心路历程和丰富、变化的思想感情。原英语诗是《葡萄牙人十四行诗集》中第7首，讲述了主人公在绝望、死亡的边缘，被爱人和爱情拯救，获得了新生，世界得以改变，因而感激自己的爱人，并且也是因为这个爱自己以及自己所爱的人，一切才显得那么美好。

译诗同样为14行，分为两部分：第一部分是一个八行诗节，由两节四行诗组成；第二部分是一个六行诗节，由两节三行诗组成，依照四四三三的结构组合。译诗步原诗韵式，韵式为 abba、abba、cdc、dcd。译诗诗行大体每行十二言五音组，主要由二字音组和三字音组组成，整齐中有变化，不会显得僵化和呆板。总体而言，新月派诗人译诗，注重译诗的艺术性、形式和音乐美，译诗形式整饬，音乐性好。

译诗用词也简单易懂，大多数词都是白话词，只使用了极少数古代词。译诗并没有将原文中的古词译为汉语相应的古词，但是译诗中其他地方使用了一些古词，如第4行"幽冥"，第5行"绝壑"，前者主要出现在中国古代的神话中，而后者往往使用于中国古代诗歌中，是典型的古词。原文中重复的词汇，在译文中并没有重复。另外，原文"the cup of dole"译为了"一盏心酸"，使用"心酸"翻译"dole"，既能传递出原文的意思，又能押韵。原文在"a cup"后面没有跟饮品名称，而是使用"dole"，这属于诗歌中偏离常规的用法，颇显诗意。汉译文"一盏"后面也通常跟饮料、饮品，但采用了表示心情的词"心酸"，一方面能够将原文的形式传达过来；另一方面，此处译文在汉语中也是神来之笔，偏离常规用法，颇具诗意。原文第9行使用的"sweetness"和"sweet"，既有"甜"（指味道）的意思，又有"芬芳"（指气味）的意思，但是汉译文"芬芳"只体现出了气味，而未能表达出味道。就原文意义来看，应该指的是味道和气味都可以，从上下文并不能做出明确区分，但既然是喝的东西，应该更侧重味道那一层意思。而汉语译文表达了一层意思,这就涉及语言之间词汇对应程度的问题。

  张培基认为,英语词汇在汉语里的对应程度有四种情况:"(一)英语中有些词所表示的意思,在汉语中可以找到完全对应的词来表达","(二)英语中有些词和汉语中有些词在词义上只有部分对应","(三)英语中有些词所示的意义,目前在汉语里还找不到最后确定的对应词来表达","(四)英语中有许多词一词多义,其所表示的各个意义,分别与汉语中几个不同的词或词组对应"①。许建平区分英语和汉语词汇对应程度与张培基的有些类似,另外还多出一种,即逐字对应(Word-for-Word Equivalence),一词对应具有相同意义的多个词汇(One Word with Multiple Equivalents of the Same Meaning),一词对应具有不同意义的几个词汇(One Word with Several Equivalents of Different Meanings),对应词相互交织(Equivalents Interwoven with One Another),无对应词(Words without Corresponding Equivalents)②。不同语言词汇之间有不同的对应程度,一种语言的某个词汇能够表达出较为丰富而且多义的内容,在另一种语言中的词汇却只能表达出部分、单一的意思,那么后者的这个词汇就只是部分对应前者的词汇。但是,当时白话文不能表达的,现代白话文未必不能表达,语言都在发展变化,词汇也在不断丰富。在现代白话文中,或可使用"香甜"来传达原文 sweet 的多义。另外,还有一点尤其值得注意,不同语言的词汇之间对应程度不同,这是普遍存在的现象,就连关系密切的英语和法语、英语和德语之间也存在词汇对应程度不同的时候。

  原文第 10 行"The names of a country, heaven",其实"names""country" "heaven" 三个名词中只有"names"才是复数形式,但是译文为"诸天和百国的名号",显然是将原文的"country"和"heaven"也都译作了复数,"诸"和"百"两字都表示"多"的意思。原 11 行"there or here"(无论何处),译为了"生前或死后",意义发生了变化,或是为了译文押韵。原文第 12 行"lute"本来是指"诗琴(主要在 14—18 世纪使用的梨形拨弦乐器)"③,但汉译文却是"笛",这既不是出于音韵的要求,也不是出于字数的要求,实属误译;方平同样将"lute"译为"笛"④。倒是徐志摩这个"随心所欲"的诗人,使用散文翻译白朗宁夫人的情诗时,将"lute"翻译为了"琴",放到句

---

  ① 张培基. 英汉翻译教程 [M]. 修订版. 上海:上海外语教育出版社,2009:20-21.
  ② 许建平. 英汉互译:实践与技巧 [M]. 3 版. 北京:清华大学出版社,2007:22-23.
  ③ 霍恩比. 牛津高阶英汉双解词典 [M]. 4 版:增补本. 李北达,译. 北京:商务印书馆,2002:888.
  ④ 巴雷特. 白朗宁夫人抒情十四行诗 [M]. 方平,译. 成都:四川人民出版社,1982:47.

子中是"我现在弹着的琴",并且在后面诗句中还重复了一下,"它们的可爱也就为有你的名字在歌声与琴韵里回响着"①。闻一多在翻译的时候,或许觉得这个词熟悉、简单,错将 lute 看为 flute 进行翻译,而后者的意思就是"长笛"。他认定这个单词就是笛,于是直接翻译为了笛,从而产生了误译。

译文有些地方顺应中文表达,做出了适当调整。如原文第 1 行的"I think"插入语,本来在句尾,但是译文中"我想"就放在句首,分别做主句主语和谓语。原文第 6、第 7、第 8 行在译文中稍有改动,从上面表格中就可以看出,每行之间不太对应,但是总的来说,译文在相应位置把这三行的意思表达了出来。"Was caught up into love, and taught the whole/ Of life in a new rhythm. The cup of dole /God gave for baptism, I am fain to drink,"译文为"定是没救了,谁知道却是过虑,/爱把我一手捞起,还教我了我一曲,/生命的新歌。上帝赐我一盏心酸",其中,第 6 行中后半句"谁知道却是过虑"明显不能与原文对应,并且原文也没有这一层意思,究其原因,大概闻一多这样处理是为了与上下文押韵,而采用"虑"字结尾。

原文句子使用被动语态较多。第 1 行 (The face of all the world is changed, I think,) 和第 6 行 (Was caught up into love, and taught the whole) 都是被动语态。原文第 12 行中,有 -ed 分词短语 "loved yesterday" 做后置定语,修饰前面的名词。但以上三处的汉译文都是主动语态,将英语的被动语态译为汉语的主动语态,通顺流畅,地道自然,并没有出现照搬英语被动的欧化表达。原文诗歌第 6 行为被动句,动作的发出者为第 5 行 "I","love"(爱)并非动作的发出者。但是中文译文以"爱"做句子主语,成了动作的发出者。虽然这里动作发出者与这首诗歌不一致,但是从白朗宁夫人整个 44 首十四行诗来看,却能有机融入整个组诗。组诗基本思路和脉络就是主人公在死与爱之间挣扎,最后爱战胜了死。第 1 首十四行诗的最后一句是"'Guess now who holds thee?'--'Death,'I said. But, there, /The silver answer rang … 'Not Death, but Love.'"②,这里就是直接使用"爱"做动作的发出者。所以,结合组诗的主题内容,此诗中以"爱"做主语还说得过去。此外,需要注意的是,第 1 首诗中的"Death"和"Love"都大写首字母,实际上传递出来的信息是,这两个单词都拟人化了,英诗中类似的还有"Beauty"等,如在济慈的《夜莺歌》(*Ode to a Nightingale*)中第 3 节第 9、第 10 行"Where Beauty

---

① 白朗宁夫人. 白朗宁夫人的情诗 [J]. 徐志摩,译. 新月, 1928 (1):171.
② 白朗宁夫人. 白朗宁夫人的情诗 [J]. 闻一多,译. 新月, 1928a (1):142.

cannot keep her lustrous eyes, /Or new Love pine at them beyond tomorrow"①，这两行诗里也将抽象名词"Beauty"和"Love"人格化，使诗歌更加形象生动。

其实，新月派诗人在翻译英语被动语态时，大多都能自觉转换为汉语主动语态。当然，原文的被动语态若是表达不如意或不好的情况，译者还是会翻译为汉语被动结构（如朱湘翻译《一个少女》中的被动语态处理，译为"受"，表示遭受）。新月派诗人对于英语被动语态自如的处理，为英诗汉译在语态翻译方面树立了一个典范和模板。后来的研究者也指出，汉语中有被动语态表达不如意的情况，而英语被动语态却不受此限制，汉语常用主动形式表达英语的被动意义②。

原文句子较长，因而常常出现跨行，跨行延续在英语诗歌中常见。译诗句子较长，内容丰富，一句之中表达的思想也较为致密。译诗也有跨行，但只是在第2行、第3行之间，出现的次数没有原文那么多，毕竟这是汉语诗歌中全新的尝试。汉语诗歌本没有跨行延续这种手法，正是新月派诗人以及同时代的译者大量的翻译和尝试，才为汉语译文以及汉语诗歌引入了跨行延续这种手法。译诗忠实地表达了原文的思想内容，主人公在绝望边缘被爱拯救，从此感激并且爱上爱人，译诗通达可读。

原文句子较长，含有较多的分句和修饰成分。分句靠关系词、连词或代词引导。关系词有 where、who，连词有 since、as、for、because，代词有 what。另外，原文还一共使用了四次 and，分别连接了词语、词组和句子。原文形合特征明显。汉语译文省略了原文很多关系词或连词，符合汉语意合特征。原文 as、where、who、for、what，以及三个 and 都没有在译文中被翻译出来，只有 since、because 和一个 and 被翻译出来了。"The names of a country, heaven, are changed away /For where thou art or shalt be, there or here;"这两行的译文省略了连词，改变了两行之间的顺序，译为"你足迹所到，无论生前或死后，/诸天和百国的名号都要更张"，是地道的汉语表达方式，不使用连词，而靠句序表达因果的逻辑关系：先原因，后结果。另外，还根据上下文意思，增加了"无论"，原文虽无此词，但有此意。诗歌英语原文通过形合手段连接各种成分，表达复杂的思想内容。其白话译文省略了较多形式上的连接手段，译文地道、自然，符合汉语行文习惯。闻一多译文使用新的"达意

---

① FERGUSON M, etc. Norton anthology of poetry [M]. 5th edition. New York and London：W. W. Norton & Company, 2005：935.
② 连淑能. 英汉对比研究 [M]. 北京：高等教育出版社, 1993：92-93, 95.

<<< 第四章 新月派外语诗歌汉译自觉时期（1926—1933年）

的工具"——白话汉语，通过译文各行顺序的安排，体现出句子各成分之间的逻辑关系，表达出原文致密的思想。总之，形合的英语原文在汉语译文中，自然转变为了意合的汉语表达。新月派诗人以及同时代的译者，为翻译外语诗歌形合手段做出了有益和有效的尝试。

同时，这首译诗也能说明新月派诗人一直都较为关注汉语白话表现力的问题。白话汉语确实具有较强的表现力，能够将原文的思想内容和格律形式都较好地迻译到汉语中。

新月派诗人闻一多选译白朗宁夫人十四行诗，译诗旁边并置了原文，并且前10首徐志摩还使用相应的散文翻译，可见新月派对于这次翻译十分重视。新月派诗人的翻译选目皆是选择各个国家文学中的经典来翻译，白朗宁夫人的十四行诗是英语十四行诗中的经典，可以与莎士比亚的十四行诗媲美，这样的作品属于布迪厄以及后来的巴斯奈特与勒菲弗尔所说的文化资本，将其汉译，实际上也是在译入语文化（中国文化）中构建这些外国文化资本的形象。与此同时，这些译文也帮助构建了译入语文化，这在新月派诗人的外语诗歌汉译中体现得尤为明显，因为新月派诗人译者翻译不仅要介绍外国诗歌给不懂原文的中国读者，他们翻译还有一个重要的非文本目的，即为中国读者提供读之有益的译作，为中国诗坛移植外国诗体。

具体到白朗宁夫人的《葡萄牙人十四行诗集》，译者就是要通过翻译，在汉语中建构这些十四行诗的形象，让中国读者也能了解和认识外国十四行诗歌精品，陶冶中国读者的情操。此外，译者还期望为中国诗坛移植外国诗体，构建中国诗歌文化。徐志摩和闻一多分别通过散文、格律诗翻译白朗宁夫人十四行诗，徐志摩还对白朗宁夫人其人、其诗做长文介绍，双管齐下，大力译介十四行诗，产生影响。徐志摩指出，十四行诗是从意大利移植到英国的，在英国取得成功，同时类比中国当时的情况，希望也能移植诗体到中国[①]。

其实，在闻一多和徐志摩大力译介十四行诗之前，中国已有诗人模仿、学习并写作十四行诗。新月派著名诗人、"清华四子"之一的孙大雨早在1926年就有意识尝试过写汉语十四行诗，他的诗歌《爱》[②]为意大利体十四行诗，诗歌十四行，构成四四三三结构，起承转合明显。诗歌韵式为abba、abba、cef、cef，只有极少近似韵或不押韵的情况。每个诗行五个音组（音组乃是孙大雨在探索中国新格律诗的节奏时提出的中国诗歌单位），诗行中有二

---

① 白朗宁夫人. 白朗宁夫人的情诗 [J]. 徐志摩，译. 新月，1928（1）：164.
② 孙子潜. 爱 [N]. 晨报副镌，1926-04-10.

字音组和三字音组，交替出现。在1926年，这已经是较为成熟的十四行诗了。

虽然较早发表，但因为单枪匹马，更因为当年新月派诗人刚开展新诗形式运动，这首意大利体十四行诗影响甚微。相比较而言，徐志摩和闻一多的十四行诗翻译从译介数量来看，十分可观（21首）；从联合译介模式来看，相当震撼（中国新诗界、文艺界两大传奇人物联合译介），因而产生了空前的影响。"从此以后，议论和学写十四行诗的诗人逐渐多了起来。在《新月》诗刊的影响下，其他诗刊和杂志也纷纷发表十四行诗。就这样，三十年代初期，在中国诗坛上掀起了一股创作十四行诗的热潮，十四行诗也就从此在中国扎下根来。抗日战争和解放战争使十四行诗的创作和发展受到了一定的影响，但在闻一多、冯至、卞之琳等一批诗人的不懈努力下，十四行诗一度在中国诗坛上占有重要的一席之地。"[1] 闻一多和徐志摩"联手译介14行诗，在中国14行诗体的实验创作中，在中外文学关系史上，在翻译文学史上是一次很有意义的活动"[2]。

除了闻一多和徐志摩联手译介白朗宁夫人的十四行诗，朱湘也翻译了4首莎士比亚的十四行诗，莎士比亚的十四行诗也是英诗中的宝石，朱湘选译的诗歌分别为第18、30、54、109首。译诗虽尽量保持原诗韵式abab、cdcd、efef、gg，但是也有极少数诗行没有押韵，或者押近似韵。此外，第30首译诗只有十三行。朱湘翻译的莎士比亚十四行诗，用每个诗行十字来迻译原文的抑扬格五音步，虽然译文诗行略显局促，但这是个很好的尝试和开端。后来施颖洲翻译的莎士比亚十四行诗也是每行十字，足以见得当年朱湘的尝试还是有一定的影响和价值的。朱湘主要在固定诗行字数上面用功，对于诗歌的音组数倒是没有特别的要求，他这4首十四行诗译文，诗行大多四音组或五音组，二字音组和三字音组也均有，能够实现诗行均齐、和谐。

朱湘译诗一个很大的特点是选材精细，一般选择的都是该诗人最好或最著名的作品。另外，朱湘在译诗实践中发展了一套译格律诗歌的方法，那就是固定诗行字数来译诗。虽然前辈译者在使用中国旧体诗翻译外国格律诗歌时也是固定诗行字数，但朱湘是在新文化运动背景之下，在文学革命的疾风之中，采用白话译诗，在白话文中固定诗行字数译诗，不能不说是朱湘的有

---

[1] 冯光荣. 法中十四行诗沿革及其结构要素比较［J］. 四川外语学院学报，1993（3）：3.
[2] 王友贵. 翻译西方与东方：中国六位翻译家［M］. 成都：四川出版集团，四川人民出版社，2004：378.

<<< 第四章 新月派外语诗歌汉译自觉时期（1926—1933年）

益尝试，这种译诗方法也为后来著名的诗歌翻译家，如黄杲炘先生所采用，并做出进一步发展。黄杲炘先生发展出兼顾诗行字数和顿数的译法①。

莎士比亚十四行诗计154首，前126首是写给他的保护人的，后面31首是写给一个黑女郎的。其中最著名的莫过于那首 *Shall I Compare thee to a Summer's Day*，据说是写给莎士比亚的保护人南安普顿伯爵的。这首诗也经由中国很多著名翻译家翻译过，如朱湘、梁实秋、屠岸、梁宗岱、曹明伦、辜正坤、施颖洲等。

诗歌是主人公对自己的男性保护人做出热情洋溢的赞美，诗歌格律谨严，自然天成，在莎士比亚十四行诗中最负盛名。诗歌是典型莎士比亚体十四行诗，韵式为abab、cdcd、efef、gg，采用抑扬格五音步，音乐性甚好。

朱湘译诗大体复制了原文韵式，为abab、cdcd、efef、gg，只是汉译文中有极少近似韵或者不押韵的情况。朱湘译文每个诗行固定十言迻译原文抑扬格五音步十音节。诗人译诗注重译诗的艺术性、形式和音乐美，译诗形式整饬，音乐性好。译诗较好地再现了原文的意思，但是有极少数词的迻译似乎偏离原文意思。原文"buds"本是"花蕾"之意，这里译为"花"似乎不符合原文。另外，原文"Sometime too hot the eye of heaven shines"② 本来是指有时太阳照射太热，虽然"shine"确有"发光，反射光"之意，但上文是说"too hot"，也就是在强调热而非亮，朱湘译为"有时天之目亮得太凌人"③ 似乎就没有照顾原文意思。况且，原文第1、2行还说你比夏天更可爱、更温和，根据这个上文也可以判断原文是说夏天太热，所以朱湘译文强调"亮"就偏离原文意思了。然而，朱湘尝试使用十言迻译莎士比亚十四行诗无疑是一个创举，也会为翻译外国格律诗歌建立一些规范。

朱湘译的莎士比亚第30首十四行诗只有十三行，缺少原文第十行"And heavily from woe to woe tell o'er"。朱湘译诗作文还是很严谨的，像这里漏译一句，确实奇怪。洪振国认为是漏印，"《番石榴集》中这首诗漏印一行"④，但具体是什么原因还有待考证。

《致爱伦娜》（*Sonnets pour Hélène*）为法语诗，为彼特拉克体十四行诗，是龙萨著名的十四行诗，而其中第43首，更是龙萨十四行诗中颇为有名的。

---

① 黄杲炘. 译诗的演进［M］. 上海：上海译文出版社，2012：220.
② DUNCAN-JONES K, ed. Shakespeare's sonnets［M］. London：Thomas Nelson and Sons Ltd，1997：147.
③ 朱湘. 番石榴集［M］. 上海：商务印书馆，1936：175-176.
④ 朱湘. 朱湘译诗集［M］. 洪振国，整理加注. 长沙：湖南人民出版社，1986：72.

137

朱湘能够在纷繁的诗歌中单独挑选出第 43 首来翻译，既可以较为有代表性地介绍和展示龙萨《致爱伦娜》诗歌的特点，也体现了朱湘本人深厚的外国文学功底和素养，以及独具慧眼的选目。

Quand vous serez bien vieille①		给海伦②	
Quand vous serez bien vieille, au soir, à la chandelle,	A	等你衰老了的时候，在冬天	A
		你会挨了火坐着摇动纺机，	B
Assise auprès du feu, devidant et filant,	B	一边哼我的歌儿，一边叹息，	B
Direz, chantant mes vers, en vous esmerveillant :	B	说，"龙萨他歌唱过我的青年。"	A
		歌声送到了侍女们的耳边，	A
Ronsard me celebroit du temps que j'estois belle.	A	任她们是多么迷离着倦意，	B
		听到了我的名字，都会惊起，	B
Lors, vous n'aurez servante oyant telle nouvelle,	A	夸道你有福，从此名在人间。	A
Desja sous le labeur à demy sommeillant,	B	那时候，我在地下窨然长卧	C
Qui au bruit de mon nom ne s'aille resveillant,	B	不醒，成了石榴荫里的魂魄，	C
Benissant vostre nom de louange immortelle.	A	你呢，白头的老妇坐在火旁，	D
		想着我多情，你傲慢，真懊悔；	E
Je seray sous la terre et fantaume sans os :	C	哎，爱我！不如趁了今天玫瑰	E
Par les ombres myrteux je prendray mon repos :	C	还开着，我们携了手去寻芳。	D
Vous serez au fouyer une vieille accroupie,	D		
Regrettant mon amour et vostre fier desdain.	E		
Vivez, si m'en croyez, n'attendez à demain :	E		
Cueillez dés aujourd'huy les roses de la vie.	D		

---

① 沪江法语.法语诗歌：Quand vous serez bien vieille 当你老了［A/OL］.沪江法语，2013-12-15.
② 朱湘.番石榴集［M］.上海：商务印书馆，1936：105-106.

138

第四章 新月派外语诗歌汉译自觉时期（1926—1933 年）

	Of his Lady's Old Age①	
When you are very old, at evening		A
You'll sit and spin beside the fire, and say,		B
Humming my songs, "Ah well, ah well-a-day.		B
When I was young, of me did Ronsard sing."		A
None of your maidens that doth hear the thing,		A
Albeit with her weary task foredone,		C
But wakens at my name, and calls you one		C
Blest, to be held in long remembering.		A
I shall be low beneath the earth, and laid		D
On sleep, a phantom in the myrtle shade,		D
While you beside the fire, a grandame grey,		E
My love, your pride, remember and regret;		F
Ah, love me, love, we may be happy yet,		F
And gather roses, while 'tis called to-day.		B

其实朱湘翻译此诗，应该是从英语转译的。龙萨这首诗由维多利亚时期诗人译者安德鲁·朗格（Andrew Lang）翻译为了英语，收录在 An Anthology of World Poetry 里面，其英文如上。

原文法语诗歌为典型意大利体十四行诗。诗歌十四行，分为两部分：第一部分是一个八行诗节，由两节四行诗组成；第二部分是一个六行诗节，由两节三行诗组成，依照四四三三的结构组合。原诗押韵，韵式为 abba、abba、ccd、eed。原法语诗表达了龙萨对爱伦娜的热爱和倾慕，但是爱伦娜高傲自大，并不领会龙萨的爱慕之情。龙萨就虚构了两个人都老了之后的情形：爱伦娜老了以后会对自己年轻的高傲自大后悔。最后龙萨顺水推舟，提议爱伦娜和自己趁年轻早日走到一起。英语译文 Of his Lady's Old Age 为十四行诗，韵式为 abba、acca、dde、ffb，诗行主要由抑扬格五音步构成。

汉语译诗同样为十四行；分为两部分：第一部分是一个八行诗节，由两节四行诗组成；第二部分是一个六行诗节，由两节三行诗组成，依照四四三三的结构组合，一气呵成，节与节之间没有分隔。译诗步原诗韵式，韵式为

---

① VAN DOREN M. An anthology of world poetry [M]. New York: Albert & Charles Boni, INC, 1928: 714.

abba、abba、ccd、eed。朱湘作为诗人来翻译诗歌，注重译诗的形式和音乐美，译诗形式整饬，音乐性好。

朱湘翻译龙萨这首诗歌，采用了固定译诗诗行十一言的方法，译诗形式整饬，音乐性好。译诗有好几处跨行延续，1行、2行之间，9行、10行之间，以及13行、14行之间都有跨行。译诗诗行以五音组为主，也有少数四音组或六音组诗行。另外，朱湘译诗能表达原文意思，但是有1处误译，还有好几处不自然达意。第1行法文和英文的诗中都没有出现"在冬天"的词，朱湘或是误译。另外，译诗第6行"任她们是多么迷离着倦意"，似乎有点搭配不当，若"是"的表语是"倦意"的话，那么"是倦意"就搭配不当；若"是"的表语是"多么迷离"，倒还说得过去，但是"着倦意"在句中就成分不明，"迷离着倦意"搭配不当。朱湘汉译最后两行意思较为忠实地翻译了朗格的英译文，但是相对于法语原文就有偏差了，应该是朗格从法语原文译成英语译文时有点偏差，所以导致朱湘汉语译文意思跟着有偏差。这两行从法语直译为英语，大概就是：Live, if you believe me, don't wait for tomorrow; gather from today roses of life。朗格的英译第13行开头就是"Ah, love me, love"，而朱湘的译文第13行也是"哎，爱我"，朗格将法语原文"vivez"（生存）译为了"love"，朱湘译为了"爱"。从这里英文译文和汉语译文的一致性，以及它们与法语原文的不同，进一步证明了朱湘是从英语转译的这首法语诗歌，而非直接从法语翻译。

总的来说，朱湘的译文较为忠实地再现了原文的内容和形式，较好地在中文译诗中实践诗歌"三美论"，具有音乐的美（音节）、绘画的美（词藻），以及建筑的美（节的匀称和句的均齐），但是仍有个别地方不甚理想。当然，这也情有可原。朱湘所处的年代，正是语言新旧交替，进行语言革命、文学革命的年代，自然有译入语"分娩时的阵痛"①。

上文详细论述了新月派诗人翻译十四行诗的情况。在欧洲诗歌中，十四行诗以格律非常谨严、音乐性非常好而著称，是欧洲诗歌发展到成熟阶段的结果。新月派诗人选择欧洲诗歌发展史上经典的十四行诗进行翻译，包括白朗宁夫人的《葡萄牙人十四行诗集》，莎士比亚的作品，多恩的作品，弥尔顿的作品，龙萨的作品，以及波德莱尔的《恶之花》（*Les Fleurs du Mal*），等等。译诗在内容和形式上最大限度地忠实于原文，不仅为不懂原文的中文读

---

① BENJAMIN W. The translator's task [C] // VENUTI L, ed. The translator studies reader. 3rd eaition. London and New York：Routledge，2012：79.

者提供了译文以了解原文的思想内容,也为移植诗体,为中国诗歌借鉴十四行诗做出了重大贡献。

(二) 四行诗

新月派诗人翻译过的四行诗节,包括苔薇士的《自招》,韵式为 aabb,译诗固定十言,四音组为主;霍斯曼的《"从十二方的风穴里"》,韵式为 aaba,译诗固定八言,三音组为主;霍斯曼的《长途》,韵式为 aaba,译诗固定,一、三行十言,二、四行九言,三音组、四音组为主;霍斯曼的《诗》,韵式为 abab,译诗固定,一、三行十言,二、四行九言,四音组;《过兵》,韵式为 abab,译诗固定,一、三行十言,二、四行九言,四音组、五音组为主;《山花》,韵式为 abab,诗歌固定八言,大体三音组、四音组。另外,程鼎鑫翻译莫顿(Morton)的两首《无题》,韵式也为 abab,诗行大体十言。梁镇翻译亨利·德·雷尼埃的法语诗歌《声音和眼睛》,韵式也是 abab,诗行大体十二言,五音组。

此外,新月派诗人还翻译柔巴依体诗歌,其中有朱湘的《〈茹拜迓忒〉选译》15 首,译自哈亚姆的《柔巴依集》,但此为朱湘从菲茨杰拉德的英语转译。当年译哈亚姆《柔巴依集》诗歌作品的还有胡适、徐志摩、郭沫若等诗人,他们也都是从菲茨杰拉德著名的英文译文《欧玛尔·哈亚姆之柔马依集》(*Rubáiyát of Omar Khayyám*)转译。菲茨杰拉德英译格律严谨,步原作韵式,第一、二、四行押韵,韵式为 aaba,有别于英语诗歌传统四行诗韵式 abab,菲茨杰拉德英文诗行大体为抑扬格五音步、十音节,音乐性甚好。柔巴依在其土生土长的国家也是这种形式,"伊朗传统的鲁拜诗体(每节四行,第一、二、四行押韵,第三行可不押韵,和我国的绝句相似)"[①]。朱湘从菲茨杰拉德英文转译柔巴依体诗歌共 15 首 60 行,韵式为 aaba,有少量近似韵。译诗诗行以四音组、五音组为主,固定诗行字数十一言。实际上,郭沫若 1922 年 9 月 30 日就译完了哈亚姆 101 首柔巴依体诗歌,闻一多还对郭沫若的译文进行批评指正。郭沫若在 1924 年出版了《鲁拜集》,是从英语转译哈亚姆作品的第一个单行本,也是第一个全译本,"出版后颇受欢迎,到 1932 年 10 月,8 年多印了 13 次,此后还有多家书局重版"[②]。诗人翻译家郭沫若出版了受欢迎的全译本,朱湘还翻译了 15 首哈亚姆的柔巴依,这有诸多原因。首先,朱

---

① 朱湘. 朱湘译诗集[M]. 洪振国, 整理加注. 长沙: 湖南人民出版社, 1986: 13.
② 黄杲炘.《柔巴依集》的中国故事: 英诗汉译百年发展与出版的见证[N]. 中华读书报, 2015-12-02.

湘译《番石榴集》本来就是要采撷世界诗歌之林中的奇珍异宝翻译为汉语，帮助中国文化的复兴。而哈亚姆的《柔巴依集》乃是古波斯著名的哲理诗，朱湘自然要选译部分，这样朱湘《番石榴集》译诗集才全面。其次，朱湘译诗方法与郭沫若并不相同，所谓"译无定法"。朱湘发展出翻译格律诗歌的方法，他完全遵照自己的方法来译，即复制原诗韵式，固定译诗诗行字数，译诗形式整饬，音乐性好，因此，即便朱湘是在复译，也完全行得通。况且，在中国新文化运动之后那些年，文艺界，尤其是新月派还是比较崇尚"共同研究"的。徐志摩在《征译诗启》中就明确表示，希望爱文艺的人们参与译诗试验，进行共同研究①②。也正是有了这样"共同研究"的宗旨，当年复译较多，同时真正做到了研究汉语的表现力，研究汉语作诗的可能性。1924年，徐志摩就胡适译的哈亚姆诗歌做出了共同研究，给出了自己的译文③，进而又引发了荷东的"共同研究"，荷东给出了自己的新诗译文和旧体诗译文④。新月派诗人中翻译过柔巴依体诗歌的还有徐志摩、胡适、闻一多、李唯建等。徐志摩的翻译在上文已讨论过，而胡适于1919年2月28日，从英语转译一首柔巴依体诗歌，并收入《尝试集》，早于新月派存续时间；闻一多发表译诗时间在1923年，当时闻一多尚未加入新月派；李唯建译诗发表于1934年，晚于新月派存续时间。以上三位译者的译作不属于新月派诗人的外语诗歌汉译，故不做讨论。但是，无论如何，新月派诗人在外语诗歌汉译的自觉阶段，仍然能够一如既往地参与诗歌试验与诗歌复译的翻译活动，积极进行"共同研究"。

朱湘从英文转译的15首柔巴依体诗歌，为菲茨杰拉德译诗第一版中第59首至第73首。其中，第59首至第66首，属于诗集中的《壶罐篇》（*Kúza-Náma*）⑤；第67首至第73首属另外主题，是关于生、死、爱等文学母题的诗歌。原作《壶罐篇》计8首，借老陶工店里的坛坛罐罐之口说出哲学思想。这8首均由朱湘译出，再一次表明朱湘在着手翻译前做足了功课，选译的均是原作中优秀的诗歌，体现出诗人的哲学思考。朱湘译的第59首和第73首分别如下。第73首也是新月派前期，胡适、徐志摩等多次讨论过的那首。

---

① 徐志摩. 征译诗启［J］. 小说月报，1924（3）：6-10.
② 徐志摩. 征译诗启［N］. 晨报副刊，1924-03-22.
③ 徐志摩. 我默的一首诗［N］. 晨报副刊，1924-11-07.
④ 荷东. 译我默的一首诗［N］. 晨报副刊，1924-11-13.
⑤ 朱湘并未翻译这一组8首诗歌的标题，有可能是他使用的英文版本中本无此标题。黄杲炘先生将此标题译为"壶罐篇"（见 菲茨杰拉德. 柔巴依集［M］. 黄杲炘，译. 武汉：湖北教育出版社，2007：140.）。本书采用黄杲炘先生译名，便于说明。

第四章 新月派外语诗歌汉译自觉时期（1926—1933年）

LIX①	茹拜迓忒②
Listen| again|. One Eve| ning at| the Close A Of Ra| mazán|, ere the| better Moon| arose, A In that| old Pot| ter's Shop| I stood| alone B With the| clay Po| pula| tion round| in Rows. A	有一天/夜间/，在腊麻赞/市场， A 还不曾/升起/那更佳的/月亮， A 孑然/我站在/老陶匠的/铺里， B 看着/泥土的/丁口/成列/成行。 A

主人公在第59首诗歌及后面几首诗歌中娓娓道来他在老陶工店里的见闻，不少泥胎发言，实际上是主人公哲学观的体现。第59首诗歌原文是典型的口语体诗歌，主要为抑扬格五音步，大体每个诗行都容纳十音节，韵式为aaba。菲茨杰拉德的英语译诗，格律谨严，这和菲茨杰拉德所处的时代有关。菲茨杰拉德生活在维多利亚时代，正如上文所述，维多利亚时代诗歌讲究的正是严谨的格律、精美的形式，以及情感的节制。菲茨杰拉德的译诗自然也不例外。这首诗歌中，主人公讲述了斋月（Ramazán）快结束的一个晚上，主人公独自站在老陶工的店里，周围摆满了一排排泥胎瓦罐，"用陶工、陶器作坊符合陶罐象征造物主、世界和个人之间的关系"③。

朱湘的译文固定每个诗行十一言，复制原文韵式aaba，诗行四音组、五音组均有，并且有三个诗行出现了四字音组（在腊麻赞、那更佳的、老陶匠的），朗诵起来稍微有点局促。新月派中朱湘译诗的特色是固定诗行字数翻译，朱湘并没有像闻一多、孙大雨或者卞之琳那样，对于汉语译诗的音组或者顿做出研究，朱湘也没有讨论过其在译诗中的使用。因而，朱湘的译诗有时候读起来会感觉节奏不是特别分明，也没有明显轻重缓急的复现。但是朱湘的译诗以形式整饬、复制原诗韵式为特点，这独树一帜的方法丰富了新月派诗人译诗的翻译方法。朱湘译文第一句并没有将原文"Listen again"译出，此外，原文第1行、第2行的"at the Close /Of Ramazán"，朱湘译为"在腊麻赞市场"，英文原文介宾词组在诗行中做状语，大概由于朱湘在翻译时有不使用字典的习惯，他并未准确理解原文的意思，又由于"at the Close /Of Ramazán"前面有个时间状语"One Evening"，朱湘自然将"at the Close /Of

---

① KARLIN D, ed. RUBÁIYÁT OF OMAR KHAYYÁM Edward FitzGerald [M]. New York: Oxford University Press, 2009: 45.
② 朱湘. 番石榴集 [M]. 上海: 商务印书馆, 1936: 25.
③ 菲茨杰拉德. 柔巴依集 [M]. 黄杲炘, 译. 武汉: 湖北教育出版社, 2007: 17.

Ramazán"误译为地点状语"在腊麻赞市场",况且"Close"本来也可指地方,"(大教堂、寺院等的)周围的场地和建筑物"①。其实"Ramazán"为"莱麦丹",或叫"斋月","为希吉拉历九月的名称"②,朱湘实属误译。但是从朱湘的译文可以看出他对原文文本做过详细的分析,但是由于确实不知道"Ramazán"的意思而产生了误译。朱湘翻译本来就有不查字典的习惯,因此,在翻译的时候就以自己的理解翻译。倒是以翻译《鲁拜集》闻名的郭沫若,他翻译这个专有名词时颇费心思。郭沫若所用版本为原作第四版,其英文是"As under cover of departing Day /Slunk hunger-stricken Ramazán away"③,郭沫若的中文译文是"饿瘦了的'拉麻桑'/在夕阳的衣被中爬去"④,后来郭沫若修改了译诗,在1928年出版的《鲁拜集》中改为"饿瘦了的,'拉麻桑'/在黄昏的衣被中爬去"⑤,郭沫若在前后两个译本中分别用文内和文末的注释,解释"Ramazán"为"回教之九月。此月凡信徒皆清斋断食……"⑥⑦。读者当然很快就能够知道"拉麻桑"指的是什么,又为什么会"在黄昏的衣被中爬去"。可见,将"Ramazán"译为"腊麻赞市场",实属朱湘误译。

朱湘十分注重字词的准确,当年还就徐志摩诗歌的错字毫不客气地批评指正⑧,自己作诗译诗时也十分谨慎,避免出错。之前王宗璠指出朱湘译《异域乡思》有误译,也引发了一场硝烟不小的笔战。首先是新月派同人饶孟侃迅速撰文替朱湘答辩,结果文章未刊;其间有朱湘自己快信详细辩驳,顺便宣泄一下气愤的情绪。其次是朱湘文章刊发,彭基相附志。文中,朱湘说明自己的选本为《牛津英语诗选》(Oxford Book of English Verse),对于王宗璠指出的各问题详加回复,还原了自己将原文的"pear-tree"译作"夭桃"的良苦用心,否定了王宗璠的批评⑨。之后,王宗璠又一再撰文发表,坚持自己

---

① 霍恩比. 牛津高阶英汉双解词典 [M]. 4版:增补本. 李北达,译. 北京:商务印书馆,2002:254.
② 菲茨杰拉德. 柔巴依集 [M]. 黄杲炘,译. 武汉:湖北教育出版社,2007:140.
③ 菲茨杰拉德. 鲁拜集 [M]. 郭沫若,译. 上海:泰东图书局,1928:81.
④ 郭沫若. 波斯诗人莪默伽亚谟 [J]. 创造季刊,1922(3):35.
⑤ 菲茨杰拉德. 鲁拜集 [M]. 郭沫若,译. 上海:泰东图书局,1928:82.
⑥ 郭沫若. 波斯诗人莪默伽亚谟 [J]. 创造季刊,1922(3):35.
⑦ 菲茨杰拉德. 鲁拜集 [M]. 郭沫若,译. 上海:泰东图书局,1928:111.
⑧ 朱湘. 刘梦苇与新诗形式运动 [J]. 文学周报,1929(326-350):324.
⑨ 朱湘. 白朗宁的"异域乡思"与英诗 [J]. 京报副刊,1925(85):84-87.

第四章 新月派外语诗歌汉译自觉时期（1926—1933年）

的立场①②③。

朱湘将"Ramazán"译为"腊麻赞市场"，确属误译。一方面，朱湘所处的历史文化语境导致他不可能更多了解哈亚姆《柔巴依集》中涉及的波斯文化，不了解"Ramazán"在英文，甚至是波斯原文中的确切含义。况且，他还有不查字典的习惯，自然更不知道"Ramazán"的确切含义。另一方面，朱湘此处误译倒能充分说明他的翻译都是基于自己的理解和表达，并未参考前人（如郭沫若）的译作。

朱湘翻译的柔巴依体诗歌中，还有一首诗歌也颇受欢迎，并且当时诸多译者都尝试翻译过。

LXXIII④	
Ah Love｜! could thou｜ and I｜ with Fate｜ conspire A	爱呀!/要是/与命运/能以/串通， A
To grasp｜ this so｜ rry Scheme｜ of Things｜ entire, A	拿/残缺的/宇宙/把握/在掌中， A
Would not｜ we shat｜ ter it｜ to bits｜——and then B	我与你/便能/摔破了/——又抟起 B
Re-mould｜ it nea｜ rer to｜ the Heart's｜ Desire! A	抟成了/如意的/另一个/穹隆! A⑤

第73首诗歌字面意思为：假设自己和爱人能够与命运之神谋划整个事件的计划，那也就不会打破这个计划，再重新建立新的、称心如意的计划。整首四行诗是一个虚拟语气的句子，第一、二行为从句，第三、四行为主句。第73首诗歌为抑扬格五音步，每个诗行十音节，韵式为aaba。菲茨杰拉德的英语译诗，格律谨严，音乐性好。

朱湘的译文固定每个诗行十一言，复制原文韵式aaba，诗行四音组、五音组均有，并且以二字音组、三字音组为主，朗朗上口，符合汉语语言节奏

---

① 王宗璠. 读了《白朗宁的〈异域乡思〉与英诗》后 [J]. 京报副刊, 1925（89）：7-8.
② 王宗璠. 读了《白朗宁的〈异域乡思〉与英诗》后（续）[J]. 京报副刊, 1925（90）：7-8.
③ 王宗璠. 读了《白朗宁的〈异域乡思〉与英诗》后 [J]. 京报副刊, 1925（91）：4-6.
④ KARLIN D, ed. RUBÁIYÁT OF OMAR KHAYYÁM Edward FitzGerald [M]. New York: Oxford University Press, 2009：52.
⑤ 朱湘. 番石榴集 [M]. 上海：商务印书馆, 1936：31.

规律。朱湘译文第一句中将原文"Ah Love"译为"爱呀",也是当时流行的说法,将所爱之人称为"爱"。其实,徐志摩早年也是这样翻译的,"爱阿"①。郭沫若的译文也是"啊,爱哟!"②,闻一多的译文为"爱哟!"③。将"Love"和后一句"could thou and I"结合起来看,可以确定"Love"就是指"所爱之人",指男主人公所爱的女士,正如彭斯著名诗句"O my luve's like a red red rose"中,"luve"也是指的男主人公所爱之人。将"could thou and I with Fate conspire"译为"要是/与命运/能以/串通",似乎就有待商榷,因为原文的主语为"我和你",译文却省略了主语,这时候很自然就只有把前面的呼语"爱呀"误理解为这句话的主语。而"could thou and I with Fate conspire"(菲茨杰拉德译文第一版),"could thou and I with Him conspire"(菲茨杰拉德译文第四版),要表达的是若你我与命运之神("他")谋划,胡适的译文"要是天公换了卿和我"④,就能准确传达出原文"thou and I","卿和我"为两个人,虽然胡适的译文将原文的主语变换成了宾语。第二行"To grasp this sorry Scheme of Things entire",字面意义指的是把握事件的可悲计划,其实结合上文要与命运之神谋划,这一行的意思指的是把握主人公自己与爱人两个人的命运。朱湘译文"拿残缺的宇宙把握在掌中""拿残缺的宇宙"为误译和夸大其词,第一,原文没有残缺的意思;第二,原文没有涉及"宇宙"这么大的词汇。胡适的译文"该把这糊涂世界一齐都打破",徐志摩的译文"一把抓住了这整个儿'寒碜'的世界",似乎也都夸大其词,但是符合当时中国社会现实,体现出了译者对于社会的不满。关于"寒碜",徐志摩还在诗中加了脚注,指出这个表达还可以写作"寒伧"⑤("伧"这个字是"碜"的异形字)。郭沫若译文"把这不幸的'物汇规模'和盘攫取","物汇规模"这个表达,不知译者要说什么。闻一多译文"将这全体不幸的世界攫到",还是较为中肯的。第三行"Would not we shatter it to bits--and then",是原文的虚拟语气句子的主句,字面意义是:我们就不会打碎这个计划。然而,朱湘译为"我与你便能摔破了——又抟起",仍然没有准确传递原文的形式和内容。原文的否定句,否定意思,朱湘译为肯定句,肯定意思,与原文意思完全相反。同样,胡适和徐志摩的译文也有相同问题,胡适译文"要再磨再

---

① 徐志摩. 我默的一首诗 [N]. 晨报副刊, 1924-11-07.
② 菲茨杰拉德. 鲁拜集 [M]. 郭沫若, 译. 上海: 泰东图书局, 1928: 100.
③ 闻一多. 我默伽亚谟之绝句 [J]. 创造季刊, 1923 (1): 14.
④ 胡适. 尝试集 [M]. 上海: 亚东图书馆, 1922: 54.
⑤ 徐志摩. 我默的一首诗 [N]. 晨报副刊, 1924-11-07.

炼再调和"，徐志摩译文"我们还不趁机会把他完全捣烂——"，都是将原文否定的意思译为"肯定"的意思，虽然徐志摩译文有"不"，但是结合上下文"我们还不趁机会"，实际上是敦促我们快趁机会，因此，仍然是肯定的意思。其实，这个误译是很奇怪的，因为，朱湘、胡适、徐志摩堪称民国时期学贯中西的大家，三位在不同时间翻译同一首诗的时候竟然犯了同样的错误，很是让人诧异！倒是郭沫若、闻一多的译文能够传达原文否定意思，他们的译文分别为"怕你我不把他捣成粉碎——""我们怕不要捣得他碎片纷纷"。当然，需要注意的是，其实不同译者采用的原著是不同版本，如朱湘、徐志摩采用了第一版，郭沫若、闻一多采用了第四版等。但是关键的、相同的原文（虚拟语气否定句），在中文译文中出现了误译。事实上，徐志摩翻译这首诗本来就是因为看到胡适的译文"一时手痒，也尝试了一个重译"①，因而要说了解胡适的译文，那是肯定的。不知徐志摩和朱湘在着手翻译之前，是否因为太过熟悉胡适的译文，结果在自己翻译的时候，不知不觉就受到胡适译文的误导，从而出现了与胡适一样的误译。

上述《柔巴依集》第73首诗歌，最大的一个特点就是采用虚拟语气。而汉语中没有虚拟语气。新月派诗人翻译家在长达数年对于哈亚姆这首柔巴依体诗歌的翻译和讨论中，充分结合汉语已有资源，完善了对于原文中虚拟语气的汉语翻译，为虚拟语气的汉译探索出了一条可行的道路。使用"要是……，怕……"就能较好地传达出原文的虚拟语气，是较为成熟的翻译模式。

有研究者讨论过新月派诗人的柔巴依体诗歌翻译和创作。许正林认为：朱湘在《番石榴集》中也译有这种诗体"15节，全用11音节五音步译出，不仅形式整饬，而且译文自然优美"；"在冰心等人的'小诗'热潮过去之后，新月诗人再做这种四句一首的短诗，其意义正在于建立一种现代短诗的形式。作为诗体，第一、二、四行叶尾韵，类似唐诗中的绝句，但新诗人们受悟于费氏译诗，将诗句拉长到十个音节以上，从而使短诗内容丰富、隽永。作为形式，韵脚紧凑，节奏感强，极合民族传统欣赏习惯，因而这种韵式后来成为现当代诗歌中普遍运用的一种韵式了"②。

总而言之，新月派成员翻译了外国四行诗，其中包括以四行诗节为单位的诗歌，如苔薇士和霍斯曼等的诗歌。另外，朱湘在新月派时期，从英文转

---

① 徐志摩.我默的一首诗[N].晨报副刊，1924-11-07.
② 许正林.新月诗派与维多利亚诗[J].中国现代文学研究丛刊，1993（2）：159-160.

译了哈亚姆的《柔巴依集》15首。虽然朱湘在翻译时尽量忠实再现原文的形式和内容，但是内容上有时确实有误译的地方。而从形式上来看，朱湘翻译方法延续了他自己翻译格律诗一贯的方法：固定诗行字数，复制原文韵式。译诗形式整饬，音韵优美。新月派诗人通过从英语转译柔巴依诗体，为汉语引入了新的诗歌形式。

（三）无韵诗

新月派诗人还翻译了一些无韵诗，主要是莎翁诗剧和一些长篇叙事诗与史诗。"无韵诗由五步抑扬格（有五个重音节的抑扬格诗行）诗行组成，行与行不押韵"，"最接近英语口语的自然节奏，同时，无韵诗结构灵活，适合于各个不同层次话语的格调，因此它的运用比其他诗歌形式更为常见和多样化"①。

1. 诗剧

新月派诗人翻译莎士比亚无韵诗诗剧，主要发表在《诗刊》上面，时间跨度从1931年到1932年之间。这或许与胡适对莎翁作品编译计划有关。胡适在中华教育文化基金董事会下设编译委员会任职时，计划选择世界优秀作品翻译，包括优秀小说、散文、诗歌。其中，选择的诗歌就有莎翁作品。胡适善于谋划，是"既有国际视野，洞察中西历史与现实的差异，而又特别讲究组织、策划、实施步骤、方法的策划者"；他"上任后一个大动作，便是组织人将莎士比亚全集迻译过来"②。

胡适在1930年年底到1931年年初期间，就和新月派其他成员多次通信或面谈，商讨翻译莎士比亚作品事宜。关于莎翁作品的翻译，"最要的是决定用何种文体翻译莎翁"，胡适提出由闻一多和徐志摩尝试韵文体翻译，而梁实秋和陈通伯尝试散文体翻译。待到试验后，才决定或者全用散文，或者用两种文体翻译，给译者最高报酬③。胡适后来经过与叶公超、徐志摩再次当面协商，定下翻译莎翁全集方法，共九条：（一）拟请闻一多、梁实秋、陈通伯、叶公超、徐志摩五君组织翻译莎翁全集委员会，并拟请闻一多为主任。（二）暂定五年全部完成。（三）译稿须完全由委员会负责。（四）于每年暑假期内择地开会一次，交换意见，并讨论一切翻译上之问题。（五）关于翻译之文体，不便详加规定，但大体宜采用有节奏之散文。所注意者则翻译不可成为 Para

---

① 艾布拉姆斯. 文学术语词典（中英对照）[M]. 吴松江，等译. 北京：北京大学出版社，2009：49.
② 王友贵. 翻译西方与东方：中国六位翻译家 [M]. 成都：四川出版集团，四川人民出版社，2004：5，13.
③ 耿云志，欧阳哲生. 胡适书信集：上 [M]. 北京：北京大学出版社，1996：527.

Phrase 文中难译之处，须有详细注释。（六）为统一译名计，每人译书时，宜将书中地名人名之译音，依原文字母分抄译名表，以便汇交一人负责整理统一。（七）关于经费一项，拟定总数为〇〇元，用途有三项。（八）预支稿费，每月每人不得过〇〇元。（九）译书之时，译者可随时用原本作详细中文注释，将来即可另出一部详注的莎翁戏剧读本。此外，还假定了几位译者认译作品："徐志摩 Romeo and Juliet 叶公超 Merchant of Venice 陈通伯 As You Like It 闻一多 Hamlet 梁实秋 Macbeth。"①

中华教育文化基金董事会下设编译委员会组织翻译的特点是：提供优厚的经济保证，所聘译家皆为当时某学科或某领域专门家，或当时翻译质量可靠的译家②。从翻译人员选择的角度来看，胡适所在的编译会能够选择新月派诗人译者担任莎翁全集的翻译，是对新月派诗人作为翻译家的一大肯定和认可。当然，能够选择新月派成员，还与胡适关系巨大，胡适本来就是新月派同人，与新月派其他同人志同道合，要实现自己的计划，选择同人实属自然。

在新月诗派期间，翻译发表过节译莎翁诗剧的主要有孙大雨节译《黎琊王》第三幕第二景，《罕姆莱德》第三幕第四景，以及徐志摩节译《罗米欧与朱丽叶》第二幕第二景。1931年《诗刊》创办，《诗刊》上面全部刊载原创诗歌、译诗及新月派诗人对于诗歌的看法和主张。上述孙大雨节译莎士比亚《黎琊王》和《罕姆莱德》，以及徐志摩节译《罗米欧与朱丽叶》都刊登在《诗刊》上。徐志摩1931年坠机，因此，《新月》四卷一期上面以"志摩遗稿"刊登徐志摩节译《罗米欧与朱丽叶》，与《诗刊》上面节译译文完全一样。当然，1931年到1933年间，《新月》月刊一如既往地刊登原创诗歌和译诗。在当时新月派成员之间的通信中并未提及孙大雨被安排有翻译任务，因为当年胡适给梁实秋的信只提到了新月派五位诗人翻译家：徐志摩，叶公超，陈通伯，闻一多，梁实秋。但是，作为新月派成员之一，想必孙大雨也了解翻译莎翁全集的计划。并且事实上孙大雨后来翻译、出版莎翁作品也确实受到了中基会的支持，"多谢中华教育文化基金董事会，他们使编译此书能成为事实"③。

孙大雨20世纪30年代节译《黎琊王》以及《罕姆莱德》，虽然他已发展

---

① 耿云志，欧阳哲生. 胡适书信集：上 [M]. 北京：北京大学出版社，1996：540-541.
② 王友贵. 翻译西方与东方：中国六位翻译家 [M]. 成都：四川出版集团，四川人民出版社，2004：12, 14.
③ 孙大雨. 黎琊王：序言 [M] // 莎士比亚. 黎琊王：上册. 孙大雨，译. 上海：商务印书馆，1948：17.

出他的"音组"翻译方法，但此时译莎剧尚未采用音组翻译方法，而且语体文也处于尝试阶段，加上无韵诗诗剧对于中国来说是个诗歌新品种，翻译起来自然有诸多困难需要克服。孙大雨节译《黎琊王》以及《罕姆莱德》的译文，诗行不押韵，主要以三音组、四音组、五音组为主，也有诗行长至十七言七音组，另外，有的诗行中使用了较多四字音组，读来稍微有点不顺口。总的来说，孙大雨刊发在《诗刊》上面的译文能够忠实地传达原文的意思，但是对于无韵诗自然的节奏和音乐美未能很好地传译。但是，十年后，孙大雨再度翻译《黎琊王》时就得心应手了，因为这时候孙大雨不仅对音组有了深刻的认识，而且经过十多年使用音组写诗译诗的积累，孙大雨对于音组的运用达到纯熟的地步，在翻译莎翁作品的时候也依据音组理论操作。"在体制上原作用散文处，译成散文，用韵文处，还它韵文。以散译韵，除非有特别的理由，当然不是个办法。""'新诗'虽已产生了二十多年，一般的作品，从语音底（的）排列（请注意，不是说字形底（的）排列）方面说来，依旧幼稚得可怜。""押了脚韵的乱东西或骨牌阵并不能变成韵文，而韵文也不一定非押脚韵不可。韵文底（的）先决条件是音组，音组底（的）形成则为音步底（的）有秩序、有计划的（地）进行。""不错，'无韵诗'没有现成的典式可循；语体韵文只虚有其名，未曾建立那必要的音组：可是这现象不能作为以散译韵的理由。""没有，可以叫它有；未曾建立，何妨从今天开始？译者最初试验语体文底（的）音组是在十七年前，当时骨牌阵还没有起来。嗣后我自己的和译的诗，不论曾否发表过，全部都讲音组，虽然除掉了莎译不算，韵文行底（的）总数极有限。这试验很少人注意，有之只限于两三个朋友而已。在他们中间，起初也遭遇到怀疑和反对，但近来已渐次推行顺利，写的或译的分行作品一律应用着我的试验结果。"① 从孙大雨自己的论述来看，他早在1924年（上述引文作于民国三十年，即1941年）就开始使用音组写诗译诗，但是，孙大雨另文说，"是在一九二五年底（的）夏天，在浙江海上普陀山"②。不管怎么样，"音组"的使用确实是中国新格律诗创作以及翻译外国诗歌的一个创举。孙大雨个人的音组试验，早于新月派的新诗形式运动，为后来新诗形式运动和新月派大规模翻译外国格律诗歌试验奠定了基础。

---

① 孙大雨. 黎琊王：序言 [M] //莎士比亚. 黎琊王：上册. 孙大雨，译. 上海：商务印书馆，1948：8-9.

② 孙大雨. 诗歌底格律（续）[J]. 复旦学报（人文科学版），1957（1）：12.

<<< 第四章 新月派外语诗歌汉译自觉时期（1926—1933年）

徐志摩节译《罗米欧与朱丽叶》第二幕第二景①，以六音组、七音组为主，也有诗行三音组至五音组，另外，有的诗行中使用了较多四字音组，读来稍微有点局促。总的来说，徐志摩刊发在《诗刊》上面的译文还是能够忠实地传达原文意思的，并且以诗译诗，较有诗意。但是译诗也有一些表达太过欧化，最为典型的就是"love"（指所爱之人，爱人的时候）的翻译。原文第9行罗密欧的独白"It is my lady, O, it is my love!"②，徐志摩译为"那是我的小姐，啊，那是我的恋爱!"将"lady"译为"小姐"还行，但是将"love"译为"恋爱"看起来就十分欧化了，因为在这个语境中，罗密欧说的对象就是朱丽叶，所以这里的"love"实际上指的是"爱人"，使用"我的恋爱"表达"我的爱人"之意，十分欧化。当然，在徐志摩的时代和语境中，确实喜欢使用"爱"或者"我爱"翻译表示爱人的"love"。其实，徐志摩早在1923年、1925年就有类似的翻译，分别将原文的"Dear"翻译为"我爱"③，将原文的"my dear"翻译为"我爱"④，并且志摩在"我爱"右边使用了竖线（徐志摩当年发表的译诗都是从右到左、竖行排列的），明确表示这是名词。有趣的是，将"love"欧化译为"恋爱"并非徐志摩一个人的译法，和徐志摩同年代的诗人译者都采用类似的译法。正如上文介绍过的柔巴依第73首的翻译中，也有较多诗人将第1行"Ah, Love"译作"爱"而非"爱人"。另外，闻一多翻译的白朗宁夫人十四行诗里面，也有多处类似的翻译，"O my Beloved"译为"爱啊"⑤，"Dearest"译为"爱啊"⑥（此页两首诗中都是如此翻译）。按照今天的标准，上述译者将表示"爱人"的"love"译作"我爱"或者"爱"，就十分欧化。查阅当年的文献，笔者发现，即使在原创诗歌中指所爱之人的时候，也是首选"爱"。徐志摩的诗歌中就有好多都是使用"爱"，或者"我爱"来表达所爱的人或者我爱的人，比如，《一个噩梦》的最后两行中，"我又转眼看那新郎——啊，上帝有灵光！——/ 却原来，偎傍着我爱，是一架骷髅狰狞！"⑦。《我来扬子江边买一把莲蓬》第3节第5行

---

① 莎士比亚. 罗米欧与朱丽叶 [J]. 徐志摩, 译. 诗刊, 1932 (4): 1-16.
② SHAKESPEARE W. The tragedy of Romeo and Juliet [M]. Boston: D. C. Heath and Company, 1916: 34.
③ 哈代. 分离 [J]. 徐志摩, 译. 小说月报, 1923 (12): 1.
④ 哈代. 在一家饭店里 [J]. 徐志摩, 译. 语丝, 1925 (17): 5.
⑤ 白朗宁夫人. 白朗宁夫人的情诗 [J]. 闻一多, 译. 新月, 1928 (1): 145.
⑥ 白朗宁夫人. 白朗宁夫人的情诗 [J]. 闻一多, 译. 新月, 1928 (2): 7.
⑦ 徐志摩. 一个噩梦 [N]. 晨报副刊, 1924-11-02.

151

"你害了我,爱,这日子叫我如何过?"① 另外,陈西滢曾叫志摩为周灵均的诗歌《海边的梦》修改几个字,但是志摩根据意思写出了另一首同名诗歌。周灵均第1节第3、4行为"使我悠然想到我的情人现在那儿在?／若有所待?——"②,志摩把这两行修改为"我想起了我的爱,／不知她这时候何在?"③。其实,通过徐志摩修改周灵均这首诗歌,已经完全能够表明,"爱""我爱""我的爱"在一定的上下文就是指所爱之人,因为周灵均原文为"情人",徐志摩却改为了"我的爱",志摩的表达确实是够欧化、够直白。《决断》第1节第1、2行"我的爱:／再不可迟疑"④,也是使用爱表示所爱之人。

在《翡冷翠的一夜》中,第16、17行"你是我的先生,我爱,我的恩人,／你教给我什么是生命,什么是爱"(第17行的"什么是爱"中的"爱"为抽象名词,而非所爱之人),第22、23行"看不见;爱,我气都喘不过来了,／别亲我了;我守不住这烈火似的活",第27、28行"爱,就让我在这儿清静的园内,／闭着眼,死在你的胸前,多美!",第64行到第67行"你不能忘我,爱,除了在你的心里,／我再没有命;是,我听你的话,我等,／等铁树儿开花我也得耐心等;／爱,你永远是我头顶的一颗明星;"⑤⑥(此诗徐志摩同时发表在《晨报副刊》和《现代评论》之上),也有好几处使用抽象名词"爱"或者动词"爱",这两种用法不在本书所涉范围之内,故不讨论。徐志摩的诗歌,如《望月》《两地相思》都使用了名词"爱",表达所爱之人。尤其值得注意的是,徐志摩《给母亲》这首诗歌中,有一诗行中出现了"爱人",这样的表达简直就是屈指可数,"这'爱人'化的儿子会得不自主的／移转他那思想与关切的中心"⑦。

当然,除了徐志摩以外,其他诗人也会使用"爱"表示"所爱之人",萩萩的诗歌《莺莺》第20节和第21节都用了"爱"表示所爱的人,武士装束的少年对莺莺说:"你记否我是何时来的,爱","爱,虽说我现在要离开你"⑧。

与徐志摩在译诗和原创诗歌中大量使用"我爱"不同的是,闻一多在早

---

① 徐志摩. 我来扬子江边买一把莲蓬 [N]. 晨报副镌, 1925-10-29.
② 周灵均. 海边的梦:一 [J]. 现代评论, 1925 (51): 17.
③ 徐志摩. 海边的梦:二 [J]. 现代评论, 1925 (51): 17.
④ 徐志摩. 决断 [N]. 晨报副镌, 1925-11-25.
⑤ 徐志摩. 翡冷翠的一夜 [N]. 晨报副刊, 1926-01-06.
⑥ 徐志摩. 翡冷翠的一夜 [J]. 现代评论, 1926 (56): 13-15.
⑦ 徐志摩. 给母亲 [N]. 晨报副镌, 1925-08-31.
⑧ 萩萩. 莺莺 [J]. 新月, 1930 (7): 7-8.

<<< 第四章　新月派外语诗歌汉译自觉时期（1926—1933 年）

年的诗歌中多用"爱人"一词或类似表达表示所爱之人。在闻一多诗集《红烛》中就多次使用"爱人"一词以及类似表达，如《国手》中"爱人啊！你是个国手"，《香篆》中"心爱的人儿啊！"《红豆》中也多次使用这个表达，其中，《九》的第 1 行便是"爱人啊！"《十五》的第 1 行便是"古怪的爱人儿啊！"《三三》第 6 行为"爱人啊！哭罢！哭罢！"《三五》第 9 行为"爱人啊！你在哪里？"《四十》第 3 行为"不须怕得呀，爱人"①。徐志摩在 1925 年也破天荒使用了"爱人"，后来梁实秋在翻译彭斯诗歌 Lines Written on a Banknote 的时候，将原文的"For lack o' thee I've lost my lass!"② 翻译为"因为缺乏你，丢了我的爱人"③，"lass"（女孩儿）也译为了"爱人"。

翻译一个极其简单的词"love"，由于时代不同和译者不同，竟然有不同的表达，这就涉及语言本身表达能力的问题了。"爱"这个字，在中国古代已有，主要作动词，也可用作名词，但表示的是"惠"，或者可以尊称对方的女儿为"令爱"。民国时期，这些学贯中西的大家都使用"爱"表示所爱之人，也就只有一个原因了，那就是当时的语言尚未成熟，没有相关的词语表达，也就只能通过直译原文，在汉语中使用"爱"表示爱的人了。或许像瞿秋白给鲁迅的信中说的那样，当时中国的语言词汇并不丰富，也没有表达复杂关系的各种词汇④。瞿秋白的说法虽有点夸大其词，但也道出了当时中国语言的困境。当时翻译家所处的年代正是语言新旧交替，进行语言革命、文学革命的年代，自然也有译入语"分娩时的阵痛"⑤。

从这里可以看出新月派诗人发展语言的轨迹。首先通过翻译引入新的表达；其次在翻译和创作中试验新的表达；最后通过修正形成大家可以广为接受的表达，为现代汉语输入新的表达。

新月派诗人译者不仅见证了语言新旧交替，也见证了语言的发展成熟，从最初较为拗口，到语言清楚流畅。上文分析了新月派诗人创造性地将英语表示所爱之人的单词"love"或者"Dear"翻译为"爱"，或者"我爱"，增加了汉语词汇"爱"的意思。新月派诗人在创作诗歌时，同样也使用"爱"

---

① 闻一多. 红烛 [M]. 上海：泰东图书局，1923：122-123, 239, 246, 266, 269, 276.
② BURNS R. The poetical works of Robert Burns [M]. London, Melbourne, and Toronto: Ward, Lock & Co. Limited, 1912: 159.
③ 彭斯. 写在一张钞票上 [J]. 梁实秋，译. 新月，1929（8）：6.
④ 罗新璋，陈应年编. 翻译论集 [M]. 北京：商务印书馆，2009：336.
⑤ BENJAMIN W. The translator's task [C] // Venuti L, ed. The translation studies reader. 3rd edition. London and New York: Routledge, 2012: 78.

或者"我爱"来表达所爱之人。如此使用,虽然为汉语词汇增多了意思,丰富了汉语词汇,但是读起来还是觉得有点不顺。新月派诗人译者没有停留在这个阶段,而是继续发掘语言的潜力,尽力找出更为合适的表达。

这里有个有趣的现象,徐志摩等一贯喜欢使用"爱""我爱"等欧化词汇来表达所爱之人,不论是在译诗还是在原创诗歌之中。但是,闻一多就不是,如上文所述,闻一多早期1923年左右写诗时,表达所爱之人皆使用"爱人",倒是1928年左右翻译白朗宁夫人的十四行诗时,采用欧化的表达来翻译指人的"love""dear"等。将"love""dear"译为"爱"就是欧化表达,并且欧化的表达进一步影响了译入语。后来一些诗人在译诗写诗时,也较为青睐"我爱""爱"来表达所爱之人。总之,新月派诗人首先通过翻译引入新的表达,其次在翻译和创作中试验新的表达,最后通过修正形成大家可以广为接受的表达,为现代汉语输入新的表达方式。时至今日,大家认可并且使用的词汇是"爱人",而"我爱"则成为历史。

另外,徐志摩的无韵体诗译文中还有佶屈聱牙、极度欧化的表达,确实难以和志摩轻盈飘逸的诗风联系起来,也难以让人相信这样的译诗出于志摩之手。原文"And the place death, considering who thou art, /If any of my kinsmen find thee here."①,志摩的译文为"况且这地方是死,说到你是个什么人,/ 如果我的本家不论谁在这这碰见你"②,文中"这这"重复,查看刊登在《新月》四卷一期上面的志摩遗稿也同样是"这这",若是这样,那应该就不是排版的错误,而是志摩的笔误了。志摩这句话的译文本身就有些不太自然流畅。首先,将条件状语从句按照原文的顺序翻译到主句后面,不太符合中文行文习惯,当然,中文还是有条件状语从句位于主句之后的情况,但是不多;其次,"considering who thou art"译为"说到你是个什么人",虽然可以将原文意思大致传达出来,但是这里其实强调的是罗密欧作为蒙太古家族成员的身份,而非"是个什么样的人",另外,"说到你是个什么人"这样的表达实际上也不宜入诗。还有一处朱丽叶说罗密欧偷听到了自己的真情表白,"My true love's passion:therefore pardon me"③,志摩也字当句对的翻译为

---

① SHAKESPEARE W. The tragedy of Romeo and Juliet [M]. Boston:D. C. Heath and Company,1916:36.
② 莎士比亚. 罗米欧与朱丽叶 [J]. 徐志摩,译. 诗刊,1932(4):6.
③ SHAKESPEARE W. The tragedy of Romeo and Juliet [M]. Boston:D. C. Heath and Company,1916:38.

<<< 第四章 新月派外语诗歌汉译自觉时期（1926—1933年）

"我的真诚的爱恋的热情：所以宽恕我"①，即便有试验语体文译诗的前提，"我的真诚的爱恋的热情"还是由于字当句对翻译原文，使用长定语，显得极度欧化，不符合中文行文习惯，况且，这样的译文意思也不明确，不知所云。原文本是朱丽叶说罗密欧在黑夜中听到了自己"热烈的真情告白"，但是志摩的译文并不能表达出这层意思。

当然，志摩的译文总的来说还是较为忠实、通顺，富有诗意的，只是上述几个地方极具代表性，又能体现出志摩译诗欧化等特点，故笔者讨论较多。

总之，新月派诗人在20世纪30年代初开始尝试翻译莎翁诗剧。这个尝试或是由于同为新月派成员的胡适倡导而做出的。胡适曾在中华教育文化基金董事会下设编译委员会任职，有要将莎翁全集翻译为汉语的宏伟计划，并积极和其他新月派成员沟通、商讨翻译莎士比亚作品事宜，制订出详细的翻译计划，指定具体的翻译人员。新月派诗人译者确实出了一些翻译成果，主要是孙大雨节译无韵体诗剧《黎琊王》第三幕第二景、《罕姆莱德》第三幕第四景，以及徐志摩节译《罗米欧与朱丽叶》第二幕第二景。莎翁无韵体诗对于草创时期的新诗来说，确实是个挑战。孙大雨和徐志摩的译文字数与音组数都没有规律，因而译诗的节奏不甚分明，有的诗行有好多四字音组，读来较为局促。另外，有些诗行容量太大，多至十七言，诗歌读来并不能朗朗上口。后来，由于志摩坠机、朱湘自杀，新月派失去了核心成员，活动减少，《诗刊》和《新月》先后停刊，新月派也差不多瓦解。但是原新月派成员还是在一如既往地实施当年胡适提出的莎翁编译计划，继续莎翁作品的翻译。孙大雨陆续译出了《罕姆莱德》《黎琊王》《奥赛罗》，而梁实秋则是竭尽个人之力译出了莎翁全集。这些莎翁作品的翻译都是中国翻译史、文化交流史上的重大事件。

2. 长篇叙事诗和史诗

新月派诗人翻译家也翻译了一部分外国长篇叙事诗和史诗，译者包括朱湘等。

朱湘十分重视长篇叙事诗和史诗，并且把史诗排在文学事业的首位。他在文学事业上有很强的使命感和责任感，他为自己安排的工作按照重要性排下去，首先是史诗，其次是古文学，再次是向西方介绍古文学，最后是介绍西方文学②。朱湘不仅自己尝试写长诗，也将外国长诗译入汉语。

---

① 莎士比亚. 罗米欧与朱丽叶 [J]. 徐志摩, 译. 诗刊, 1932 (4): 9.
② 罗念生编. 朱湘书信集 [M]. 天津: 人生与文学社, 1936: 181.

朱湘翻译过好几首长诗，如《迈克》《索赫拉与鲁斯通》等。

朱湘翻译华兹华斯的长诗 Michael: A Pastoral Poem。原文为无韵体诗，诗行为抑扬格五音步，每行十音节。正如诗歌名字表达的，这首诗歌为田园诗，描述了美丽舒适的自然风光，以及迈克一家日出而作、日暮而息的田园生活。但是这样的生活因迈克侄儿破产被打破了，迈克曾为侄儿担保，侄儿破产，迈克也须赔偿，迈克损失了一半的田。后来迈克极为宠爱的养子长大，迈克便差他出去挣钱，想赎回自家田地。谁知道迈克的养子在城中堕落，染上恶习，最终逃去海外，逃避刑法。译诗《迈克》① 511 行，为无韵体诗，全诗除了第 2 行九言，其余诗行均固定十言来翻译原文诗行十音节，译诗诗行以四音组、五音组为主。有少量表达较欧化。译诗忠实通顺迻译原文，形式整饬。

朱湘翻译阿诺德的诗歌 Sohrab and Rustum 为《索赫拉与鲁斯通》②。原作为无韵体诗，诗行为抑扬格五音步。虽然不押韵，但是由于抑扬格五音步的使用，声音轻重分明，节奏明显，具有较好的音乐美。诗歌讲的是古代波斯英雄鲁斯通与索赫拉父子分离，在战场上兵戎相见，最后英勇的父亲鲁斯通在战场上打败儿子索赫拉后，儿子讲述了自己的身世，这才父子相认，但索赫拉终因伤势过重死亡。朱湘译诗不押韵，诗行字数固定，均为十言，诗行以四音组、五音组为主。译诗有因直译原文产生的欧化现象，如译诗中"他穿行过黑暗的营帐间——/攒聚着好像蜂巢"将定语后置，如同原文一般（原文为"Through the black Tartar tents he passed, which stood / Clustering like beehives on the low flat strand"③，确实是后置的定语从句），朱湘也将原文后置的定语译为中文后置的定语。译诗中"太阳还不曾起来，仍眠着/敌人，但我无眠。整个夜中"中的"仍眠着敌人"采用了主谓倒装，实际上，这句话的原文采用的是正常语序——"The sun is not yet risen, and the foe / Sleep; but I sleep not; all night long I lie"④，"and the foe Sleep"就是主谓语序。朱湘将本来主谓语序译作倒装语序，或为突出诗歌语言特点：突破常规。译诗中"一下刺死鲁斯通，在沙上/眩晕之中，屈膝阻沙时候——"采用了状语后置，但是在汉语中状语通常不会放在这个位置。此句原文为"And pierced the mighty

---

① 朱湘. 番石榴集 [M]. 上海：商务印书馆，1936：314-358.
② 朱湘. 番石榴集 [M]. 上海：商务印书馆，1936：237-313.
③ ARNOLD M. Matthew Arnold's Sohrab and Rustum and other poems [M]. London: Macmillan & Co. Ltd., 1905: 1.
④ ARNOLD M. Matthew Arnold's Sohrab and Rustum and other poems [M]. London: Macmillan & Co. Ltd., 1905: 2.

Rustum while he lay /Dizzy, and on his knees, and choked with sand;"①，确实有一个后置时间状语从句，由"while"引导。

中国古代也有长篇叙事诗，如《木兰辞》《孔雀东南飞》等，但是这个传统并未在中国得到发展和发扬光大。新月派诗人重视长篇叙事诗，想发展中国的长篇叙事诗，不仅自己写长篇叙事诗和史诗，也将外国优秀的长篇叙事诗和史诗翻译为中文，移植诗体，努力创格中国长篇叙事诗。

（四）其他

新月派诗人除了翻译较多的十四行诗、柔巴依和无韵体诗之外，还翻译过其他多种诗体的诗歌：双行体，对话体，弹词等。

新月派诗人翻译的外国诗歌，有的是双行体，有的是对话体。新月派诗人译者在翻译中尽量移植诗体，在译文中再现原文的形式与内容，通过译诗建构和创格中国新格律诗。

此外，新月派诗人还翻译双行体诗歌。梁实秋将苏格兰诗人彭斯的诗歌 *Tam O'shanter* 翻译为汉语《汤姆欧珊特》②。原作讲述了嗜酒如命的汤姆有一晚喝醉了酒，骑马路过阿洛威教堂时，看到教堂灯火通明，因为先前喝酒壮了胆，汤姆就过去看。结果他看到了男巫女巫跳舞，看到了魔王，还看到了各种吓人的场景。后来，汤姆看到一个穿短裙的女生跳舞实在美妙，就忍不住赞叹出声。结果刚才看到的一切都消失了，只有成群的妖魔来追他。最后眼看汤姆就要被抓住了，他的马一纵身把他驮走了，而马尾巴被妖精扯走了。原文计224行，采用双行体，对句押韵，构成 aa、bb、cc、dd、ee、ff……韵式，诗行为抑扬格四音步八音节。另外，原文中有较多苏格兰盖尔语。诗歌节奏分明，音韵优美，音乐性好。译诗224行，复制原文韵式，构成双行体，对句押韵，有少数不能押韵或押近似韵的情况，译诗诗行以四音组、五音组为主。译诗忠实再现了原文的意思，尤其是对原文中苏格兰盖尔语的把握，十分精准。译诗朗朗上口，具有良好的音乐美。译诗的语言优美，采用了诸如"芳草""清流""身段苗条""舞态翩翩"等优美的词语，辞藻美，声音美。另外，译诗还具有形式整饬美，译诗诗行以十言为主。少的只有八言，多的十三言，但都是少数的情况。总体而言，诗行字数大体均齐，从而营造出译诗整饬的形式美。这符合新月派诗学主张，同时也是对原诗的忠实迻译。

---

① ARNOLD M. Matthew Arnold's Sohrab and Rustum and other poems [M]. London：Macmillan & Co. Ltd.，1905：14.

② 彭斯. 汤姆欧珊特 [J]. 梁实秋，译. 新月，1929（6/7）：1-8.

译诗也充分汲取了中国诗歌的优点，有的诗行平仄相间，构建出极好的音乐性。原诗第 8 行为"The mosses, waters, slaps, and styles"①，诗行为抑扬格四音步，轻重分明，节奏好。译诗为"芳草，清流，垣墙，和山谷"②，除了"垣墙"一词之外，其他词均构成平仄声音结构，音乐性极好。

徐志摩翻译过口语体、对话体、分行写的散文以及散文诗。"志摩还用口语体译过不少现代诗，如罗塞蒂的《图下的老江》"，"用对话体翻译过罗塞蒂的《新婚与魔鬼》、哈代的《对月》"，"还用'分行写的散文'形式迻译惠特曼的《我自己的歌》"，"用散文诗形式翻译泰戈尔的散文诗《谢恩》"等③。徐志摩采用各种诗体翻译诗歌，既是对原文形式的忠实再现，又是在试验白话文诗体形式。通过翻译外国诗歌，可以试验白话文诗体表达各种思想内容的能力，也就可以看出用白话文作原创诗歌时其表现力，这是新月派诸位诗人翻译家孜孜以求的。有趣的是，其实 John of Tours 并非罗塞蒂所作，而是翻译法国无名氏的对话体作品，徐志摩的翻译实属转译。

新月派诗人译者，除了主动自觉翻译上述多种外国诗体以外，还翻译过弹词等，这也体现了新月派诗人选译外国诗歌时视野开阔、选目范围广泛等特征。朱湘选择了法国弹词 Aucassin et Nicolette 翻译，但是这应该算作编译。因为朱湘的译文题目即《番女缘：番女缘述意》，亦即将原文的意思大致介绍说明一番。原文为弹词，朱湘译文并未体现原文形式，而只是将原文意思概括传达出来，这也是新月派诗人在翻译诗歌的时候，很少将诗歌以诗歌的形式翻译的情况之一。大多数时候，新月派诗人都是同时再现原文形式和内容的。

（五）小结

新月派 1923 年成立，成立之初主要从事戏剧活动。1926 年，新月派成员增加，兴趣转向新诗，但也从未放弃过戏剧。1926 年到 1933 年，新月派认真地集合成员一起试验做新诗，建构和创格新格律诗，自觉地走上了追求纯诗的道路。新月派成员不仅讨论和试验新诗，还翻译和介绍外国诗歌。新月派外语诗歌汉译活动成为自觉活动，颇具规模，蔚为壮观。一是体现在译诗数量多上，二是体现在参与诗歌翻译的译者数量多上。大规模翻译外国诗歌，

---

① FERGUSON M, et al. Norton anthology of poetry [M]. 5th edition. New York and London：W. W. Norton & Company, 2005：754.
② 彭斯. 汤姆欧珊特 [J]. 梁实秋，译. 新月，1929 (6/7)：1.
③ 王友贵. 翻译西方与东方：中国六位翻译家 [M]. 成都：四川出版集团，四川人民出版社，2004：393.

第四章 新月派外语诗歌汉译自觉时期（1926—1933年）

正是新月派诗人自觉主动学习外国诗歌的表现。新月派大规模翻译外国诗歌，实际上就是到外国文学里去寻找新诗的原理，通过外国诗歌翻译，学习并创新中国新格律诗。

新月派大规模翻译外国诗歌之前已经形成自己的诗学观，而且新月派成员诗歌创作也契合其诗学观；同样，新月派翻译的诗歌也契合其诗学观。

1926年到1933年之间，新月派主要从事诗歌活动，此时新月派翻译的诗歌数量相对较多，翻译选材也较为严格。此阶段属于新月派外语诗歌汉译的自觉阶段。这一阶段，进行诗歌翻译的译者数量较多，除了新月派著名诗人之外，新月派中的理论家、散文家梁实秋等也进行了诗歌翻译。

新月派诗人翻译外国诗歌的种类多样，包括十四行诗、四行诗、无韵体诗、双行体、对话体、弹词等。新月派诗人译者选择翻译各种诗体的外国诗歌时，有非常明确的非文本目的，那就是借鉴外国诗体，移植外国诗体，为建立新格律诗提供可资学习的文本，同时试验白话文诗体表达各种思想内容的能力，检验白话文创作诗歌时的表现力。新月派诗人在翻译介绍各种诗体的外国诗歌时，注重从内容和形式两个方面再现原文，尤其注重把外国诗歌的形式传达出来。新月派诗人译诗，注重译诗的艺术性、形式和音乐美，译诗大都形式整饬，音乐性好。新月派诗人再现外国诗歌形式使用固定诗行字数译诗，使用中文一定的音组传译原文的音步，复制原文韵式这些翻译方法，为翻译外国格律诗歌初步建立了翻译规范。后辈译诗家发展的以顿代步，兼顾诗行字数与顿数等方法，或是受到新月派前辈诗人译者翻译方法的启发而提出的。

客观来讲，新月派诗人翻译外国诗歌注重传译原诗的形式，并试图通过诗歌翻译建立汉语新格律诗。弗罗斯特有句常常被人们误读的名言，曹明伦教授通过考证后提出弗罗斯特的原话是"It (poetry) is that which is lost out of both prose and verse in translation"，曹明伦教授将其译为"诗意乃翻译时从散文和诗中消失的那种东西"[①]。弗罗斯特这句话就是表明诗意会在翻译中消失，其实也是在说明原文和译文之间会出现差异。新月派诗人在译诗的形式上下了十足的功夫，并取得了世人瞩目的成绩。但是，相比而言，新月派诗人在译诗内容上有一些差错，译诗中有与原文不符合的内容。新月派诗人译诗在内容方面与原文不符合的情况较为突出，大概有以下几个原因：

第一，历史条件限制了诗人对外国诗歌的准确理解和翻译。当时中国从

---

① 曹明伦. 翻译中失去的到底是什么？——Poetry is what gets lost in translation 出处之考辨及其语境分析 [J]. 中国翻译, 2009 (5): 68, 78.

闭关锁国到被洋枪洋炮打开大门,不过 100 多年时间,虽然中国自古以来就有与外国交流的历史,但是颇为局限,相对于清末民初外国文化、思想、文学的大量涌入,就更不值一提。中国对于外国文学、文化的了解虽然增加了不少,但主要是涉及英、美、德、法、日、俄等国家的历史文化,对于英、美、德、法、日、俄以外国家的历史文化了解还是不够多的。这可以从以下一点看出:民国时期对于波斯、希腊、罗马尼亚等国作品的翻译还需从英语转译。也就是说,新月派时期的中国人以英语为中介了解世界其他各国。这一点在朱湘的译诗中体现得尤为明显。朱湘十分重视世界各地优秀诗歌,因而也从英语转译了数量较多的世界各地诗歌。朱湘从英语转译过哈亚姆的柔巴依,哈亚姆的柔巴依英译本本身就是极具艺术价值的英语诗歌。朱湘所处的历史文化语境导致他不可能更多地了解柔巴依中涉及的波斯文化,因而在翻译的时候自然会出现因不了解原文文化而导致译文内容与原文内容不符的情况。关键是朱湘在翻译时还不查字典,所以翻译的时候会有误译。

第二,译者为了译诗形式、音韵而对译诗做出改动。新月派诗人偶尔会为了实现译诗整饬的形式对原文进行增删,或者会为了行末的字押韵而将原文的内容改动。其实,新月派诗人不仅在诗歌翻译时会主动对原文增删改动,他们在创作诗歌时也同样会为实现诗歌形式整饬、音韵优美而对诗歌做出调整。新月派诗人以他们的"豆腐块"诗歌著名,其实新月派诗人还非常重视诗歌音韵优美,这也是新月派诗歌的一大特色。新月派诗人译诗也同样重视译诗音乐,会为了译诗音乐美调整或改变个别字眼。

第三,译者本人粗心大意也会导致译文与原文内容出入。较为典型的就是徐志摩,徐志摩是出了名的粗心,他在创作汉语诗歌的时候多次出现过写错字的情况,还被朱湘公开批评过[①],他的译诗也有误译、漏译、错字。不过,即使是擅长做学问的闻一多,他的译文中偶尔也会有误译。

第四,两种不同语言词汇之间的差异不可避免地会导致原文与译文内容的不同。英语词汇在汉语里的对应程度分为多个层次,不同语言词汇之间有不同的对应程度,一种语言(源语)的某个词汇能够表达出来的内容较为丰富而且多义,但在另一种语言(目的语)中的词汇只能表达出部分、单一的意思,那么后者的这个词与前者的词汇就不能对应。不同语言的词汇之间对应程度不同是普遍存在的现象,就连关系密切的英语和法语、英语和德语之间也存在词汇对应程度的不同。

---

① 朱湘. 刘梦苇与新诗形式运动 [J]. 文学周报,1929(326-350):324.

第二节 翻译方法

新月派诗人诗歌翻译方法主要从被选译诗歌的来源和具体翻译方法两个方面讨论。

一、被选译诗歌的来源

新月派诗人选译的外国诗歌主要有两个来源，一是从原文直接翻译，如从英语、法语和德语直接翻译。如新月派诗人翻译拜伦、济慈、霍斯曼、罗塞蒂兄妹等的英语诗歌，卞之琳从法语翻译《恶之花》中的10首，梁镇从德语翻译德国民歌。二是从英语转译，由于新月派诗人翻译的外国诗歌国别范围广泛，除了常见英、法、德三国诗歌外，还翻译古代波斯、古希腊、古罗马以及埃及等世界各国诗歌，这些诗歌大都是从英文转译。比如，朱湘翻译的15首柔巴依就是从菲茨杰拉德的英译文转译；朱湘还翻译了埃及的死书、印度的五书等，应该都是从范多伦编辑的 *An Anthology of World Poetry* 的英文译文转译到汉语的。从数量上来看，当然是直接从原文翻译数量更多，这也体现了新月派诗人选材的严谨。但是，新月派诗人也有相当数量的诗歌是从英语转译的世界各国诗歌，这些主要是朱湘的译作。由于时代的限制，民国初年并未有那些精通梵语、波斯语、埃及语等的译者，即使新月派诗人译者多数了解多国语言，但是也不能面面俱到。况且，即便新月派诗人懂得多国语言，他们也是喜欢从英语转译。徐志摩就是一个典型，"志摩译诗，多从英文，即便原文为德文、孟加拉文或法文，一般也从英译本转译"①。新月派著名诗人朱湘十分重视世界各国诗歌，而正好在1928年范多伦编辑出版的 *An Anthology of World Poetry* 中有世界各地优秀诗歌的英文版本，朱湘就从此书中选译了多首外国诗歌，就连有些法语诗歌，朱湘也是从英语转译，而非直接从法语翻译（如《致爱伦娜》）。

二、具体翻译方法

新月派诗人将外语诗歌翻译成中文时，探索并发展了一系列的翻译方法，

---

① 王友贵. 翻译西方与东方：中国六位翻译家［M］. 成都：四川出版集团，四川人民出版社，2004：372.

如固定诗行字数翻译法、音组翻译法、复制韵式法等。霍尔姆斯（Holmes）说过，"没有任何语言中的诗歌形式能够完全等同于另一种语言中的诗歌形式，不论这些诗歌形式的名称是多么相似，不论这些语言是多么相似"[1]，强调诗歌形式在不同语言中的不同。新月派诗人在翻译实践中，面对印欧语系和汉藏语系的较大差异，尽力利用汉语的资源，尽量再现外语诗歌的形式，孜孜不倦地试验着固定诗行字数翻译法、音组翻译法、复制韵式等翻译方法。为英汉、法汉、德汉等诗歌翻译能够较好地凸显原文的特征，探索出一条可行之路，初步建立了格律诗汉译的译诗规范，为后辈翻译家的诗歌翻译奠定了坚实的基础。

勒菲弗尔分析卡图卢斯一首诗歌的翻译，总结出了诗歌翻译的七种策略：音素翻译（Phonemic translation），直译（Literal translation），音步翻译（Metrical translation），译为散文（Poetry into Prose），押韵翻译（Rhyme），译为素体诗（Blank verse），释译（Interpretation）[2]。勒菲弗尔讨论一些具体的翻译方法（如音步翻译和押韵翻译）与新月派诗歌翻译家多年来讨论并实践的英语诗歌汉译方法（如以音组翻译音步和复制韵式的翻译方法）有异曲同工之处。音步翻译中，译者"致力于一行中一定数目的音步"[3]；而押韵翻译的译者，"总是在寻找合适的押韵之词"，"音步的要求，押韵的要求，以及音步和押韵共同的要求，都需要满足"[4]。虽然新月派以音组翻译音步不同于音步翻译，但是有相似之处，都是尽量再现原诗的音步，只是因为汉语本身没有音步，只能充分利用汉语诗歌已有的资源——音组，或曰"顿"。另外，新月派诗人复制外语诗歌韵式的方法，与押韵翻译是一种翻译方法。新月派诗人译者大多数的译诗，其实是音组翻译和押韵翻译的结合。另外，新月派诗人译者的有些翻译方法，勒菲弗尔的七种翻译策略中没有涉及，比如，固定诗行字数翻译法，或者说是字数翻译法（译诗诗行汉字字数对应原作诗行音节数）。

---

[1] HOLMES J. Forms of verse translation and the translation of verse form [M] // HOLMES J, ed. The nature of translation: essays on the theory and practice of literary translation. Mouton · The Hague · Paris: Publishing House of the Slovak Academy of Sciences, 1970: 95. 原文为: no verse form in any one language can be entirely identical with a verse form in any other, however similar their nomenclatures and however cognate the languages.

[2] LEFEVERE A. Translating poetry: seven strategies and a blueprint [M]. Assen: Koninklijke Van Gorcum & Comp. B. V., 1975.

[3] LEFEVERE A. Translating poetry: seven strategies and a blueprint [M]. Assen: Koninklijke Van Gorcum & Comp. B. V., 1975: 38.

[4] The demands of metre, the demands of rhyme, and the demands of metre and rhyme combined have to be met. LEFEVERE A. Translating poetry: seven strategies and a blueprint [M]. Assen: Koninklijke Van Gorcum & Comp. B. V., 1975: 49.

新月派诗人使用白话文译诗,在译诗过程中发展出了各种翻译方法,为翻译外国格律诗歌奠定了基础,建立了初步的翻译规范,起到了开拓性的作用。同时,新月派诗人译诗也是在试验,通过翻译试验,构建中国新格律诗。新月派诗人翻译外国格律诗试验过的方法很多,包括固定诗行字数、以音组翻译音步、复制韵式等。当然,复制韵式一般是和固定诗行字数或(和)以音组翻译音步结合起来应用。

固定诗行字数,指的是汉语译诗各诗行字数固定,从而实现诗歌形式美、建筑美。固定诗行字数分为两种情况,一是注意原文诗行的音节数,在翻译成中文的时候,尝试通过固定译诗诗行的字数再现原文诗行的音节,使译诗在最大限度上实现形式整饬。因为原诗每行音节数相同,所以译诗诗行统一字数翻译,字数或等于或稍微多余原文诗行音节数。二是原诗每行音节数呈规律变化,译诗诗行的字数也相应呈规律变化。

以音组翻译音步,指的是注意原文诗行的音步数,翻译成中文的时候,尝试使用汉语的音组来替代原文的音步,尽量在译文中使用相同数量的音组来还原原文的音步数,使译诗在最大限度上实现诗歌的节奏和音乐性。

复制韵式,指的是将原文的韵式复制到汉语译诗中,汉语译诗采用与原文相同的韵式。比如,原文的韵式为 abba,译诗也采用 abba 的韵式。复制韵式,是新月诗人最得心应手的翻译方法,这或许与中国古典诗歌传统中丰富的韵脚资源有关。正是因为中国古典诗歌重视押韵,在翻译外国诗歌的时候,译者能够充分利用中国诗歌资源,在汉语中找到合适的韵脚,复制原文的韵式。况且,有些外国诗歌的韵式和中国古典诗歌的韵式是相同的,新月派诗人运用起来自然是既亲切又容易。比如,上文说的 abba 韵式与中国古典诗歌中的抱韵一样,在译诗中复制起来也较为好操作。其实,在新月派诗人有意识地大规模译诗之前,新月派中有的诗人就在学习并且模仿外国诗歌的韵式了,并且将外国诗歌的韵式直接使用到汉语诗歌之中。如孙大雨创作的《爱》和刘梦苇创作的《妻底情》,都是在模仿外国诗歌韵式。《爱》是使用了意大利体十四行诗的韵式和节奏,韵式为 abba、abba、cde、cde,每行十二字五音组,音韵优美,格律谨严。而《妻底情》则是莎士比亚体十四行诗,韵式为 abab、cdcd、efef、gg,刘梦苇在诗歌标题下方注明了"试仿莎士比亚十四行诗式用韵"①。诗行以四音组为主,颇具节奏感。有了这些基础,新月派诗人在复制外国诗歌韵式的时候就容易多了。

---

① 刘梦苇.妻底情[J].晨报副镌·诗镌,1926(4):52.

另外，新月派诗人之间交流很多，尤其是对于诗歌和诗歌理论方面。他们在读诗会上、俱乐部里，甚至是在聚餐会上，都是有交流的。即便有时新月派成员分散在全国各地，他们之间也有十分频繁的信件往来，谈论文化，谈论新诗，商讨翻译计划等。可以相信，新月派诗人的译诗方法也在成员中有所交流。正如孙大雨说过他采用音组写诗译诗，限于两三个朋友注意，而后推行，写诗译诗均采用孙大雨的音组理论①；而徐志摩更是因为翻译哈亚姆和歌德的诗歌撰文，发起过讨论。可以想象，新月派诗人之间也会沟通外国格律诗歌的翻译方法。新月派诗人译诗，大体上还是较为统一地践行着新月派的诗歌翻译方法：固定诗行字数，以音组翻译音步，复制韵式。

（一）固定诗行字数

在新月派诗人译者中，有的在翻译外国诗歌时注重实现译诗形式整饬，将外国诗歌翻译成中文的时候尝试固定译诗诗行的字数，使译诗在最大限度上实现形式整饬，这也是新月派诗学追求的一个重要方面——"建筑的美（节的匀称和句的均齐）"②。固定诗行字数译诗，不仅实现了形美，更是达到了豆腐块的效果，和中国古代律诗、绝句差不多。

新月派诗人固定诗行字数翻译主要分为两种情况：一是因为原诗每行音节数相同，所以译诗诗行统一字数翻译，字数或等于原文诗行音节数，或多余原文音节数。二是原诗每行音节数呈规律变化，译诗诗行的字数也相应呈规律变化。当然，也有两种情况都不是的，原诗诗行音节数规律变化，但是译诗统一了所有诗行的字数。不管采用哪种手段，新月派诗人译者其实都是想在译诗中再现原文诗行音节组成方式。

新月派诗人中，青睐固定诗行字数译诗的首推朱湘。他的译诗绝大多数都是固定了译诗诗行的字数来翻译原文。要么是译诗诗行根据原文的音节数，采用一样的字数，要么是译诗根据原文音节数固定各诗行字数。朱湘翻译英诗中的抑扬格五音步诗歌，就是根据原文十音节，译诗诗行采用十字来翻译，比如，他翻译的弥尔顿十四行诗"On his Blindness"，以及翻译莎士比亚十四行诗，都是固定诗行十言翻译。另外，闻一多、饶孟侃的一些译诗也是译诗诗行采用相同字数，实现视觉上的整饬美。

弥尔顿的十四行诗 *On his Blindness* 为意大利体十四行诗，韵式为 abba、

---

① 孙大雨. 黎琊王：序言 [M] // 莎士比亚. 黎琊王：上册. 孙大雨，译. 上海：商务印书馆，1948：9.
② 闻一多. 诗的格律 [J]. 晨报副镌·诗镌，1926 (7)：30.

abba、cde、cde。前八行为诗歌第一部分,讲述了主人公英年失明,困惑难受;后六行为第二部分,讲述了主人公呆萌地向上帝发问,失明了怎么为他做工,却得到了"耐心"的回答,原地不动也是为上帝做工。诗行为抑扬格五音步,每行十音节,格律谨严,音乐性好。诗歌采用了大量跨行,并且诗歌的第2行和第8行中有头韵的使用——"world and wide"和"patience to prevent"①。这首十四行诗有明显的基督教色彩,传达的信息是不要因为自己的逆境自怨自艾,而是应该乐观接受目前的处境,不做任何事情,能够原地不动,这也是为上帝做工。诗歌中有《圣经》典故的使用。

On His Blindness②	十四行③
When I consider how my light is spent, E're half my days, in this dark world and wide, And that one Talent which is death to hide Lodg'd with me useless, though my soul more bent To serve therewith my Maker, and present My true account, lest He returning chide, Doth God exact day-labour, light deny'd, I fondly ask; But patience to prevent That murmur, soon replies God doth not need Either man's work or his own gifts, who best Bear his mild yoke, they serve him best, his state Is kingly. Thousands at his bidding speed And post o're land and ocean without rest; They also serve who only stand and waite.	我想,我还没有过去半生, 已经把光明熄灭在地上, 我那股与死同尽的力量, 徒然荒废着,不能为主人 把它用出来,拿收支算清, 等他回来了我好交出帐—— 日工怎么作呢,没了光亮, 我问:忍耐,不要这片怨声 张扬出去,便说,他并不用 你替他做事,谁能守本分, 谁就算是忠仆,他与国王 差不多,只要他眉毛一动, 就有成万的人上前趋迓: 你呢,你只要侍立在中堂。

朱湘的译诗,固定每行译诗十言翻译原文十音节,复制了原文的韵式abba、abba、cdb、cdb。原作的头韵,由于中英语言差异,不容易在汉语译文中再现,但是汉语译文在附近位置使用了双声——"力量""我问"④。若要说朱湘使用双声是为了补偿原文中的头韵,未免太过牵强,不过双声的使用

---

① QUILLER-COUCH A. The Oxford book of English verse:1250—1900 [M]. Oxford:Clarendon Press, 1918:342.
② QUILLER-COUCH A. The Oxford book of English verse:1250—1900 [M]. Oxford:Clarendon Press, 1918:342.
③ 朱湘. 番石榴集 [M]. 上海:商务印书馆,1936:187-188.
④ 朱湘. 番石榴集 [M]. 上海:商务印书馆,1936:187-188.

使译诗声音回环往复,增强了译诗的音乐美。

另外,虽然译诗能够大体体现原文的意思,但是原作的意思在译文中仍有不少扭曲之处。有些是因为译诗要押韵,因韵害意,有的地方是因为对于原作的思想内容,尤其是基督教背景不能充分把握而偏离原文意思较远。译文第1、2行说主人公还没有过去半生,已把光明熄灭在地上,意思就很别扭。光明为什么会熄灭在地上?又是什么样的光明?这里似乎是朱湘为了让此诗行"上"能够与下文押韵而写出来的,原文根本就没有"地上"的意思。第3行译文"与死同尽的力量"也很奇怪,首先"死"就已经没有了,怎么还会"与死同尽"呢?朱湘此处翻译"与死同尽"是误译,而使用"力量"是为了押韵。原文中"Maker""God"指的是"上帝",朱湘的译文并没有传达出这层基督教意思。另外,译诗第12行"只要他眉毛一动"也明显是为了押韵而在译文中改动原文意思。第14行中"中堂"仍然也是为了押韵而添加的词汇。

朱湘挚友罗念生其实对朱湘固定诗行字数翻译的方法颇有些批评,认为"在格律诗中,每行诗字数整齐,如果音步不整齐,就会破坏各行所占时间的匀称。而且限定了字数,往往会拉掉一些字或塞进一些字以求整齐,就会破坏诗的意义或音韵。朱湘的译诗有些生硬,原因就在这里"[①]。洪振国也有类似的批评,"他译格律诗尽依原诗,每行字数相等,节句均齐,免不了要影响诗的思想内容和其他成分"[②]。

朱湘如此翻译统一了诗行字数,试图以汉语十言传译原文十音步,具有开拓性。译诗诗行形式整饬是优点,并且译诗能大体传达原文的意思。但是,译文既要限定诗行字数,又要步原诗韵式,结果导致原文的意思不能在有限的诗行中得以传达。况且,汉语白话文不同于文言文,并非一字一意,白话文一般两三个字才构成一个意思,形成一个音组或者一顿,这就导致不可能使用汉语十言翻译原文十音节。另外,有时为了押韵还改动了原文的意思,给人感觉或得不偿失。其实,也不是不可固定诗行字数,只是上述翻译事实证明:以十言译十音节,确实不可行。翻译家黄杲炘先生也是固定诗行字数译英国格律诗,采用十四言五音组译英语诗歌抑扬格五音步,诗行容量大了,较好地在译文中保存了原文的意思。黄杲炘先生指出,梁宗岱先生和高健先生翻译英文原文十音节的作品悉皆采用十二字不是偶然,而是通过译者各自

[①] 罗念生. 序 [M] //朱湘译诗集. 洪振国,整理加注. 长沙:湖南人民出版社,1986:6.
[②] 洪振国. 试论朱湘译诗的观点与特色 [J]. 湘潭大学学报(社会科学版),1985 (2):18.

的实践发现的这种可能性①。使用十二言翻译原文十音节,诗行容量更大,利于在译文中从容地再现原文的思想内容。

另外,朱湘翻译萨福的诗歌 One Girl 为《一个少女》,译诗也是固定诗行字数。即便译文固定诗行字数译诗,原文的意思、内容和风格还是较好地在译文中体现出来了。

One Girl② 1 Like the sweet apple which reddens upon the topmost bough, Atop on the topmost twig, — which the pluckers forgot, somehow, — Forget it not, nay; but got it not, for none could get it till now. 2 Like the wild hyacinth flower which on the hills is found, Which the passing feet of the shepherds for ever tear and wound, Until the purple blossom is trodden in the ground.	一个少女③ 好比苹果蜜甜的,高高的转红在树杪, 向了天转红——奇怪,摘果的拿她忘掉—— 不,是没有摘,到今天才有人拾到。 好比野生的风信子茂盛在山岭上, 在牧人们往来的脚下她受损受伤, 一直到紫色的花儿在泥土里灭亡。

原文是由但丁·罗塞蒂翻译为英语的。原文共两节,每节三行,每行中以抑扬格七音步为主,也有少数扬抑格变格,每节中三行押相同的韵。第 1 节中,三行诗歌的音节数分别为 14、15、13;第 2 节中,三行诗歌的音节数分别为 14、15、16。诗行音节数大体相同。原文词汇总体而言简单易懂,穿插了两个古词"atop"和"nay"。另外,诗歌色彩分明,有较强的视觉感,使用了动词"redden"和形容词"purple"。诗歌还在第 1 节重复了最高、高等意义的词汇,"topmost"使用两次,"atop"使用一次。另外,表示"忘记"的"forget"也使用了两次,虽然时态不同。原文第 1 节实际上传达出的意思是:苹果高高在上,摘果人摘不到,直到现在才能摘到,实际上也就是说少

---

① 黄杲炘. 从柔巴依到坎特伯雷:英语诗汉译研究 [M]. 武汉:湖北教育出版社,1999:162.
② VAN DOREN M. An anthology of world poetry [M]. New York:Albert & Charles Boni, INC, 1928:259-260.
③ 朱湘. 番石榴集 [M]. 上海:商务印书馆,1936:53.

女高高在上，人们无法企及，直到现在才能追求到；这层意思能够通过英语里那些重复的词汇得到强调。英语原文第 2 节重复了践踏、伤害意义的词汇，属于同义重复，如"tear""wound""trodden"，通过这些词汇的重复传达出来的意思是：风信子在山上荒郊遭受践踏，实际上也就是说少女遭受践踏。原文主要采用非完全句表达意思，第 1 节和第 2 节都没有主语，而是直接以"like"引出的非完全句来表达意义。第 1 节以主动句居多，第 2 节以被动句居多。另外，原文两节都采用了明喻的修辞手法，以每节开头的"like"引出；原文还使用了排比的修辞手法，诗歌的第 1 节、第 2 节就是排比。总之，原文虽短，但是别具一格。

朱湘的译文也是共两节，每节三行，每节都采用相同的韵脚。译诗诗行以五、六音组为主，固定每行十四言翻译。译文词汇总体而言简单易懂，但是与原文一样，穿插了古词，如"杪"。译诗也较好地体现了原文的色彩，有较强的视觉感，使用了动词"转红"来翻译原文的"redden"，使用了形容词"紫色的"来翻译原文的"purple"。然而，原文在第 1 节重复表示最高、高等意义的词和表示"忘记"的词，在朱湘的译文中却没有重复，只使用了一个"高高"、一个"忘掉"，原文强调的内容在译文中没有得到强调。而原文并未强调的内容——"转红"却在译文第 1 节第 2 行再次翻译出来，强调了苹果变红。洪振国推崇朱湘译诗用词，认为朱湘译萨福的《一个少女》"意境更丰富些，诗意更浓些：用'转红'两字比喻一个美丽骄傲的少女，是很见功力的"[①]。但是朱湘两次使用"转红"，偏离原文要强调的内容。译诗在第 2 节同义重复了践踏、伤害意义的词汇，如"受损受伤""灭亡"，前者使用四字词组，能增强语意。尤其值得注意的是，朱湘将"is trodden in the ground"译为"在泥土里灭亡"，将"踩"译为了"灭亡"，似乎比原文字面上的意思更强。实际上，原文要表达的意思，朱湘恰好翻译出来了。既然都被踩在泥土里面了——"in the ground"而非"on the ground"，自然是踩踏力度很大。在句式方面，译文也直译原文的非完全句，第 1 节和第 2 节都没有主语，而是直接以"好比"引出的非完全句来表达意义。第 1 节以主动句居多，第 2 节也以主动句为主，但是"受损受伤"，这个表示不好的情况的词，还是使用的被动语态。原文第 1 节和第 2 节定语从句后置，在英语中是正常的语序，但是译文也将定语译到被修饰语的后面，同时将状语"在树杪""在山岭上"

---

① 洪振国. 后记［M］//朱湘译诗集. 洪振国, 整理加注. 长沙：湖南人民出版社, 1986：339-340.

后置，就略显欧化了。当然，这种句式，一方面确实是欧化，另一方面又未尝不是诗化。另外，正如原文，译文两节也都采用了明喻的修辞手法，以每节开头的"好比"引出；译文也像原文一样，使用了排比的修辞手法，译诗的第1节、第2节就是排比。总之，译诗在各层面都较好地传译了原文。译诗采用每行十四言翻译原文，固定了诗行的字数，译诗形式整饬，视觉效果非常好。另外，汉语译诗每个诗行十四言，容量较大，能够较为完全地传达出原文的意思，还能步原诗的韵，而不需对原诗的内容进行删减。正如上文所言，汉语白话文一般两三个字才构成一个意思，形成一个音组。译诗诗行容量大了，才能较好地在译文中保存原文的意思。当然，这里译诗采用十四言，抑或是在模仿原文的音节数。但是不管怎么样，诗行容量增大了，原文的内容就可以较好地传译出来。

另外，通过朱湘翻译萨福的 *One Girl* 这首诗歌，也可以再次确认，朱湘翻译希腊语诗歌是从英语转译的。水建馥是希腊文专家，是罗念生的学生，他从古希腊原文翻译过萨福的同一首诗，他也指出过"古希腊诗没有尾韵"，"我只求忠实明白，让人看到原诗的结构、思想和感情，并尽可能逐行直译，以免凑字凑韵，以辞害意，得不偿失"[1]。他的翻译如下：

新娘[2]

一

像一只可爱的红苹果，还在枝头，
还在顶梢，被采摘的人遗忘了——
不是遗忘了，是够不到。

二

像一颗山上的风信子，被牧人
用脚踏了又踏，却在地上开出紫花。

水建馥还专门注明，诗歌第2节那句是"比喻这做新娘的少女素日在山野间不被注意，今天却显得十分美丽"[3]。水建馥的译文不押韵，长短不一，并且第1节三行、第2节两行，应该都是译者"忠实明白"，从希腊文"逐行直译"的结果。水译本和朱译本在诗歌押韵与否、诗行数量，甚至是诗歌意

---

[1] 荷马，等. 古希腊抒情诗选[M]. 水建馥，译. 北京：商务印书馆，2013：17.
[2] 荷马，等. 古希腊抒情诗选[M]. 水建馥，译. 北京：商务印书馆，2013：121.
[3] 荷马，等. 古希腊抒情诗选[M]. 水建馥，译. 北京：商务印书馆，2013：121.

思等方面差异都较大。但是朱译本与罗塞蒂的英译本在各方面都高度相似，再次印证了朱湘翻译希腊诗歌是从英语转译。

朱湘还有少数译诗采用了五言、七言翻译，字数整齐，尤其值得一提。朱湘翻译魏尔伦的诗歌《秋歌》（*Chanson d'Automne*），译诗固定诗行五言；翻译彭斯的诗歌《美人》，译诗固定诗行为七言；还翻译了无名氏的《拉丁文学生歌：行乐》，译诗也固定诗行为七言。这些译诗采用白话文，使用了白话文的节奏单位，固定了诗行字数，虽然与中国古典诗歌中的五言诗、七言诗不一样，但是视觉和听觉效果颇佳。

闻一多也有统一诗行字数译诗的试验。他翻译霍斯曼的 *Could man be drunk forever* 为《情愿》。原诗为抑扬格三音步，单数诗行七音节，双数诗行六音节，第 2 行、第 4 行押韵，译诗也是第 2 行、第 4 行押韵，译诗固定诗行八言，诗行三音组、四音组不一。原诗意思简明易懂，译诗忠实地传译了原文的意思。闻一多也是统一字数翻译外国诗歌，但是由于闻一多译诗诗行字数充足，既能够较好地传达出原文的意思，又能实现汉译整齐的形式。

Could man be drunk forever①	情愿②
Could man be drunk forever With liquor, love, or fights, Lief should I rouse at morning And lief lie down of nights. But men at whiles are sober And think by fits and starts, And if they think, they fasten Their hands upon their hearts.	是酒，是爱，是战争， 　只要能永远使人沉醉， 我情愿天亮就醒来， 　我情愿到天黑就睡。 无奈人又有时清醒， 　一阵阵地胡思乱想， 每逢他思想的时候， 　便把双手锁在心上。

而饶孟侃翻译苔薇士诗歌 *Let me confess* 为《自招》，译诗同样是固定诗行字数十言，形式整饬、美观。译诗前 3 节，每节四行，采用 aabb 韵式，声音回环往复，音乐优美。译诗第 4 节为 6 行，也是押韵，但是没有规律可言。译诗诗行顿数没有什么规律。

另外，新月派诗人根据原诗每行音节数律变化，译诗固定每行字数翻译，

---

① HOUSMAN A E. Last poems [M]. London: Grant Richards Ltd, 1922: 26.
② 霍斯曼. 情愿 [J]. 闻一多，译. 新月，1928（4）: 1. 译文中的"沈"字，通"沉"。

<<< 第四章 新月派外语诗歌汉译自觉时期（1926—1933年）

例如，朱湘从英文转译迦梨陀娑的诗歌 Autumn[1]，英译文单数行为抑扬格四音步，双数行为抑扬格三音步，韵式为 ababcdcd。英译文是对秋季的描述，并没有文化负载词汇，单数行八音节，双数行六音节。朱湘译诗[2]，单数行九言，双数行七言，译诗诗行字数固定并且呈规则变化，译诗不仅复制了原文的韵式，还结合中文丰富的诗韵传统，将译诗的韵式安排为 ababcaca，同样的声韵在译诗中反复出现，音韵尤为优美。译诗由于诗行稍长，容量较大，能够传达原文的意思。另外，由于英译文中没有文化负载词汇，朱湘的汉译文还是忠实地传达了原文的意思。

新月派诗人译者中还有为数不少的译者都根据原诗诗行音节数规律变化，译诗固定诗行字数翻译，毕竟新月派诗人还是非常重视诗歌形式整饬的，因而译诗才同样采用整饬的形式。李唯建翻译雪莱的《云雀曲》21节，原文每节1行至第4行为扬抑格三音步，第5行为抑扬格六音步，诗行音节数并不一致，原诗韵式为 ababb。译诗每节第1行至第4行固定八言，第5行固定十二言（除了第10节第5行，此行十一言），译诗复制了原诗韵式 ababb，有少量近似韵。此外，徐志摩和饶孟侃也是固定诗行字数译诗。徐志摩很少会固定诗行字数译诗，他翻译的克里丝蒂娜·罗塞蒂的 Song 为《歌》，就是一个例外。原文为两节八行体，单数行七音节，双数行六音节，诗行为抑扬格三音步，大体是第2行、第4行押韵，第6行、第8行押韵。译诗固定单数行九言，单数行八言翻译原文，译诗每节的第4行、第6行押韵，第7行、第8行押韵。诗行三音组、四音组都有，没有规律。诗歌以九言、八言翻译原文七音节和六音节，译诗诗行容量相对充裕，故能将原文意思充分表达出来。当然，充分翻译原文意思还有一个前提，就是原文本来也是简单易懂的，且没有什么文化负载词汇需要在译文中处理。志摩后来翻译莎翁的《罗米欧与朱丽叶》就明显没有翻译《歌》这么得心应手。译诗《歌》[3] 有一处明显欧化，以及好几处明显凑字。原文[4]第5行"Be the green grass above me"（成为我坟上绿油油的草），志摩译为"让盖着我的青青的草"，"草"前使用长定语，十分欧化。译诗第1节第7行，原文本无"请"的意思，志摩译文却添加了

---

[1] VAN DOREN M. An anthology of world poetry [M]. New York: Albert & Charles Boni, INC, 1928: 62-63.
[2] 朱湘. 番石榴集 [M]. 上海: 商务印书馆, 1936: 43-44.
[3] 罗塞蒂. 歌 [J]. 徐志摩, 译. 新月, 1928 (4): 4.
[4] FERGUSON M, et al. Norton anthology of poetry [M]. 5th edition. New York and London: W. W. Norton & Company, 2005: 1128.

171

"请"字，或为凑字。第2节第1行的"地面的"，第2行的"甜蜜"，第7行第2个"也许"，第8行第2个"也许"，大概都是为了凑字数而添加的。第7行、第8行中的"也许"重复使用，在译诗中自然，并且读来还是很有诗意及音乐美的。另外，原文第1节第7行、第8行"And if thou wilt, remember, / And if thou wilt, forget."译为"假如你愿意，请记着我/要是你甘心，忘了我。"是将原文本是相同的条件状语从句，翻译成了汉语不同的表达。其实，英语中同样的表达重复，本不常见，罗塞蒂却重复了"And if thou wilt"，抑或是诗歌语言的破格以增强诗意，抑或是诗歌语言允许重章叠句，增加音韵之美。徐志摩的译文虽然没有完全照搬原文，但是译文同样是音韵优美。原文第2节第7行、第8行"Haply I may remember, / And haply may forget."，徐志摩译文为"我也许，也许我记得你，/我也许也许忘记。"这两行诗让人想起徐志摩的经典之作《偶然》中"你记得也好，最好你忘记"这两行诗①。

此外，饶孟侃也有诗行字数规则变化的译诗。饶孟侃翻译霍斯曼的诗歌《犯人》，计5节，每节5行，字数规则变化，从第1行到第5行字数分别为9、8、9、8、6。译诗5节都呈同样规则变化，形式整饬、美观。另外，译诗押韵，韵式为abcbb，但是译诗诗行音组数没有什么规律。

新月派诗人采用固定诗行字数的方法译诗有两大好处：一是可以在某种程度上再现原文音节的组合方式；二是汉语译文形式整饬，具有建筑的美。当然，这里说的再现原文音节的组合方式可以分为两个方面：一是因为原诗每行音节数相同，所以译诗诗行统一字数翻译，字数或等于原文诗行音节数，或多余原文音节数。二是原诗每行音节数呈规律变化，译诗诗行的字数也相应呈规律变化。当然，还有一种情况，原诗诗行音节数规律变化，但是译诗统一了所有诗行的字数。固定诗行译诗的方法，是新月派诗人探索外国格律诗歌翻译进行的试验，固定诗行字数翻译就是他们试验的方法之一。汉语诗行字数等于原文的音节数，往往因为译诗诗行字数受限，不能完全传达出原文的意思，并且译诗显得较为局促和呆板。若汉语译诗诗行多余原文的音节数，译文诗行就有充裕的空间，可以在最大限度上传达出原文的意思。但是，有时候译文诗行已经表达了原文的意思，而诗行字数并未达到规定字数，结果译者就会凑字，使译诗诗行实现形式整饬，凑字在新月派诗人的译诗中还是较为常见的。

另外，新月派诗人也采用五言、七言诗行翻译外国格律诗歌，尽管这种情况不是很多，但是仍然值得一提。事实证明，新月派诗人采用的五言、七

---

① 徐志摩. 偶然 [J]. 晨报副镌·诗镌, 1926 (9): 64.

言诗行翻译外国诗歌还是很成功的,译诗不仅忠实于原文,而且形式非常整齐,音乐性极好,确实是很好的诗歌。

新月派诗人固定诗行字数译诗的试验,是在探索格律诗歌翻译方法以及如何创新中国的新格律诗。这种翻译方法为后辈翻译家提供了参考,初步建立了规范。后辈诗歌翻译家沿着这条路,发展出更为成熟的翻译方法,实现诗歌的形式美。

(二) 以音组翻译音步

音组,最先由孙大雨提出并且实践。孙大雨早在1926年4月10日就发表了使用"音组"理论写就的意大利体十四行诗《爱》,只是到了"1934年9月间开始翻译莎剧《黎琊王》时定名为'音组'"①。此后不久,1926年4月15日,闻一多也发表了使用"音尺"理论写成的诗歌《死水》。大约一个月以后,1926年5月13日,闻一多发表论文《诗的格律》,阐释了"音尺"理论。饶孟侃也提出了"音节"理论。三个概念本质不完全相同,即使是在新月派内部,单就诗歌节奏问题来说就有不同的看法和主张。但是总的来说,新月派诗人对新诗格律的追求还是和谐一致的。各诗人使用音组和音尺分别划分出来的汉语诗歌节奏还是基本一致的。另外,由于闻一多将"foot"译为"音尺"或为误译,本书对于新月派诗人根据外国诗歌的音步安排汉语诗歌音组的方法命名为"以音组翻译音步",而不采用以音尺翻译音步。

需要指出的是,美学家朱光潜指出汉语诗歌的节奏单位是顿,新月派中的后辈卞之琳也倾向于顿。而新月派前辈诗人对于新诗节奏的主张,主要有孙大雨的"音组"说,以及闻一多的"音尺"说,都是试图建立中国新格律诗的节奏。

他们对于节奏的主张,对于音组、音尺的主张,不仅应用到了诗歌创作上面,也应用到了诗歌翻译上面。孙大雨在1923年,写诗译诗就开始试验白话诗歌的音组,先是限于几个朋友,后来推广开来,其他人写诗译诗也都使用孙大雨提出的音组②。也就是说,新月派诗人译诗应用了他们提出的诗歌节奏理论。

孙大雨最早提出音组理论,他写的诗歌均采用音组为节奏单位,并且诗歌也受到了新月派同人好评。志摩评价过孙大雨发表在《诗刊》上面的《自己的写照》,"这二百多行诗我个人认为十年来(这就是说自有新诗以来)最

---

① 孙大雨. 莎士比亚的戏剧是话剧还是诗剧 [J]. 外国语(上海外国语学院学报), 1987 (2): 3.
② 孙大雨. 黎琊王: 序言 [M] //莎士比亚. 黎琊王: 上册. 孙大雨, 译. 上海: 商务印书馆, 1948: 9.

精心结构的诗作"①。但是由于孙大雨在新月派时期译诗很少，并且他在新月派时期翻译过的诗歌《黎琊王》节译和《罕姆莱德》节译没有使用音组，所以，很遗憾，不能分析孙大雨译诗的音组翻译法。不过，新月派其他诗人倒是很好地试验并且实践着音组翻译法。闻一多提出了音尺概念，类似于音组，他的译文就是采用相应音组翻译原文音步的。

闻一多翻译了霍斯曼的 From Far, from Eve and Morning。

From Far, from Eve and Morning②	"从十二方的风穴里"③
	—译郝士曼诗—
From far | , from eve | and morning	从/十二方的/风穴里，
And yon | twelve-win | ded sky,	从旭旦/黄昏的/边际，
The stuff | of life | to knit me	生命的丝/把我/织成，
Blew hi | ther; here | am I.	一阵风/吹我/到这里。
Now—for | a breath | I tarry	
Nor yet | disperse | apart—	我还有/一息的/流连，
Take my | hand quick | and tell me,	还不/至于/马上/消逝——
What have | you in | your heart.	捉住/我的心，告诉我，
Speak now | , and I | will answer;	你心里/有点/什么事。
How shall | I help | you, say;	
Ere to | the wind's | twelve quarters	讲出来/，我立刻/回答；
I take | my end | less way.	我能/帮你点/什么忙，
	讲/，趁我/还没有/登程，
	走向/那缥缈的/家乡。

诗歌 From Far, from Eve and Morning 体现了霍斯曼诗歌一贯的特点，格律谨严，不事雕琢，音乐性好。原文为抑扬格三音步，诗歌第2行、第4行押韵，单数行七音节，双数行六音节。诗歌主人公在离别远行之前急于想知道能够帮别人什么忙，语言朴实真诚，声音轻重交替，节奏分明。闻一多的译文，固定诗行字数八言，以汉语三音组翻译原文抑扬格三音步（原文也不是只有抑扬格，译诗也不是每个诗行只有三个音组，有两行为四个音组），译诗第2行、第4行押韵。译诗音韵优美，节奏感好，体现了原文声音上的特点。另外，译诗中有一个一字音组（"从"），三个四字音组（"十二方的""生

---

① 徐志摩. 前言[J]. 诗刊, 1931 (2): 1.
② Housman A E. A Shropshire lad [M]. New York: Henry Holt and Company, 1924: 47.
③ 郝士曼. 从十二方的风穴里[J]. 闻一多, 译. 新月, 1928 (7): 1.

命的丝""那缥缈的"），突破了常见的二字音组或者三字音组，音组字数组成不会显得呆板。闻一多译诗大体上将原文的内容都传达出来了，但是也有两处明显的误译。第1处在译诗第1节第3行、第4行，原文的意思大概是将要组成我生命的材料，吹到了这里：我就形成了。闻一多的译文"生命的丝把我织成，/一阵风吹我到这里"，风吹的对象改变了。但是，闻一多此处的误译意境确实很好，对于传达原文的意境也很到位。原文"to knit"本有"编织"的意思，当然也有"牢固连接"的意思。闻一多根据"to knit"将"The stuff of life"译为"生命的丝把我织成"，意境就很好，传达出了原文意境。另外，诗歌以及译诗语言本来就是需要这种打破常规的使用，方能显出诗意。另有一处明显的误译，就是第2节第3行的"我的心"，原文是"Take my hand quick"，应该是快点抓住我的手，有可能是因为 hand 和 heart 都是 h 开头，而且第4行也有一个 heart，容易看错。诗歌第3节第4行末的"家乡"，从表面上来看，是为了押韵，添加了译文没有的词语，而实际上通读原诗，就会从第1节第1行、第2行中知道，构成主人公的生命物质就是从远方、从"twelve-winded sky"来的，最后1节第3行、第4行又说，要踏上行程，去"the wind's twelve quarters"，那就确实是回到家乡了。译文采用三个音组翻译原文的抑扬格三音步，是合适的，并且很成功。

但是，在闻一多的其他译诗中，又未必有上述这种安排得非常整齐的音组。闻一多翻译得最多的是白朗宁夫人的十四行诗，译诗重视传达原文的内容，也重视再现原作的形式，但是像上述安排得如此整齐的音组就没有。当然，闻一多译白朗宁夫人十四行诗也不是没有调和的音节，只是音组的安排，大体是以诗行五音组翻译原文抑扬格五音步，偶尔也有少数诗句四音组、六音组，间或还有三音组的，读起来，节奏感就没有他翻译的《从十二方的风穴里》这首诗这么强了。另外，诗行字数也是从十言到十三言不等，译诗大体上还是形式整饬，但是也不如《从十二方的风穴里》这般整齐。这大概是闻一多翻译这些诗歌的时候，注意在音组数上实现大致的整齐，而非绝对固定的音组数。闻一多翻译的白朗宁夫人抒情十四行诗第7首就是典型。原文为抑扬格五音步，译诗诗行大体以每行十二言五音组来翻译原文，译诗诗行主要由二字音组和三字音组组成，整齐中有变化，不会显得僵化和呆板。另外，译诗诗行十二言，诗行容量较大，能够在汉语中从容地再现原文的思想内容，同时能从容地配合实现对于原诗韵式的复制。以十二言五音组翻译原文抑扬格五音步，无疑是比较理想的翻译方法。

后来周煦良在《西罗普郡少年》的《译者序》中也提到了孙大雨使用音

175

组译诗和构建新诗格律,认为"孙先生的字组法仍不失为我们建立新诗格律需要考虑的条件,是必要,但不足够"①,肯定了孙大雨的音组理论。

(三)复制韵式

复制韵式,指的是在汉语译文中再现原文押韵的方式,即韵式。其实,在新月派诗人翻译外国诗歌、移植诗体以前,新月派诗人中就有单纯模仿外国诗歌韵式的试验了。刘梦苇的原创诗歌《妻底情》是"试仿莎士比亚十四行诗式用韵"②,诗歌韵式 abab、cdcd、efef、gg。有了这些基础,新月派诗人在翻译中复制外国诗歌韵式,就有了基础和准备。

闻一多翻译得最多的是白朗宁夫人的十四行诗。闻一多的译文往往都较为准确地传达了原文的意思,并且译文韵式也依照原文来安排,他的译诗各诗行音组数安排都大体整齐,以每个诗行五音组为主,这或许与闻一多重视汉语诗歌音尺有关。闻一多译诗读起来,节奏感较强。以下是闻一多翻译白朗宁夫人十四行诗第二首,从中可窥见一斑。

| But only three in all God's universe
Have heard this word thou hast said, —
Himself, beside
Thee speaking, and me listening! and replied
One of us …that was God, …and laid the curse
So darkly on my eyelids, as to amerce
My sight from seeing thee, —that if I had died,
The death-weights, placed there, would have signified
Less absolute exclusion. "Nay" is worse
From God than from all others, O my friend!
Men could not part us with their worldly jars,
Nor the seas change us, nor the tempests bend;
Our hands would touch for all the mountain-bars;
And, heaven being rolled between us at the end,
We should but vow the faster for the stars. | 可是在上帝的全宇宙里,总共
才有三个人听见了你那句话——

除了讲话的你,听话的我,便是他——
上帝自己!并且我们三人之中,
还有一个答话的……那话来得可凶!
讯得我一阵的昏迷,一阵的眼花,……
我瞎了,看不见你了,……那一刹那

的隔绝,真是比"死"还要严重。
因为上帝一声"不行"比谁都厉害!
尘世的倾轧捣不毁我们的亲昵,
风雷不能屈挠我们,海洋不能更改,
我们的手伸过峻岭,互相提携,
临了,天空若滚到我们中间来,
我们为星辰起誓,还要更加激励。③ |

---

① 周煦良. 西罗普郡少年: 译者序 [A] //霍思曼. 西罗普郡少年. 周煦良, 译. 长沙: 湖南人民出版社, 1983: 21.

② 刘梦苇. 妻底情 [J]. 晨报副镌·诗镌, 1926 (4): 52.

③ 白朗宁夫人. 白朗宁夫人的情诗 [J]. 闻一多, 译. 新月, 1928 (1): 142-143.

<<< 第四章 新月派外语诗歌汉译自觉时期（1926—1933年）

　　译诗忠实地再现了原文的意思，当然，译诗也有几个地方因为要押韵稍加改动，比如，将原文第2行"this word"译成"那句话"，将原文第3行至第8行的意思糅合到一起，调整了顺序重新组合，将第11行两个分句的顺序颠倒等，因而译诗显示出韵脚的整齐和谐，构成与原文一样的韵式（除了最后一个三行诗节），译诗韵式为abba、abba、cdc、ecd。译诗总体而言，形式整饬，但是不是豆腐块一样的模式。这也可以看出，新月派诗人并非时时刻刻追求豆腐块式整齐的诗歌，应该还是要根据诗歌内容确定形式，这里的译文因为要忠实于原文的内容，就没法使诗行字数一样。值得注意的是，音尺是闻一多新诗理论中的一个重要部分，他自己这些译诗中，大体按照自己的音尺理论安排诗行。但是译诗还要传达原文的意思，有所限制，因此，有时译诗的字数和音组数并不能完全与原文的音节数和音组数一致。这首译诗诗行的音组安排，以五音组为主，也有四音组诗行，第14行为六音组，第11行为七音组。这样一来，译诗每个诗行的节奏只能实现大体一致，而且有的诗行快，有的诗行慢，在同样的时间内，大体能够实现相同节奏单位的复现。不过，这倒是颇符合闻一多对商籁体的认识和判断，他认为商籁体的"十四行与韵脚的布置，是必需的，但非最重要的条件。关于商籁体我早想写篇文章谈谈，老是忙，身边又没有这类的书，所以没法动手。大略地讲，有一个基本的原则非遵守不可，那便是在第八行的末尾，定规要一个停顿。最严格的商籁体，应以前八行为一段，后六行为一段；八行中又以每四行为一小段，六行中或以每三行为一小段，或以前四行为一小段，末二行为一小段"，"音节和格律的问题，始终没有人好好的讨论过"[①]。闻一多认为商籁体第8行后面的停顿重要，所以在翻译上述白朗宁夫人的十四行诗时，就刻意在第8行末尾使用句号结束句子，构成明显的停顿。但实际上，白朗宁夫人的原作第8行到第9行是跨行，不管是从意思上，还是从节奏上，都没有这么明显的停顿。闻一多翻译的其他20首白朗宁夫人的十四行诗中，有较多的都在第8行末尾有明显停顿，有些停顿是原文有的，而有些停顿原文没有。当然，闻一多的译文也不是完全唯形式是从，也有些十四行诗译诗第8行没有停顿，而是采用了跨行，如第6首等。另外，闻一多注重十四行诗的行数，这是一般译者都能做到的。在正常情况下，原作的行数都能在译作中完全体现，原文14行，译文就还它14行，没有什么问题。但是，确实有不正常的情况，如朱湘翻译的莎士比亚十四行诗第30首就只有十三行，洪振国认为是漏印——

---

① 闻一多. 新月讨论：（三）谈商籁体 [J]. 新月, 1930 (5/6): 7-8.

177

"《番石榴集》中这首诗漏印一行"①，但是具体是什么原因还需要考证。由于《番石榴集》是在朱湘自杀以后出版的，朱湘也就不可能有什么补充说明。此外，闻一多还重视译诗的韵脚，这也是他所译21首十四行诗都严格步原作韵式的原因。有时为了译诗押韵，闻一多确实不惜稍微改变原文的意思。闻一多重视诗歌节奏，重视诗歌音乐性，翻译的十四行诗诗行大体以五音组为主，节奏较好。早在1926年，闻一多就提出过诗歌要具有音乐的美（音节）②，并且还以他的《死水》为例解析。闻一多译白朗宁夫人的21首十四行诗中，贯彻了他自己的主张，译诗诗行音尺（音组）安排大体一致，诗歌节奏分明，具有音乐的美。同时，译诗和后期闻一多对商籁体的看法一致，正如上文所说，他认为商籁体的要点在于第8行末尾的停顿以及十四行的形式和韵脚。

另外，新月派诗人中，有灵感就写诗，没有灵感就译诗的，不唯朱湘一人，倒是朱湘说过这样的话，而后罗念生又十分强调。朱湘在寄给赵景深的信中，就说"到此后，诗的材料诗的感兴一点没有，闷时虽可以译些诗，但创作的愉快已经好久不曾享受了"③。罗念生评论朱湘译诗的时候就说，"他有灵感就写诗，无灵感就写诗"④。有灵感就写诗，无灵感就译诗，在闻一多身上体现得更为明显，而且情况似乎更为严重，闻一多后来不是没有灵感，而是写不来，他1930年12月写给朱湘、饶孟侃的信中就说"足二三年，未曾写出一个字来"⑤。另外，像朱湘一样，闻一多也是新月派新格律诗人中对于中国古典诗歌尤其着迷的一个诗人译者。闻一多在清华期间写旧体诗，后来受胡适诗界革命影响，转而写新诗、自由诗，然而闻一多在1925年诗风剧变，"唐贤读破三千纸，勒马回缰作旧诗"，"神州不乏他山石，李杜光芒万丈长"⑥，他在给梁实秋的信中如是说。闻一多对中国唐诗推崇备至，要改写旧诗。事实上，闻一多并没有完全写旧诗，而是和新月派一帮志同道合的人一起试验了有格律的新诗，即新格律诗，并且对新格律诗提出了诸多见解，详见闻一多1926年发表在《晨报副镌·诗镌》上面的《诗的格律》。闻一多诗歌创作高峰期如1925年、1926年几乎没有译诗，到了1927年，闻一多创作

---

① 洪振国，整理加注．朱湘译诗集［M］．长沙：湖南人民出版社，1986：72.
② 闻一多．诗的格律［J］．晨报副镌·诗镌，1926（7）：30.
③ 罗念生．朱湘书信集［M］．天津：人生与文学社，1936：79.
④ 朱湘．朱湘译诗集［M］．洪振国，整理加注．长沙：湖南人民出版社，1986：4.
⑤ 孙党伯，袁謇正．闻一多全集：书信·日记·附录［M］．武汉：湖北人民出版社，1993：253.
⑥ 孙党伯，袁謇正．闻一多全集：书信·日记·附录［M］．武汉：湖北人民出版社，1993：222-223.

诗歌有所减少，创作诗歌中最有名的就是《忘掉她》，同时整理《死水》诗集，1927年译诗增多，1928年译诗达到高峰，闻一多一下发表了21首白朗宁夫人的诗歌，但是原创诗歌减少了。1928年出版诗集《死水》，主要收集了1925年到1927年之间的诗歌，很少创作。之后，闻一多未有诗集出版。闻一多1930年回顾过去两三年的情况就是，写不出一个字来①。虽然1930年写了一点诗，很兴奋，自认为"第二个'叫春'的时期快到了"②，但是再后来闻一多改变写诗的作风，转而写自由诗，最后"就结束了他痛苦的诗歌创作活动"③，转而专门研究中国古典文学，并出了很多研究成果。在闻一多诗歌创作艰难、万分苦闷的时候，正好和徐志摩联手译介白朗宁夫人的十四行诗，之后又翻译多首霍斯曼的诗歌。后来，闻一多不写诗了，受英国文化界委托，抄选并翻译中国的新诗，他自己认为"唯其曾经一度写过诗，所以现在有揽取这项工作的热心，唯其现在不再写诗了，所以有应付这工作的冷静的头脑而不至于对某种诗有所偏爱或偏恶"④。

朱湘也是有灵感就写诗，没有灵感就译诗，他的诗歌大都于1928年前后译就。1927年，朱湘赴美国留学，到美国后，译笔不停，1928年前后译出两本诗集，但是由于出版社等原因，一直未能付梓印刷，直到朱湘去世后，留下了孤儿寡母，他的挚友罗念生竭尽全力帮忙出版了一些朱湘生前遗作，包括《番石榴集》，稿费全部给朱湘夫人刘霓君。在翻译外国诗歌期间，朱湘创作的诗歌确实较少，主要有写给夫人的一些旧体诗和新诗，表达相思、安抚、爱恋之情。

（四）小结

新月派诗人译诗，大体上还是较为统一地践行着新月同人发展出的翻译方法：固定诗行字数，以音组翻译音步，复制韵式。新月派诗人译诗，注重诗歌形式整饬，注重诗歌音韵优美。为了实现诗歌形式整饬，翻译的时候常常会有增删，以实现诗行字数整齐。若诗行字数不够，就凑字，若诗行太长，就删除原文字词，总之，要实现诗行整齐。另外，为了诗行押韵，也在需要

---

① 孙党伯，袁謇正. 闻一多全集：书信·日记·附录 [M]. 武汉：湖北人民出版社，1993：253.

② 孙党伯，袁謇正. 闻一多全集：书信·日记·附录 [M]. 武汉：湖北人民出版社，1993：253.

③ 李怡. 中国现代新诗与古典诗歌传统 [M]. 增订3版. 北京：中国人民大学出版社，2015：178-179.

④ 朱自清. 闻一多先生怎样走着看中国文学的道路 [J]. 文学杂志，1947（5）：15.

的时候改变字词，将句尾之词改为与其他诗行押韵的表达，有时候改动很自然，有时也会因韵害意。

新月派诗人翻译过程中都在遵循一定的规范，试图将外国经典格律诗歌翻译为汉语格律诗歌。这是新月派诗人的共同点，也可以用图里（Toury）的翻译规范解释。但是，新月派中的诗人，他们的翻译方法在总体原则一致的情况下各具特色，这就是不同的诗人不同的惯习所致。徐敏慧认为，翻译规范可以解释翻译活动中群体共有的规律，但不足以解释个体翻译行为，而译者惯习可以解决上述问题。徐敏慧指出，翻译规范"能够有效地解释翻译活动中一些客观、群体的共有规律，同时，由于翻译规范不以研究个体译者为重点，因而不足以解释复杂多变的个体翻译行为及形形色色的译者选择"；"惯习是参与者感知世界、形成概念并采取行动的认知图式系统"；译者惯习"这一主客结合的概念使翻译研究向前迈进了一步，解决了翻译规范不能充分解释的个体选择问题，更清楚地阐明个体主观因素与社会客观因素的共生共存，表明参与者个体/群体有规律的行为模式背后的推动力量不仅仅是规范，还有惯习"；"翻译规范在实施约束力的同时，也帮助构建译者惯习，而译者惯习在场域内的运作趋向反过来又促成（新的）翻译规范的形成"；"译者惯习是翻译规范不断更新的重要来源，是对翻译规范的扩展与延伸"。①

新月派诗人重视中华优秀传统文化，秉承中学为体、西学为用的文化观。新月派诗学注重形式要素，借鉴西方诗歌的形式要素构建新月派诗学。新月派诗人翻译外国诗歌，注重吸收外国诗歌创作的技法、技巧，学习外国诗歌形式的东西。他们中体西用的文化观也渗入了他们的诗歌翻译。新月派诗人在翻译诗歌时，尤其注重将外国诗歌的形式元素翻译到汉语，以试验汉语新格律诗，以创格汉语新格律诗。

新月派诗人总体而言，以新格律诗形式翻译外国诗歌，但是具体到每个不同的译者，是个人有个人的翻译特点。新月派中的诗人如闻一多，学贯中西，除了是诗人之外，还是知名学者，做学问严谨。他特别注重中华优秀传统文化和诗学传统。闻一多也接受过专业的美术教育，注重诗歌建筑的美、音乐的美和绘画的美。他翻译的外国诗歌，多是形式整饬，诗行大体均齐，诗行字数大致相等，音组数大体相同，诗歌将原文意思较为忠实地传达出来，体现出其学者严谨的气质。朱湘是很有才气的诗人，熟谙中国古典诗歌，尤

---

① 徐敏慧. 从翻译规范到译者惯习：描写翻译研究的新发展 [J]. 中国翻译, 2017 (6): 12-14.

其对屈原的诗歌感同身受,他了解世界诗歌经典,饱读诗书,和闻一多一样,重视中国诗歌传统。朱湘译诗通常固定诗行字数,形式非常整齐,就像中国古代的格律诗一样,形式严谨。徐志摩天性浪漫、感性,自小饱读诗书,译诗信手拈来,虽然还是形式整饬,但是常常不忠实原文,有误译、漏译的情况。而饶孟侃则更具传奇色彩,他从踢球转而写诗、译诗,他对诗歌和译诗的理解,多是从交往甚密的清华好友、新月派同人那里获得的,自然也是注重诗歌格律要素,译诗形式整饬。新月派同人译诗各具惯习,但是他们的共同点就是注重再现原文的形式,并且发展出一套切实可用的翻译方法。这些翻译方法,如固定诗行字数、以音组翻译音步、复制韵式,虽然是新月派诗人独有的,打上了新月派诗人的烙印,但是后来逐渐成为后世翻译格律诗歌的规范,同时,因以格律诗歌翻译原文,试验、发展和锻炼了汉语格律诗歌,逐渐形成了汉语新格律诗歌规范。

三、译诗特点

虽然新月派同人各自惯习不同,译诗方法也因人而异,但是他们的译诗有明显的共同点:以诗译诗,音乐性强,翻译质量较高。

(一) 以诗译诗

新月派诗人译者在翻译外国诗歌时,绝大多数还是以诗译诗,因为外语原文本来就是诗。新月派同人尽量在译诗中再现原文的形式,原文是十四行体的,译文就尽量采用十四行体的形式;原文是柔巴依,译文也尽量采用柔巴依的形式;原文是无韵体诗,译文也再现无韵体诗的形式,不一而足。总之,新月派诗人尽量在汉语中采用与原文一样的形式。一方面,这是忠实于原文的形式;另一方面,与新月派诗人翻译外国诗歌的文化目的有关。

新月派诗人译者翻译各种诗体的外国诗歌,其文本目的就是让不懂原文的读者通过他们的译文知道、了解,甚至欣赏原文的思想内容及其文体风格。忠实再现原文的形式,可以使读者了解外国诗歌本来的风貌,欣赏其形式。

新月派诗人译者翻译诸多诗体的外国诗歌,有非常明确的非文本目的,那就是借鉴外国诗体,移植外国诗体,为建立新格律诗提供可资学习的文本,借译诗创格中国新诗。新月派诗人了解世界各国诗歌历史,了解译诗可以引入诗体,译出的好诗可以获得不朽的文学价值。

但是,在遇到莎翁无韵体诗的时候,新月派诗人还是出现不知如何操作的情况。中国诗歌传统中没有无韵体诗,新月派在翻译全新的诗体时,必须面对挑战。对于翻译文体，新月派同人并没有硬性规定，但是"大体宜采用有节奏之散文。所注意者则翻译不可成为 Para Phrase"①。新月派诗人还是很注重诗歌节奏的，但是面对没有译过的诗体，只能抱着试一试的态度。后来事实也是如此，新月派某些成员如孙大雨将莎剧译成了诗体，而梁实秋则主要是以白话散文来翻译的莎剧。

（二）音乐性强

王友贵指出，"诗歌的音律、声音效果和意象，是诗歌这种文本的主要成分，而音律效果和声音应该是诗的一个居主导地位的功能"。"诗人译诗，若他宣布并不完全步原诗的音步或轻重，读者诵读时就须有些耐心，因为译诗可能在视觉上一开始看不出音乐来，唯有反复诵读，方可能领悟译诗之妙。"②

新月派诗人译者将外语诗歌汉译，译诗一个明显的特征就是音乐性强，而诗歌音乐性正是诗歌一个重要特点，也是诗歌翻译中需要尤其重视的一个方面。新月派诗人翻译的诗歌，其音乐性主要体现在诗歌节奏和声音的反复上面。音乐性是"具有音乐的特质或特点"，即"声调优美的，有旋律的；悦耳的，声音好听的"③。音乐性是诗歌不可或缺的一种特性，诗、乐、舞同源说可以为佐证。英语诗歌的节奏是音乐美的要素。④ 英语诗歌的音乐性主要通过诗歌的音步、韵脚、头韵、重章叠句等要素实现，而汉语诗歌的音乐性主要通过诗歌的顿、韵脚、双声叠韵等要素实现。

新月派诗人将外语诗歌翻译为中文，原文若是押韵，译文也几乎押韵，而且译文会再现原文的押韵模式，使原文中声音回环往复的方式得到再现。若原文是无韵体诗歌，则译文也不押韵。另有译诗尽量再现原文的节奏方式，采用相应的音组翻译原文音步，使原文的节奏方式在译诗中得到再现。此外，汉语译诗还有多处使用双声、叠韵的地方，可以增强诗歌的音乐美。总之，新月派诗人译诗，一个很大的特点就是诗歌音乐性好。

王友贵教授借鉴赖斯（Katherina Reiss）的文本类型学，强调了诗歌音律的重要性。"诗歌的音律、声音效果和意象，是诗歌这种文本的主要成分，而

---

① 耿云志，欧阳哲生编. 胡适书信集：上 [M]. 北京：北京大学出版社，1996：540.
② 王友贵. 翻译西方与东方：中国六位翻译家 [M]. 成都：四川出版集团，四川人民出版社，2004：374-375.
③ MURRAY J A H, et al. The Oxford English dictionary [Z]. Vol. VII. Oxford: Oxford University Press, 1933: 784.
④ 陈丹. 以顿代步 复制韵式 [J]. 韶关学院学报，2017（10）：76.

音律效果和声音应该是诗的一个居主导地位的功能。"[1]

布勒（Karl Bühler）提出语言同时具有三种功能：客观地陈述（represent）、主观地表达（express）、劝导性地呼吁（appeal）[2]。在此基础上，结合雅可布森（Jacobson）的语言功能理论，纽马克（Peter Newmark）针对翻译总结出语言的表达功能、信息功能、呼吁功能、审美功能、寒暄功能以及元语言功能，对具有上述功能的文本指出了翻译中的注意事项[3]。赖斯也基于布勒的理论提出了文本类型学（text-typology），以发展翻译批评。赖斯把文本分为四类：注重内容的信息型文本，注重形式的表达型文本，注重呼吁的操作型文本，以及以声音为媒介的文本[4]。当然，在某个文本中各功能共同作用，但是有一个功能居于主导地位[5]。纽马克和赖斯，都认为文学文本包括诗歌，属于表达型文本[6][7]。赖斯借鉴克勒普弗（R. Kloepfer）的观点，尤其指出注重形式的文本，"甚至单个的声音能够构成重要的形式因素"[8]。王友贵教授比赖斯更进一步指出诗歌的音律效果和声音是诗歌居于主导地位的功能[9]，那么在翻译过程以及翻译评价中就应该对于诗歌的声音和音乐性有所关注，这也是本书对于诗歌音乐性尤其关注的一个原因。当然，另一个原因是新月派诗人对于诗歌音乐性的高度重视。

---

[1] 王友贵. 翻译西方与东方：中国六位翻译家 [M]. 成都：四川出版集团，四川人民出版社，2004：373-374.
[2] REISS K. Translation criticism: the potentials & limitations [M]. RHODES E, trans. Shanghai: Shanghai Foreign Language Education Press, 2004: 25.
[3] NEWMARK P. A textbook of translation [M]. Shanghai: Shanghai Foreign Language Education Press, 2001: 39-44.
[4] REISS K. Translation criticism: the potentials & limitations [M]. RHODES E, trans. Shanghai: Shanghai Foreign Language Education Press, 2004: 26-27.
[5] REISS K. Translation criticism: the potentials & limitations [M]. RHODES E, trans. Shanghai: Shanghai Foreign Language Education Press, 2004: 25.
[6] NEWMARK P. A textbook of translation [M]. Shanghai: Shanghai Foreign Language Education Press, 2001: 39-44.
[7] REISS K. Translation criticism: the potentials & limitations [M]. RHODES E, trans. Shanghai: Shanghai Foreign Language Education Press, 2004: 25.
[8] REISS K. Translation criticism: the potentials & limitations [M]. RHODES E, trans. Shanghai: Shanghai Foreign Language Education Press, 2004: 32.
[9] 王友贵. 翻译西方与东方：中国六位翻译家 [M]. 成都：四川出版集团，四川人民出版社，2004：373-374.

本章小结

1926年到1933年，新月派外语诗歌汉译活动成为自觉的活动，蔚为壮观。新月派大规模翻译外国诗歌，实际上就是要到外国文学里去寻找新诗的原理，通过外国诗歌的翻译，学习并创格中国新格律诗。新月派诗人的多重身份决定了其翻译选目一流。新月派诗人译者，身兼多重身份，不仅是诗人、翻译家，也是学者和批评家，能够甄别外国诗歌，选择一流外国诗人的一流诗歌翻译。新月派诗人译诗，除了具有介绍外国诗歌的文本目的之外，更具有移植诗体、建构文化的文化目的。新月派在进行大规模翻译之前，其实已经形成新月派诗学，新月派成员的诗歌创作契合其诗学。同样，新月派翻译的诗歌也契合其诗学，一是翻译选目，二是译诗产品，都能符合新月派诗学。

新月派成员认真实践着外语诗歌汉译活动。这一阶段，新月派诗人翻译的维多利亚时期诗歌（包括维多利亚时期诗人的译诗）占这一阶段新月派诗歌翻译总数的约40%，远远多于其他流派的诗歌。虽然新月派诗学深受巴那斯主义和维多利亚诗风的影响，但是新月派诗人选择翻译的外国诗歌流派并未局限于维多利亚时期诗歌，凡是格律谨严、音乐性好的外国文化资本，都在他们选择之列。新月派成员选择翻译的外国诗歌主要有以下几派：浪漫主义诗歌，维多利亚时期诗歌，象征主义诗歌，以及其他各国优秀的诗歌。这些外国诗歌有一些共同的特征，如格律谨严、音乐性强，正好契合新月派诗学中对于诗歌格律的要求。

这一阶段进行诗歌翻译的译者数量较多，除了新月派著名的诗人，如徐志摩、闻一多、饶孟侃、朱湘、李唯建、梁镇等之外，新月派中的理论家、散文家梁实秋等也进行了诗歌翻译，新月派中的后辈陈梦家、方玮德、卞之琳也有诗歌翻译。诗歌涉及的外国语言主要为三种，绝大多数为英语诗歌，还有少数法语诗歌，以及极少数德语诗歌。

新月派诗人译诗注重引进和移植西方诗歌的形式要素，有其现实原因："诗国革命"，打破了旧的格律形式，却未提出新的格律形式，中国诗歌前途未卜，新月派诗人希望能够通过翻译为汉语移植新格律诗体，是故引进西方诗歌形式要素也有其更为重要的深层原因：新月派诗人中体西用的文化观。中体西用的文化观注定了新月派诗人在翻译过程中注重对外语诗歌形式要素的引进和移植，尤其值得一提的是，新月派诗人为汉语移植了格律谨严的十四行体，使十四行体在中国开花结果。

　　新月派诗人译者以诗译诗，诗歌翻译总体质量高。新月派诗人在译诗中再现原文的格律因素，通过固定诗行字数、以音组代替音步、复制韵式等方式，以诗歌翻译诗歌，较好地再现了原文的形式和音乐性。格律是诗歌不可或缺的要素，新月派诗人正是因为能够充分利用汉语语言的资源，大体再现原文的格律要素，才能保证译诗的高质量。

　　新月派诗人以汉语十二言五音组，翻译英文诗歌抑扬格五音步十音节，是理想的翻译方法。新月派诗人尝试以固定诗行十言翻译原文十音节，同时要复制原文韵式，但翻译试验结果不甚理想。而新月派诗人采用大体十二言五音组翻译英文五音步十音节，能够在汉语译文中从容地再现原文的思想内容并且复制原文韵式，翻译结果甚佳。

　　总而言之，新月派在试图建立中国新格律诗的时候，把目光投向了国外诗歌，试图通过学习外国诗歌，借鉴外国诗歌中的技术要素，以建立中国新诗。

第五章

新月派诗歌翻译折射出来的理论思考

第一节 新月派诗人的外语诗歌汉译活动与建构文化

新月派诗人翻译外国诗歌,最基本的目的就是介绍外国诗人诗作。当然,除此初衷之外,他们还有一个目的,就是学习外国诗歌,借鉴外国诗歌,以构建中国新格律诗。

巴斯奈特和勒菲弗尔论述构建文化,讲的是通过翻译在译入语文化中构建外国文化的形象,通过翻译外国文化中的文化资本,在译入语文化中建立这些外国文化资本的形象。巴斯奈特指出,在文化资本的领域中,才能非常清楚地看出翻译是在构建文化。通过翻译外国文化中的文化资本,能够在译入语文化中建立这些外国文化资本的形象。而对文化资本的翻译,其翻译协商过程影响了在某些文化中某些文本的接受,有时还决定性地影响了那些译入语文化的发展①。因此,构建文化一方面指的是构建外国文化资本的形象,另一方面实际上涉及译入语文化的重构和发展。

事实上,构建文化的第二层意思,即通过翻译外国作品构建译入语文化,乃是某些翻译理论家十分强调的,韦努蒂(Venuti)多次提到过,16 世纪、17 世纪的时候"翻译被认为是这样一种实践,它对于民族文化建设有用",施莱尔马赫(Schleiermacher)像洪堡(Humboldt)一样,"他想象异化翻译是民族主义实践,能够建设德国语言和文化","十九世纪的理论家和从业者,如弗里德里希·施莱尔马赫和维廉·洪堡认为翻译是创造性的力量,其中具

---

① BASSNETT S, LEFEVERE A. Constructing cultures: essays on literary translation [M]. Shanghai: Shanghai Foreign Language Education press, 2001: 7-8.

体的翻译策略可以服务各种各样的文化功能和社会功能,建设语言、文学和国家"①。施莱尔马赫对翻译与语言建设的讨论,主要见于他的《论翻译的不同方法》(*On the Different Methods of Translating*)。施莱尔马赫重书面翻译(translating),轻商业口译(interpreting),他对翻译的分类,实际上也是书面翻译的两种分类——"将读者向作者靠拢"和"将作者向读者靠拢"②,方仪力指出"也正是这两种方法保证了译者所从事的是真正的翻译而不是简单的传译","翻译最终是为德语的发展服务的,翻译的历史目标也是与德语的完善紧密联系在一起的"③。施莱尔马赫重视翻译,尤其是"将作者向读者靠拢"这种翻译方法,他认为翻译可以发展语言,并且只有社会发展了,更关注语言了,同时演讲者能够更自由演说的时候,"我们才可能不那么需要翻译来发展语言了"④。可见,施莱尔马赫十分重视翻译对于语言的建设作用。

新月派诸位诗人译者,以他们的翻译实践佐证了翻译与构建译入语文化的关系。

一、构建外国文化资本的形象

新月派诗人的诗歌翻译活动,在译入语汉语中构建外国文化资本的形象。正如前文对新月派诗人翻译选目的论述,新月派诗人译者所选译的皆是世界文学中最优秀的诗人诗作,在世界上都享有盛名,如雪莱、济慈、波德莱尔等著名诗人的著名诗歌《西风颂》《夜莺歌》《恶之花》等。同时,这些优秀的诗歌作品自然属于巴斯奈特所谓的"文化资本"。虽然新月派翻译选目独具慧眼,总体选目标准定在世界一流诗人的一流诗歌,但是具体到选哪位诗人的哪首诗作有一些偶然的因素在内,无非对于哪些诗人熟悉一点就翻译一些,如朱湘、徐志摩,"这个名单的驳杂,正好证明志摩译诗的一个特征:最喜欢

---

① VENUTI L, ed. The translation studies reader [M] 3rd edition. London and New York: Routledge, 2012: 16, 19, 71.
② SCHLEIERMACHER F. On the different methods of translating [M] //BERNOFSKY S trans, VENUTI L ed. The translation studies reader. 3rd edition. London and New York: Routledge, 2012: 49.
③ 方仪力. 以语言为中心的翻译与民族语言发展之关系:重读施莱尔马赫《论翻译的不同方法》[J]. 解放军外国语学院学报, 2013 (6): 89, 91.
④ SCHLEIERMACHER F. On the different methods of translating [M] //BERNOFSKY Strans, VENUTI L ed. The Translation Studies Reader [M]. 3rd edition. London and New York: Routledge, 2012: 63.

的哈代译得多一些，其他诗人，喜欢某一章，便顺手译出来"①。或者是正好新月派诗人译者新学了一种语言，尝试翻译这种语言的作品，如下之琳。

新月派诗人译者通过大量翻译世界各地优秀的诗歌作品，在汉语中构建了浪漫主义诗歌、维多利亚时期诗歌、法国象征主义诗歌等文化资本的形象，使中国读者了解、欣赏著名的外国诗歌。

朱湘尤其强调要介绍西方的真诗②。西方的真诗指的就是西方诗歌的文化资本，这也反映出新月派诗人的一个共识。

勒菲弗尔在他多部讨论文学翻译的著作中贯穿了一个关键词——"改写"（rewriting），这个概念之前叫作"折射"（refraction），其基本思路即主流诗学影响文学翻译。勒菲弗尔从比较文学的角度论及诗学与翻译的关系，认为文学系统受到内外因素的制约，来自系统内部因素，包括诗学；诗学是种规范，反映文学手法和对于文学作品功能的认识，译文若不符合主流诗学或者意识形态，就会被贴上不好的标签。同时，勒菲弗尔认为，翻译"打开了通向颠覆和变革之路"③。

值得注意的是，新月派诗人的创作诗歌和翻译诗歌就是典型不符合主流诗学的作品，当时中国的主流诗学是现实主义文学，而新月派诗人的创作和翻译是"为艺术而艺术"，当时中国的主要诗歌是诗体大解放后的自由诗，而新月派诗人创作和翻译的却是格律诗。虽然不符合主流诗学，却为主流诗学引入了新的元素，同时新月派翻译格律诗歌，也帮助了中国构建新格律诗。

二、重构中国文化

新月派诗人的诗歌翻译活动，除了在汉语中构建外国文化资本的形象之外，也在重构中国文化。新月派诗人所处的历史时代强调的是现实主义诗学，诗歌强调的是作诗如作文的潮流。新月派时期，中国的主流诗学是现实主义白话文学，具体到诗歌，讲究的是作诗如说话的白话诗④。而当时的现实文学

---

① 王友贵. 翻译西方与东方：中国六位翻译家 [M]. 成都：四川出版集团，四川人民出版社，2004：370.
② 朱湘. 说译诗 [J]. 文学周报，1928（276-300）：458.
③ LEFEVERE A. Why waste our time on rewrites?：the trouble with interpretation and the role of rewriting in an alternative paradigm [M] // HERMANS T, ed. The manipulation of literature：studies in literary translation. London and Sydney：Croom Helm，1985：229，236-237.
④ 胡适. 我为什么要做白话诗 [J]. 新青年，1919（6）：497.

反对贵族、古典文学，推崇写实①。新月派意识到了作诗如说话的弊端，追求诗歌的艺术性，主张诗歌要有适当的躯壳，诗歌要有格律，因而积极试验新诗的格律和形式。

新月派诗人试验新诗格律，除了创造诗歌以外，还翻译诗歌，并且通过翻译学习、模仿和移植外国诗歌中的优秀元素，通过翻译试验语言表达致密思想的可能性。通过翻译学习、模仿和移植外国诗歌中的优秀元素，其实就是在构建文化。著名翻译家曹明伦谈到了瞿秋白借翻译创造新语言，谈到了周煦良借译诗建立中国新诗格律，他说"这'创造新的语言'和'建立新诗格律'实际上就是在建构文化"②。

新月派诗人的诗歌翻译，其构建文化又可以具体分为两个层面：构建诗体，构建语言。通过这些具体而细微层面上对于外国诗歌的学习、借鉴，新月派诗人试图构建中国新格律诗文化。

（一）诗体

"诗国革命"的开展，打破了旧格律诗歌的形式束缚，诗人开始创作自由的白话诗，一时间诗歌就如说话。新月派诗人在这种情况下，主张诗歌要有格律，积极试验新格律诗，并且翻译外国格律诗歌，在新月派同人看来，翻译外国诗歌也是试验。徐志摩早前在《征译诗启》中就表明了这个态度（详见第二章第三节翻译的功用及其非文本目的）。徐志摩在介绍白朗宁夫人的十四行诗时，大力推介闻一多的译文，同时也指出闻一多的译文是试验③。

其实，新月派诗人认真试验新格律诗体以前也写诗，或是旧体诗，或是新体自由诗，如闻一多，他1923年出版的诗集《红烛》，其中绝大多数诗歌较为自由，无论是诗节行数，还是诗行字数，都自由安排，因而并不能见出诗歌整饬的形式。倒是后来，在新月派诗人开始试验新格律诗歌并且翻译外国诗歌以后，闻一多的诗歌也就开始遵循他自己所提出的作诗原则了。1928年闻一多出版诗集《死水》，其中的诗歌就体现了整饬的形式、优美的音韵，以及铿锵的节奏，并且这本诗集中的大多数诗歌都采用了整齐的四行诗节，具有建筑的美。尤其是闻一多的代表诗歌《死水》，其形式整饬、节奏分明，是新格律诗歌的典范，而这首诗恰恰受到了多位外国诗人作品的影响。正如梁实秋所说，"这一首诗可以推为一多的代表作之一，我们可以清楚的（地）

---

① 陈独秀. 文学革命论 [J]. 新青年, 1917 (6): 1.
② 曹明伦. 谈英诗汉译的几个基本问题 [J]. 中国翻译, 2014 (1): 117.
③ 白朗宁夫人. 白朗宁夫人的情诗 [J]. 新月, 1928 (1): 164.

看出这整齐的形式，有规律的节奏，是霍斯曼的作风的影响。那丑恶的描写，是伯朗宁的味道，那细腻的刻画，是丁尼孙的手段"，"一多写这首诗的时候，正是我们一同读伯朗宁的长诗《指环与书》的时候"①。

同样，1925年朱湘出版诗集《夏天》，其中绝大多数诗歌较为自由，无论是诗节行数，还是诗行字数，都是根据意思自由安排的，诗行长短不一，也不能见出规则的韵式。后来，新月派诗人开始试验新格律诗歌并且翻译外国诗歌，朱湘的诗歌也就有一定的章法可循了。1927年朱湘出版诗集《草莽集》，其中的诗歌具有整饬的形式、优美的韵律，无论是诗行字数，还是诗节行数，都较为整齐美观。另外，有些诗歌中的诗行还尝试了退格，形式均齐划一。此诗集中，朱湘尝试较多的也是四行诗节，他的长诗《王娇》也采用四行诗节，aaba韵式，或是借鉴了柔巴依的押韵方式。后来朱湘的《石门集》出版，此时朱湘的格律诗歌试验更为成熟，不仅诗行诗节整饬均齐、押韵规律、音乐性好，还有意识尝试各种诗体，如两行诗、四行诗、三叠令、十四行诗、诗剧等，并且较为成功。这也是在新月派诗人翻译外国诗歌的背景下，汉语诗歌创作从自由走向格律的过程，从青涩走向成熟之路。

另外，新月派诗人对于诗歌翻译能够为译入语引进诗体，有客观而深刻的认识。新月派诗人了解世界诗歌史，认识到彼特拉克介绍希腊诗到意大利，引起了文艺复兴；萨里伯爵翻译维吉尔的诗歌，创造了无韵体诗②。意大利的十四行体在英诗里运用得好，成为英诗的诗体③。新月派诗人的论述，可以显示出他们对于译诗功用的看法——译诗可以引入诗体。朱湘注重外国文学的翻译、研究和介绍，他希望把中西诗学中的精华都提炼出来为我国新诗所用④。闻一多翻译了21首白朗宁夫人的十四行诗，徐志摩专门撰文介绍这些诗，同时提及移植诗体的问题。徐志摩说十四行诗就是从意大利移植到英国的，在英国取得了成功，同时类比中国当时的情况，希望能移植诗体到中国⑤。

新月派诗人了解世界诗歌发展历史，尤其知道在英国久负盛名的十四行诗其实是从意大利语翻译成英语的，从而形成了英国的十四行诗诗体。新月派诗人也有个宏伟的愿望，既然十四行诗可以从意大利移植到英国，那么自

---

① 梁实秋. 谈闻一多 [M]. 台北：传记文学出版社，1967：35-36.
② 朱湘. 说译诗 [J]. 文学周报，1928（276-300）：456-457.
③ 饶孟侃. 再论新诗的音节 [J]. 晨报副镌·诗镌，1926（6）：14.
④ 朱湘. 说译诗 [J]. 文学周报，1928（276-300）：456.
⑤ 白朗宁夫人. 白朗宁夫人的情诗 [J]. 新月，1928（1）：164.

己也要将其从英国移植到中国。

皮姆批判了对于图里理论的简单化认识，即目的语在获得各种译文之前就知道自己需要什么样的译文了。第一，皮姆认为只有在完整的译文存在以后才能知道译文的功能。第二，皮姆进一步指出要是目的语文化中的有识之士能够预见译介给目的语带来的变化，那么这个有识之士就最好直接介绍这种信息，而不用诉诸翻译①。皮姆的观点未必能够解释所有的翻译活动。新月派诗人译诗活动正好与皮姆的第一个观点相悖。新月派诗人在翻译之前就确定了译入语汉语需要什么样的翻译，确定了翻译的功能：翻译是要将外国诗体移植到汉语之中。皮姆的第二个观点也有失偏颇。事实上，新月派诗人的翻译活动正好表明：目的语文化中的有识之士能够预见译介给目的语带来的变化，这个有识之士确实可以直接介绍这种信息，但是这个有识之士更会诉诸翻译。新月派诗人早在1926年就直接使用十四行诗诗体写作诗歌了，比如，刘梦苇在诗歌标题后面标注"试仿莎士比亚十四行诗式用韵"②，但是当时影响不大。只是在新月派诗人大规模翻译十四行诗的时候，才在译入语汉语中产生了巨大的影响，给目的语汉语带来了巨大的变化。

新月派诗人通过翻译试验了好多种诗体，由于翻译的是外国名家名作，给中国诗歌带来了一定的影响，推动了这些外国格律诗体在中国生根发芽，开花结果。

新月派诗人翻译的诗体中，包括十四行诗、柔巴依体、无韵体等。新月派诗人译者在选择翻译这些各种诗体的外国诗歌时，有非常明确的非文本目的，那就是借鉴外国诗体、移植外国诗体，为建立新格律诗提供可资学习的文本，同时试验白话文诗体在表达各种思想内容时的能力，检验白话文创作诗歌时的表现力。新月派诗人在翻译和介绍各种诗体的外国诗歌时，注重从内容和形式两个方面再现原文，尤其注重把外国诗歌形式传译到中文，符合闻一多强调的"中学为体，西学为用"的文化观，即技术可以西化，可以学习并采用西方的方法、手段、技巧，但是这些技术也好、技法也好，其实都是表面、表层的东西，不涉及本质和精神。同时，新月派诗人尤其注重把外国诗歌形式传译到中文，符合新月派诗学概念。新月派诗学的一个核心概念就是"新诗形式运动"，注重诗歌格律、形式等要素的构建。

---

① PYM A. Method in translation history [M]. Beijing: Foreign Language Teaching and Research Press, 2007: 153.
② 刘梦苇. 妻底情 [J]. 晨报副镌·诗镌, 1926 (4): 52.

王友贵教授认为，"闻一多和志摩联手译介14行诗，在中国14行诗体的实验创作中，在中外文学关系史上，在翻译文学史上是一次很有意义的活动"①。事实上，新月派时期以前早就有人开始试验十四行诗，如1920年署名东山的作者（郑伯奇）就在《少年中国》发表了十四行诗变体《赠台湾的朋友》，但是影响不大。新月派诗人也早在《晨报副镌·诗镌》时期就开始试验十四行诗了，有意体十四行诗，也有英体十四行诗，但是并未产生什么影响。到了《新月》时期，闻一多和徐志摩对十四行诗的介绍产生了相对较大的影响。这影响首先体现在对新月派同人的影响上，其次体现在对新月派以外诗人的诗歌创作的影响上。

1928年，在闻一多翻译了白朗宁夫人21首意大利体十四行诗以后，首先在新月派同人中引起了较大的反响，新月派中各位诗人开始陆续尝试十四行诗。闻一多在《新月》一卷三号发表了十四行诗《回来》，诗歌为英体十四行诗，韵式为abab、cdcd、efef、gg，诗行四音组、五音组不一，诗歌在第8行末有一个明显的句号，表示停顿。1931年，曹葆华在《新月》三卷十号发表了十四行诗《死诀》，诗歌固定每行十三言，形式整饬，为英体十四行诗，韵式为abab、cdcd、efef、gg，诗行以五音组为主，有少数六音组，音乐性颇好，诗歌在第8行末有一个分号，表示停顿。同年，曹葆华在《新月》三卷十二号发表了十四行诗《爱》，诗歌固定每行十二言，形式整饬，为双行体诗，韵式为aa、bb、cc、dd、ee、ff、gg，诗行均为五音组，音乐性颇好，诗歌在第8行末有一个句号，表示停顿。曹葆华这首十四行诗，就是对于新月派诗人翻译过的传统十四行诗的创化。《爱》并没有采用传统的韵式，而是结合诗歌内容采用了全新的韵式。1932年，曹葆华在《新月》四卷三期发表《十四行诗：祈求》和《十四行诗：狱中》，虽然写了十四行诗的名，却不如他之前写的十四行诗工整，押韵不规律，字数也不规律。当然，上述十四行诗还是遵循着意、英十四行诗的主题，讲述的是爱恨情愁等主题。

此外，新月派成员还陆续在1931年创刊、1932年终刊的《诗刊》发表十四行诗，计12首，全是典型意大利体十四行诗，这12首中还不包括一些十四行诗变体。其中，有孙大雨在1931年《诗刊》一期发表的《回答》《诀绝》《老话》（主题：爱情），李唯建在1931年《诗刊》一期发表的《祈祷 其一》《祈祷 其二》（主题：宗教），饶孟侃在1931年《诗刊》一期发表的

---

① 王友贵. 翻译西方与东方：中国六位翻译家［M］. 成都：四川出版集团，四川人民出版社，2004：378.

《弃儿》（主题：抛弃孩子），陈梦家在1931年《诗刊》二期发表的《太湖之夜》（主题：丑恶与美，类似波德莱尔以丑写美），林徽因在1931年《诗刊》二期发表的《谁爱这不息的变幻》（主题：哲理，变换）。卞之琳在1931年《诗刊》三期发表的《忘》，方玮德在1931年《诗刊》三期发表的《古老的火山口》（主题：自然现象）。对于孙大雨的3首十四行诗，志摩评价很高，"大雨的三首商籁是一个重要的贡献！这竟许从此奠定了一种新的诗体"①。孙大雨早在1926年就开始试验十四行诗了，到1931年已经很纯熟了。但要真正奠定这种新诗体的基础，需要新月派同人的共同努力，一是闻一多和徐志摩翻译介绍白朗宁夫人的作品，二是新月派成员在其主编的期刊如《新月》和《诗刊》上面发表数量较多的十四行诗。新月派成员的这些努力奠定了十四行体这种新诗体的基础，使其在中国的文化土壤里生根发芽、开花结果。

最后还有饶孟侃在1932年《诗刊》四期发表的《飞——吊志摩——》（主题：悼念），以及朱湘在1932年《诗刊》四期发表的《悼徐志摩》（主题：悼念）。以上发表在《诗刊》上的十四行诗全是意大利体十四行诗，有的诗歌在第8行后面有明显的空白，以示停顿，如卞之琳的《忘》等。

实际上，新月派诗人中，在这个阶段试验十四行诗最多的当数朱湘和李唯建。朱湘1931年"废历除夕"写给罗暟岚的信中提及自己学诗和试验，"我现在以学徒自视，《草莽集》是正式的第一步，近作是第二步，将来到了三十五或是四十，总可以有做主人的希望了"，"《诗刊》第一期内有我一首《镜子》，误题为《美丽》"②。朱湘提及的《镜子》这首诗，实际上也是《石门集》第一编中的一首诗歌，信中的近作应该是与《草莽集》一样的诗集，想必就是《石门集》了。在《石门集》中，朱湘试验了数量巨大的十四行体，包括17首英体、54首意体，总共71首，其中包括1930年后朱湘陆续发表在各种刊物（《诗刊》《文学》《青年界》）上面的诗歌。而李唯建当时就已经写了70首十四行组诗《祈祷》，发表在《诗刊》一期的《祈祷 其一》《祈祷 其二》其实"是他的《祈祷》全部都七十首里选录的"③。

由上可知，自从1928年闻一多和徐志摩介绍翻译白朗宁夫人的十四行诗以来，新月派多数成员都开始尝试写十四行诗，不仅涉及的人员众多，而且诗歌的数量巨大，很是壮观，是十四行诗中国化进程中至关重要的一步。

---

① 徐志摩. 序语 [J]. 诗刊, 1931 (1)：3.
② 罗念生编. 朱湘书信集 [M]. 天津：人生与文学社, 1936：145.
③ 徐志摩. 序语 [J]. 诗刊, 1931 (1)：3.

另外，1928年闻一多翻译了白朗宁夫人21首意大利体十四行诗以后，新月派以外的其他诗人也开始陆续尝试创作和翻译十四行诗。比如，罗念生和柳无忌从1929年就开始创作十四行诗，于1931年在《文艺杂志》发表十四行诗9首。罗念生的诗歌诗行大体五音组，音乐性甚好。而柳无忌的《春梦（连锁十四行体）》中的9首诗歌，固定诗行十言四音组，音乐感也非常强。柳无忌还于1931年在《文艺杂志》发表了4首英国十四行诗译诗，包括锡德尼的"好这般愁郁地，月儿，你步上天"（诗歌均无标题，此为诗歌第一行，下同，不赘述），斯宾塞（Edmund Spenser）"这是什么技巧，那黄金的卷发"，塞缪尔·丹尼尔（Samuel Daniel）的"美丽，爱人儿呀，有如清晨露珠"，迈克尔·德莱顿（Michael Drayton）的"无奈何，来让我们亲吻着分离"。其实，《文艺杂志》当年刊登了好多十四行诗，除了上述罗念生、柳无忌的十四行诗之外，还有啸霞、朱湘的十四行诗。由于朱湘的作品已在新月派提及，并且朱湘发表在期刊上的十四行诗收录在《石门集》中，此不赘。笑鹜于1933年在《新垒》上发表《迎春曲（连锁十四行）》5首。这里无论是柳无忌的，还是笑鹜的连锁十四行诗都更为接近当年闻一多译白朗宁夫人的组诗。以上所举十四行诗只是冰山一角，还有更多的诗人在尝试着十四行体。

后来，冯至出了《十四行集》，共28首，影响很大，但不是受到闻一多译白朗宁夫人的诗歌而激发的。1931年到1940年十年中，冯至写诗"总计也不过十几首"，"早已不惯于写诗了"，写十四行诗的开端纯属偶然，也并没有移植诗体的用意①。但是，若没有闻一多的翻译及其产生的影响，以及其他译者的翻译和诗人的运用，十四行体诗歌便不能在中国日趋成熟，冯至或不能"信口说出一首有韵的诗"，"正巧是一首变体的十四行"②，这偶然中蕴含着必然。

新月派诗人，曾多次提及十四行诗从意大利移植到英国的文化史佳话，希望在中国也能实现十四行诗的移植。确实，十四行诗在英国也是通过诗人译者翻译、仿作而引入。怀亚特的"一大功绩在于引进十四行诗。他的模型是意大利的皮特拉克，曾经翻译和仿作多首"。"这一体式经过萨里的运用，又经过斯宾塞和莎士比亚的改进，发展成为一种英国型的十四行诗。"③ 正如王佐良教授和何其莘教授所说，十四行体的输入给英国诗歌带来了严谨的格律，体现了诗歌文明化。"但是不论是意大利型也好，英国型（或称"莎士比

---

① 冯至. 十四行集 [M]. 上海：文化生活出版社，1949：1-2.
② 冯至. 十四行集 [M]. 上海：文化生活出版社，1949：1.
③ 王佐良，何其莘. 英国文艺复兴时期文学史 [M]. 北京：外语教学与研究出版社，2006：59.

亚型") 也好, 十四行体的输入与运用给了英国诗的一大好处是: 纪律。以前的英国诗虽有众多优点,却有一个相当普遍的毛病,即散漫、无章法。现在来了十四行体,作者就必须考虑如何在短小的篇幅内组织好各个部分,调动各种手段来突出一个中心意思,但又要有点引申和发展,音韵也要节奏分明。这一诗体对作者的要求很多,主要一点是: 注意形式,讲究艺术。这就是诗歌文明化的一端。"① 十四行诗在英国的输入和引进与在中国的输入很类似,都是给诗歌带来了纪律,有了纪律诗歌才会实现进化。新月派诗人引入格律诗之前,尤其是在引入十四行诗之前,中国诗坛曾经一度极其自由,流行自由诗,散漫,没有章法,而新月派诗人引入国外优秀的格律诗歌,尤其是十四行诗就是要给中国诗歌带来纪律,带来严谨的艺术形式。

新月派诗人大规模翻译十四行诗给中国诗坛带来显著的变化,除了中国诗人创作的十四行诗数量大幅增长以外,诗体形式也有明显变化。新月派诗人大规模翻译十四行诗之前,中国诗人零星创作的大都是意大利体十四行诗;而新月派诗人大规模翻译十四行诗之后,中国诗人(包括新月派诗人)开始关注并创作英体十四行诗及十四行诗变体。此外,在新月派诗人译者引领下的十四行诗移植,并非将外国十四行体一成不变地引入中国,而是结合中国的语境,对十四行诗进行创化。意大利和英国十四行诗的主题主要为倾慕和爱恋,多是男性诗人写给自己倾慕的、冷漠孤高的女士,而莎士比亚的十四行诗绝大部分写给南安普顿伯爵,另有少部分写给黑女郎。后来,白朗宁夫人的十四行诗,突破了十四行诗历史上男性向自己倾慕的女性书写十四行诗的传统,而是表达女性诗人的情感,丰富了十四行诗的主题内容。新月派诗人翻译了数量较多的十四行体诗歌,诗歌主题多是关于爱情、友谊等。但是新月派诗人创作的十四行诗,在诗歌主题上对意、英十四行诗的爱情、友情主题有了突破。另外,英语十四行诗主要采用两种形式: 意大利体和英体,以及其他一些变体。新月派诗人在创作十四行诗时,对英语十四行诗的形式也有一些突破性的尝试。新月派诗人在中国语境中对十四行诗进行了创化,扩展了十四行诗的主题和形式。

总之,新月派诗人闻一多和徐志摩,1928年翻译介绍白朗宁夫人的十四行诗,确实在中国文学界引起了巨大的反响,一时间十四行诗创作、十四行诗翻译颇多。徐志摩曾说:"当初槐哀德与石垒伯爵既然能把这原种从意大利

---

① 王佐良,何其莘. 英国文艺复兴时期文学史 [M]. 北京: 外语教学与研究出版社, 2006: 59.

移植到英国，后来果然开结成异样的花果，我们现在，在解放与建设我们文字的大运动中，为什么就没有希望再把它从英国移植到我们这边来？开端都是至微细的，什么事都得人们一半凭纯粹的耐心去做。为要一来宣传白夫人的情诗，二来引起我们文学界对于新诗体的注意，我自告奋勇在一多已经锻炼的译作的后面加上这一篇多少不免蛇足的散文。"① 回顾历史，徐志摩的希望实现了，他们确实成功引起了文学界对于这种新诗体的注意，并且成功地将十四行诗由英国移植到了中国，此后十四行诗也在中国的土壤中生根发芽、开花结果了，这是新月派诗人为创格新诗体做出的重大贡献。

新月派诗人翻译的外国诗歌中也有较多四行诗节，韵式不一，如 abab、aaba、aabb、abba 等，相对于中国古典四行诗歌，韵式丰富。新月派诗人的译诗，或激励了诗人试验创作各种四行诗节。新月派诗人对四行诗介绍产生了相对较大的影响，这影响首先体现在对新月派同人的影响上，其次体现在对新月派以外诗人的诗歌创作影响上。新月派诗人的新诗创作尤其喜欢使用四行诗节，很多诗歌乃是使用四行诗节写就。当然，在新月派诗人翻译外国四行诗节以前，也有人（包括新月派同人）试验过四行诗节，但是就韵式、节奏而言，以前还不是特别纯熟。

新月派诗人译者在新月派前期翻译过较多四行诗节的诗歌，尤其是徐志摩 1923 年翻译哈代多首诗歌，大都是四行诗节的诗歌，只是各首诗歌诗行音步数各不相同，押韵方式也大都不同。徐志摩翻译托马斯·哈代的诗歌包括《伤痕》（*The Wound*）、《分离》（*The Division*）、《她的名字》（*Her Initials*）、《窥镜》（*I Look into my Glass*）等，这些诗歌徐志摩也译为汉语四行诗节，押韵方式有时不同于原文。但是，这至少为中国新格律诗人在创格新格律诗歌的时候，提供了可资参考、借鉴的文本，徐志摩的翻译也能表明，这种四行诗节和相应的押韵方式在汉语新诗中还是可行的。

当时诗人也确实采用西方诗歌的格律。"溯自五四运动以来，新诗曾哄（轰）动一时，当时所出的诗集如雨后春笋，但可说没有一篇成功的；其次是北平《晨报副刊》的时期，当时新诗的形式与押韵均模仿西洋诗，但用字方面仍难免旧诗词的气味；再次要算最近《新月》《诗刊》，与从前稍异的在不大用旧词藻，用纯粹语体，但仍无多大进步。"② 作为当事人，李唯建的论述

---

① 白朗宁夫人. 白朗宁夫人的情诗 [J]. 新月, 1928（1）：164.
② 李唯建. 英国近代诗歌选译 [M]. 北京：中华书局，1934：3. 原文使用的词便是"词藻"，本文引用时未做修改。

第五章 新月派诗歌翻译折射出来的理论思考

无疑是可信的。

新月派诗人后期翻译过的四行诗节，包括苔薇士的《自招》，韵式为 aabb，译诗诗行固定十言，四音组为主。还翻译过霍斯曼的《从十二方的风穴里》，韵式为 aaba，译诗诗行固定八言，三音组为主；霍斯曼的《长途》，韵式为 aaba，译诗固定第 1 行、第 3 行十言，第 2 行、第 4 行九言，三音组、四音组为主；霍斯曼的《诗》，韵式为 abab，译诗固定第 1 行、第 3 行十言，第 2 行、第 4 行九言，四音组；《过兵》韵式为 abab，译诗固定第 1 行、第 3 行十言，第 2 行、第 4 行九言，四音组、五音组为主；《山花》韵式为 abab，诗歌固定八言，大体三音组、四音组。另外，程鼎鑫翻译莫顿的两首《无题》，韵式也为 abab，诗行大体十言；梁镇翻译亨利·德·雷尼埃的法语诗歌《声音和眼睛》，韵式也是 abab，诗行大体十二言五音组。新月派诗人译者在译诗中采用以上各种四行诗节的韵式，通过他们的译诗试验，证明了使用语体文实现这些韵式的可行性。新月派同人以及新月派以外的诗人也都尝试了四行诗节写诗，新月同人尤其喜欢采用，很可能因为四行诗节及其押韵方式和中国古典诗歌有相通之处。中国古典诗歌中采用四行诗节的比比皆是，从《诗经》中的《关雎》《子衿》到唐诗中的绝句，都是典型的四行诗节，而且有多种押韵方式。新月派诗人外国诗歌汉译，有时候是通过译诗引入新的押韵方式，而有时候则是通过译诗复兴了中国古诗中不常用的押韵方式。不论是通过翻译引入新韵式还是复兴古诗中的韵式，都是中国诗人能驾驭的。

曹明伦教授提到过中国诗人将"西方诗歌中典型的 abba 韵式与中国诗歌中不常用的抱韵合二为一，创造出了一种有格律的新诗诗体"[①]。

新月派诗人诗歌试验中使用较多的就是四行诗节。不管是新月派诗人，还是新月派以外的诗人，其实都在新月派大规模译诗以前就已经在尝试四行诗节了，但是由于语体文尚未成熟，而且他们对新诗体的运用还不是特别熟练，试验仍然没有什么大影响。而在新月派翻译了大量四行诗节以后，新诗人读到了外国优秀诗歌，看到了四行诗节的建行和押韵方式，有了可资借鉴的模范，自然也就大量试验四行诗节。他们的四行诗节突破了原来单调的韵式，借鉴采用了英诗中四行诗节的各种韵式。比如，陈梦家在 1929 年发表于《新月》二卷八期的《那一晚》为四个四行诗节，韵式为 aaba，柔巴依体，也有诗节四行押同样的韵。胡不归在 1930 年发表于《新月》三卷三期的《重来南京作》为四个四行诗节，韵式为 aaba，柔巴依体。方玮德在 1930 年发表

---

① 曹明伦. 谈英诗汉译的几个基本问题 [J]. 中国翻译，2014（1）：117.

于《新月》三卷七期的《我有》为两个四行诗节,采用 aaaa 的韵式。方玮德在 1931 年发表于《新月》三卷十二期的《祷告》为两个四行诗节,韵式为 aaba,柔巴依体,诗行固定十二言。程鼎鑫在 1931 年发表于《新月》三卷十二期的《夜寻》为四个四行诗节,aaba,柔巴依体,诗行三音组、四音组,固定九言。陈梦家在 1931 年发表于《新月》三卷十二期的《焦山晚眺》为两个四行诗节,韵式为 abab,诗行三音组,固定七言,也有极少二音组诗行。方玮德在 1932 年发表于《新月》四卷一期的《怨》就是三个四行诗节,韵式为 aabb。沈祖牟在 1932 年发表于《新月》四卷二期的《螺州道中》乃是五个四行体,韵式为 abab,但是诗句实在押不了韵的就算了,不是十分刻意押韵。曹葆华在 1932 年发表于《新月》四卷二期的《觉悟》为四个四行诗节,韵式为 aaba,柔巴依体,诗行四音组九言。程鼎鑫在 1932 年发表于《新月》四卷二期的《譬如》为两个四行诗节,韵式为 abab。陈梦家在 1933 年发表于《新月》四卷七期的《塞上杂诗》就为四行体,其韵式有 abab、abba,也有不押韵诗行,较为自由。

  此外,新月派诗人译诗,译诗诗行多是四音组或五音组;他们的创作诗歌,诗行也多以四个音组或者五个音组为主。

  新月派诗人大量翻译外国四行诗节的优秀诗歌,为本国诗人提供了格律诗歌范本,可资借鉴。新月派诗歌的韵式:有的借英语诗歌常用的韵式,但符合中国古典诗歌韵式,如抱韵和交韵;英诗常用抱韵,而中国诗已不常用抱韵。另外,柔巴依体的韵式与中国古代绝句非常相似,通过翻译柔巴依体诗歌,也激发了中国现代诗人使用 aaba 的韵式,既是学习外国作品,在中华优秀传统文化中也有参照的对象,这种模式较能为诗人接受。任何借鉴来的东西都要有本体所依,即赞宁所谓"以所有易所无"[①]。新月派诗人还翻译了外国无韵体诗,为学习和借鉴外国诗歌打下了基础,基于此,创作出无韵体诗。

  总而言之,新月派诗人通过翻译各种诗体的外国诗歌,移植外国诗体,为当时正在创格中的新格律诗提供了可资借鉴的范本,诗人受到启发后纷纷以汉语语体文为媒介模仿各种外国诗体,如十四行诗、四行诗、无韵体等,使中国新格律诗逐渐成熟起来。

  (二) 语言

  新月派诗歌翻译除了移植诗体之外,还有另外一个重要的非文本目的:检验语体文表意的可能性。徐志摩在《征译诗启》中,就明确表示要通过译

[①] 罗新璋,陈应年. 翻译论集 [M]. 北京:商务印书馆,2009:92.

<<< 第五章 新月派诗歌翻译折射出来的理论思考

诗研究汉语白话文的表现力和应变性①②。其实,译诗不仅可以检验译入语的表现力,也可以为译入语输入新的表达方式。

蒋百里对欧洲文艺复兴做过较多研究,也对其中翻译事业给予了关注,尤其提及翻译与语言的关系:"(二)当时之翻译事业与国语运动互相为表里 自教权之衰而各民族自觉之情操日以著 国语运动者此情操发展第一之蕊也 当时若英若德若法无一有此类运动,吾人于此乃有盛兴味之二点。(一)唯翻译事业即为国语运动也故其态度之表面似为模仿而其内在之真精神乃为创造 故当时翻译不仅传述主义,而技术上亦放一种异彩。(二)则国语运动则藉翻译事业而成功也 当时俗语本极贫弱,宫廷语又失之织巧与雕琢,自翻译事业之盛,而国语之内容乃丰富乃正 确其文体乃自然乃流利而所谓文学的国语者乃根本成立,由此例以推中国,则可知今日之国语运动与翻译事业成连鸡之势 其事盖非偶然 而创造之精神殆将籍传述之形式以益著其伟大与光荣之未来诚有令吾人跃然奋起者矣。"蒋百里还特别推崇路德:"盖以翻译事业而完成创造国语之责任者,世界文学史上路德一人而已","德国之国语以路德之译书而告成功然吾人当知路德所据之基础有较吾人今日为困难十倍者","以视吾国今日既拥有庞大之既往而国语且经官应承认者何可同日语也"。此外,蒋百里还论述了安岳的译文与法国国语运动的关系。"而国语运动之标识乃张,彼其意以为俗语之贫弱,与官语之织巧,皆不足以当国语。虽然,此用者之过而非法语本身不良之故也 故吾应当取古典之精神而使现代语言改良而加之丰富使足以表现复杂繁多 之现代思想与情感 而安岳之译文,乃适与此理想相合。盖柏吕大克之著既属史类,则凡人类所有之事物皆在所必备实一种百科全书也。而安岳以自由之笔,说明其种种蓄变之事故。一方既扫除其拘泥之形式一方又增补其贫弱之名词 而凡政治教育哲学科学音乐上种种名词悉移植于法语之中"。最后蒋百里做出总结,"今日之翻译负有创造国语之责任","翻译事业之成功者在历史上有永久至大之光荣","大约发轫时代必为佶屈之短篇文字此殆小社会中感于必要而后起也"。③

蒋百里高屋建瓴,梳理了欧洲文艺复兴时代翻译事业的作用,尤其重视翻译对发展各国国语的重要作用。以欧洲历史为鉴,可以给当时新文化运动中的中国诸多启示。翻译可以创造国语,可以增补贫弱之词。而当时瞿秋白

---

① 徐志摩. 征译诗启 [J]. 小说月报, 1924(3): 6-10.
② 徐志摩. 征译诗启 [N]. 晨报副刊, 1924-03-22.
③ 蒋百里. 欧洲文艺复兴时代翻译事业之先例 [J]. 改造, 1919(11): 71, 73, 77-78.

对于中国语言的论述，恰恰也是使用贫乏之类的表达。"中国的言语（文字）是那么穷乏，甚至于日常用品都是无名氏的。"①瞿秋白的说法虽有点夸大其词，但也道出了当时中国语言的困境。当时翻译家所处的年代，正是语言新旧交替，进行语言革命、文学革命的年代，自然也有译入语"分娩时的阵痛"②，以及各种佶屈聱牙。但是，正如翻译促进了欧洲各国国语的发展，翻译也可以在中国实现同样的目标——既可以创造国语、增补语言，又可以检验国语表现致密的思想与音节声调的可能。正如瞿秋白所说，"翻译——除出能够介绍原本的内容给中国读者之外——还有一个很重要的作用：就是帮助我们创造出新的中国现代言语"。"翻译，的确可以帮助我们造出许多新的字眼，新的句法，丰富的字汇和细腻的精密的正确的表现。"③

《外语教学与研究》的编者在王佐良论文《英国文艺复兴时期的翻译家》前面就专门强调了翻译的重要作用。"此期，人文主义作家们，散文诗歌译之，文史百家译之，或传美品，或为资政；于是英国语言蓬勃发展，英国文学如日方升，英人眼前一片开阔的知识新天地。这正是文艺复兴的心智气候。翻译家厥功甚伟。"④

辜正坤教授认为，"丰富译入语和译入语国家文学与文化"是翻译的五个功能之一⑤。

新月派诗人译者在翻译中试验了中国语体文表达致密思想的能力和语言表现力的弹性，同时，他们的翻译为汉语输入了新的句法和词汇。

新月派诗人翻译诗歌中引入的一个典型的词就是"爱"，指的是所爱之人。他们翻译的时候，常将原文指所爱之人的"Love"或者"Dear"翻译为中文的"爱"来表达原文，这也是在汉语中输入了新的表达，并且新月派诗人在写诗创作的时候，也会用这个外国字眼表达喜爱的人。当然，正如笔者在前文指出的，"爱"这个字在中国古代已有，主要用作动词，也可用作名词，但表示的是"惠"，或者尊称对方的女儿为"令爱"。民国时期，这些学贯中西的大家，很多都使用"爱"表示所爱之人，也就只有一个原因了，那就是当时的语言尚未成熟，没有相关的词语来表达，也就只能直译原文为

---

① 罗新璋，陈应年. 翻译论集［M］. 北京：商务印书馆，2009：336.
② BENJAMIN W. The translator's task［M］// Venuti L, ed. The translation studies reader. 3rd edition. London and New York：Routledge：2012：78.
③ 罗新璋，陈应年. 翻译论集［M］. 北京：商务印书馆，2009：336.
④ 王佐良. 英国文艺复兴时期的翻译家［J］. 外语教学与研究，1995（1）：1.
⑤ 辜正坤. 中西诗比较鉴赏与翻译理论［M］. 2版. 北京：清华大学出版社，2010：337.

"爱",表示"爱的人"了。通过翻译引入新的表达,在翻译和创作中试验新的表达,最后通过修正形成大家可以广为接受的表达,为现代汉语输入新的表达。不论如何,这也是为汉语输入了新的表达,赋予了"爱"更为现代的含义。

在徐志摩翻译的诗歌中,译自哈代的诗歌最多,而且翻译哈代的诗歌在徐志摩短暂的诗歌翻译生涯中也算较早着手的了。早在 1923 年,徐志摩就开始翻译发表哈代的诗歌,而 1923 年翻译的哈代的诗歌,原文多为四行诗节,包括《伤痕》(The Wound)、《分离》(The Division)、《她的名字》(Her Initials)、《窥镜》(I Look into my Glass)等。1924 年,徐志摩也翻译了几首哈代的诗歌,包括《我打死的他》(The Man he Killed)、《公园里的座椅》(The Garden Seat)等。徐志摩将原文译为汉语四行诗节,押韵方式有时不同于原文。其中,《公园里的座椅》原文三个四行诗节,每节的第四行重复第三行,为重章叠句,有余音绕梁之效,可以实现诗歌音乐之美。徐志摩的译文完全复制了原文的重复,也是在每节第四行重复第三行的内容,译文同样也就具有声音回环往复、余音绕梁之美,音乐性很好。

The Garden Seat①	公园里的座椅②
ITS former green is blue and thin,	褪色了,斑驳了,这园里的座椅,
And its once firm legs sink in and in;	原先站得稳稳的,现在陷落在土里;
Soon it will break down unaware,	早晚就会凭空倒下去的,
Soon it will break down unaware.	早晚就会凭空倒下去的。
At night when reddest flowers are black	在夜里大红的花朵看似黑的,
Those who once sat thereon come back;	曾经在此坐过的又回来坐地;
Quite a row of them sitting there,	他们坐着,满满的一排全是的,
Quite a row of them sitting there.	他们坐着,满满的一排全是的。
With them the seat does not break down,	他们坐着这椅座可不往下沉,
Nor winter freeze them, nor floods drown,	冬天冻不着他们洪水也冲不了他们,
For they are as light as upper air,	因为他们的身子是空气似的轻,
They are as light as upper air!	他们的身子是像空气似的轻。

在徐志摩创作的诗歌中,也运用了这种重章叠句,营造出乐调之美。徐

---

① HARDY T. Chosen poems of Thomas Hardy [M]. 2nd edition. London: Macmillan and Co., Limited, 1929: 224.
② 哈代. 公园里的座椅 [N]. 徐志摩,译. 晨报副刊, 1924-10-29.

志摩1924年的诗歌《为要寻一个明星》、1925年的诗歌《苏苏》《再不见雷峰》、1931年的诗歌《雁儿们》等,都在每个诗节中采用了相同诗句的重复,除了《雁儿们》是五行诗节以外,其他诗歌均是四行诗节。但是值得注意的是,哈代的诗歌都是在诗歌第三行、第四行重复,而徐志摩的诗歌均是在第二行、第三行重复,这主要出于志摩表意和音韵的需要。另外,从这里也可以看出,中国诗人学习外国诗歌,并非机械模仿,而是创化,在学习外国诗歌的基础之上,结合表意、音韵的需要,创化出符合自己诗情意蕴的诗歌。

此外,新月派诗人译者翻译外国诗歌的译文中往往有欧化现象,比如,第三人称代词性别的区分,根据相应的英文表达,分别译为他、她、它;长定语的使用;状语后置等。同样,这些欧化的表达也应用到了新月派诗人创作的诗歌中,总体而言,为汉语输入了新的表达。

闻一多翻译白朗宁夫人十四行诗第3首中,原文第9行至第12行为"Of chief musician. What hast thou to do/ With looking from the lattice-lights at me, /A poor, tired, wandering singer, singing through",闻一多的译文为"那么,你还干什么那样望着我,/站在那灯光辉映的窗棂里边?/我,一个凄惶流落的歌者,靠着/柏树上,歌声通过了黑暗的园亭……"①,短短四行译文中就有长定语"一个凄惶流落的歌者";以及跨行。这些表达都为中文语言输入了新的形式,为试验中的语体文提供了可供参考学习的诗歌典范。

新月派诗人以及其他诗人在创作时也会使用这些欧化的表达方法,作品中也有欧化的长定语。徐志摩有些长定语用得非常不自然,如《我等候你》的最后两行,"我自己的心的／活埋的丧钟"②。

此外,通过当年新月派诗人与其他诗人的反复试验和讨论,对于句型"who…, you…"(谁……,谁……)、"wer…, euch…"(谁……,谁……)的翻译,也是日臻完善。将之前翻译得不清楚的句法结构"谁不曾怎么样,他不曾怎样",改为了"谁……,谁……"句法,丰富了汉语句法。

小 结

新月派诗人的诗歌翻译活动,在译入语汉语中构建外国文化资本的形象。

---

① 白朗宁夫人. 白朗宁夫人的情诗 [J]. 闻一多, 译. 新月, 1928 (1): 143.
② 徐志摩. 我等候你 [J]. 新月, 1929, 2 (8): 1-3.

新月派诗人译者所选译的都是世界文学中最优秀的诗人诗作，在世界文坛上都享有盛名。同时，这些优秀的诗歌作品自然也就属于巴斯奈特所谓的"文化资本"。新月派诗人译者通过大量翻译世界各地优秀的诗歌作品，在汉语中构建了浪漫主义诗歌、维多利亚时期诗歌、法国象征主义诗歌等文化资本的形象，使中国读者了解、欣赏著名的外国诗歌。同时，这些外国诗歌的翻译又积极影响了译入语文化。新月派诗人试验新诗格律，除了创造诗歌以外，还翻译诗歌，并且通过翻译学习、模仿和移植外国诗歌中的优秀元素，通过翻译试验语言表达致密思想的可行性。新月派诗人的诗歌翻译，构建文化可以具体分为两个层面：构建诗体，构建语言。新月派诗人翻译过十四行诗、四行诗、双行体、柔巴依体、无韵体等，他们通过翻译试验汉语创作新格律诗的能力以及表达致密思想的能力，为中国新格律诗建立了各种诗体。另外，新月派诗人译者在翻译中试验了中国语体文表达致密思想的能力和语言表现力的弹性，为汉语输入了新的句法和词汇。

第二节　新月派诗人建立的格律诗翻译规范

新月派诗人翻译外国诗歌，不仅构建了中国文化，还为中国翻译界翻译格律诗歌构建了翻译规范，这也是新月派诗人译者为中国翻译界，尤其是中国诗歌翻译界做出的重大贡献。新月派诗人在翻译外国格律诗歌的过程中，萌芽并试验了翻译外国诗歌的方法：固定诗行字数翻译法、音组翻译法、复制韵式法。这些翻译方法对于后辈翻译家有巨大的启示作用，尤其是音组翻译法，这个翻译方法后来由曾经的新月派成员卞之琳发展为以顿代步，广泛地为中国格律诗歌翻译家实践。

汉语中的规范指"标准；法式"，"模范；典范"①。翻译研究中的规范（norms）有好几层意思，传统译论和现代翻译理论的某些分支"基本是采用规范性或者规定性的路径，其中规范被认为是并且被呈现为指导原则，或者甚至是规则，译者为了生产出可接受的译文，需要遵循这些指导原则或者是规则"，而在其他研究路径中，如描述性研究和纯翻译研究中，规范更为中性，被理解为"翻译实践的反思，是某译者、某派译者或者整个文化生产译

---

① 夏征农. 辞海［Z］. 上海：上海辞书出版社，1999：1743.

文的典型"。①

对于翻译规范，图里有较为深刻系统的认识。此外，切斯特曼（Andrew Chesterman）和赫曼斯（Hermans）等也对翻译规范有研究。图里研究翻译规范的路径是描述性的，这从他专著的标题就可以看出：《描写翻译学及其他》（*Descriptive Translation Studies and Beyond*）。图里指出，译者在不同条件下会采用不同的翻译策略，最后产生不同的译作。图里的规范体系，包括起始规范（initial norms）、预备规范（preliminary norms）和操作规范（operational norms）。起始规范是在两个不同系统的要求之间做出的基本选择，译者要么遵循原文及其实现的规范，要么遵循译语文化中活跃的规范。所假设的起始规范的优先性，主要基于逻辑，不必基于真实的时间先后顺序。可以运用到翻译的规范有两大组：预备规范和操作规范。前者涉及对翻译策略存在和性质的考虑，以及对翻译直接与否的考虑。后者指在翻译活动过程之中做出的决定。操作规范可以描述为模范，译文即根据此模范而产生。模范提供操作指南，同时也是限制性因素：在提供某些选择的同时，关闭另一些选择。图里指出了规范的特性：不稳定，处于变化之中。在人的一生中，翻译规范常常发生巨大的变化，很多译者也会帮助实现变化过程。图里进一步指出了三种竞争的规范：系统中占据中心地位的那些规范，之前成套规范的残余，以及处于边缘地位、萌芽中的新规范。然而，图里说道："年轻人在他们翻译生涯的早期，通常极度模仿：他们倾向于根据陈旧但仍然存在的规范行事，如果他们在坚持这些规范的人员那里获得了对这些规范的强化，不管后者是语言教师、编辑，或者甚至是翻译教师，他们就更会如此了。"② 实际上，新月派诗人翻译家也是这样。新月派诗人翻译家大都年纪轻轻就开始翻译，其中，有些译者在新月派成立之前就开始翻译外国诗歌了。中国也有将外国诗歌翻译为古体诗的翻译规范，以及取而代之的将外国诗歌翻译为自由诗的翻译规范，但是新月派诗人试验过古体诗翻译以及自由诗翻译后，都不甚满意，进而另辟蹊径，试验采用白话文格律诗翻译外国格律诗歌，并且在他们翻译试验以及实践之中，逐渐摸索出翻译外国诗歌的方法，为使用汉语翻译外国格律诗歌初步建立了规范。

---

① SHUTTLEWORTH M, COWIE M. Dictionary of translation studies [Z]. Shanghai: Shanghai Foreign Language Education Press, 2004: 113.
② TOURY G. Descriptive translation studies and beyond [M]. Shanghai: Shanghai Foreign Language Education Press, 2001: 54-63.

此外，图里还提及翻译中不符合规范的行为总是可能的，偏离规范的行为可能会给其所在系统带来变化。图里最后还暗示了一些问题，"谁被文化'允许'引入变化，在何种情况下这些变化被期待和/或被接受"①。

图里提出了重构翻译规范的两大来源：文本的和文本以外的，也针对规范意见提出了看法，"除了仅仅思考，还要弄清楚不同的规范意见之间相互比较，以及规范意见与实际行为中揭示的模式之间的对峙，和从中重建的规范"。"很明显，建立的关系网络越宽厚，谈及规范结构或者模型，就越合理。"②

图里进一步按照杰伊·杰克逊（Jay Jackson）曲线分出了三种规范：基本规范、次要规范，以及能够容忍的规范③。

图里的翻译规范理论，是他描写翻译学中的重要理论。翻译规范理论，基于希伯来文化中的翻译活动④，借鉴了社会学和社会心理学的规范概念最终形成。图里的翻译规范理论，拓展了翻译研究的领域，开阔了翻译研究的视角，将社会学和社会心理学的成果运用到翻译研究之中，形成了跨学科研究成果。王运鸿认为，以其为代表的翻译研究摆脱了传统翻译理论的弊端⑤。

赫曼斯对于规范也有较为深刻的认识。赫曼斯主要从规范的外、内两个方面进行了讨论，前者包括规范的调控角色，在协作情况下解决问题的功能，以及规范力，后者包括规范内容，即社会认可的正确概念。同图里一样，赫曼斯也认识到了规范与对等的密切关系，尤其还指出通过对等概念能够厘清规范的概念。赫曼斯区分了惯例和规范这两个概念，认为惯例（conventions）在具有约束力的时候才能开始讲规范。"规范的本质方面就是它具有规范力量，具有模范'应该如此'的特征，不论强弱。这样，规范就和惯例相似，但是更为强烈，更具约束力。"赫曼斯也一针见血地指出了规范的来源，"又正如惯例一样，规范也是从一系列个体事件和情况中产生的，但是规律性出

---

① TOURY G. Descriptive translation studies and beyond [M]. Shanghai: Shanghai Foreign Language Education Press, 2001: 63.
② TOURY G. Descriptive translation studies and beyond [M]. Shanghai: Shanghai Foreign Language Education Press, 2001: 64-67.
③ TOURY G. Descriptive translation studies and beyond [M]. Shanghai: Shanghai Foreign Language Education Press, 2001: 67.
④ 王运鸿. 描写翻译研究之后 [J]. 中国翻译, 2014 (3): 17.
⑤ 王运鸿. 描写翻译研究及其后 [J]. 中国翻译, 2013 (3): 11.

现时，说它们应用到了不同种类或不同类别的情况，就更为合适了"①。其实，这也是外国格律诗歌汉译中规范的实际情况。在新月派诗人个体的译诗实践中，产生并推广了格律诗翻译规范，后辈译诗家翻译外国格律诗歌时，也是规律性采用这些翻译规范，新月派诗人提倡的规范得到了应用。新月派诗人对于格律诗歌翻译的贡献在于，通过个体实践的推广，初步建立了翻译外国格律诗的规范。

值得注意的是，赫曼斯提及惯例和规范时，常常伴随出现的词汇是"问题"（problems）以及"解决"（solve, solution），从中可以窥知赫曼斯的观点：惯例或规范的产生，其实就是为了解决问题。赫曼斯确实十分注重规范在人际交往中的功用，他指出"规范和人们之间的互动相关"②。

赫曼斯认为，"规范相当宽容，因为不遵循规范也通常不会导致严重的制裁"，规范的存在不会排除错误或个性行为；规范也不会阻止任何人故意去破坏规范。随着规范约束力的增强，即"随着规范的规定力量增强，从宽容变为强制，从随意变为规定，规范也就远离惯例了，更少依赖于相互的期待和内化的接受，更多依赖于指令和规则，指令和规则通常都是明确表示出来的，编纂为法典了"。按照赫曼斯的观点，在规范的范围内，惯例和法令是对立的两极。这和他自己先前阐述的观点有矛盾之处，如前文所示，赫曼斯之前对于惯例和规范大加区分，意在说明它们的不同之处。此外，赫曼斯还指出"规范覆盖了惯例和法令之间的全部范围"③。这些都是在说明规范和惯例是不同的概念，但是他自己不经意间将惯例划分到规范的范围之内，这有点前后矛盾。

图里其实也是将社会文化约束分为了两极以及两极之间的因素："一极是普遍、相对来说绝对的规则，另一极是个人风格。这两极之间广大的中间地带是主体间性因素，通常称为规范。"④ 很明显，赫曼斯规范的范围要比图里

---

① HERMANS T. Translational norms and correct translations [M] // LEUVEN-ZWART K M, NAAIJKENS T, eds. Translation studies: the state of the art. proceedings of the first James S Holmes symposium on translation studies. Amsterdam, Atlanta, GA: Rodopi, 1991: 156-161.
② HERMANS T. Translation in systems: descriptive and system-oriented approaches explained [M]. Shanghai: Shanghai Foreign Language education Press, 2004: 80.
③ HERMANS T. Translational norms and correct translations [M] // LEUVEN-ZWART K M, NAAIJKENS T, eds. Translation studies: the state of the art. proceedings of the first James S Holmes symposium on translation studies. Amsterdam, Atlanta, GA: Rodopi, 1991: 162-163.
④ TOURY G. Descriptive translation studies and beyond [M]. Shanghai: Shanghai Foreign Language Education Press, 2001: 54.

的窄,虽然他们二人理论中的一极都是规则或者说法令,但是另一极的位置不一样,图里的另一极是个人风格,而赫曼斯的另一极是惯例,显然,个人风格较之惯例宽广得多。总体而言,赫曼斯规范的范围就相对更窄了。

图里规范理论中的起始规范,指的是在两个不同系统的要求之间做出的基本选择,译者要么遵循原文及其所实现的规范,要么遵循译语文化中活跃的规范[1]。其实不仅图里,波波维奇(Popovich)也指出翻译面临原语和译入语中两套语言的篇章规范和惯例[2]。各研究者对于规范与源语文化和译入语文化的相互关系认识基本一致,都指出了翻译面临的两种规范:源语文化的规范和译语文化的规范。

赫曼斯将规范定义为"行为的规律性,即再现模式,以及解释此规律性的潜存于下的机制"[3]。对于规范本质的认识,赫曼斯将语言规范直接全盘借用来说明翻译规范,"翻译规范是翻译正确性概念的社会现实,这个社会现实保证了在社会文化团体内对于形式和翻译方法使用的协调"。"为了能够影响行为,即,成为实际的规范,正确观念需要被翻译为可供模仿的典范"。针对翻译行为,赫曼斯指出,规范允许译者从一系列解决方案中,选择由规范暗示的解决方案,产出的译文与特定典范一致,因而与某个正确观念一致[4]。

赫曼斯又指出翻译不是按照其内在或本质的特点或条件定义的,如对等、忠实,也不是按照某种与原文的对应定义[5]。这个论点体现出赫曼斯等代表的描写翻译研究的基本立足点:他们将研究的目光从源语取向转向了目标语取向,因而也不再执着于译文与原文的对等,译文对原文的忠实。但是实际上,除了描写翻译研究以外,绝大多数翻译的定义确实是按照对等或对应定义的。卡特福德(Catford)将翻译定义为"将一种语言中的文本材料替换为另一种语言中对等的文本材料",并且评论了"文本材料"和"对等的"两个词。

---

[1] TOURY G. Descriptive translation studies and beyond [M]. Shanghai: Shanghai Foreign Language Education Press, 2001: 56.
[2] HERMANS T. Translation in systems: descriptive and system-oriented approaches explained [M]. Shanghai: Shanghai Foreign Language education Press, 2004: 74.
[3] HERMANS T. Translation in systems: descriptive and system-oriented approaches explained [M]. Shanghai: Shanghai Foreign Language education Press, 2004: 80.
[4] HERMANS T. Translational norms and correct translations [M] // LEUVEN-ZWART K M, NAAIJKENS T, eds. Translation studies: the state of the art. proceedings of the first James S Holmes symposium on translation studies. Amsterdam, Atlanta, GA: Rodopi, 1991: 163-165.
[5] HERMANS T. Translational norms and correct translations [M] // LEUVEN-ZWART K M, NAAIJKENS T, eds. Translation studies: the state of the art. proceedings of the first James S Holmes symposium on translation studies. Amsterdam, Atlanta, GA: Rodopi, 1991: 165.

卡特福德认为，"对等的"是个关键词汇，"翻译实践的中心问题就是找出目的语中翻译对等表达"①。而奈达（Nida）和泰伯（Taber）认为，翻译是"在目标语中创造出与源语信息最为接近且自然贴切的对等语"②③，"首先是在意义上，其次是在风格上"④。赛奇（Sager）认为，大多此类老定义倾向于关注原文和译文之间保持某种对等的重要性⑤。此外，在《翻译学词典》⑥ 中列举出的翻译定义大多延续传统的定义方式，赫曼斯说的应该是仅就图里的描述翻译研究中翻译定义而言的。从古至今，广泛接受的翻译定义还是涉及源语和目的语，还是涉及忠实等重要概念的。比较经典的就是曹明伦教授对于翻译的定义，"翻译是把一套语言符号或非语言符号所负载的信息用另一套语言符号或非语言符号表达出来的创造性文化活动，它包括语际翻译、语内翻译和符际翻译"⑦。无论如何，赫曼斯等对于翻译的定义，从新的视角拓展了研究者的思维，有助于人们从其他视角认识翻译。

同图里一样，赫曼斯也提出了不同规范之间的竞争，"不论译文的大小和实质，没有译文只遵循一种规范。无论如何，相互竞争的规范是共存和重叠的，遵循一种规范可能意味着违反了另外的规范。当然，有一个占统治地位的规范，具有统治性的典范，但总是会有次要的规范和典范"⑧。

后来，赫曼斯又专门研究过规范，他尤其细致地梳理了翻译研究中出现过的翻译规范理论，比如，图里、切斯特曼、诺德（Christiane Nord）等的翻译规范理论。但是总体而言，赫曼斯关于翻译规范的看法还是延续了他之前的思想。切斯特曼的讨论涉及翻译社会的、道德的和技术的规范，而技术规

---

① CATFORD J C. A linguistic theory of translation [M]. Oxford: Oxford University Press, 1965: 20-21.
② NIDA E, TABER C. The theory and practice of translation [M]. Shanghai: Shanghai Foreign Language Education Press, 2004: 12.
③ 曹明伦. 翻译之道：理论与实践 [M]. 上海：上海外语教育出版社，2013：105.
④ NIDA E, TABER C. The theory and practice of translation [M]. Shanghai: Shanghai Foreign Language Education Press, 2004: 12.
⑤ SHUTTLEWORTH M, COWIE M. Dictionary of translation studies [Z]. Shanghai: Shanghai Foreign Language Education Press, 2004: 181.
⑥ SHUTTLEWORTH M, COWIE M. Dictionary of translation studies [Z]. Shanghai: Shanghai Foreign Language Education Press, 2004.
⑦ 曹明伦. 翻译之道：理论与实践 [M]. 上海：上海外语教育出版社，2013：114.
⑧ HERMANS T. Translational norms and correct translations [M] // LEUVEN-ZWART K M, NAAIJKENS T, eds. Translation studies: the state of the art. proceedings of the first James S Holmes symposium on translation studies. Amsterdam, Atlanta, GA: Rodopi, 1991: 167.

范又可分为产品规范（product norms）和过程规范（process norms），前者反映了读者对于译文的期待，而后者调控翻译过程本身。过程规范又可细分为责任规范（the accountability norm）、交际规范（the communication norm）和关系规范（the relation norm），只有关系规范才是翻译特有的，要求译者保证在原文和译文之间建立并保持相对相似的合适关系。赫曼斯认为诺德对于规范的区分更为清楚，即构成规范（constitutive conventions）和调控规范（regulative conventions）。[1]

赫曼斯对各种规范理论基本做出了中肯的评价，当然，有的评价失之偏颇。比如，赫曼斯说图里"将规范视为限制，忽略了规范作为模范的角色，对于特定种类的问题提供现成的解决方案"[2]。事实上，图里并没有忽略规范作为模范的重要作用，反而专门论述过这一作用。图里提出的操作规范就被他视为模范，图里指出译文是根据这个模范产生的，当然，图里同时也意识到规范也是限制[3]。赫曼斯说图里忽略了规范的模范角色就失之偏颇了。

图里以及赫曼斯都对规范和翻译规范做出了深刻又颇有洞见的研究，开阔了翻译研究的视角。但是图里及赫曼斯的研究也具有局限性。首先，图里及赫曼斯均是从宏观视角切入，探讨翻译规范，而少有关注微观层面上翻译规范对于具体译者、具体翻译选择的影响。虽然他们也提到翻译规范影响翻译中的决策，但是具体怎么影响，通过什么途径影响，缺乏探讨。其次，图里与赫曼斯均提及不同规范之间的竞争以及规范的发展过程，但阐述笼统，没有具体的描述，读者很难透彻地理解到翻译规范的发展变化过程。本书则通过新月派诗人译诗的具体案例，通过至微的分析，阐述不同规范之间的竞争，最终有规范占据统治地位的过程。上述两种局限，又引出了第三种局限，翻译规范理论中未能考虑译者主体性。正如段峰教授和徐敏慧分别指出，图里的翻译规范理论表现出译者主体性的缺位[4]，翻译规范不能解释个体翻译行为和译者选择[5]。同样，赫曼斯的翻译规范理论也未能顾及译者主体性，以及译者个性。由于翻译规范理论在宏观层面探讨规范对翻译的影响，从而对具

---

[1] HERMANS T. Translation in systems: descriptive and system-oriented approaches explained [M]. Shanghai: Shanghai Foreign Language education Press, 2004: 77-79.

[2] HERMANS T. Translation in systems: descriptive and system-oriented approaches explained [M]. Shanghai: Shanghai Foreign Language education Press, 2004: 79.

[3] TOURY G. Descriptive translation studies and beyond [M]. Shanghai: Shanghai Foreign Language Education Press, 2001: 60.

[4] 段峰. 文化视野下文学翻译主体性研究 [M]. 成都: 四川大学出版社, 2008: 81.

[5] 徐敏慧. 从翻译规范到译者惯习：描写翻译研究的新发展 [J]. 中国翻译, 2017 (6): 12.

体的译者以及译者主体性和译者的个性在翻译过程中的体现有所忽略。而译者惯习,"解决了翻译规范不能充分解释的个体选择问题"①。其实,图里自己也意识到了这一点,但是图里注重的是将研究共性看作翻译规范的特点,翻译规范就是关注群体性翻译规律。况且图里描写翻译研究的理论来源是社会学,图里确实沿用了社会学中的规范概念,他指出"社会学家和社会心理学家长期认为规范是将一个社会团体共同的普遍价值或观念——是非对错,充分和不充分——翻译成行为指南,该行为指南适合并且适用于特别的环境"②。社会学中的规范概念,指涉的就是团体、共性的价值或观念,而非个体。后来图里也提出,"把翻译规范概念与布迪厄的惯习概念联系起来"③,以从群体共性和个体个性角度探讨翻译行为。

本书通过新月派诗人译者具体事例,探讨翻译规范理论视角下,译者主体性和个性的体现。

新月派诗人在从事诗歌翻译的初期,还尝试使用古体诗或者自由诗翻译外国格律诗歌,如徐志摩翻译的《包含》(*Inclusions*)、《亚特兰达的赛跑》(*Antalanta's Race*),闻一多的《渡飞矶》。闻一多认识到了文言译诗的局限,并在使用文言翻译《点兵之歌》的时候指出。

中国将西洋诗歌翻译为汉语的历史并不长,即便后来外语诗歌汉译在中国飞速发展起来,到新月派时期,仍然还是没有完全建立起诗歌翻译规范,译者也都还是摸着石头过河,通过尝试和试验,确立可行的翻译方法。那一代代前辈译诗家,他们是怎样翻译外国诗歌的呢?由于当时诗歌翻译并没有现成的翻译规范借鉴,主要是参照译入语汉语的作诗规范来操作的,也就是说,译诗会倾向于采用汉语文化语境中流行的诗歌规范作为学习、模仿的范例。汉语诗歌中旧体诗占据统治地位的时候,译者就倾向于将外语诗歌译为汉语旧体诗。后来经过清末民初一系列诗歌革命,汉语诗歌中自由诗占据了统治地位,译者又倾向于使用自由诗翻译外国诗歌。再后来,中国诗坛又出现了好多诗歌流派,各流派都有自己对于诗歌的看法和主张,也都根据自己的诗学观写诗,同样也根据自己的诗学观译诗。其实,中国诗歌的发展史就能反映中国诗歌翻译史。各时期不同的诗歌规范,直接为译诗提供范本。中

---

① 徐敏慧. 从翻译规范到译者惯习:描写翻译研究的新发展 [J]. 中国翻译, 2017 (6): 13.
② TOURY G. Descriptive translation studies and beyond [M]. Shanghai: Shanghai Foreign Language Education Press, 2001: 54-55.
③ 徐敏慧. 从翻译规范到译者惯习:描写翻译研究的新发展 [J]. 中国翻译, 2017 (6): 12.

国各时期的诗歌规范，直接作用于译诗。

其实，新月派诗人的诗歌创作和翻译也经过了各种翻译规范和译者惯习的相互作用过程。早在 20 世纪 20 年代前后，这些年轻、意气风发的少年多受到中国主流诗学规范的影响，写诗多是写的旧体诗或自由诗，译诗也多使用旧体诗或自由诗翻译。到了 20 世纪 20 年代初，这群志同道合的青年创立了新月社，开始探讨诗歌创作。新月派诗人受过中国传统诗歌潜移默化的影响，又受过西方优秀诗歌的影响，他们所受的教育使他们惯习独具一格，他们在中国新诗探索的道路上考虑的是新格律诗：形式整饬，使用拍子或者音组建行、押韵等。同时，他们在翻译外国格律诗歌的时候采用他们提倡的新格律诗歌的技法翻译。新月派诗人通过诸多实践，逐渐建立了中国新格律诗歌规范和翻译外国诗歌的规范，在当时颇具影响。朱自清把 1925 年到 1935 年间的中国诗坛分为三派，"自由诗派，格律诗派，象征诗派"①，其中，格律诗派指的就是新月派。研究者注意到了新月派诗人作诗规范的影响，却没有论者关注新月派诗人初步建立的翻译格律诗歌的规范，这不能不说是个遗憾。本书对新月派诗人初步建立的译诗规范进行详尽研究。

新月派诗人采用了固定诗行字数翻译法、音组翻译法、复制外语诗歌韵式这些翻译方法，但是不能简单说成新月派诗人在直译外国诗歌，遵循原作的诗歌规范，因为中间还有新月派中体西用的文化观和诗学在发挥巨大作用。新月派诗人试图建立格律诗歌规范、格律诗诗学观，在此过程中翻译了数量众多的外国格律诗，以试验汉语格律诗，同时，为了忠实于原文的形式，新月派诗人才会使用固定诗行字数翻译法、音组翻译法、复制外语诗歌韵式这些翻译方法。因此可以说，这些翻译方法（当然以后也会发展为翻译格律诗的规范），既是在遵循原文诗歌规范，也是在遵循译入语中新月派诗歌规范，是对两种规范的遵循。

赫曼斯认为，"翻译远非二元操作，其中译文根据原文构型，看起来至少有三种文本典范会提供影响翻译过程的规范：源于原文的典范，源于相关翻译传统的典范，以及源于译语文化中类似或者相关体裁的现存文本典范"，并且实际翻译中"通常还有比这三种更多的典范"。② 而图里则认为，翻译首先

---

① 朱自清. 导言［M］//朱自清. 中国新文学大系：第八集诗集. 上海：上海文艺出版社，1981：8.
② HERMANS T. Translational norms and correct translations［M］// LEUVEN-ZWART K M, NAAIJKENS T, eds. Translation studies: the state of the art. proceedings of the first James S Holmes symposium on translation studies. Amsterdam, Atlanta, GA: Rodopi, 1991: 167.

211

要确定倾向原文还是译文。起始规范是在两个不同系统的要求之间做出的基本选择，译者要么遵循原文及其所实现的规范，要么遵循译语文化中活跃的规范或者是译语文化会接待最终产品的那部分文化的规范。遵循原文规范决定了译文的充分性，而遵循译语文化中的规范则决定了译文的可接受性①。图里将译文遵循原语文化规范和遵循译语文化规范与译文的充分性及可接受性结合起来讨论。同样，波波维奇也指出翻译面临两套语言的篇章规范和惯例②。但是，图里的分类似乎陷入了二元对立。实际上，除了图里的上述分类以及赫曼斯的三种分类之外，新月派诗人译者的翻译实践，呈现出了另外一种形态，那就是译文既是在遵循原文的规范（尽量再现原文音节安排方式，尽量再现原文音步安排方式，尽量再现原文韵式），又是在遵循译入语文化中新月派诗学观（诗歌三美论）。译文还在很大程度上较好地遵循了两种语言文化中的规范，这是图里和赫曼斯都不曾看到的。

实际上，新月派诗人译诗，在其特殊的历史文化语境下，既尽量遵循源语文化的规范，在译文再现原文的节奏方式和/或声音回环往复的方式，又尽量遵循译入语文化中新月派的规范。新月派诗人译者想要结合源语和译入语文化规范，并且产生较好的成果。当然，这个特殊的历史文化语境就是新月派乃中国文化人，他们希望通过翻译外国作品革新中国文学，在汲取中外诗学精华的基础上提出新月派诗学。在这种情况下，译诗既最大限度忠实于原文的内容、形式，又符合新兴提出的新月派诗学，译诗在中国语境中也是喜闻乐见的，实现了遵循两种文化中的规范。当然，值得注意的是，虽然新月派诗学和诗歌颇有影响，但是新月派诗学和诗歌并非当时的主流，而是众多诗学和诗歌中的一支。

此外，新月派诗人译者能够敏锐摒弃旧的翻译规范，尝试新的翻译规范，或是因为他们清楚认识到近代诗界革命的局限以及白话自由诗的局限。清末梁启超提出的"诗界革命"，重视改变更新诗歌内容，而未涉及诗歌的格律形式，但是旧的格律不能容纳新时期的诗歌内容，诗界革命以失败告终。胡适继而提出"诗国革命"，注重从形式入手，打破了旧有诗歌格律，结合中国诗歌发展历史上宋朝的"以文为诗"，提出了"要须作诗如作文"，提出了"诗体大解放"。虽然诗国革命打倒了旧诗形式，但是建立的白话新诗过于强调白

---

① TOURY G. Descriptive translation studies and beyond [M]. Shanghai: Shanghai Foreign Language Education Press, 2001: 56.
② HERMANS T. Translation in systems: descriptive and system-oriented approaches explained [M]. Shanghai: Shanghai Foreign Language education Press, 2004: 74.

话、强调作诗如说话，使作出的诗歌失去了诗意。但是无论如何，清末民初写诗的规范就是古体诗以及后来的自由诗，这两种诗之间没有明显的时间界限，甚至有时还是交叉的。其实，中国诗歌发展的整体大环境与诗歌翻译有互动。清末虽然有"诗界革命"，但是并未改革诗歌形式，诗人作诗还是采用传统的古诗形式，这也是当时中国诗歌的规范。使用汉语翻译英语诗歌在当时并没有现成的规范，只能借鉴中国诗歌规范，采用文言古体诗歌翻译外国诗歌。中国翻译外国诗歌可以追溯到威妥玛翻译、董恂润色的朗费罗诗歌《人生颂》。钱锺书说，"《人生颂》是破天荒最早译成汉语的英语诗歌"，"《人生颂》既然是译成汉语的第一首英语诗歌，也就很可能是任何近代西洋语诗歌译成汉语的第一首"。① 这首最早译成汉语的英语诗歌，首先是由英国使臣威妥玛译为较为自由的汉语诗，其次是董恂为其修饰润色，最后董恂的诗歌形式就是中国诗歌典范形式：文言、七绝。"同治时英吉利使臣威妥玛尝译欧罗巴人长友诗九首。句法或多或少。大抵古人长短句之意。然译以汉字，有章无韵。惟中多见道之言。终难割爱。董酝卿尚书属总署司员就其底本裁以七绝。"② 从上述评论也可以看出，清末译诗有章无韵会受到批评，后来请董恂润色，形成七绝，才被接受。清末后来的诗歌译者，如梁启超、苏曼殊，同样采用旧体诗翻译外国诗歌，这其实是译诗遵循中国诗歌规范。民国初年的一些译者遵循模仿了这些规范，同样采用旧体诗形式翻译外国诗歌，比如，新月派成立之前，胡适（《哀希腊歌》）、徐志摩（《包含》《亚特兰达的赛跑》）、闻一多（《渡飞矶》《点兵之歌》）等的某些译诗。这些诗人都有很高的古典诗词造诣，也都在同时期写过旧体诗，遵循写诗译诗规范，采用旧体诗翻译外国诗歌也在情理之中。当然，也要注意到，闻一多虽然采用了旧体诗翻译《点兵之歌》，但是他对文言译诗颇有意见。"译事之难，尽人而知，而译韵文尤难。译以白话，或可得仿佛其，文言直不足以言译事矣。而今之译此，犹以文言者，将使读原诗者，持余作以证之，乃知文言译诗，果能存原意之仿佛者几何，亦所以彰文言之罪也。"③ 另外，自由诗流行时，这些诗人也采用自由诗翻译外国诗歌，如胡适的《老洛伯》、徐志摩的《葛露水》等。卞之琳对于使用半自由体或半格律体翻译外国格律诗颇有批评，"译诗，比诸外国诗原文，对一国的诗创作，影响更大，中外皆然。今日我国流行的

---

① 罗新璋，陈应年. 翻译论集 [M]. 北京：商务印书馆，2009：303.
② 清朝野史大观：清朝艺苑 [M]. 上海：上海书店，1981：90.
③ 孙党伯，袁謇正. 闻一多全集：诗 [M]. 武汉：湖北人民出版社，1993：293.

自由诗,往往拖沓、松散,却不应归咎于借鉴了外国诗;在一定的'功'以外,我们众多的外国诗译者,就此而论,也有一定的'过'。今日我国同样流行的'半自由体'或'半格律体',例如四行一节,不问诗行长短,随便押上韵,特别是一韵到底,不顾节同情配,行随意转的平衡、匀称或变化、起伏的内在需要,以致单调、平板,影响所及,过去以至现在大批外国格律诗译者也负有一定的责任"①。

民国初年的诗人早已注意到了旧体诗和自由诗的弊端。新月派成立以后,新月派诗人译者便孜孜以求尝试新格律诗。中国没有现成的模板,新月派诗人多留学英美,对英美诗歌颇为了解,便从外国格律诗借鉴,通过翻译外国格律诗,试图建立中国新格律诗。

由于新月派诗人本着学习借鉴的目的翻译外国格律诗,自然尤其重视外国诗歌的格律,并且探索发展了一系列的翻译方法,如固定诗行字数、以音组翻译音步、复制外语诗歌韵式,试图在中国诗歌中再现外国诗歌的格律。一是出于对原文的忠实,出于模仿并且建构中国新格律诗歌的需要;二是符合新月派诗学。新月派诗人在翻译实践中,面对印欧语系和汉藏语系的较大差异,尽力利用汉语的资源,尽量再现外语诗歌的形式,孜孜不倦地试验着固定诗行字数、以音组翻译音步、复制韵式等翻译方法,为英汉、法汉、德汉等诗歌翻译能够较好地凸显原文的特征探索出一条可行之路,初步建立了格律诗汉译的译诗规范,为后辈翻译家的格律诗歌翻译奠定了坚实的基础。

新月派诗人初步建立的翻译外国格律诗歌的规范包括固定诗行字数、以音组翻译音步、复制外语诗歌韵式。这些方法在今天看来自然简单,但是在当时的社会历史背景下颇具开拓性和突破性。

新月派诗人译者中,有的在翻译外国诗歌时注重实现译诗形式整饬,将外国诗歌翻译成中文的时候,尝试通过固定译诗诗行的字数,使译诗在最大限度上实现形式整饬,同时符合新月派诗学中"建筑的美(节的匀称和句的均齐)"。新月派诗人固定诗行字数主要分为两种情况:一是因为原诗每行音节数相同,所以译诗诗行统一字数翻译,字数或等于原文诗行音节数,或多余原文音节数。二是原诗每行音节数呈规律变化,译诗诗行的字数也相应呈规律变化。当然,也有两种情况都不是的,原诗诗行音节数规律变化,但是译诗统一了所有诗行的字数。不管采用哪种手段,新月派诗人译者其实都是想在译诗中再现原文的诗行音节组成方式,同时实现诗歌整饬的形式。

---

① 卞之琳. 译诗艺术的成年 [J]. 读书, 1982 (3): 63.

第五章 新月派诗歌翻译折射出来的理论思考

新月派诗人固定诗行字数译诗的试验,是在探索格律诗歌翻译方法以及如何创格中国的新格律诗,这种翻译方法为后辈翻译家提供了参考,初步建立了规范。后辈诗歌翻译家沿着这条路发展出更为成熟的翻译方法,实现诗歌的形式美。

另外,新月派诗人注重诗歌的节奏,重视新格律诗的音组、音尺或曰顿。不仅将这个节奏理论应用到诗歌创作上面,也应用到了诗歌翻译上面。新月派诗人在翻译外国格律诗歌时,就开创了以音组翻译音步,注意原文诗行的音步数,翻译成中文的时候,尝试使用汉语的音组替代原文的音步,尽量在译文中使用相同数量的音组还原原文的音步数,使译诗在最大限度上实现诗歌的节奏和音乐性。这个方法后来被新月派年轻后辈卞之琳进一步发展为以顿代步,成为中国诗歌翻译界翻译外国诗歌较常采用的规范。

复制韵式,指的是将原文的韵式复制到汉语译诗中,汉语译诗采用与原诗相同的押韵方式。新月派诗人在译诗中复制原文的韵式,总体还是很顺手的,这或许与中国古典诗歌传统中丰富的韵脚资源有关。正是因为中国古典诗歌也押韵,在翻译外国诗歌时,译者能够充分利用中国诗歌资源,在汉语中找到合适的韵脚,复制原文的韵式。

新月派诗人在将外语诗歌翻译为汉语的过程中,遵循着他们提出的对于诗歌的要求,为汉译外国诗歌建立了基本的翻译规范,比如,固定诗行字数、以音组翻译音步、复制韵式。但是,值得注意的是,新月派诗人中各成员的翻译还是有些微差异的,这或许就是译者个性的体现,或者说是译者主体性的体现,与译者惯习有关。并且这些译诗的差异,也可以在诗人创作的诗歌上面得到印证。赫曼斯指出,"规范的存在不会排除错误或个性行为;规范也不会阻止任何人故意去破坏规范"[1]。在新月派诗人的诗歌翻译活动中,规范确实没有排除诗人在翻译中发挥个性。新月派诗人译者中,朱湘最注重固定诗行字数译诗,他的很多译诗都有整饬的形式,具有建筑美。但是,徐志摩和闻一多在翻译时,有的时候固定了诗行字数翻译,有的时候又没有固定诗行字数翻译,比如,徐志摩翻译哈代的诗歌《多么深我的苦》,就没有固定诗行字数,诗行从十一言到十三言不一,虽然诗歌总体形式整饬。同样,闻一多翻译的21首白朗宁夫人的十四行诗,也是十一言到十三言不等,并没有固

---

[1] HERMANS T. Translational norms and correct translations [M] // LEUVEN-ZWART K M, NAAIJKENS T, eds. Translation studies: the state of the art. proceedings of the first James S Holmes symposium on translation studies. Amsterdam, Atlanta, GA: Rodopi, 1991: 162.

定诗行字数，但是相对于之前的自由诗，这样的译诗就称得上形式整饬了。译者之所以没有固定诗行字数来翻译，一是因为要忠实传达原文的意思，二是因为诗歌这种体裁，有时候还不好限定每行字数，要是规定太死、太僵化，译出来的东西反而会失去诗意。同样，新月派时期，朱湘的创作诗歌以及闻一多的创作诗歌，大多固定了诗行字数，形式极为整饬。而徐志摩的诗歌较为自由飘逸，不一定固定诗行字数创作，但是总体形式还是体现出建筑美。

新月派诗人建立的这些翻译格律诗歌的规范，有目共睹、有口皆碑，颇受译界赞誉。卞之琳就在批评了李金发将法国象征主义格律诗翻译为"白话文言杂糅""七长八短"的诗歌后，高度赞扬了朱湘的翻译格律诗歌的态度和方法，"朱湘译西方格律诗是最认真的：原诗每节安排怎样，各行长短怎样，行间押韵怎样（例如，换韵，押交韵、抱韵之类），在中文里都严格遵循。可是他的译诗或者也多少影响过我国的所谓'方块诗'或者使一般诗读者望而却步，不耐心注意他译诗的苦心"①。当然，卞之琳也注意到朱湘译诗的瓶颈，是以单音字为单位。

周煦良提到孙大雨使用音组译诗和构建新诗格律，对孙大雨的字组理论做出了肯定，同时指出不足②。

黄杲炘先生充分肯定新月派成员翻译格律诗歌的追求，"过去我不了解闻一多的译诗，以为在白话译诗中最早追求反映原作形式并有显著成果的，是朱湘那种讲究字数的译法。现在从发表的时间来看，早在 20 世纪 20 年代，闻一多的译诗就有反映原作格律的明确追求，在这方面应当是比朱湘更早的先驱，而且他是多层次的尝试，译诗不仅有讲究字数的，讲究顿数的，还有既讲究字数又讲究顿数的"③。

新月派诗人在翻译外国格律诗时，既忠实于原文的内容，也忠实于原文的形式，为翻译外国格律诗初步构建了翻译规范。新月派诗人尤其重视外国诗歌的节奏和译诗的节奏，初步应用汉语相应的音组翻译原文音步，为后来以顿代步翻译方法奠定了基础，初步建立了格律诗翻译规范。

1982 年，卞之琳认为译诗艺术成年了。译诗艺术的成年"出于逐步的工（功）夫磨炼和长期的经验积累"，"工（功）夫磨炼、经验积累，自然也不专指哪些个人的，而是包括了'五四'以来六十多年许多人的共同甘苦、得失"④。

---

① 卞之琳. 译诗艺术的成年 [J]. 读书, 1982 (3)：63.
② 霍思曼. 西罗普郡少年 [M]. 周煦良, 译. 长沙：湖南人民出版社, 1983：21.
③ 黄杲炘. 对闻一多译诗的再认识 [J]. 中国翻译, 2016 (3)：96.
④ 卞之琳. 译诗艺术的成年 [J]. 读书, 1982 (3)：62.

第五章 新月派诗歌翻译折射出来的理论思考

新月派诗人翻译外国诗歌,在翻译实践和试验的过程中,初步为中国翻译界翻译格律诗歌构建了翻译规范:固定诗行字数,以音组翻译音步,复制韵式。这些翻译方法对于后辈翻译家有巨大的启示作用和模范作用,后辈翻译家沿着新月派诗人译者初步建立的规范,逐渐发展出臻于成熟的外国格律诗歌汉译规范。但是,值得注意的是,新月派诗人译者的初衷并非要为中国诗歌翻译界建立翻译规范,他们从来都没有提出要建立诗歌翻译的规范。新月派诸位诗人翻译家关注的是汉语格律诗歌,要试验格律诗歌,通过翻译试验语体文作诗的可能性,移植诗体。他们提出了汉语格律诗歌的诗学原理,并且按照新月派诗学作诗译诗。估计他们自己也从未意识到,自己的译诗实践初步建立了外国格律诗歌汉译的规范。

本章小结

新月派诗人通过翻译学习、模仿和移植外国诗歌中的优秀元素,通过翻译试验语言表达致密思想的可行性。新月派诗人的诗歌翻译,建构了中国文化,具体分为两个层面:构建诗体,构建语言。新月派诗人翻译过十四行诗、四行诗、双行体、柔巴依体、无韵体等,他们通过译作试验了汉语创作新格律诗的能力以及表达致密思想的能力,同时为中国新格律诗移植了各种诗体,尤其值得一提的就是十四行体。另外,新月派诗人译者在翻译中试验了中国语体文表达致密思想的能力和语言表现力的弹性,同时也将试验结果运用到诗歌创造的试验之中,为汉语输入了新的字眼、句法和词汇。

新月派诗人翻译外国诗歌,在翻译实践和试验的过程中初步为中国翻译界翻译格律诗歌构建了翻译规范:固定诗行字数,以音组翻译音步,复制韵式。这些翻译方法对于后辈翻译家有巨大的启示作用和模范作用,后辈翻译家沿着新月派诗人译者初步建立的规范,逐渐发展出臻于成熟的外国格律诗歌汉译规范。新月派诗人翻译家在外语诗歌汉译的过程中采用固定诗行字数方法译诗,是这种译诗方法的先驱,后来的诗歌翻译家也继承和发展了这种固定诗行字数译诗的方法。新月派诗人翻译家在外语诗歌汉译的过程中,采用了以音组翻译音步的方法翻译外国诗歌相应的音步,这是后来外语诗歌汉译"以顿代步"译法的先驱。新月派诗人翻译家在外语诗歌汉译的过程中,还采用了复制韵式的方法翻译外国诗歌的相应韵式。

结 论

　　本书采用文献研究法、文本精读法以及跨学科研究法，全面深入地研究了新月派诗人的外语诗歌汉译活动。

　　首先，本书介绍了新月派的文化观。其次，总结了新月派诗学的核心：新诗形式运动，诗歌音乐性，理性节制情感，"试验"说。本书指出新月派诗人秉承"中学为体，西学为用"的文化观。新月派诗人中体西用的文化观体现在新月派诗学上面，就是注重引进外国诗歌的形式、技术和技巧，但是诗歌的本位精神还是中国的。同时，新月派诗学体现出对于巴那斯主义和维多利亚诗风的借鉴（第一章）。再次，本书系统地梳理了新月派的翻译思想。新月派诗人译者的翻译思想，强调了翻译名家名作，注重诗人译诗和以诗译诗，从文化交流的角度明确了通过译诗学习外国诗歌模范，移植诗体，试验汉语白话文，同时肯定了转译在当时存在的价值。新月派翻译思想对诗歌形式和诗体的重视，也体现出了其中体西用的文化观。另外，新月派翻译思想中的诗人译诗以及移植诗体，其实是新月派诗人从外国诗歌翻译史中借鉴来的，在当时中国具有开创性（第二章）。本书从历时的角度出发，考察了新月诗人翻译外国诗歌的两个阶段。1923—1925年，这是新月派外语诗歌汉译的自发时期，诗歌翻译活动主要是其成员的一些自发翻译，并无确定的翻译方法。此阶段的译诗，除了具有介绍外国诗歌的文本目的之外，还具有试验白话的文化目的，译诗的试验性质明显（第三章）。1926—1933年，这是新月派外语诗歌汉译的自觉时期，新月派成员较为系统、自觉地探讨诗歌创作和诗歌翻译，翻译了大量的外国诗歌。新月派诗人译诗，除了具有介绍外国诗歌的文本目的之外，更具有移植诗体的文化目的。之前，学界认为新月派主要翻译浪漫主义诗歌，并且对新月派的诗歌创作产生重大影响。本书通过研究发现，新月派实际上主要翻译了维多利亚时期诗歌。维多利亚时期诗歌的翻译，符合新月派诗学，体现了新月派对于诗歌格律、音乐性以及理性的追求。新月派诗人在这一阶段翻译了十四行体、四行体、无韵体等，以诗译诗，译诗音乐性好（第四章）。最后，本书讨论了新月派诗歌翻译折射出来的理论问题：一是文化建构，二是诗歌翻译规范。本书指出，在文化建构方面，新月派诗人通过翻译外国优秀诗人诗作，在汉语文化中树立了外国优秀诗作的形象。同时，新月派诗人通过翻译外国优秀诗作建构了中国文化，既移植了外国诗体，从而在汉语中建构了新诗体，如十四行体等，又为汉语输入了新的字眼和句法，丰富了汉语白话语言。另外，新月派前辈译诗家探索并发展了一系列翻译方法：固定诗行字数、以音组代替音步、复制韵式，为外国诗歌的汉译初步建立了规范，起了开拓性的作用（第五章）。

本书在客观史实的基础上，就新月派诗人的外语诗歌汉译活动得出如下结论：

第一，新月派中体西用的文化观决定了新月派诗学和翻译思想对外国诗歌形式要素的学习与引进。新月派诗学注重学习西方诗学中的形式要素，如音步、韵式等，以建构新月派诗学。新月派翻译思想注重引进和移植外国诗歌的形式、技术与技巧这些为器为用的因素。新月派诗学和翻译思想注重学习与引进西方诗歌的形式要素，除却现实原因，即"诗国革命"，打破了中国古典诗歌的传统，打破了旧的格律形式，却未提出新的格律形式，中国诗歌前途未卜，新月派诗人希望能够建立新格律诗体，是故学习和移植西方诗歌形式要素；还有一个重要的深层原因，那就是新月派诗人中体西用的文化观。中体西用的文化观注定了新月派诗人对于西方诗歌形式、技术以及技巧的学习和移植。

第二，新月派不仅诗学和诗歌创作学习、借鉴了西方诗歌，新月派翻译思想中也有一些是对于西方翻译传统的借鉴（如诗人译诗的主张），对于西方诗歌翻译史中有益经验的借鉴（如通过翻译移植诗体的经验）。

第三，新月派诗人的多重身份决定了其翻译选目一流。新月派诗人译者身兼多重身份，不仅是诗人、翻译家也是学者和批评家，能够甄别外国诗歌，选择一流外国诗人的一流诗歌翻译。

第四，新月派诗人翻译了浪漫主义诗歌、维多利亚时期诗歌、象征主义诗歌等。新月派诗人译者以诗译诗，诗歌翻译总体质量高。新月派诗人在译诗中再现原文的格律因素，通过固定诗行字数、以音组代替音步、复制韵式等方式，以诗歌翻译诗歌，较好地再现了原文的形式和音乐性。格律是诗歌不可或缺的要素，新月派诗人正是充分利用了汉语白话的资源，大体再现原文的格律要素，才实现了译诗的高质量。

第五，新月派诗人译者初步建立了格律诗翻译规范。新月派诗人翻译家在外语诗歌汉译的过程中，采用固定诗行字数方法译诗，是这种译诗方法的先驱，后来的诗歌翻译家也继承和发展了这种固定诗行字数译诗的方法。新月派诗人翻译家在外语诗歌汉译的过程中，采用了以音组翻译音步的方法翻译外国诗歌相应的音步，这是后来外语诗歌汉译"以顿代步"译法的先驱。新月派诗人翻译家在外语诗歌汉译的过程中，还采用了复制韵式的方法翻译外国诗歌相应的韵式。据此笔者认为，是新月派诗人翻译家初步构建了格律诗翻译规范。

第六，新月派诗人通过译诗构建了中国文化，一是移植了外国格律诗体，尤其是为汉语移植了格律谨严的十四行体，使十四行体在中国开花结果；二是为汉语输入了新的字眼和句法，丰富了汉语语言。

本书全面、深入地研究了新月派诗人的外语诗歌汉译活动，有如下创新之处：

第一，首次使用新月派中体西用的文化观，观照新月派的翻译思想，从文化观高度解释了新月派诗人对于外国诗歌形式要素的关注。本书指出新月派翻译思想对于西方诗歌翻译传统和西方诗歌翻译史中有益经验的借鉴。

第二，首次明确了维多利亚时期诗歌是新月派诗人翻译得最多的诗歌。同时，明确了维多利亚时期诗歌与新月派诗学和诗歌翻译的互动。本书同时探讨了新月派诗人的诗歌翻译试验说及其意义。

第三，首次从建构文化的角度出发，探讨了新月派诗人外语诗歌汉译的意义，指出新月派诗人译诗移植了诗体，丰富了译入语语言。同时，明确指出新月派诗人初步建立了翻译格律诗歌的规范。

本书对新月派诗人译诗进行了全面、深入的探讨，但是由于笔者能力有限，本论文尚存在以下不足之处：

第一，本书总结了新月派诗歌翻译和翻译规范，但是本书提出的新月派诗歌翻译的共通性和翻译规范是省略了一些个性才得以总结出来的。实际上，新月派诗人译诗也不是完全一致，并没有一个一致的调子。

第二，笔者仅从建构文化和翻译规范的角度探讨了新月派诗歌翻译折射出来的理论问题，尚未能够探讨新月派诗歌翻译与中国古典诗歌的关系。其实，中国古典诗歌对于新月派诗学、新月派诗歌创作和翻译也有影响，但是笔者侧重点在于诗歌翻译，就未能在本书中对此问题进行探讨。

第三，笔者虽然尽量收集民国时期第一手资料，希望再现新月派诗人诗歌翻译史，但还是没有收集齐全。缺少了这部分资料，就不能从整体上把握新月派诗人外语诗歌汉译活动的全景。

鉴于以上不足之处，笔者的后续研究可能包括：第一，研究新月派各诗人的翻译特点，结合惯习理论做出进一步探讨；第二，探讨中国古典诗歌传统与新月派诗歌翻译的关系；第三，更为全面地收集民国时期第一手资料，再现新月派诗人译诗的全景。

附录一 新月派诗人翻译外国诗歌年表

序号	刊物	卷期/日期	语种及诗歌	国别及诗人	译诗	译者	备注
1	《晨报五周年纪念增刊》	1923-12-01	—	Rose Mary	《明星与夜蛾》	徐志摩	—
2	《小说月报》	1923年第14卷第12期	英语，*The Wound*	英国，Thomas Hardy，维多利亚时期诗人	《伤痕》	徐志摩	—
3	《小说月报》	1923年第14卷第12期	英语，*The Division*	英国，Thomas Hardy，维多利亚时期诗人	《分离》	徐志摩	—
4	《小说月报》	1923年第14卷第11期	英语，*Her Initials*	英国，Thomas Hardy，维多利亚时期诗人	《她的名字》	徐志摩	—
5	《小说月报》	1923年第14卷第11期	英语，*I Look into my Glass*	英国，Thomas Hardy，维多利亚时期诗人	《窥镜》	徐志摩	—

续表

序号	刊物	卷期/日期	语种及诗歌	国别及诗人	译诗	译者	备注
6	《小说月报》	1923年第14卷第7期	英语，The Portrait	英国，Owen Meredith，（徐志摩注明，此人为维多利亚时期诗人）	《奥文满垒狄斯的诗小影》	徐志摩	在介绍时顺便翻译。原文四行，韵式abab，译文韵式aaaa
7	《晨报副刊：文学旬刊》	1923年第17期	英语，By the Shore	英国，Edward Carpenter	《海咏》	徐志摩	—
8	—	—	英语，Such a Life is Weary	英国，K. Mansfield	《这样的生活是疲惫的》	徐志摩	陈琳. 陌生化翻译：徐志摩译诗研究 [M]. 北京：中国社会科学出版社，2012：242.
9	—	—	—	古希腊，Theokretos	《牧歌第二十一章》	徐志摩	韩石山. 徐志摩全集：第7卷 [M]. 天津：天津人民出版社，2005：199-201.
10	—	—	—	5首维多利亚时期诗歌	—	—	—

续表

序号	刊物	卷期/日期	语种及诗歌	国别及诗人	译诗	译者	备注
11	《晨报副刊：文学旬刊》	1924-04-11	英语，*The Hour and the Ghost*	英国，Christina Rossetti，维多利亚时期	《新婚与旧鬼》	徐志摩	—
12	《晨报副刊：文学旬刊》	1924-6-1	英语，*Fain Heart in a Railway Train*	英国，Thomas Hardy，维多利亚时期	《在火车中一次心软》	徐志摩	先是原诗，后面才是译诗
13	《文学》（原名《文学旬刊》）	1924年第140期	英语，*The Man he Killed*	英国，Thomas Hardy，维多利亚时期	《我打死的他》	徐志摩	徐志摩附原文标题"The Man I Killed"，原文标题实为"The Man he Killed"，此诗1925年再次发表于《青年友》，改动了一个字，一节四行的"吃酒"，在1925年改为"喝酒"
14	《晨报副刊》	1924-10-29	英语，*The Garden Seat*	英国，Thomas Hardy，维多利亚时期	《公园里的座椅》	徐志摩	徐志摩标明"译自Thomas Hardy 'Late Poems and Earlier'"

续表

序号	刊物	卷期/日期	语种及诗歌	国别及诗人	译诗	译者	备注
15	《晨报副刊》	1924-11-7	波斯诗歌（英语），Ah love! could thou and I with Fate conspire	波斯，OmarKhayyám（英国FitzGerald 英译，维多利亚时期）	《莪默的一首诗》	徐志摩	徐志摩先评论才翻译，先放斐译，后放胡译，最后才是徐译
16	《晨报副刊》	1924-11-13	英语，Two Wives	英国，Thomas Hardy，维多利亚时期	《两位太太》	徐志摩	—
17	《晨报副刊》	1924-11-24	英语，Thanks Giving	印度，Tagore	《谢恩》	徐志摩	—
18		1924 年译	英语，Gardener Poem 60	印度，Tagore	Gardener Poem 60	徐志摩	韩石山.徐志摩全集：第 7 卷［M］.天津：天津人民出版社，2005：236.
19	《晨报副刊》	1924-11-27	英语，The Ocean of Sex	英国，Edward Carpenter	《性的海》	徐志摩	徐志摩注明"The Ocean of Sex" P383 "Towards Democracy"
20	《小说月报》	1924 年第 15 卷第 3 期	英语，Songs of Myself 31	美国，Walt Whitman	《我自己的歌》	徐志摩	—

225

续表

序号	刊物	卷期/日期	语种及诗歌	国别及诗人	译诗	译者	备注
21	《小说月报》	1924年第15卷第4期	英语，*Song from Corsair*	英国，Byron	*Song from Corsair*	徐志摩	该卷《小说月报》是拜伦百年祭，很多拜伦的介绍和作品的翻译
22	《小说月报》	1924年第15卷第4期	英语，On This Day I Completed My Thirty-sixth Year。（原诗为拜伦36岁时所发感概，'Tis time this heart should be unmoved 为诗歌第一行）	英国，Byron	年岁已经僵化我的柔心（诗歌第一行）	徐志摩	此诗并非专门译诗。而是在徐志摩论文《拜伦》中，介绍拜伦时所译。该卷小说月报是拜伦百年祭，很多拜伦的介绍和作品的翻译
23	《语丝》	1924年第3期	*Une Charogne*	法国，Charles Baudelaire，象征主义	《死尸》	徐志摩	徐志摩说明："Les Fleurs du Mal"，首先对该诗有差不多一页的介绍后，其次给出译诗
24	—	—	英语，*How Great My Grief*	英国，Thomas Hardy，维多利亚时期	《多么深我的苦》	徐志摩	韩石山．徐志摩全集：第7卷[M]．天津：天津人民出版社，2005：237．

续表

序号	刊物	卷期/日期	语种及诗歌	国别及诗人	译诗	译者	备注
25	—	—	英语，To Life	英国，Thomas Hardy，维多利亚时期	To Life	徐志摩	韩石山. 徐志摩全集：第7卷［M］. 天津：天津人民出版社，2005：238-239.
26	—	—	英语，She, at his Funeral	英国，Thomas Hardy，维多利亚时期	《送他的葬》	徐志摩	韩石山. 徐志摩全集：第7卷［M］. 天津：天津人民出版社，2005：240. 徐志摩附原文标题"At his Funeral"，原文标题实为"She, at his Funeral"
27	—	—	英语，In the Mind's Eye	英国，Thomas Hardy，维多利亚时期	《在心里的颜面》	徐志摩	韩石山. 徐志摩全集：第7卷［M］. 天津：天津人民出版社，2005：241-242.

续表

序号	刊物	卷期/日期	语种及诗歌	国别及诗人	译诗	译者	备注
28	《语丝》	1924年第2期	英语,首句:In absence this good means I gain	英国,Anon	译诗一篇首句:不见也有不见的好处	胡适	胡适译自Thomas Hardy的小说。对诗歌来源有简要说明,有英文原诗。这首英文诗,徐志摩认为就是哈代写的
29	—	—	—	维多利亚时期诗歌10首	—	—	—
30	《现代评论》	1925年第1卷第7期	英语,*Tenebris Interlucentem*	英国,James Elroy Flecker,维多利亚时期,受巴那斯主义影响,尤其倡导"为艺术而艺术"	《有那一天》	徐志摩	邵洵美署名浩文在《狮吼》1928年复刊第12期发表此译诗,译诗名字为《一只红雀》
31	《语丝》	1925年第17期	英语,*In the Restaurant*	英国,Thomas Hardy,维多利亚时期	《在一家饭店里》	徐志摩	—

续表

序号	刊物	卷期/日期	语种及诗歌	国别及诗人	译诗	译者	备注
32	《青年友》	1925年第5卷第11期	英语，The Man he Killed	英国，Thomas Hardy，维多利亚时期	《我打死的他》	徐志摩	徐志摩附原文标题"The Man I Killed"，原文标题实为"The Man he Killed"
33	《晨报副刊》	1925-03-22	英语，Requiescat	英国，Matthew Arnold 维多利亚时期	《诔词》	徐志摩	—
34	《晨报副刊》	1925-08-11	—	德国，Schiller	《译Schiller诗一首》	徐志摩	—
35	《晨报副刊：文学旬刊》	1925-4-15（67）	英语，CXI, CXII, CXIII, CXIV, CXV, CXVI, CXVII, CXVIII, CLXXXII, CLXXXIII, CLXXXIV, CLXXXV, CLXXXVI, CLXXXVII, CLXXXVIII, CLXXXIX, Canto II, Don Juan	英国，George Byron	《唐琼与海》	徐志摩	没有连续翻译111节至189节，而是选译其中111节至118节，182节至189节

续表

序号	刊物	卷期/日期	语种及诗歌	国别及诗人	译诗	译者	备注
36	《晨报副刊》	1925年第78期	英语，*The first line*: *Who never ate his bread in sorrow*	德国，Goethe	译葛德四行诗。首句：谁没有和着悲哀吞他的饭	徐志摩	从卡莱尔的英语转译，引发大讨论和很多复译！徐志摩翻译了两次
37	《现代评论》	1925年第2卷第38期	英语、德语，*The first line*: *Who never ate his bread in sorrow*	德国，Goethe	首句：谁不曾和着悲泪吞他的饭	徐志摩	出自徐志摩文章《一个译诗问题》，在讨论的同时翻译
38	《现代评论》	1925年第2卷第38期	英语、德语，*The first line*: *Who never ate his bread in sorrow*	德国，Goethe	首句：谁不曾含着悲哀咽他的饭	胡适	从卡莱尔的英语转译，后又对照德语原文，译诗出现在徐志摩文章《一个译诗问题》中
39	《晨报副刊》	1925-08-12	希腊诗歌（英语），*One Girl*	古希腊，Sappho，罗塞蒂英译，维多利亚时期	《译Sappho一个女子（Rossetti集句）》	徐志摩	从但丁·罗塞蒂英语转译萨福诗歌

230

续表

序号	刊物	卷期/日期	语种及诗歌	国别及诗人	译诗	译者	备注
40	《小说月报》	1925年第16卷第2期	英语，Ode to a Nightingale	英国，John Keats	《济慈的夜莺歌》	徐志摩	译诗刊载在徐志摩的长文《济慈的夜莺歌》中，附原文，但为散文体译诗
41	《晨报副刊》	1925-11-25	英语，Amoris Victima 第六首	英国，Arthur Symons	《译诗（"Amoris Victima"第六首 Arthur Symons）》	徐志摩	发表时署名"鹤"
42	《妇女杂志（上海）》	1925年第11卷第1期	英语，首句：In absence this good means I gain	见于Thomas Hardy小说，维多利亚时期	译诗一篇，首句：不见也有不见的好处	胡适	此诗与胡适1924年发表的同名译诗实为一首，只是此处未有胡适对原诗的说明和原诗，并且注明了是"录《语丝》"。有个别用词和标点与1924年译诗不同
43	—	1925-9-10	—	—	《葛德的Harfens Pieler》	胡适	收入《尝试后集》，见《胡适手稿》影印本

231

续表

序号	刊物	卷期/日期	语种及诗歌	国别及诗人	译诗	译者	备注
44	—	—	—	维多利亚时期诗歌6首	—	—	—
45	《晨报副镌·诗镌》	1926年第4期	英语，Amoris Victima	英国，Arthur Symons	《译诗（Arthur Symons：Amoris Victima）》	徐志摩	发表时署名"谷"
46	《晨报副镌·诗镌》	1926年第6期	英语，She Dwelt among the Untrodden Ways	英国，Wordsworth	《译华茨华斯诗一首》	钟天心	—
47	《晨报副镌·诗镌》	1926年第8期	英语，Waiting Both	英国，Thomas Hard, 维多利亚时期	《一同等着》	徐志摩	在文章《厌世的哈提》中译诗，文中有英文原文
48	《晨报副镌·诗镌》	1926年第8期	英语，The Weary Walker	英国，Thomas Hardy, 维多利亚时期	《疲倦了的行路人》	徐志摩	在文章《厌世的哈提》中译诗，文中有英文原文
49	《晨报副镌·诗镌》	1926年第8期	英语，Epitaph on a Pessimist	英国，Thomas Hardy, 维多利亚时期	《一个悲观人坟上的刻字》	徐志摩	在文章《厌世的哈提》中译诗，文中有英文原文

续表

序号	刊物	卷期/日期	语种及诗歌	国别及诗人	译诗	译者	备注
50	《晨报副镌·诗镌》	1926年第8期	英语，*Cynic's Epitaph*	英国，Thomas Hardy，维多利亚时期	《一个厌世人的墓志铭》	徐志摩	在文章《厌世的哈提》中译诗，文中有英文原文
51	《现代评论》	1926年第一年周年纪念增刊	法国诗歌（英语），*John of Tours* (*Old French*)	法国，无名氏作，D. G. Rossetti英译，维多利亚时期	《图下的老江》	徐志摩	从英语转译
52	《晨报副镌·诗镌》	1926年第8期	英语，*She Dwelt among the Untrodden Ways*	英国，Wordsworth	《译华茨华斯诗一首》	钟天心	天心在文章《随便谈谈译诗与做诗》中把该诗重新译了一次，并请求徐志摩再刊登一次
53	《小说月报》	1926年第17卷第1期	英语，*Cards and Kisses*	英国，Lyly	《赌牌》	朱湘	—
54	《小说月报》	1926年第17卷第1期	英语，*To-*	英国，Shelley	《恳求》	朱湘	—

续表

序号	刊物	卷期/日期	语种及诗歌	国别及诗人	译诗	译者	备注
55	《小说月报》	1926年第17卷第2期	罗马诗歌（英语），*Medieval Latin Students' Songs：There's no Lust Like to Poetry*	古罗马，无名氏	《行乐》	朱湘	—
56	《小说月报》	1926年第17卷第6期	英语，*Sonnet*	英国，Shakespeare	《归来》	朱湘	莎士比亚十四行诗第一百零九首
57	《小说月报》	1926年第17卷第6期	英语，*Fairy Land：v*	英国，William Shakespeare	《海挽歌》	朱湘	—
58	《小说月报》	1926年第17卷第6期	英语，*To-*	英国，Shelley	《爱》	朱湘	1926年第17卷第1期译诗《恳求》的修改版。后来再经修改，收入《番石榴集》
59	《小说月报》	1926年第17卷第6期	英语，*Dirce*	英国，Lander	《多西》	朱湘	—

续表

序号	刊物	卷期/日期	语种及诗歌	国别及诗人	译诗	译者	备注
60	《小说月报》	1926年第17卷第6期	英语,Finis	英国,Lander	《终》	朱湘	—
61	《现代评论》	1926年第一年周年纪念增刊	英语,Parting at Morning	英国,Browning,维多利亚时期	《清晨的分别》	胡适	—
62	《现代评论》	1926年第一年周年纪念增刊	英语,The first line: Music, when Soft Music Dies	英国,Percy Shelly	《译薛莱的小诗》	胡适	—
63	《现代评论》	1926年第一年周年纪念增刊	英语,In the Moonlight	英国,Thomas Hardy,维多利亚时期	《月光里》	胡适	—
64	—	—	—	维多利亚时期诗歌7首	—	—	—
65	《光华周刊》	1927年第2卷第4-5期	英语,A Week	英国,Thomas Hardy,维多利亚时期	《一个星期》	徐志摩	—

235

续表

序号	刊物	卷期/日期	语种及诗歌	国别及诗人	译诗	译者	备注
66	《时事新报·文艺周刊》	1927-05-09	—	John macbeiull	《我要回海上去》	闻一多,饶孟侃	孙党伯和袁謇正.闻一多全集:诗[M].武汉:湖北人民出版社,1993:297-298.
67	《时事新报·文艺周刊》	1927-10-08(5)	英语,The first line: Loveliest of Trees, the Cherry Now	英国,A. E. Houseman,维多利亚时期	《樱花》	闻一多	孙党伯和袁謇正.闻一多全集:诗[M].武汉:湖北人民出版社,1993:298.
68	《时事新报·文艺周刊》	1927-10-29(8)	英语	美国,Sara Teasdale	《像拜风的麦浪》	闻一多	孙党伯和袁謇正.闻一多全集:诗[M].武汉:湖北人民出版社,1993:299.
69	《时事新报·文艺周刊》	1927-11-05(9)	英语	美国,Edna St. Vincent Millay	《礼拜四》	闻一多	孙党伯和袁謇正.闻一多全集:诗[M].武汉:湖北人民出版社,1993:300.
70	《时事新报·文艺周刊》	1927-11-19(11)	英语,The Isles of Greece(节译 Don Juan)	英国,Lord Byron	《希腊之群岛》	闻一多	孙党伯和袁謇正.闻一多全集:诗[M].武汉:湖北人民出版社,1993:300-305.

续表

序号	刊物	卷期/日期	语种及诗歌	国别及诗人	译诗	译者	备注
71	《时事新报·文艺周刊》	1927-12-31（16）	英语，The Lent Lily	英国，A. E. Houseman，维多利亚时期	《春斋兰》	闻一多	孙党伯和袁謇正.闻一多全集：诗[M].武汉：湖北人民出版社，1993：305-306.
72	《时事新报·学灯》	1927-06-10	英语，Facts	英国，W. H. Lavics（Davies）	《事实》	饶孟侃	王锦厚，陈丽莉.饶孟侃诗文集[M].武汉：湖北人民出版社，1997：114-115.原文作者实为W. H. Davies
73	《京报副刊》	1927-08-23	英语，The first line：OH see how thick the goldcup flowers	英国，A. E. Housman，维多利亚时期	诗歌首行：你看这金盏花在小路上	饶孟侃	饶孟侃看到梁实秋在介绍霍斯曼诗歌的文章中翻译了此诗，也将自己的译文找出来。王锦厚，陈丽莉.饶孟侃诗文集[M].武汉：湖北人民出版社，1997：116-117.

续表

序号	刊物	卷期/日期	语种及诗歌	国别及诗人	译诗	译者	备注
74	《现代评论》	1927年第6卷第141期	英语，The first line: OH see how thick the goldcup flowers	英国，A. E. Housman，维多利亚时期	诗歌首行：啊，看那些密丛丛的金盏花	梁实秋	梁实秋在介绍霍斯曼的诗歌的文章《霍斯曼的情诗》中翻译此诗
75	《现代评论》	1927年第6卷第141期	英语	英国，A. E. Housman，维多利亚时期	《西方》	梁实秋	梁实秋在介绍霍斯曼的诗歌的文章《霍斯曼的情诗》中翻译此诗四节
76	《京报副刊》	1927-09-06	英语，Could man be drunk forever	英国，A. E. Housman，维多利亚时期	《要是——译郝斯曼诗》	饶孟侃	王锦厚,陈丽莉.饶孟侃诗文集[M].成都：四川大学出版社,1997:118.

附录一 新月派诗人翻译外国诗歌年表

续表

序号	刊物	卷期/日期	语种及诗歌	国别及诗人	译诗	译者	备注
77	《京报副刊》	1927-09-08	英语,Could man be drunk forever	英国,A.E. Housman,维多利亚时期	《要是——译郝斯曼诗》	饶孟侃	王锦厚,陈丽莉.饶孟侃诗文集[M].成都:四川大学出版社,1997:119.此译诗是上一首译诗的修改版。值得注意的是,虽然此书119页注明诗歌原载《京报副刊》,但是饶孟侃说明是学灯编辑力主重登
78	—	—	英语	英国,A.E. Housman,维多利亚时期	《生活——译郝斯曼诗》	饶孟侃	王锦厚,陈丽莉.饶孟侃诗文集[M].成都:四川大学出版社,1997:120.
79	—	—	—	维多利亚时期诗歌9首—	—	—	—

239

续表

序号	刊物	卷期/日期	语种及诗歌	国别及诗人	译诗	译者	备注
80	《现代评论》	1928年第三周年纪念增刊	英语，At Wynyard's Gap	英国，Thomas Hardy，维多利亚时期	《文亚峡》	徐志摩	—
81	《新月》	1928年第1卷第1期	英语，To the Moon	英国，Thomas Hardy，维多利亚时期	《对月》	徐志摩	—
82	《新月》	1928年第1卷第1期	英语，A Week	英国，Thomas Hardy，维多利亚时期	《一个星期》	徐志摩	1927年发表于《光华周刊》，此诗是修改版
83–92	《新月》	1928年第1卷第1期	英语，Sonnets From the Portuguese	英国，E. Browning，维多利亚时期	《白郎宁夫人的情诗》，计10首	闻一多	—
93–103	《新月》	1928年第1卷第2期	英语，Sonnets From the Portuguese	英国，E. Browning，维多利亚时期	《白郎宁夫人的情诗》，计11首	闻一多	—
104	《新月》	1928年第1卷第2期	英语，The Fallow Deer at the Lonely House	英国，Thomas Hardy，维多利亚时期	《幽舍的麋鹿》	闻一多	—

续表

序号	刊物	卷期/日期	语种及诗歌	国别及诗人	译诗	译者	备注
105	《新月》	1928年第1卷第3期	英语，*He Never Expected Much（A Reflection on my Eighty-Sixth Birthday）*	英国，Thomas Hardy，维多利亚时期	《哈代八十六岁诞日自述》	徐志摩	—
106	《新月》	1928年第1卷第3期	英语，*To a Skylark*	英国，P. Shelley	《云雀曲》	李惟建	—
107	《新月》	1928年第1卷第4期	英语，*Could Men Be Drunk Forever*	英国，A. E. Housman，维多利亚时期	《情愿》	闻一多	此诗1927年饶孟侃已经两次翻译发表，译诗名为《要是》
108	《新月》	1928年第1卷第4期	英语，*Let me Confess*	英国，W. Davies	《自招》	饶孟侃	—
109	《新月》	1928年第1卷第4期	英语，*Song*	英国，C. Rossetti，维多利亚时期	《歌》	徐志摩	—
110	《新月》	1928年第1卷第5期	英语，*Culprit*	英国，A. E. Housman，维多利亚时期	《犯人》	饶孟侃	—

241

续表

序号	刊物	卷期/日期	语种及诗歌	国别及诗人	译诗	译者	备注
111	《新月》	1928年第1卷第5期	英语，Smiles	英国，W. Davies	《微笑》	饶孟侃	—
112	《新月》	1928年第1卷第5期	英语，Seeking Joy	英国，W. Davies	《追寻快乐》	饶孟侃	—
113	《新月》	1928年第1卷第7期	英语，From Far, from Eve and Morning	英国，A. E. Housman，维多利亚时期	《从十二方的风穴里》	闻一多	—
114	《新月》	1928年第1卷第7期	英语，Ode to a Nightingale	英国，J. Keats	《夜莺歌》	李惟建	—
115	《新月》	1928年第1卷第8期	英语，White in the Moon the Long Road Lies	英国，A. E. Housman，维多利亚时期	《长途》	饶孟侃	—
116	《新月》	1928年第1卷第8期	英语，Never Pain to Tell thy Love	英国，W. Blake	《爱的秘密》	李惟建	—

续表

序号	刊物	卷期/日期	语种及诗歌	国别及诗人	译诗	译者	备注
117	《新月》	1928年第1卷第7期	波斯诗歌（英语），The first line: Come, fill the Cup, and in the Fire of Spring	波斯，OmarKhayyám（英国，FitzGerald英译，维多利亚时期）	首句：来！斟满了这一杯！	胡适	译诗见胡适翻译的欧·亨利小说《戒酒》
118	《新月》	1928年第1卷第7期	波斯诗歌（英语）首句：Ah Love! could thou and I with Fate conspire	波斯，OmarKhayyám（英国，FitzGerald英译，维多利亚时期）	首句：要是天公换了卿和我，	胡适	译诗见胡适翻译的欧·亨利小说《戒酒》。此译诗即胡适《尝试集》中《希望》，但是1928年译文是修改版
119	《时事新报·学灯》	1928-01-07	英语，The Recruit	英国，A.E. Housman，维多利亚时期	《新兵——译郝斯曼诗》	饶孟侃	王锦厚，陈丽莉.饶孟侃诗文集［M］.成都：四川大学出版社，1997：121-122.
120	—	—	—	维多利亚时期诗歌34首			

243

续表

序号	刊物	卷期/日期	语种及诗歌	国别及诗人	译诗	译者	备注
121	《新月》	1929年第1卷第12期	英语，Now Hollow Fires Burn Out to Black	英国，A. E. Housman，维多利亚时期	《别》	饶孟侃	—
122	《新月》	1929年第2卷第5期	英语，When I Came Last to Ludlow	英国，A. E. Housman，维多利亚时期	《今昔》	饶孟侃	—
123	《新月》	1929年第2卷第5期	英语，You Smile Upon your Friend Today	英国，A. E. Housman，维多利亚时期	《诗》	饶孟侃	—
124	《新月》	1929年第2卷第6-7期	英语，Tam O' Shanter	英国，R. Burns	《汤姆欧珊特》	梁实秋	—
125	《新月》	1929年第2卷第6-7期	英语，Bredon Hill	英国，A. E. Housman，维多利亚时期	《百里墩山》	饶孟侃	—
126	《新月》	1929年第2卷第6-7期	英语，the first line: The Street Sounds to the Soldiers' Tread	英国，A. E. Housman，维多利亚时期	《过兵》	饶孟侃	—
127	《新月》	1929年第2卷第8期	英语，A Bottle and Friend	英国，R. Burns	《一瓶酒和一个朋友》	梁实秋	—

续表

序号	刊物	卷期/日期	语种及诗歌	国别及诗人	译诗	译者	备注
128	《新月》	1929年第2卷第8期	英语，Lines Written on a Banknote	英国，R. Burns	《写在一张钞票上》	梁实秋	—
129	《新月》	1929年第2卷第8期	英语，The Book Worms	英国，R. Burns	《蠹鱼》	梁实秋	—
130	《新月》	1929年第2卷第8期	英语，To a Mountain Daisy: on Turning One Down with the Plough in April, 1786	英国，R. Burns	《一株山菊（To a Mountain Daisy）》一七八六年四月锄田误折山菊作歌贻之	梁实秋	—
131-133	《新月》	1929年第2卷第9期	德语，Volksleider，第一行：Der Flug der Lieber	德国，Herder	歌一，歌二，歌三，计3首	梁镇	—
134	《新月》	1929年第2卷第9期	英语，The First line: I Hoed and Trenched and Weeded	英国，A. E. Housman，维多利亚时期	《山花》	闻一多，饶孟侃	—

245

续表

序号	刊物	卷期/日期	语种及诗歌	国别及诗人	译诗	译者	备注
135	—	—		维多利亚时期诗歌6首	—		—
136	《长风》	1930年第1期	英语，*Meeting*	英国，Katherine Mansfield	《会面》	徐志摩	英语诗歌名字转引自陈琳. 陌生化翻译：徐志摩诗歌翻译艺术研究［M］. 北京：中国社会科学出版社, 2012：244.
137	《长风》	1930年第1期	英语 *The Gulf*	英国，Katherine Mansfield	《深渊》	徐志摩	英语诗歌名字转引自陈琳. 陌生化翻译：徐志摩诗歌翻译艺术研究［M］. 北京：中国社会科学出版社, 2012：244.
138	《长风》	1930年第1期	英语 *Sleeping Together*	英国，Katherine Mansfield	《在一起睡》	徐志摩	英语诗歌名字转引自陈琳. 陌生化翻译：徐志摩诗歌翻译艺术研究［M］. 北京：中国社会科学出版社, 2012：244.

续表

序号	刊物	卷期/日期	语种及诗歌	国别及诗人	译诗	译者	备注
139	《新月》	1930年第3卷第9期	法语，*Dames du temps jadis*	法国，F. Villon	《往日的女人》	梁镇	—
240	《新月》	1931年第3卷第11期	—	C. Morton	无题	程鼎鑫	—
141	《现代文学评论》	1931年第2卷第1-2期	英语	英国，William Shakespeare	当我高坐在默想之公堂	朱湘	此两首朱湘翻译的名称为十四行诗二首
142	《现代文学评论》	1931年第2卷第1-2期	英语	英国，William Shakespeare	哦，美丽如有真理来点缀	朱湘	
143	《塔铃》	1931年第2期	英语	William Shakespeare	《林中》	朱湘	—
144	《草野》	1931年第6卷第1期	—	英国，J. E. Flecker，维多利亚时期	《我们做了朋友》	邵洵美	—
145	《循环》	1931年第1卷第5期	—	英国，Heine	《茶话会》	梁镇	—
146	《诗刊》	1931年第2期	英语，King Lear, Act Ⅲ, Scene II	英国，William Shakespeare	译 *King Lear*，(Act Ⅲ, sc. 2.)	孙大雨	—

247

续表

序号	刊物	卷期/日期	语种及诗歌	国别及诗人	译诗	译者	备注
147	《诗刊》	1931年第2期	英语，*The Tiger*	英国，William Blake	《猛虎》	徐志摩	—
148-150	《诗刊》	1931年第2期	德语，*Auf dem See*, *An den Mond*, *Wanderes Nachtlied*	德国，Johann Wolfgang von Goethe	歌德诗三首：湖上，对月吟，游行者之夜歌，计3首	宗白华	—
151	《诗刊》	1931年第3期	—	—	《狱中》（译自《智慧集》）	梁宗岱	—
152	《诗刊》	1931年第3期	—	法国，Stephen Mallarme	《太息》	卞之琳	—
153	《诗刊》	1931年第3期	—	—	《泪流在我底心里》（译自《无言之歌》）	梁宗岱	—
154	《诗刊》	1931年第3期	—	—	《感伤的对语》（译自《华宴集》）	梁宗岱	—

续表

序号	刊物	卷期/日期	语种及诗歌	国别及诗人	译诗	译者	备注
155	《诗刊》	1931年第3期	—	—	《白的月色》（译自《幸福的歌》）	梁宗岱	—
156	《诗刊》	1931年第3期	英语，*Hamlet*, Act Ⅲ, Scene Ⅳ	英国，William Shakespeare	《罕姆莱德》	孙大雨	—
157	《诗刊》	1931年第3期	英语	英国，C. Rossetti，维多利亚时期	《歌》	孙大雨	—
158	—	—	—	维多利亚时期诗歌2首	—	—	—
159	《新月》	1932年第4卷第1期	法语，*Le voix et les yeux*	法国，Henri de Régnier	《声音和眼睛》	梁镇	—
160	《新月》	1932年第4卷第1期	英语，*Romeo and Juliet*, Act Ⅱ, Scene Ⅱ	英国，William Shakespeare	《罗米欧与朱丽叶》（第二幕第二景）	徐志摩	《新月》志摩纪念号。此两处发表的实为同一首译诗，计1首
160	《诗刊》	1932年第4期	英语，*Romeo and Juliet*, Act Ⅱ, Scene Ⅱ	英国，William Shakespeare	《罗米欧与朱丽叶》（第二幕第二景）	徐志摩	《新月》志摩纪念号。此两处发表的实为同一首译诗，计1首

249

续表

序号	刊物	卷期/日期	语种及诗歌	国别及诗人	译诗	译者	备注
161	《新月》	1932年第4卷第2期	法语,*Spleen*	法国,Paul Verlaine	《诉》	梁镇	—
162	《南开大学周刊》	1932年第129-130期	—	Gibson	《他是走了》	方玮德	送梦家赴沪
163	《诗刊》	1932年第4期	—	法国,Francois Villon	《魏龙与胖妇马尔戈》	梁镇	—
164	《诗刊》	1932年第4期	西班牙诗歌（英语）	西班牙,Victor Domingo Silva	《梵亚林小曲》	卞之琳	从 L. E. Elliot 转译
165	《江苏》	1932年第9-10期	法语,*Spleen*	法国,Paul Verlaine	《忧郁》	卞之琳	—
166	—	—	英语,*Song of Songs*	英国	《歌中之歌》	陈梦家	译自《圣经》。笔者未见译文，但是陈梦家写了译序，表明译完，是对翻译心得的总结，计1首

续表

序号	刊物	卷期/日期	语种及诗歌	国别及诗人	译诗	译者	备注
167	《文艺月刊》	1933年第4卷第1期	英语	英国，John Masefield	《梅士斐诗选：海狂》	方玮德	—
168	《文艺月刊》	1933年第4卷第1期	英语	英国，John Masefield	《梅士斐诗选：在病榻旁》	陈梦家	—
169-178	《新月》	1933年第4卷第6期	英语，*Correspondances*，*L'homme et la mer*，*La musique*，*Parfum exotique*，*Sonnet d'automne*，*La cloche felee*，*Spleen*，*Les Aveugles*，*Bohemiens en voyage*，*Recueillement*	法国，C. Baudelaire	《恶之花零拾应和》，《人与海》，《音乐》，《异国的芳香》，《商籁》，《破钟》，《忧郁》，《瞎子》，《流浪的波希米人》，《入定》，计10首	卞之琳	—

说明：附录一中极少数译者不属于新月派，但在新月派编辑的期刊上发表了译诗，故作品算在新月派译诗作品中。

附录二 《番石榴集》翻译表

序号	语种及诗歌	国别及诗人	译诗	备注
1	埃及诗歌（英语），He Maketh Himself One with the Only God, Whose Limbs Arethe Many Gods	埃及	《死书》二首：《他死者合体入唯一之神》	—
2	埃及诗歌（英语），He Establishth His Triumph	埃及	《死书》二首：《他完成了他的胜利》	—
3	阿拉伯诗歌（英语），Woo Not the World	阿拉伯，穆阿台米德	《莫取媚于人世》	—

续表

序号	语种及诗歌	国别及诗人	译诗	备注
4	阿拉伯诗歌（英语），录自《一千零一夜》(The Song of the Narcissus)	阿拉伯	《水仙歌》	—
5	阿拉伯诗歌（英语），Ever Watchful	阿拉伯，舍拉	《永远的警伺着》	—
6	阿拉伯诗歌（英语），The Days of our Youth	阿拉伯，无名氏	《我们少年的时日》	英译者，Wilfrid Blunt，维多利亚时期
7	波斯诗歌（英语），From the Sacred Book	波斯，琐罗亚斯德	《〈圣书〉节译》	—
8	波斯诗歌（英语），A Beauty that All Night Long	波斯，鲁米	《一个美丽》	—

续表

序号	语种及诗歌	国别及诗人	译诗	备注
9-23	波斯诗歌（英语），*Rubaiyat*	波斯，欧玛尔·哈亚姆	《〈茹拜迓式〉选译》，计15首	英译者，Edward FitzGerald，维多利亚时期
24	波斯诗歌（英语），*Courage*	波斯，萨迪	《〈果园〉一首：勇敢》	英译者，Sir Edwin Arnold，维多利亚时期
25	波斯诗歌（英语），*The Dancer*	波斯，萨迪	《〈玫瑰园〉一首：一个舞女》	英译者，Sir Edwin Arnold，维多利亚时期
26	波斯诗歌（英语），Odes：3 *The rose is not the rose unless thou see* 为诗歌第一行	波斯，哈菲兹	《曲》	—
27	波斯诗歌（英语），Odes：13 *Oft I have said, I say it once more* 为诗歌第一行	波斯，哈菲兹	《曲》	—

续表

序号	语种及诗歌	国别及诗人	译诗	备注
28	印度诗歌（英语），*Kings from The Penchatantra*	印度民众	《国王：录自〈五书〉》	—
29	印度诗歌（英语），*The Seasons: Autumn*	印度，迦梨陀娑	《秋：〈季候歌之一〉》	—
30	印度诗歌（英语），*Peace*	印度，伐致呵利	《恬静》	—
31	印度诗歌（英语）	印度，伐致呵利	《俳句》	《番石榴集》中将这个两行诗句归在巴式利哈黎（即伐致呵利）名下。张旭指出此诗是日本西行法师的（张旭. 视界的融合：朱湘译诗新探［M］. 北京：清华大学出版社，2008：81.）

续表

序号	语种及诗歌	国别及诗人	译诗	备注
32	希腊诗歌（英语），*Ode to Aphrodite*	古希腊，萨福	《曲——给美神》	朱湘虽然学过希腊语，但这些诗歌为朱湘从英语翻译，理由有二：第一，朱湘选译的萨福诗歌，正好都在英文版的 *An Anthology of World Poetry* 中。第二，朱湘译文的语言表达，包括词语、语序等，大都还是按照英语译诗的安排，改动不大。此外，朱湘在译西摩尼得斯的诗歌《索谋辟里》时，诗人介绍也是按照英译文介绍"Simonides of Ceos"直接译为"西奥斯人赛摩尼第士"。朱湘翻译黎奥尼达士的诗歌，按照范多伦诗集中诗人名字的"Leonidas of Tarentum"翻译为汉语"沓阑屯人黎奥尼达士"。因为该诗集中还有"Leonidas of Alexandria"，以示区分。另外，朱湘翻译维吉尔的作品，没有选择翻译维吉尔最负盛名的《伊尼德》，而是选择其《牧歌》，这就与朱湘历来一般选择外国诗人最优秀作品来翻译的原则相悖。当然，这可能是因为《伊尼德》太长，不好选译或者述意，但是更大的可能是，朱湘是从英文诗集 *An Anthology of World Poetry* 中选译的世界诗歌，而此诗集中收录维吉尔的作品就只有《牧歌》，而没有《伊尼德》。况且经过张旭查证，《番石榴集》中非英语国家诗歌大多出自范多伦编的 *An Anthology of World Poetry*（张旭. 视界的融合：朱湘译诗新探［M］. 北京：清华大学出版社，2008：78.）

续表

序号	语种及诗歌	国别及诗人	译诗	备注
33	希腊诗歌（英语），*One Girl*	古希腊，萨福	《一个少女》	英译者，D. G. Rossetti，维多利亚时期
34	希腊诗歌（英语），*The Wounded Cupid*	古希腊，阿那克里翁	《爱神》	英文原文15行，汉译只有8行
35	希腊诗歌（英语），*Thermopylae*	古希腊，西摩尼得斯	《索谋辟里》	—
36	希腊诗歌（英语），*No Such your Burden*	古希腊，阿加提亚斯	《希腊诗选六首：退步》	英译者，William M. Hardinge，维多利亚时期
37	希腊诗歌（英语），*The Little Love-God*	古希腊，墨勒阿革耳	《希腊诗选六首：小爱神》	—
38	希腊诗歌（英语），*On a Seal*	古希腊，柏拉图	《希腊诗选六首：印章》	—
39	希腊诗歌（英语），*Riches*	古希腊，无名氏	《希腊诗选六首：墓铭三首：一》	—

257

续表

序号	语种及诗歌	国别及诗人	译诗	备注
40	希腊诗歌（英语），*Timon's Epitaph*	古希腊，卡利马科斯	《希腊诗选六首：墓铭三首：二》	此诗的英译者是莎士比亚
41	希腊诗歌（英语），*The Fisherman*	古希腊，黎奥尼达士	《希腊诗选六首：墓铭三首：三》	英译者，Andrew Lang，维多利亚时期
42	希腊诗歌（英语），*Aesop's Fables：The Ass in the Lion's Skin*	古希腊，伊索	《伊索寓言一首：驴蒙狮皮》	—
43	罗马诗歌（英语），*Eclogue*	古罗马，维吉尔	《牧歌》	朱湘并未全文翻译。英译者，Charles Stuart Calverley，维多利亚时期
44	罗马诗歌（英语），*My Sweetest Lesbia*	古罗马，卡图卢斯	《给列司比亚》	—

续表

序号	语种及诗歌	国别及诗人	译诗	备注
45	罗马诗歌（英语），To His Book	古罗马，马希尔	《他的诗集》	—
46	罗马诗歌（英语），Medieval Latin Students' Songs: There's no Lust Like to Poetry	古罗马，无名氏	《行乐》	英译者，John Addington Symonds，维多利亚时期
47	意大利诗歌（英语），From La Vita Nuova: 16	意大利，但丁	《〈新生〉一首》	英译者，D. G. Rossetti，维多利亚时期
48	意大利诗歌（英语），Sestina: of the Lady Pietra degli Scrovigni	意大利，但丁	《六出诗：为佩忒腊作》	英译者，D. G. Rossetti，维多利亚时期
49	法国诗歌，Aucassin et Nicolette	法国	《番女缘述意》	—

259

续表

序号	语种及诗歌	国别及诗人	译诗	备注
50	法国诗歌（英语），No Marvel is it	法国，旺塔杜尔	《这便难怪》	英译者，Harret Waters Preston，维多利亚时期
51	法国诗歌（英语），Ballad of the Gibbet	法国，维永	《吊死曲》	英译者，Andrew Lang，维多利亚时期
52	法国诗歌（英语），Of His Lady's Old Age	法国，龙萨	《给海伦》	英译者，Andrew Lang，维多利亚时期
53	法国诗歌（英语），The Wolf and the Lamb in the Fables	法国，拉封丹	《寓言》	英语诗歌名字转引自张旭．视界的融合：朱湘译诗新探［M］．北京：清华大学出版社，2008：85．
54	法国诗歌（英语），Chansons d'Automne	法国，魏尔伦	Chanson d'Automne	—
55	西班牙诗歌（英语），The Fable of the Mouse from Mohernando andthe Mouse from Guada-lajara	西班牙，鲁伊斯	《二鼠》	英语诗歌名字转引自张旭．视界的融合：朱湘译诗新探［M］．北京：清华大学出版社，2008：84．

续表

序号	语种及诗歌	国别及诗人	译诗	备注
56	哥伦比亚诗歌（英语），Onthe Lips of the Last of the Incas	哥伦比亚，嘉洛	《仅存的阴加人》	英语诗歌名字转引自张旭. 视界的融合：朱湘译诗新探［M］. 北京：清华大学出版社，2008：84.
57	德国诗歌（英语），Wanderer's Night-songs：II	德国，歌德	《夜歌》	—
58	德国诗歌（英语），Ein Fichtenbaum Steht Einsam	德国，海涅	Ein Fichtenbaum steht einsam	朱湘并未将诗歌题目翻译为中文，或是沿用英译者做法。英文译者 James Thomson 将其英译时，也是保留了德语题目
59	德国诗歌（英语），Du Bist wie Eine Blume	德国，海涅	Du bist wie eine Blume	朱湘并未将诗歌题目翻译为中文，或是沿用英译者做法。英文译者 Kate Freiligrath Kroeker 将其英译时，也是保留了德语题目
60	德国诗歌（英语），Oh Lovely Fishermaiden	德国，海涅	《情歌》	原文十二行，译文只有八行
61	荷兰诗歌	荷兰，费尔休	《财》	—

续表

序号	语种及诗歌	国别及诗人	译诗	备注
62	斯堪的纳维亚诗歌	斯堪的纳维亚，罗曾和甫	《铅卜》	—
63	俄国古代民歌（英语），Ilya Murom the Peasant Hero, and Hero Svyatogor	俄国	《穆隆的意里亚农英雄与英雄斯伐陀郭》	英语诗歌名字转引自张旭. 视界的融合：朱湘译诗新探 [M]. 北京：清华大学出版社, 2008：85.
64	英国诗歌，The Seafarer	英国, 无名氏	《海客》	英语诗歌名字转引自张旭. 视界的融合：朱湘译诗新探 [M]. 北京：清华大学出版社, 2008：88.
65	英国诗歌，Sumer is Icumen in	英国, 无名氏	《鹧鸪》	—
66	英国诗歌，The Old Cloak	英国, 无名氏	《旧的大氅》	—
67	英国诗歌，Madrigal	英国, 无名氏	《美神》	—
68	英国诗歌，Love not me for comely grace	英国, 无名氏	《爱》	—
69	英国诗歌，Cards and Kisses	英国, 黎里	《赌牌》	—

续表

序号	语种及诗歌	国别及诗人	译诗	备注
70	英国诗歌，Love is a Sickness	英国，塞缪尔·丹尼尔	《怪事》	原文 2 节，共 16 行，但是朱湘只将第 1 节 8 行译出。原文第 2 节和第 1 节意思类似，并且两节最后 4 行完全相同
71	英国诗歌，Fairy Land：iv	英国，莎士比亚	《仙童歌》	—
72	英国诗歌，Fairy Land：v	英国，莎士比亚	《海挽歌》	—
73	英国诗歌，Sweet-and-Twenty	英国，莎士比亚	《及时》	—
74	英国诗歌，Dirge	英国，莎士比亚	《自挽歌》	—

续表

序号	语种及诗歌	国别及诗人	译诗	备注
75	英国诗歌，Under the Greenwood Tree	英国，莎士比亚	《林中》	原文还有 Jaques replies 部分，没有译出。只译了 Amiens sings 部分
76	英国诗歌，Take, o take those Lips away	英国，莎士比亚	《撒手》	—
77	英国诗歌，Aubade	英国，莎士比亚	《晨歌》	—
78	英国诗歌，It was a Lover and his Lass	英国，莎士比亚	《在春天》	—
79-82	英国诗歌，Sonnets	英国，莎士比亚	《十四行诗四首：一、二、三、四》，计4首	实为莎士比亚十四行诗中18、30、54和109首

续表

序号	语种及诗歌	国别及诗人	译诗	备注
83	英国诗歌，To Celia	英国，本·琼森	《给西里亚》	—
84	英国诗歌，A Farewell to the World	英国，本·琼森	《告别世界》	—
85	英国诗歌，On his Blindness	英国，弥尔顿	《十四行》	—
86	英国诗歌，Death	英国，多恩	《死》	—
87	英国诗歌，To Dianeme	英国，赫里克	《眼珠》	原文十行，译诗只有四行，原文一、二、七、十行的意思译出
88	英国诗歌，The Tiger	英国，布莱克	《虎》	—
89	英国诗歌，Bonnie Lesley	英国，彭斯	《美人》	译诗中较多地使用了中国美好的意象，表达对Lesley的赞美之情，如原文三节"queen"，译为"阳春"。且译文三节与原文第三节差距很大，增加了枫叶、双唇等意象，而原文要表达的是圣洁、受人爱慕之意

265

续表

序号	语种及诗歌	国别及诗人	译诗	备注
90	英国诗歌，*Dirce*	英国，兰德	《多西》	—
91	英国诗歌，*Finis*	英国，兰德	《终》	—
92	英国诗歌，*To-*	英国，雪莱	《恳求》	—
93	英国诗歌，*Ode on a Grecian Urn*	英国，济慈	《希腊皿曲》	—
94	英国诗歌，*Ode to a Nightingale*	英国，济慈	《夜莺曲》	—
95	英国诗歌，*To Autumn*	英国，济慈	《秋曲》	—
96	英国诗歌，*La Belle Dame sans Merci*	英国，济慈	《妖女》	—
97	英国诗歌，*Old Song*	英国，菲茨杰拉德，维多利亚时期	《往日》	—

续表

序号	语种及诗歌	国别及诗人	译诗	备注
98	英国诗歌,Winter Nightfall	英国,布里吉斯维多利亚时期	《冬暮》	—
99	英国诗歌,The Great Misgiving	英国,华兹生维多利亚时期	《死》	原文5节20行,译文只译出了前4行,题目有改动
100	英国诗歌,Sohrab and Rustum	英国,阿诺德维多利亚时期	《索赫拉与鲁斯通》	—
101	英国诗歌,Michael	英国,华兹华斯	《迈克》	—
102	英国诗歌,The Ancient Mariner	英国,柯勒律治	《老舟子行》	—
103	英国诗歌,The Eve of St Agnes	英国,济慈	《圣亚尼节之夕》	—

说明：《番石榴集》虽然出版时间为 1936 年，但实际上朱湘早在美国留学期间就将诗集中几乎所有的诗歌译就，并且在美国期间就一直在联系发表，只是由于各种现实原因未能出版发行。后来因为朱湘投江，留下孤儿寡母，在其多位挚友，尤其是罗念生的推动下，才出版了多本朱湘著作，包括这本《番石榴集》，并且所有出版所得都给朱湘遗孀幼儿。《番石榴集》是在新月派存续期间译就，并且能够体现出新月派的诗歌翻译思想和翻译策略，因而本文将其归入新月派诗人翻译的外国诗歌范围之内。

朱湘在 1927 年 4 月 15 日给罗暟岚的信中提道："《新诗选》《若木华集》（西诗译诗）如今已经成书。"在 1929 年 3 月 18 日给罗暟岚的信中朱湘提道："可以先印《索赫拉与鲁斯通》，《三星集》请暂保留。印最好能照我自定的标点，万一不能，便请一律用红圈子。我的散文集子等你们来了一同整理。将来能余二十块钱之时，我想从开明取回《若木华集》，并同新译各诗，编一个《番石榴集》。"朱湘在 1929 年 6 月 10 日给罗暟岚的信中提道："请你转为告知，这本译诗集子早迟编好以后，无论我回国不回国，一定托他们印行就是。这集子包括《若木华》与新译各篇，总名《番石榴集》。新译各篇有科隆比亚一苦巴一和兰二德国二斯堪底纳维亚一法国二西国一俄国一英国，此外大概还要有些。这里面的数目并非以优逊为标准，不过那方面多看过些书，就多译点。"另外，朱湘从美国寄给罗念生的信中也多次提到《番石榴集》中诗歌翻译情况，在朱湘从美国寄给孙大雨的信中也多次提到《番石榴集》中诗歌翻译情况。

参考文献

一、中文文献

［1］艾布拉姆斯．文学术语词典（中英对照）［M］．吴松江，译．北京：北京大学出版社，2009.

［2］巴雷特．白朗宁夫人抒情十四行诗［M］．方平，译．成都：四川人民出版社，1982.

［3］卞之琳．人与诗：忆旧说新［M］．北京：生活·读书·新知三联书店，1984.

［4］波德莱尔，等．西窗集［M］．卞之琳，译．合肥：安徽教育出版社，2007.

［5］陈本益．汉语诗歌的节奏［M］．重庆：重庆大学出版社，2013.

［6］陈历明．新诗的生成：作为翻译的现代性［M］．北京：商务印书馆，2014.

［7］陈梦家．新月诗选［M］．上海：上海科学技术文献出版社，2014.

［8］曹明伦．翻译之道：理论与实践［M］．上海：上海外语教育出版社，2013.

［9］曹明伦．英汉翻译二十讲［M］．北京：商务印书馆，2013.

［10］段峰．文化视野下文学翻译主体性研究［M］．成都：四川大学出版社，2008.

［11］飞白．英国维多利亚时代诗选［M］．长沙：湖南人民出版社，1985.

［12］菲茨杰拉德．鲁拜集［M］．郭沫若，译．上海：泰东图书局，1928.

［13］菲茨杰拉德．柔巴依集［M］．黄杲炘，译．武汉：湖北教育出版社，2007.

［14］冯至．十四行集［M］．上海：文化生活出版社，1949.

［15］耿云志，欧阳哲生．胡适书信集：上［M］．北京：北京大学出版

269

社,1996.

[16] 辜正坤. 中西诗比较鉴赏与翻译理论 [M]. 2 版. 北京: 清华大学出版社, 2010.

[17] 荷马, 等. 古希腊抒情诗选 [M]. 水建馥, 译. 北京: 商务印书馆, 2013.

[18] 胡适. 尝试集 [M]. 上海: 亚东图书馆, 1922.

[19] 黄杲炘. 从柔巴依到坎特伯雷: 英语诗汉译研究 [M]. 武汉: 湖北教育出版社, 1999.

[20] 黄杲炘. 译诗的演进 [M]. 上海: 上海译文出版社, 2012.

[21] 霍恩比. 牛津高阶英汉双解词典 [M]. 4 版. 李北达, 译. 北京: 商务印书馆, 2002.

[22] 李唯建. 英国近代诗歌选译 [M]. 北京: 中华书局, 1934.

[23] 李怡. 中国现代新诗与古典诗歌传统 [M]. 增订 3 版. 北京: 中国人民大学出版社, 2015.

[24] 连淑能. 英汉对比研究 [M]. 北京: 高等教育出版社, 1993.

[25] 梁实秋. 谈闻一多 [M]. 台北: 传记文学出版社, 1967.

[26] 罗念生. 朱湘书信集 [M]. 天津: 人生与文学社, 1936.

[27] 罗新璋, 陈应年. 翻译论集 [M]. 北京: 商务印书馆, 2009.

[28] 马祖毅. 中国翻译通史: 第 2 卷 [M]. 武汉: 湖北教育出版社, 2006.

[29] 钱理群, 温儒敏, 吴福辉, 等. 中国现代文学三十年 [M]. 上海: 上海文艺出版社, 1987.

[30] 清朝野史大观: 清朝艺苑 [M]. 上海: 上海书店, 1981.

[31] 孙党伯, 袁謇正. 闻一多全集: 书信·日记·附录 [M]. 武汉: 湖北人民出版社, 1993.

[32] 孙党伯, 袁謇正. 闻一多全集: 诗 [M]. 武汉: 湖北人民出版社, 1993.

[33] 王建开. 五四以来我国英美文学作品译介史: 1919—1949 [M]. 上海: 上海外语教育出版社, 2003.

[34] 王友贵. 翻译西方与东方: 中国六位翻译家 [M]. 成都: 四川出版集团, 四川人民出版社, 2004.

[35] 王哲甫. 中国新文学运动史 [M]. 北京: 杰成印书局, 1933.

[36] 王佐良. 论诗的翻译 [M]. 南昌: 江西教育出版社, 1992.

[37] 王佐良，何其莘. 英国文艺复兴时期文学史 [M]. 北京：外语教学与研究出版社，2006.

[38] 韦勒克. 近代文学批评史：第 1 卷 [M] 杨岂深，杨自伍，译. 上海：上海译文出版社，1987.

[39] 闻一多. 红烛 [M]. 上海：泰东图书局，1923c.

[40] 吴赟. 翻译·构建·影响：英国浪漫主义诗歌在中国 [M]. 北京：北京大学出版社，2012.

[41] 谢天振，查明建. 中国现代翻译文学史：1898—1949 [M]. 上海：上海外语教育出版社，2004.

[42] 许建平. 英汉互译：实践与技巧 [M]. 3 版. 北京：清华大学出版社，2007.

[43] 许钧，等. 文学翻译的理论与实践：翻译对话录 [M]. 南京：译林出版社，2001.

[44] 袁锦翔. 名家翻译研究与赏析 [M]. 武汉：湖北教育出版社，1990.

[45] 张培基. 英汉翻译教程 [M]. 上海：上海外语教育出版社，2009.

[46] 张旭. 视界的融合：朱湘译诗新探 [M]. 北京：清华大学出版社，2008.

[47] 朱光潜. 诗论 [M]. 北京：生活·读书·新知 三联书店，2012.

[48] 朱湘. 文学闲谈 [M]. 上海：北新书局，1934.

[49] 朱湘. 番石榴集 [M]. 上海：商务印书馆，1936.

[50] 朱湘. 海外寄霓君 [M]. 石家庄：河北教育出版社，1994.

[51] 朱湘. 北海纪游 [M]. 济南：山东画报出版社，2003.

[52] 白朗宁夫人. 白朗宁夫人的情诗 [J]. 闻一多，译. 新月，1928（1）.

[53] 白朗宁夫人. 白朗宁夫人的情诗 [J]. 闻一多，译. 新月，1928（2）.

[54] 拜伦. Song from Corsair [J]. 徐志摩，译. 小说月报. 1924（4）.

[55] 卞之琳. 魏尔伦与象征主义 [J]. 新月，1932（4）.

[56] 卞之琳. 雕虫纪历（1930—1958）：自序 [J]. 新文学史料，1979（3）.

[57] 卞之琳. 译诗艺术的成年 [J]. 读书，1982（3）.

[58] 波特莱. 恶之花拾零 [J]. 卞之琳，译. 新月，1933（6）.

[59] 采真. 对于译袁默诗底商榷 [J]. 语丝，1926（68）.

[60] 陈丹．诗学观照下的诗歌翻译活动：以新月派的诗歌翻译为例 [J]．湖北广播电视大学报，2008（7）．

[61] 陈丹．以顿代步 复制韵式 [J]．韶关学院学报，2017（10）．

[62] 陈独秀．文学革命论 [J]．新青年，1917（6）．

[63] 陈梦家．歌中之歌：译序 [J]．南大周刊，1932（131）．

[64] 成仿吾．关于一个译诗问题的批评 [J]．现代评论，1925（48）．

[65] 曹明伦．伊丽莎白时代的三大十四行诗集 [J]．四川大学学报（哲学社会科学版），2008（5）．

[66] 曹明伦．翻译中失去的到底是什么？Poetry is what gets lost in translation 出处之考辨及其语境分析 [J]．中国翻译，2009（5）．

[67] 曹明伦．弗罗斯特诗歌在中国的译介：纪念弗罗斯特逝世50周年 [J]．中国翻译，2013（1）．

[68] 曹明伦．谈英诗汉译的几个基本问题 [J]．中国翻译，2014（1）．

[69] 方平．白朗宁夫人的抒情十四行诗 [J]．读书，1981（3）．

[70] 方仪力．以语言为中心的翻译与民族语言发展之关系：重读施莱尔马赫：论翻译的不同方法 [J]．解放军外国语学院学报，2013（6）．

[71] 冯光荣．法国十四行诗的沿革及其结构要素 [J]．法国研究，1993（2）．

[72] 冯光荣．法中十四行诗沿革及其结构要素比较 [J]．四川外语学院学报，1993（3）．

[73] 郭沫若．波斯诗人莪默伽亚谟 [J]．创造季刊，1922（3）．

[74] 郭沫若．雪莱的诗 [J]．创造季刊，1923（4）．

[75] 郭沫若．弹琴者之歌 [J]．洪水，1925（3）．

[76] 哈代．窥镜 [J]．徐志摩，译．小说月报，1923a（11）．

[77] 哈代．她的名字 [J]．徐志摩，译．小说月报，1923b（11）．

[78] 哈代．分离 [J]．徐志摩，译．小说月报，1923c（12）．

[79] 哈代．我打死的他 [J]．徐志摩，译．文学，1924a（140）．

[80] 哈代．我打死的他 [J]．徐志摩，译．青年友，1925a（11）．

[81] 哈代．在一家饭店里 [J]．徐志摩，译．语丝，1925b（17）．

[82] 郝斯曼．情愿 [J]．闻一多，译．新月，1928（4）．

[83] 郝士曼．从十二方的风穴里 [J]．闻一多，译．新月，1928b（7）．

[84] 洪振国．试论朱湘译诗的观点与特色 [J]．湘潭大学学报（社会科学版），1985（2）．

[85] 胡适. 建设的文学革命论：国语的文学：文学的国语 [J]. 新青年, 1918（4）.

[86] 胡适. 我为什么要做白话诗 [J]. 新青年, 1919（6）.

[87] 胡适. 译诗一篇 [J]. 语丝, 1924（2）.

[88] 胡适. 译诗一篇 [J]. 妇女杂志, 1925（1）.

[89] 胡适. 论翻译 [J]. 新月, 1929（11）.

[90] 胡适. 新月讨论：（二）评《梦家诗集》[J]. 新月, 1930（5/6）.

[91] 胡适. 逼上梁山：文学革命的开始 [J]. 东方杂志, 1934（1）.

[92] 黄杲炘. 对闻一多译诗的再认识 [J]. 中国翻译, 2016（3）.

[93] 蒋百里. 欧洲文艺复兴时代翻译事业之先例 [J]. 改造, 1919（11）.

[94] 李竞何. 关于哥德四行诗问题的商榷 [J]. 现代评论, 1925（50）.

[95] 李怡. 巴那斯主义与中国现代新诗 [J]. 中州学刊, 1990（2）.

[96] 李怡. 论戴望舒与中西诗歌文化 [J]. 中州学刊, 1994（5）.

[97] 林语堂. 译莪默五首 [J]. 语丝, 1926（66）.

[98] 刘. 莪默诗八首 [J]. 语丝, 1926（76）.

[99] 梁实秋. 拜伦与浪漫主义 [J]. 创造月刊, 1926（3）.

[100] 梁实秋. 霍斯曼的情诗 [J]. 现代评论, 1927（141）.

[101] 梁实秋. 文学的纪律 [J]. 新月, 1928a（1）.

[102] 梁实秋. 翻译 [J]. 新月, 1928（10）.

[103] 梁实秋. 新诗的格调及其他 [J]. 诗刊, 1931（1）.

[104] 陆志韦. 论节奏 [J]. 文学杂志, 1937（3）.

[105] 罗振亚. 浪漫主义向象征主义转换的中介：新月诗派的巴那斯主义倾向 [J]. 方论丛, 1997（4）.

[106] 罗塞蒂. 歌 [J]. 徐志摩, 译. 新月, 1928（4）.

[107] 曼殊斐儿. 夜深时 [J]. 徐志摩, 译. 小说月报, 1925（3）.

[108] 穆木天. 谈诗：寄沫若的一封信 [J]. 创造月刊, 1926（1）.

[109] 南治国. 闻一多的译诗及译论 [J]. 中国翻译, 2002（2）.

[110] 潘修桐. 莪默伽亚谟绝句选译 [J]. 北新, 1928（7）.

[111] 潘修桐. 莪默伽亚谟绝句选译 [J]. 北新, 1929（1）.

[112] 彭斯. 写在一张钞票上 [J]. 梁实秋, 译. 新月, 1929（8）.

[113] 彭斯. 汤姆欧珊特 [J]. 梁实秋, 译. 新月, 1929（6/7）.

[114] 钱光培. 论朱湘先生的文化观：现代诗人朱湘研究之一节 [J].

山西师大学报（社会科学版），1987（1）.

[115] 萩萩. 莺莺 [J]. 新月, 1930 (7).

[116] 莎士比亚. 罗米欧与朱丽叶 [J]. 徐志摩, 译. 诗刊, 1932 (4).

[117] 沈从文. 我们怎么样去读新诗 [J]. 现代学生, 1930 (1).

[118] 孙大雨. 诗歌底格律（续）[J]. 复旦学报（人文科学版），1957 (1).

[119] 孙大雨. 莎士比亚的戏剧是话剧还是诗剧 [J]. 外国语（上海外国语学院学报），1987 (2).

[120] 谭渊, 刘琼. 歌德诗歌的复译与民国译者对新诗的探索——徐志摩《征译诗启》背后的新旧诗之争 [J]. 解放军外国语学院学报, 2017 (3).

[121] 王强. 关于"新月派"的形成和发展 [J]. 中国现代文学研究丛刊, 1983 (3).

[122] 王运鸿. 描写翻译研究及其后 [J]. 中国翻译, 2013 (3).

[123] 王运鸿. 描写翻译研究之后 [J]. 中国翻译, 2014 (3).

[124] 王佐良. 英国文艺复兴时期的翻译家 [J]. 外语教学与研究, 1995 (1).

[125] 闻一多. 莪默伽亚谟之绝句 [J]. 创造季刊, 1923 (1).

[126] 闻一多. 女神之地方色彩 [J]. 创造周报, 1923 (5).

[127] 闻一多. 关于做诗: 给左明的信 [J]. 萍, 1928 (2).

[128] 闻一多. 先拉飞主义 [J]. 新月, 1928 (4).

[129] 闻一多. 新月讨论: （一）论悔与回 [J]. 新月, 1930 (5/6).

[130] 闻一多. 新月讨论: （三）谈商籁体 [J]. 新月, 1930 (5/6).

[131] 徐敏慧. 从翻译规范到译者惯习: 描写翻译研究的新发展 [J]. 中国翻译, 2017 (6).

[132] 徐志摩. 太戈尔来华 [J]. 小说月报, 1923 (9).

[133] 徐志摩. 曼殊斐儿 [J]. 小说月报, 1923 (5).

[134] 徐志摩. 征译诗启 [J]. 小说月报, 1924 (3).

[135] 徐志摩. 拜伦 [J]. 小说月报, 1924 (4).

[136] 徐志摩. 死尸 "Une Charogne" by Charles Baudelaire: "Les Fleurs du Mal" [J].《语丝》, 1924 (3).

[137] 徐志摩. 济慈的夜莺歌 [J]. 小说月报, 1925 (2).

[138] 徐志摩. 一个译诗问题 [J]. 现代评论, 1925 (38).

[139] 徐志摩. 再说一说曼殊斐儿 [J]. 小说月报, 1925 (3).

[140] 徐志摩. 译葛德四行诗 [J]. 晨报副刊：文学旬刊, 1925 (78).

[141] 徐志摩. 海边的梦：二 [J]. 现代评论, 1925 (51).

[142] 徐志摩. 翡冷翠的一夜 [J]. 现代评论, 1926 (56).

[143] 徐志摩. "新月"的态度 [J]. 新月, 1928 (1).

[144] 徐志摩. 白朗宁夫人的情诗 [J]. 新月, 1928 (1).

[145] 徐志摩. 汤麦士哈代 [J]. 新月, 1928 (1).

[146] 徐志摩. 我等候你 [J]. 新月, 1929, 2 (8).

[147] 徐志摩. 前言 [J]. 诗刊, 1931 (2).

[148] 徐志摩. 序语 [J]. 诗刊, 1931 (1).

[149] 许正林. 新月诗派与维多利亚诗 [J]. 中国现代文学研究丛刊, 1993 (2).

[150] 杨宪益. 试论欧洲十四行诗及波斯诗人莪默凯延的鲁拜体与我国唐代诗歌的可能联系 [J]. 文艺研究, 1983 (4).

[151] 叶公超. 论翻译与文字的改造：答梁实秋论翻译的一封信：[J]. 新月, 1933 (6).

[152] 袁锦翔. 闻一多论译诗 [J]. 翻译通讯, 1984 (6).

[153] 张少雄. 新月社翻译小史：文学翻译 [J]. 中国翻译, 1994 (2).

[154] 张源. 莪默研究 [J]. 河南大学文学院季刊, 1930 (2).

[155] 周灵均. 海边的梦：一 [J]. 现代评论, 1925 (51).

[156] 朱家骅. 关于一个译诗问题的批评 [J]. 现代评论, 1925 (43).

[157] 朱湘. 评徐君《志摩的诗》[J]. 小说月报, 1926 (1).

[158] 朱自清. 闻一多先生与新诗 [J]. 清华周刊, 1947 (8).

[159] 朱自清. 闻一多先生怎样走着看中国文学的道路 [J]. 文学杂志, 1947 (5).

二、英文文献

[1] ARNOLD M. Matthew Arnold's Sohrab and Rustum and other poems [M]. London：Macmillan & Co. Ltd., 1905.

[2] BAKER C. The selected poetry and prose of Percy Bysshe Shelley [M]. New York：Random House, 1951.

[3] BASSNETT S, LEFEVERE A. Constructing cultures：essays on literary translation [M]. Shanghai：Shanghai Foreign Language Education press, 2001.

[4] BAUDELAIRE C. Les fleurs du mal [M]. HOWARD R, trans. Boston：

David R. Godine, Publisher, Inc., 1982.

[5] BOURDIEU P. Distinction: a social critique of the judgement of taste [M]. NICE R, trans. Cambridge: Harvard University Press, 1984.

[6] BOURDIEU P. The field of cultural production [M]. New York: Columbia University Press, 1993.

[7] BURNS R. The poetical works of Robert Burns [M]. London, Melbourne, and Toronto: Ward, Lock & Co. Limited, 1912.

[8] BYRON G. Selected poems of Lord Byron: including Don Juan and other poems [M]. London: Wordsworth Editions Limited, 2006.

[9] CATFORD J C. A linguistic theory of translation [M]. Oxford: Oxford University Press, 1965.

[10] DUNCAN-JONES K ed. Shakespeare's sonnets [M]. London: Thomas Nelson and Sons Ltd, 1997.

[11] FERGUSON M, et al. Norton anthology of poetry [M]. 5th edition. New York and London: W. W. Norton & Company, 2005.

[12] HARDY T. The hand of Ethelberta: a comedy in chapters [M]. London: Macmillan And Co., Limited, 1927.

[13] HARDY T. Chosen poems of Thomas Hardy [M]. 2nd edition. London: Macmillan and Co., Limited, 1929.

[14] HERMANS T. Translation in systems: descriptive and system-oriented approaches Explained [M]. Shanghai: Shanghai Foreign Language Education Press, 2004.

[15] HOUSMAN A E. Last poems [M]. London: Grant Richards Ltd, 1922.

[16] Housman A E. A Shropshire Lad [M]. New York: Henry Holt and Company, 1924.

[17] HUMPHRIES S. Christina Rossetti: poems and prose [M]. Oxford: Oxford University Press, 2008.

[18] KARLIN D ed. Rubáiyát of Omar Khayyám Edward FitzGerald [M]. New York: Oxford University Press, 2009.

[19] LEFEVERE A. Translating poetry: seven strategies and a blueprint [M]. Assen: Koninklijke Van Gorcum & Comp. B. V., 1975.

[20] LEFEVERE A. Translation, rewriting, and the manipulation of literary fame [M]. Shanghai: Shanghai ForeignLanguage Education Press, 2004.

［21］MARKHAM E ed. The works of Edgar Allan Poe［M］. Vol. X. New York and London: Funk & Wangalls Company, 1904.

［22］NEWMARK P. A textbook of translation［M］. Shanghai: Shanghai Foreign Language Education Press, 2001.

［23］NIDA E, TABER C. The theory and practice of translation［M］. Shanghai: Shanghai Foreign Language Education Press, 2004.

［24］PALGRAVE F T. The golden treasury of the best songs and lyrical poems in the English language［M］. London, New York and Toronto: Oxford University Press, 1941.

［25］PYM A. Method in translation history［M］. Beijing: Foreign Language Teaching and Research Press, 2007.

［26］QUILLER-COUCH A. The Oxford book of English verse: 1250—1900［M］. Oxford: Clarendon Press, 1918.

［27］REISS K. Translation criticism: the potentials & limitations［M］. RHODES E, trans. Shanghai: Shanghai Foreign Language Education Press, 2004.

［28］SHAKESPEARE W. The tragedy of Romeo and Juliet［M］. Boston: D. C. Heath and Company, 1916.

［29］TOURY G. Descriptive translation studies and beyond［M］. Shanghai: Shanghai Foreign Language Education Press, 2001.

［30］VAN DOREN M. An anthology of world poetry［M］. New York: Albert & Charles Boni, INC, 1928.

后　记

　　光阴似箭，日月如梭，我也终于为本书画上了句号。本书由我的博士论文修订而成。回首写作的过程，心中感受颇多，尤其感谢我的良师益友。

　　首先深深地感谢我的导师曹明伦教授。曹教授治学严谨，学识渊博，将我领上了进一步研究之路。曹教授了解我的硕士论文《从诗学视角管窥〈新月〉月刊上的诗歌翻译》相关内容，一开始就建议我在此基础之上发展博士论文：进行新月派诗人的诗歌翻译研究。在写作过程中，曹教授时常关心，给予了颇多教诲和指点，有相关文献总是第一时间发送给我，提醒我阅读学习。针对我个别牵强的观点，曹教授悉心对我进行教育，指导我改正。曹教授还时时鼓励我，使我能够不忘自己的目标，同时根据自己的时间、节奏、能力进行论文写作。

　　感谢师娘叶英教授。叶教授以身作则，常常以她自己的经历教导我们不忘初心、认真攻读博士学位。

　　感谢我的硕士生导师王友贵教授和师娘贾宪老师。王友贵教授当年指导我的硕士论文选题、写作，引导我对诗歌翻译、文学翻译产生极大的兴趣和热情，教授我相关的研究方法，受益匪浅。王教授和贾老师在我读博以后，一如既往地关心和支持我，我十分感激。

　　感谢四川大学外国语学院和文新学院的各位教授对我的启发。

　　感谢单位的各位领导和同事。

　　感谢四川师范大学学术著作出版基金资助。

　　感谢四川师范大学外国语学院各位领导对本书出版的亲切关怀、巨大鼓励和大力支持。感谢四川师范大学外国语学院资助。

　　本书依托于四川师范大学"2020年陈丹科研启动金资助项目"（项目编号：XJKY1035）。

　　感谢我的亲朋好友。